A ÚLTIMA TRAVESSIA

MATS STRANDBERG

A ÚLTIMA
TRAVESSIA

Copyright © Mats Strandberg 2015
Publicado em comum acordo com Grand Agency, Sweden, e Vikings of Brazil
Agência Literária e de Tradução, Ltda.

Título original em sueco: Färjan

Acompanhamento Editorial: Giovana Bomentre
Tradução: Fernanda Sarmatz Åkesson
Preparação: Valentina Amaral e Katia Andreolli
Revisão: Mellory Ferraz e Helena Ruiz
Design de capa: www.buerosued.de
Adaptação de capa e projeto gráfico: Luana Botelho
Imagens de capa: ©Shutterstock.com
Diagramação: Desenho Editorial

Essa é uma obra de ficção. Nomes, personagens, lugares, organizações e situações são produtos da imaginação do autor ou usados como ficção. Qualquer semelhança com fatos reais é mera coincidência.

Todos os direitos reservados. Proibida a reprodução, no todo ou em partes, através de quaisquer meios. Os direitos morais do autor foram contemplados.

Dados Internacionais de Catalogação na Publicação (CIP)

ST897u Strandberg, Mats
A Última Travessia /Mats Strandberg; Tradução Fernanda Sarmatz
Åkesson. – São Paulo: Editora Morro Branco, 2018.
p. 512; 14x21cm.
ISBN: 978-85-92795-10-8
1. Literatura sueca. 2. Terror. I. Sarmatz Åkesson, Fernanda.
II. Título.
CDD 848.5

Todos os direitos desta edição reservados à:
EDITORA MORRO BRANCO
Alameda Campinas 463, cj. 23.
01404-000 – São Paulo, SP – Brasil
Telefone (11) 3373-8168
www.editoramorrobranco.com.br

Impresso no Brasil
2018

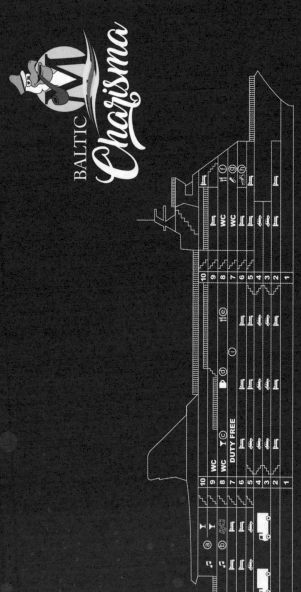

MARIANNE

Falta praticamente uma hora para a saída do navio. Ela ainda pode mudar de ideia. Ainda pode pegar sua mala, arrastá-la pelo terminal, ultrapassar o cais, pegar o metrô para a Estação Central de Estocolmo e fazer o caminho de volta à sua casa em Enköping. Pode tentar esquecer essa ideia completamente idiota. Talvez em algum momento consiga dar boas risadas da noite passada, quando estava em sua cozinha e as vozes do rádio não conseguiam abafar totalmente o tiquetaquear do relógio na parede. Depois de beber mais taças de vinho Rioja do que estava acostumada, decidiu que já bastava. Virou mais uma e decidiu que faria algo a respeito. Aproveitar o momento. Viver uma aventura.

Claro, em algum momento ela conseguiria rir disso. Mas Marianne duvidava. É muito difícil rir de si mesma quando não há ninguém para rir junto.

De onde tinha tirado essa ideia? Vira a propaganda na televisão mais cedo – mostrando pessoas em roupas de festa que pareciam gente comum, apenas um pouco mais felizes –, mas isso dificilmente explicava. Ela não era assim.

Rapidamente reservou sua passagem, antes que pudesse mudar de ideia. Estava tão empolgada que mal conseguira dormir, mesmo depois de todo o vinho. Essa sensação havia durado a manhã toda enquanto ela pintava o cabelo, toda a tarde enquanto arrumava a mala e o caminho todo até aqui. Como se uma aventura já tivesse começado. Como se pudesse fugir de si mesma ao fugir de sua rotina. Mas agora seu reflexo a encarava de volta e a cabeça pesava, o arrependimento se apossando dela como outra ressaca sobre a sua ressaca.

Marianne se aproxima do espelho e limpa um pouco de rímel borrado. À luz azulada do banheiro feminino do terminal, as bolsas debaixo dos seus olhos parecem grotescas. Ela se afasta um pouco e passa os dedos pelo corte chanel comportado. Ainda sente o cheiro da tintura para cabelos. Desenterra um batom da bolsa, retoca a maquiagem com os movimentos suaves do hábito, e estala os lábios para o seu reflexo. Tenta afastar a nuvem negra que quer crescer dentro dela e engoli-la inteira.

A descarga soa em uma das cabines atrás dela e a porta é destrancada. Marianne se empertiga, alisando a blusa. Precisa se recompor, é disso que precisa. Uma jovem de cabelos escuros, vestindo uma regata rosa-choque, para junto à pia ao seu lado. Marianne observa furtivamente a pele macia dos braços da jovem e os músculos que podiam ser percebidos sob ela, enquanto a garota lava as mãos e estica o braço para apanhar uma toalha de papel. Ela é magra demais. Suas feições são angulosas, quase masculinas. Mesmo assim, Marianne supõe que muitos diriam que ela é bonita, ou sexy pelo menos. Um pequeno diamante cintila em um dente incisivo. Tem *strass* rosa nos bolsos traseiros do jeans. Marianne se pega encarando-a, mas desvia rapidamente. A garota desaparece no terminal, sem lhe dirigir mais que uma olhadela.

Ela é invisível. E se pergunta se é realmente verdade que havia sido jovem assim algum dia.

Foi há tanto tempo. Uma outra época, uma outra cidade. Ela era casada com um homem que a amava tanto quanto podia. Os filhos eram pequenos e ainda acreditavam que ela fosse uma espécie de semideusa. Tinha um trabalho em que era valorizada todos os dias. E seus vizinhos ficavam sempre contentes em recebê-la para uma xícara de café, quando ela tivesse tempo livre.

Imagine: houve dias naquela época em que Marianne sonhou em ficar sozinha. Algumas horas em sua própria companhia, para ouvir direito os próprios pensamentos. Isso parecia o maior dos luxos. Sendo assim, ela nada no luxo hoje em dia; luxo é a única coisa que ela tem.

Marianne examina os dentes, para ver se não ficaram sujos de batom. Olha para a sua mala de rodinhas, que fora um presente do clube do livro no qual participa. Pendura o sobretudo forrado de penas de ganso sobre um dos braços, pega a mala com determinação e sai do banheiro.

Há sons de empolgação no terminal. Algumas pessoas já formam filas junto à entrada, aguardando o embarque. Ela olha à sua volta, percebendo que aquela blusa rosa e a saia até os joelhos são formais demais. As outras mulheres na casa dos sessenta anos ou estão vestidas como adolescentes com jeans e moletons de capuz ou fizeram exatamente o contrário, se escondendo debaixo de túnicas sem corte e vestidos largos. Marianne não se encaixa em nenhum dos grupos. Parece uma secretária tensa de consultório médico aposentada, que é exatamente o que ela é. Esforça-se para reconhecer que muitas das outras são mais velhas e mais feias do que ela. Ela também tem o direito de estar aqui.

Marianne define a sua rota em direção ao bar que fica no outro lado do terminal. As rodas da mala soam como um rolo compressor pelo chão de pedras.

Ela passa os olhos pelas garrafas reluzentes e torneiras de cerveja quando chega ao balcão. Os preços foram escritos com giz em quadros negros. Marianne pede um café com Baileys e espera que os drinques sejam mais baratos no navio. Será que os bares também têm isenção de impostos? Ela devia ter visto isso antes. Por que não tinha conferido? O drinque é servido em um copo alto de vidro temperado por uma garota com pedaços reluzentes de metal nos lábios e sobrancelhas. A garota nem a olha, o que deixa Marianne com a consciência menos pesada por não lhe dar gorjeta.

Há uma mesa livre no fim da grande área envidraçada. Marianne escolhe com cuidado um caminho entre as mesas, com sua mala barulhenta e o casaco grande como um edredon. O vidro está queimando seus dedos. A alça da bolsa escorrega do ombro, parando na dobra do braço. Mas, finalmente, chega à mesa, e coloca o copo nela. Puxa a alça de volta e passa miraculosamente pelo espaço estreito entre as mesas, com o casaco e tudo, sem esbarrar. Quando desaba na cadeira, ela se sente totalmente exaurida. Bebe um gole com cuidado. A bebida não está tão quente quanto o copo, então ela bebe mais avidamente. Sente o álcool, a cafeína e o açúcar se espalhando aos poucos pelo corpo.

Marianne olha para o teto espelhado. Empertiga-se um pouco. Desse ângulo não dá para ver as rugas em seu pescoço, e a tensão na pele sobre a mandíbula a faz parecer entalhada. Talvez por causa do vidro fumê do teto, seus olhos estão alertas em um rosto que quase parece bronzeado. Ela corre os dedos pela mandíbula, até se dar conta de que está fazendo careta em público. Se afunda na cadeira e toma mais um gole. Fica pensando o quanto falta para que a considerem uma verdadeira excêntrica. Uma vez tinha ido até o ponto de ônibus antes de perceber que ainda estava com calças de pijama.

As nuvens negras insistem em retornar. Marianne fecha os olhos, ouvindo risadas e conversas ao seu redor. Há um barulho de sucção. Ao se virar, vê um menino asiático examinando um copo com nada além de cubos de gelo. Seu pai com rosto vermelho tem o celular grudado no ouvido e parece sentir ódio de toda a humanidade.

Marianne desejou ainda ser fumante, para poder ir lá fora com um cigarro, só para ter alguma coisa para fazer. Ao menos está aqui agora, cercada por sons. Ela toma uma decisão. Não, essa pessoa não é ela. Mas ela está exausta de si mesma.

Não pode voltar para casa. Ela passou o verão todo enfiada em seu apartamento, ouvindo vozes, risadas e música dos apartamentos vizinhos, das varandas e da rua atrás da cozinha. Os sons da vida acontecendo em todos os lugares. Na casa dela aquele maldito relógio está batendo e o calendário com as fotos dos netos, que ela mal conhece, está contando os dias para o Natal. Se voltasse para casa agora, ficaria presa em sua solidão para sempre. Ela não tentaria fazer nada assim outra vez.

Marianne percebe que um dos homens na mesa ao lado lhe sorri calorosamente, tentando chamar sua atenção. Ela finge procurar algo na bolsa. Os olhos do homem são grandes em seu rosto magro e cansado. Os cabelos dele são compridos demais para o seu gosto. Ela devia ter trazido um livro. Na falta de outra coisa para fazer, ela pega o cartão de embarque e provavelmente chama mais atenção ao analisá-lo minuciosamente. O logotipo da companhia de navegação no canto superior direito: um pelicano branco indistinto, com um cachimbo e um chapéu de capitão.

– Ei, querida. Está sozinha aqui?

Puro reflexo faz Marianne levantar a cabeça. Os olhos do homem encontram os seus, e ela se controla para não desviar.

Sim, ele parece um tanto acabado. Seu colete jeans está imundo. Mas ele deve ter sido bonito, ela consegue ver sob o rosto que ele veste agora. Da mesma forma que gostaria que alguém visse esses sinais nela.

– Sim – ela diz, e pigarreia. – Eu ia viajar com uma amiga, mas ela confundiu o dia. Acabei de saber. Ela achava que era na próxima quinta e eu... Pensei que já que tinha comprado a passagem mesmo, deveria...

Ela se perde e encolhe os ombros de maneira que esperava parecer despreocupada. Sua voz está trêmula como se as cordas vocais estivessem secas. Não eram usadas há dias. E a mentira, preparada meticulosamente na noite anterior para esse exato tipo de situação, de repente parecia óbvia demais. Mas o homem apenas sorri para ela.

– Então se aperte em nossa mesa e vamos brindar juntos!

Ele parece já estar um pouco embriagado, e basta uma olhada rápida para os seus companheiros para constatar que eles estão ainda piores. Houve um tempo em que Marianne nem pensaria em aceitar o convite de um homem como esse. *Se eu aceitar, vou me tornar um deles*, ela pensa consigo mesma. *Mas já não estou em posição de ser exigente, não é? Além disso, "exigência" não é apenas outro nome para "covardia"?* São apenas 24 horas, ela diz para si mesma. Depois o navio estará em Estocolmo novamente. Se esse for um erro, ela pode enterrar a memória dele onde enterrou tantas outras coisas, como o oposto de um baú de tesouros.

– Claro – ela responde. – Sim. Obrigada, será um prazer.

A cadeira dela arranha ruidosamente o chão quando ela se muda para a mesa deles.

– Meu nome é Göran – diz o homem.

– O meu é Marianne.

– Marianne... – ele repete, apertando os lábios um pouco. – Combina com você. Doce como um caramelo.

Felizmente ela não precisa responder ao comentário, pois ele começa a apresentá-la aos outros. Ela sorri para eles, um após o outro, e esquece seus nomes imediatamente. São estranhamente parecidos, com as mesmas barrigas salientes apertadas em camisas xadrezes. Ela se pergunta se eles são amigos de juventude. Se Göran sempre fora o mais bonito, que atraía as garotas.

Seu café agora está frio, mas antes que ela pudesse engoli-lo assim mesmo, um dos amigos de Göran volta com cerveja para todos, inclusive para ela. Marianne não fala muito, mas isso não parece incomodar ninguém. Eles bebem e ela para de pensar tanto, voltando a sentir um formigamento de empolgação. Ele cresce e cresce, até que ela tem que se segurar para não rir alto demais, como o bobo da corte. Quando um dos amigos de Göran conta uma piada sem graça, ela aproveita a oportunidade. Sua risada é desenfreada e alta demais.

Na verdade é triste como ela tinha sentido falta de uma coisa tão simples como sentar à mesa com outras pessoas. Pertencer. Ser convidada, e não apenas por obrigação.

Göran se aproxima dela.

– A situação da sua amiga foi um azar para você, mas eu tive a maior sorte – ele diz, com o hálito quente e úmido na orelha dela.

ALBIN

Albin está sentado com a cabeça entre as mãos, mastigando um canudo. Suga o gelo derretido no fundo do copo, fazendo um barulho alto de sucção. Há apenas um levíssimo gosto de coca-cola. Parece que está engolindo a saliva de alguém que tomou o refrigerante há quinze minutos. Ele dá uma risada. Lo ia gostar da piada, mas ela não tinha chegado ainda.

Ele olha, através das vidraças, para aqueles desconhecidos no terminal. Há um homem usando roupas de mulher, com o rosto todo sujo de batom. No pescoço há uma placa pendurada, onde se lê "Vendem-se beijos por 5 coroas". Seus amigos filmam tudo com os celulares, mas pelas risadas se pode perceber que não estão se divertindo tanto. Albin volta a sugar o canudo.

– Abbe – diz a mãe –, pare, por favor.

Ela olha para ele com aquele olhar que significa que o pai já está muito irritado. *Não piore a situação.* Albin se recosta na cadeira, tentando parar quieto.

Ele escuta uma risada que parece mais um latido de cachorro e vê duas garotas gordas em uma mesa mais adiante. A que está rindo usa rabo de cavalo e alguma coisa rosa no pescoço. Ela joga a cabeça para trás e atira um punhado de amendoins na boca. Alguns vão parar no meio dos seios, que são os maiores que ele já viu em toda a sua vida. A saia é tão curta que nem aparece quando ela está sentada.

– Para que ela tem um celular, se está sempre desligado? – pergunta o pai, largando o telefone com força sobre a mesa. – Só podia ser coisa da minha irmã!

– Fique calmo, Mårten – diz a mãe. – Não sabemos por que elas estão atrasadas.

– Exatamente. Você poderia pensar que a minha irmã ligaria, para que não precisássemos tentar adivinhar onde raios elas estão. É muita falta de respeito! – O pai se vira para Albin. – Você tem certeza que não tem o telefone da Lo?

– Eu já disse que não tenho.

Magoa ter que reconhecer de novo que Lo não manteve contato nem lhe deu seu novo número. Eles não se falam há quase um ano. Mal tinham trocado mensagens desde que ela se mudou para Eskilstuna. Ele está preocupado que Lo esteja brava com ele por algum motivo, um motivo que deve ser um mal-entendido, mas a mãe diz que a garota só deve estar muito ocupada com a escola, já que ela não tem tanta facilidade para aprender como ele, e agora que estão na sexta série as coisas só ficam mais difíceis. A mãe lhe diz tudo isso com o mesmo tom de voz que usa para lhe convencer de que os garotos que implicam com ele na escola na verdade estão com inveja.

Albin sabe a verdade. Não há nenhum motivo para que sintam inveja dele. Ele até tinha sido bonitinho quando menor, mas não era mais. É o mais baixo de toda a turma, com voz aguda e trêmula. Ele não é bom em nenhum tipo de esporte nem em nada que garotos precisam ser bons para ter popularidade. Isso é fato. Assim como é fato que Lo não iria parar de falar com ele se não tivesse acontecido alguma coisa.

Lo não é apenas uma prima. Ela era a sua melhor amiga quando ainda morava em Skultuna. Então, a tia Linda decidiu se mudar de repente e Lo não tivera outra opção, a não ser acompanhar a mãe.

Lo conseguia fazê-lo rir como ninguém, rir tanto que ele quase ficava desesperado achando que nunca mais ia conseguir parar. Ela que havia lhe contado a verdade sobre a morte da avó. Eles tinham chorado juntos, porque suicídio era algo muito triste, mas o segredo vergonhoso disso era que gostara de chorar com Lo; tinha sido bom. Finalmente havia algo obviamente triste, algo que podiam compartilhar – diferente das outras coisas, sobre as quais ele não podia falar com ela.

– Não, Stella – uma voz nervosa grita atrás de Albin. – Pare com isso. Quer ir direto para a cama assim que embarcarmos? É isso, Stella?

Suas perguntas encontram um grito furioso como resposta.

– Então pare com isso agora! Isso não é engraçado, Stella! Eu disse não! Não, Stella, não faz isso. Por favor, Stella, não.

Stella solta outro grito e um copo se quebra. Albin percebe que o pai fica mais e mais inquieto e que a mãe fica mais e mais nervosa com a ideia de o marido fazer um escândalo. Com o canto dos olhos, Albin percebe um movimento familiar. O repuxão do pescoço enquanto esvazia o copo de cerveja. Seu rosto está ainda mais vermelho.

– Talvez elas estejam presas no trânsito – diz a mãe. – É horário de pico, tem muita gente voltando do trabalho.

Albin se pergunta por que ela ainda tenta. Quando o pai está de mau humor não é possível acalmá-lo. Ele só fica mais irritado com as tentativas.

– Nós devíamos tê-las buscado – ele diz. – Mas Linda provavelmente daria um jeito de atrasar todo mundo!

Ele gira o copo para frente e para trás entre as mãos. Sua voz já está um pouco trêmula nas bordas e parece vir de mais fundo da garganta.

– Tenho certeza que ela vai chegar – diz a mãe, olhando para o relógio de pulso. – Não vai querer decepcionar a Lo.

O pai apenas bufa. A mãe não diz mais nada, mas já é tarde demais. O silêncio entre eles deixa o ar pesado e difícil de respirar. Se estivessem em casa agora, esse seria o momento em que Albin iria para o quarto. Ele estava prestes a dizer que vai ao banheiro quando o pai puxa a cadeira para trás e se levanta.

– Abbe, quer outra coca?

Albin sacode a cabeça e o pai se dirige ao bar. A mãe pigarreia como se fosse dizer alguma coisa. Talvez algo sobre a noite anterior. Ou que o pai está muito cansado por causa do trabalho.

E, como ela sempre precisa de muita ajuda, ele nunca consegue descansar. Mas Albin não quer ouvir. *"Cansado"*. Ele odeia essa palavra, que eles usam de código para o indizível. O pai era sempre assim, ainda mais quando iam viajar ou fazer algo que *devia* ser divertido. Ele sempre estragava tudo.

Albin tira o seu livro de História da mochila, pendurada no encosto da cadeira, e abre no capítulo que vai cair na prova da semana que vem. Franze a testa. Tenta parecer muito concentrado na tática de terra arrasada, apesar de já saber a matéria de cor.

– Tão apropriado que você esteja estudando o Império Sueco agora que vamos atravessar o Báltico – diz a mãe.

Albin nem responde. Ele se fechou com o objetivo de castigar a mãe, já que está mais zangado ainda com ela. A mãe poderia se divorciar, para que não tivessem que viver com ele. Mas ela não quer. E Albin sabe por quê: ela acha que precisa do pai.

Muitas vezes desejava que eles não o tivessem adotado. Ele teria se saído melhor no orfanato do Vietnã. Ou poderia ter ido parar em qualquer outro lugar do mundo. Com outra família.

– Olhem só quem eu encontrei – diz o pai e Albin levanta os olhos.

O pai segura outra cerveja e Albin sabe pela espuma branca escalando um dos lados que ele já tinha começado a bebê-la. Ao seu lado está a tia Linda, com os cabelos loiros soltos sobre o ombro. Seu casaco é volumoso e rosa, como um chiclete mastigado. Ela se abaixa e dá um abraço em Albin. Suas bochechas frias pressionam as dele.

Mas onde está Lo?

Ele não a vê até Linda dar uma volta na mesa para abraçar sua mãe. Ele a escuta fazer a mesma piada de sempre:

– *Desculpa por não levantar* – e Linda rir como se nunca tivesse ouvido essa. Mas o mundo ao redor de Lo parece desaparecer até ela ser a única coisa que ele via com clareza.

É Lo, mas não é Lo. Não a Lo que ele conhecia, pelo menos. Ele não consegue parar de encará-la. Ela está usando rímel, o que deixa os seus olhos maiores e mais brilhantes. Seus cabelos estão compridos e um pouco mais escuros, com a cor do mel. As pernas parecem impossivelmente longas nas calças jeans justas, que terminam em tênis com estampa de oncinha. Ela tira o cachecol e a jaqueta de couro. Por baixo usa um moletom cinza, que tinha escorregado um pouco no ombro deixando à mostra a alça preta do sutiã. Lo parece uma daquelas garotas da escola dele que não o cumprimentariam nem em um milhão de anos.

Isso era muito pior do que um mal-entendido. Um mal-entendido pode ser consertado.

– Oi – diz ele hesitante, ouvindo naquela curta sílaba quão infantil sua voz soava.

– Muito inesperado te ver lendo – ela diz.

Lo está usando um perfume que cheira a baunilha com caramelo, e quando fala ele percebe sopros intermitentes de hortelã doce do chiclete que está mascando. Ela o abraça rapidamente, e ele consegue sentir os seios contra o seu corpo. Albin mal tem coragem de olhá-la quando ela recua, mas o novo rosto adulto de Lo já está olhando para o outro lado. Ela coloca uma mecha de cabelo atrás da orelha. As unhas estão pintadas de preto.

– Meu Deus, Lo, como você cresceu! – exclama a mãe dele. – E está muito bonita!

– Obrigada, tia Cilla – diz Lo, dando um abraço nela também, bem mais longo do que deu em Albin.

A mãe se estica para que seus braços envolvam as costas de Lo.

– Mas ficou magrinha demais agora – diz o pai.

– Ela está em fase de crescimento – replica a mãe.

– Espero que seja a única razão – ele diz –, porque garotos gostam de ter onde pegar.

Albin só deseja que o pai se cale, agora.

– Muito obrigada pela informação, tio. – responde Lo. – O maior objetivo da minha vida é mesmo ser desejada pelos garotos.

O silêncio que se segue dura um pouco demais, e é quebrado pelas risadas do pai.

Linda começa um monólogo interminável sobre qual estrada pegaram em Eskilstuna e como exatamente estava o trânsito em cada centímetro do caminho. O pai bebe sua cerveja em silêncio, enquanto a mãe faz de tudo para se mostrar fascinada pela narrativa de Linda. Lo revira os olhos no fundo do crânio e pega seu celular. Albin aproveita para observá-la em segredo. Enfim Linda chega em quão difícil tinha sido achar um lugar para estacionar perto do terminal, e finalmente se deu por satisfeita.

– Mesmo assim, vocês chegaram. E é isso que importa – diz a mãe, lançando um olhar para o pai.

– Talvez seja bom entrarmos na fila – diz ele, esvaziando seu copo.

Linda segue o copo com o olhar, até pousar sobre a mesa. Albin se levanta, guarda o livro de História na mochila e a pendura sobre os ombros.

A fila, do outro lado da parede de vidro, está aumentando, e Albin percebe que começou a andar. Ele olha para o relógio na parede. Só quinze minutos para a partida. As pessoas das outras mesas estão recolhendo os seus pertences e terminando as suas bebidas.

A mãe dá uma olhada para trás e começa a virar a cadeira de rodas, pedindo desculpas durante todo o processo. As pessoas atrás dela precisam empurrar a mesa para lhe dar passagem. Ela empurra o controle do apoio de braço para frente e para trás.

– É como fazer baliza – diz ela naquele tom de voz alegre demais que usa quando está estressada.

– Está tudo bem? – pergunta Lo.

Cilla responde no mesmo tom forçado de alegria:

– Claro, querida.

– Está ansioso para o cruzeiro? – pergunta Linda, descabelando Albin.

– Sim – ele responde automaticamente.

– Que bom que alguém está animado – diz Linda. – Eu achei que precisaria acorrentar Lo ao carro para chegarmos aqui.

Lo se vira para eles ao ouvir seu nome e Albin tenta não mostrar como está magoado. Ela não estava nem um pouco ansiosa por vê-lo.

– Você não queria vir? – ele pergunta.

– Sim, claro. Fazer um cruzeiro na Finlândia é a minha maior dica para todo mundo. – Ela sequer fala do mesmo jeito. Um novo sopro do chiclete de hortelã quando Lo suspira. – Minha mãe se recusa a me deixar sozinha em casa.

– Não é hora pra essa discussão, Lo – diz Linda, olhando para a mãe e o pai de Albin. – Aproveitem que os garotos entram na puberdade mais tarde. É isso o que espera vocês.

Lo revira os olhos de novo, mas de alguma forma também parece satisfeita.

– Não necessariamente – diz o pai. – As crianças são diferentes. E depende de quanta necessidade sentem de ser rebeldes.

Linda não responde, mas sacode a cabeça quando vê o pai se virar para o outro lado.

Eles vão para a entrada. A mãe vai na frente e Albin a escuta fazer "bip-bip" algumas vezes, quando passa por mesas muito próximas ou quando malas bloqueiam o caminho. Ele olha para longe. Através da parede envidraçada os seguranças observaram as pessoas passando pelos portões.

– Não é uma pena ela achar que poderia usar minissaia? – Lo sussurra alto demais quando passam pela garota com penas rosa no pescoço.

– Lo! – repreende Linda.

– Se tivermos sorte, o navio vai afundar assim que aquelas duas embarcarem. Então esse pesadelo acabaria.

BALTIC CHARISMA

O *Baltic Charisma* havia sido construído no ano de 1989 em Split, na Croácia. Ele tem 170 metros de comprimento, 28 metros de largura e capacidade de transportar mais de dois mil passageiros. Mas já faz tempo que o navio, agora registrado na Suécia, não esgotava suas vagas. Hoje é quinta-feira, não há mais que 1.200 passageiros passando pelas portas. Poucos são crianças. É início de novembro e as férias já acabaram. No verão, o convés fica abarrotado de espreguiçadeiras, mas nessa época está vazio, exceto por alguns passageiros que embarcaram na Finlândia naquela manhã. Eles observam uma Estocolmo fria, gelada apesar dos últimos raios de sol outonais. Alguns aguardam ansiosamente pela saída do *Charisma*, para que os bares a bordo abram novamente.

*   *   *

A mulher chamada Marianne está entre os últimos do fluxo que atravessa lentamente o túnel para o navio suspenso sobre o estacionamento. O homem de cabelos compridos está com um dos braços em volta dela. Do outro lado do vidro o sol baixa no céu, e sua luz dourada suaviza os rostos. O túnel faz uma curva brusca para a esquerda e Marianne avista o navio. Fica chocada com o seu tamanho. É mais alto que o prédio onde ela mora, com andares e mais andares pintados de branco e dourado. *Não é possível que isso flutue.* Ela vê a proa aberta, uma boca imensa e faminta, engolindo fileiras de veículos. Fica pensando naquela proa articulada e o chão subitamente balança, como se já estivessem no mar. Pensa na cabine que reservou, a mais barata disponível, abaixo do convés de veículos. Sob o nível do mar. Sem janelas. O navio parece crescer a cada passo que ela dá em sua direção. *Baltic Charisma* está escrito na lateral em caligrafia sinuosa, cada letra com vários metros de altura. O pelicano fumando cachimbo lhe dá um sorriso colossal. Ela quer se virar e correr para o terminal, mas consegue escutar o barulho de um relógio de parede em um apartamento vazio, então continua andando. Tenta ignorar a súbita sensação de que eles são animais se arrastando passivamente pelo curral a caminho do matadouro.

* * *

Andreas, o Comissário-chefe, está na entrada anunciando a todos os passageiros a noite de karaokê e as ofertas do duty free. Essa tarefa deveria ser feita pelo Diretor do cruzeiro, mas ele avisou que estava doente naquela manhã. Era a segunda vez desde o fim do verão. Andreas estava bem ciente de que o diretor desenvolveu um problema com bebidas desde que começou a trabalhar ali.

* * *

O comandante do *Charisma*, Capitão Berggren, está na ponte de comando verificando os itens da *checklist* para a saída do navio com a sua tripulação. Logo se afastarão do cais com ajuda do oficial de navegação e do vigia. Eles estão intimamente familiarizados com as milhares de pedras e ilhas e relevos do arquipélago entre Estocolmo e Åbo. Assim que o *Charisma* sair do porto, passará a navegar em piloto automático e o capitão entregará o comando para o imediato.

* * *

A atividade no alojamento da tripulação estava a pleno vapor. Os funcionários, cujos turnos de dez dias começavam essa noite, já tinham apanhado seus uniformes e trocado de roupa. Os garçons saem apressados da cozinha – o *Charisma* possui uma única, enorme e fumegante cozinha, que fornece comida para todos os seus restaurantes – carregando imensas travessas com comida para servir às mesas de buffet. Alguns deles ainda estavam de ressaca depois de uma noite de diversão. Eles fofocam sobre quem tinha sido convocado à enfermaria para verificar o nível de álcool do sangue naquela manhã, e de quem não se saiu muito bem nesse teste. No duty free, Antti está fazendo uma verificação com seus funcionários. Quando eles abrirem a loja, meia hora depois da partida, já haverá uma fila impaciente de compradores esperando do lado de fora.

* * *

A água está perfeitamente imóvel na imensa e redonda banheira do spa. Sua superfície reflete as nuvens e o céu visíveis pela janela panorâmica. As mesas de massagem estão desocupadas. O aquecedor da sauna range discretamente.

* * *

Na sala das máquinas, os motores são verificados mais uma vez. Se a ponte de comando é o cérebro do *Charisma*, a sala das máquinas é o coração. O Engenheiro-chefe Wiklund já tinha avisado o comando que o reabastecimento terminou e o tubo de combustível estava devidamente desconectado. Ele observa os seus subalternos através da janela de vidro da sala de controle. Termina de beber seu café e apoia a xícara, olhando para as portas laranja do elevador de funcionários. Assim que o *Charisma* deixar a área portuária e iniciar a rota familiar para Åbo, o Primeiro Maquinista assumirá o comando e Wiklund poderá sair. Ele não precisa voltar ali até se aproximarem de Åland. Ele pretende tirar um bom cochilo.

* * *

O *Charisma* já tinha visto praticamente de tudo. Na terra de ninguém que era o Mar Báltico, as inibições diminuíam, e não era culpa somente da bebida barata. É como se o tempo e o espaço se distorcessem, como se as regras normais parassem de se aplicar. E tudo é monitorado por quatro seguranças, que estão ocupados se preparando para a noite, cada um à sua maneira. Quatro pessoas encarregadas de manter a ordem no caos absoluto que pode ser causado por 1.200 passageiros, em maioria bêbados, amontoados em um lugar fechado de onde não podem sair.

Fora da sala das máquinas, no convés de veículos, os funcionários dão instruções aos passageiros em sueco, finlandês e inglês. Caminhões, veículos de passeio, trailers e ônibus de viagem já estavam estacionados nos seus devidos lugares. Tudo é cuidadosamente calibrado para garantir a estabilidade do navio. O ar ali, onde a luz do sol não chega, é fresco e cheira fortemente a gasolina. Motoristas de caminhão cansados e famílias de férias vão em direção aos elevadores e escadas. Logo o convés dos veículos será fechado para todos os passageiros e só abrirá novamente um pouco antes de atracarem em Åland. Os imensos caminhões estão imóveis e silenciosos no escuro, como animais adormecidos, presos ao chão por fortes correntes.

Tudo é rotina. O *Baltic Charisma* faz a mesma rota, dia após dia, o ano todo. Ele para em Åland pouco antes da meia-noite. Chega a Åbo, na Finlândia, por volta das 7 da manhã, horário em que a maioria dos passageiros suecos estará em sono profundo. Em 23 horas o *Charisma* atracará em Estolcomo mais uma vez. Mas nesse cruzeiro em particular há dois passageiros diferentes de todos que o navio já viu.

Um pequeno menino loiro, de aproximadamente cinco anos de idade, e uma mulher de cabelos escuros muito produzida acabaram de se içar para fora de seu trailer. Parecem cansados, o olhar quase desejando o elevador excessivamente iluminado, mas escolhem pegar as escadas estreitas.

Ambos olham cuidadosamente para o chão, sem fazer contato visual algum. A grossa camada de maquiagem não consegue esconder que há algo de errado com o rosto sulcado da mulher. O menino está com o capuz sobre a cabeça e agarra as alças da sua mochila do Ursinho Pooh. Eles cheiram a violetas e menta e algo mais, algo estranho mas familiar. Algumas pessoas parecem notar e olham furtivamente para eles. A mulher brinca com o relicário de formato oval numa corrente fina em seu pescoço. Além do colar e de um anel em seu anelar esquerdo, ela não usa nenhuma joia. Sua mão direita está oculta dentro do bolso do casaco. Ela observa a pequena criatura ao seu lado. Os sapatos dele batem contra o linóleo. A escada é muito íngreme para suas pernas curtas. Há tanto amor no olhar da mulher. Tanta tristeza. Porque ela teme por ele: tem medo de perdê-lo. Tem medo que ele esteja perto do limite e do que pode acontecer se ultrapassá-lo.

* * *

No túnel envidraçado acima, Marianne e o homem chamado Göran andam sob um portal de madeira pintado com flores coloridas. Uma mulher de cabelos escuros e crespos aponta uma máquina fotográfica, e Göran sorri para a câmera. Com o clique do obturador, Marianne quer pedir à mulher que tire outra foto – não estava preparada –, mas ela já estava tirando fotos dos amigos de Göran. Em seguida, eles embarcam. Tapete vermelho sob seus pés. Os corrimãos dourados, o painel de madeira, as paredes de mármore falso e o vidro fumê das portas do elevador brilhavam na iluminação quente. Um pelotão de faxineiras desembarca. Uniformes cinza e nenhum rosto branco entre elas. Marianne mal tinha escutado o que o Comissário-chefe havia dito sobre as promoções da noite e não conhece a celebridade que estará animando o karaokê.

Saturado com sensações, o medo de Marianne se esvai. Restava apenas expectativa. *Como uma pessoa consegue vivenciar tudo em apenas 24 horas?* Ela está aqui agora. E o braço de Göran a envolve com mais força. *Que comece a aventura.*

DAN

Dan Appelgren corre sem parar, mas não chega a lugar algum. É a metáfora perfeita para a sua vida de merda. Para piorar, está correndo nesse navio que vai e volta, vai e volta, pela mesma rota, dia após dia, noite após noite. Ele se sente como um marinheiro mitológico, amaldiçoado a navegar as mesmas águas ermas por toda a eternidade.

Ele ouve o sinal do *Baltic Charisma* de que está saindo do porto. Um aviso para as embarcações menores abrirem espaço para o monstro.

Dan aumenta a velocidade da esteira para corrida na academia dos funcionários e o chiado da máquina fica mais agudo. Seus pés golpeiam com mais força e velocidade a borracha gasta. O suor está pingando e queima seus olhos. O cheiro é nitidamente azedo. Toxinas sendo espremidas através da pele. Ele agora sente gosto de sangue e o próprio pulso nos ouvidos. Seria estupidamente degradante ter um ataque cardíaco agora. Ex-finalista do Eurovision morre em cruzeiro para Finlândia.

Apalpa seus músculos abdominais sob a camiseta molhada de suor. Nada mal para um cara de 45 anos de idade, mas não consegue deixar de beliscar a fina camada de gordura localizada que se formara entre a pele e o que costumava ser um tanquinho. Ele aumenta a velocidade. Não é só porque ele é a porra de um fracassado que precisa parecer um.

A batida da sola dos seus próprios tênis na esteira é o único ritmo que Dan usa para correr. Ele não aguenta mais ouvir música nos fones de ouvido. Estar a bordo do *Charisma* toda noite é uma imensa overdose musical. Hora após hora no bar de karaokê, onde fica orientando a cambada de bêbados desafinados, torce por eles, finge que os acha engraçados, finge que não viu e ouviu isso tudo antes. As mesmas músicas. As mesmas pessoas, só com novos rostos. É obrigado a cheirar uma avalanche de cocaína para suportar. E, para pegar no sono, ainda bebe bastante em um dos bares depois. A música está em todos os lugares, uma batucada infernal que aniquila a alma. A sala de espera do inferno, onde a mesma banda e o mesmo DJ tocam as mesmas músicas, sem parar. Dão ao público o que ele pede.

Essa merda de barco.

Ele era prisioneiro do *Charisma*. Ninguém o espera em terra firme. Nem mesmo os bares e clubes gays o contratavam. Ele não tem onde morar e os amigos dispostos a abrir suas casas para ele são cada vez menos e mais esparsos. O que ele vai fazer da vida quando não tiver mais para onde ir? De onde vai tirar dinheiro? Não é como se soubesse fazer outra coisa ou se estivesse disposto a trabalhar no McDonald's. No navio ele mora e come de graça, mas gasta todo o dinheiro tentando esquecer que sua vida agora era essa. Esquecer é caro, então ficará por aqui até cair duro ou o navio virar sucata. O que vier primeiro. A corrida começa: o *Charisma* é um colosso patético dos anos 1980 e ele já tinha ouvido os funcionários fofocarem, está ciente do medo constante que eles têm de perder o emprego.

Dan começa a sentir tontura, como se tivesse usado todo o oxigênio da academia sem janelas. Diminui a velocidade da esteira e passa a andar. O suor escorre de seu corpo em ondas, pingando na borracha, evaporando da pele quente. Desliga, então, o aparelho e pisa no chão. Suas pernas tremem. Sente uma nova onda de tortura, enquanto seu corpo tenta assimilar que o chão está imóvel.

Mas, claro, ali o chão nunca fica imóvel. As vibrações do motor estão sempre presentes. Seu corpo as reverbera mesmo quando está de folga em terra firme. Costuma acordar à noite pensando que está embarcado, pois sente a vibração em cada célula do corpo, como as dores de um membro amputado.

A camiseta ensopada tinha ficado fria, grudando na pele. Dan bebe avidamente de sua garrafa de água e veste o blusão de moletom. Cruza rápido o corredor e passa pela sala dos funcionários, onde todos estão nitidamente divididos em grupinhos, como sempre. Igual à escola. Flores de plástico e toalhas xadrezes enfeitam as velhas mesas de madeira. Há pães, frios e frutas sobre uma bancada. Cestinhas com catchup e barbecue. Ele avista Jenny sentada com os caras gordos de sua banda folclórica ridícula. Ela vira a cara ao vê-lo ali. A raiva se acumula nele quando lembranças indesejadas de sua primeira noite no cruzeiro voltam à sua mente. Jenny tem toda a razão. Ele é um *já-era*. Mas ela é uma *quer-ser* perdendo tempo com uns *nunca-serão*. E não há nenhuma razão para ela se achar melhor que ele. Achar que tem integridade trabalhando numa merda de cruzeiro. É a porra de uma piada. Ele pelo menos sabe onde está.

O navio está cheio de pessoas que não seriam ninguém em terra firme, mas que aqui agem como se fossem os reis do mundo. Como aquele segurança, o Pär, que ama tanto o seu uniforme que fica óbvio que na vida real é um pau-mandado, provavelmente da esposa frígida e dos filhos feios. Ou até mesmo o Capitão Berggren e a sua equipe. Eles têm até uma sala separada, para não se misturarem ao resto da tripulação. E nem é uma sala melhor. Só menor. E com plantas de verdade. Todos ali são obcecados pela hierarquia, pelo número de listras em seu ombro. Berggren é o comandante da joça flutuante e todos o tratam como se ele fosse da realeza. Mas o rei de algo patético como o *Charisma* não é alguém pra quem Dan jamais vai se curvar.

Ele desce um lance de escada até o nono deque e entra em um corredor. Sua cabine é pequena, mas pelo menos tem janela. Diferente do pessoal que fica no décimo deque. Como Jenny.

Vinte anos antes teriam lhe oferecido a única suíte de luxo do navio. Teriam servido jantares grátis nos restaurantes de verdade nos andares superiores, e permitido que ele levasse convidados nos cruzeiros. E mesmo assim ele provavelmente recusaria. "Febre no coração" estava no topo das listas e estaria abaixo do seu nível trabalhar numa merda de cruzeiro de bêbados.

Dan tira o moletom. A camiseta cai no chão com um estalo. Ele chuta os tênis e puxa as meias. O linóleo azul é frio sob seus pés. Quando tira o short, o cheiro abafado de sexo velho sobe de sua virilha. Como era o nome dela? Parece que todas que ele fode no *Charisma* se chamam Anna, Maria, Marie, Linda, Petra ou Åsa. Mas essa última era mais nova. Seria Elsa? Ela disse que adorava "Febre no coração" quando frequentava a creche. Ele ficou simultaneamente desconfortável, mas com uma ereção tão forte que praticamente pingava lubrificação. E ela soube exatamente o que fazer com isso. Algumas garotas nascidas nos anos 1990 são completamente afetadas pelo pornô. Elas transformam a cama em um circo hiperativo, onde nenhuma posição as satisfaz por mais de dois minutos. Elas querem ser agarradas, puxadas pelos cabelos, estranguladas. Ele sempre fica com a sensação de que atenção é o que elas realmente apreciam, além da esperança de se tornarem inesquecíveis.

Dan esfrega os últimos vestígios de Elsa do seu corpo no chuveiro. Tem um início de ereção ao aparar os pelos da virilha. Sente o pênis pesado e grande. Fica pensando o que Elsa teria feito durante o resto do dia, depois que ele a deixou sozinha na cabine que dividia com uma amiga que ele não viu. Será que a garota o procurou pelo navio? Teria contado para a amiga como era transar com Dan Appelgren? Ela já deve estar em casa a essas alturas, onde quer que more. O navio a tinha cuspido para fora e devorou um conjunto fresco de corpos. Daqui a pouco começa tudo de novo.

FILIP

O café tinha esfriado enquanto ele fechava o caixa. Mesmo assim, bebe o resto num gole só, para ver se a cafeína ajuda a clarear a névoa densa em sua cabeça. Os motores do *Charisma* fazem os copos sobre o balcão do bar tilintarem gentilmente. Ele pensa em tomar uma dose de Fernet, mas em vez disso pega um trapo e começa a limpar o balcão do bar.

Filip está no seu oitavo dia consecutivo de trabalho no balcão do bar de música tradicional ao vivo, Charisma Starlight, e já está mais do que cansado. Sente-se arrebentado no sentido literal da palavra, como se alguém tivesse passado cada parte de seu corpo em um espremedor e todos os músculos houvessem rompido. Ele provavelmente devia se preocupar com quanto tempo mais seu corpo aguentará esse ritmo. Tinha dormido um pouco enquanto o navio ficou atracado. Quando deitara na cama, suas costas estavam tão doloridas que ele nem havia sentido o colchão debaixo do corpo. Dentro de meia hora o bar abrirá novamente e ele irá trabalhar até as cinco horas da manhã seguinte.

Daqui a dois dias poderá ir para casa e, finalmente, colocar o sono em dia. Muitas vezes ele ficava praticamente comatoso por dias seguidos, levantando da cama só para dar uma olhada na programação da TV. No momento, essa é a visão do paraíso para ele. E mesmo assim, sabe que sentirá falta do *Charisma* durante a sua semana de folga. Ele contará ansioso os dias para embarcar novamente.

Marisol se aproxima dele por trás, estica os braços e recolhe os copos vazios do balcão, desaparecendo na sala dos funcionários.

As costas de Filip estalam quando ele se alonga. No teto do bar, luzes brilhantes formam a constelação que dá o nome para o restaurante. Quando ele se vira, vê Marisol. Ela olha para o celular. A tela a ilumina palidamente. E dá risadinhas enquanto seus polegares golpeiam a tela. Filip vai até as caixas de bebida e repõe a geladeira com Bacardi Breezers.

– Quando você vai parar de estar tão enjoativamente apaixonada? – ele pergunta entre risos.

Marisol guarda o telefone no bolso do avental e junta seus longos cabelos escuros num rabo de cavalo. O elástico de cabelo estala quando ela o torce.

– Eu passo metade do tempo fora de casa, então eu presumo que temos o dobro do tempo das pessoas normais, certo? – ela responde.

Marisol vivera toda a sua vida na Suécia, mas havia traços da cadência chilena dos pais em sua fala.

– Eu talvez lhe perdoe se você me acompanhar na balada da próxima vez – ele diz. – Você ficou muito chata desde que começou a namorar.

Marisol solta um sorriso forçado. Filip fica pensando como ela consegue fazer para manter o novo relacionamento. Durante todos esses anos trabalhando no *Charisma*, não tinha conseguido manter um relacionamento duradouro com um morador de terra firme. Fica insustentável depois, a longo prazo. As conversas apressadas espremidas entre os turnos e as poucas horas de sono. As tentativas de se lembrar do que tinha acontecido a bordo para contar depois sempre falhavam. Quando ele voltava para casa, as histórias pareciam insignificantes. Elas perdiam o brilho. É muito difícil juntar os dois mundos. E diversos funcionários levam vida dupla, mantendo um relacionamento em terra firme e outro no mar.

Filip e Marisol trabalham em um silêncio cúmplice. Ele aprecia a rotina com Marisol antes de abrir o bar. É tranquilo, mas sempre tem algo para fazer. Ele fecha as portas da geladeira e leva as caixas vazias de volta para o depósito.

– Falando em pombinhos apaixonados – ele diz ao voltar do estoque –, queria saber como Calle está.

– Você tem notícas dele? – Marisol corta limões em rodelas com movimentos mecânicos, e os joga em um pote de plástico sob o balcão.

– Não, não tive notícias – ele responde, lavando as mãos e colocando um punhado de limões sobre uma tábua.

O som úmido das facas cortando frutas preenche o silêncio. Os copos continuam a tilintar.

– Parece que foi ontem que Calle ainda trabalhava aqui – diz ele. – Como o tempo passa. Que loucura!

– É, os velhos costumam achar isso mesmo – corta Marisol, lançando a ele um sorriso.

Isso o incomoda mais do que ele gostaria de admitir.

– Você chega nos quarenta daqui a poucos anos.

– Você quer mesmo me lembrar disso enquanto eu estou com uma faca afiada? – ela pergunta. – Você disse que conheceu o novo namorado dele, não?

– Não. Eu mal encontrei com Calle desde que ele se demitiu para morar no sul do país e estudar. Eu devia ter mantido contato, mas... você sabe como é.

Marisol balança a cabeça, concordando com ele. Filip percebe que talvez falará dela assim num futuro próximo. Para ela o *Charisma* não passa de um trabalho; para ele o navio é a sua vida, sua casa. Na verdade, é o único lugar onde ele realmente se sente em casa. Não consegue nem pensar em trabalhar com outra coisa. Porém, é algo com que ele também devia se preocupar mais. Especialmente agora, com os boatos de que os dias do cruzeiro estavam contados.

– O que se tornou? – Marisol pergunta. – Quero dizer, o que ele está cursando?

– Arquitetura paisagista – responde Filip. – Ou algo do tipo. Eu deveria estar melhor informado, não é?

– Provavelmente.

Ele espera que Pia saiba, para que ele não precise perguntar diretamente para Calle. Marisol já ia dizer alguma coisa, quando escutam as grades de segurança na entrada sacudirem. Os dois trocam um olhar.

– É a sua vez – ela diz.

Quando Filip se aproxima das grades, vê que não é um passageiro impaciente querendo entrar no bar, mas era Pia, carregando uma sacola de papel e se balançando para frente e para trás nas botas.

– Recebi uma mensagem do Calle – ela diz. – Eles acabaram de chegar no Poseidon.

– Me dê um minuto, por favor – ele diz e volta ao bar para pendurar o avental. – Deve ser rápido, mas não sei se estarei de volta antes da hora de abrir.

– Eu me viro sozinha por um tempo – Marisol responde.

Um chacoalhar forte soa quando Filip enche um balde de acrílico com cubos de gelo. Marisol pega duas taças de champanhe e passa para Filip, que acomoda a garrafa no meio do gelo.

Ela o acompanha até a grade, que emperra no mesmo lugar de sempre, a um metro de distância do chão. Filip consegue sentir Pia e Marisol sorrindo uma para outra enquanto ele pragueja. Todos os dias ele tem que travar uma batalha com aquela droga de grade. Ele sacode, chacoalha, empurra com o quadril enquanto puxa com as mãos, até que a grade finalmente sobe, fazendo um estrondo tenebroso.

ALBIN

O arquipélago de Estocolmo vai deslizando vagarosamente pela janela atrás de seus pais. Os últimos raios de sol do dia iluminam as copas das árvores. Albin observa as casas de madeira que espiam entre as árvores, os gazebos cercados de água. Fica pensando em como seria estar acomodado sobre uma daquelas pontes, enquanto um enorme cruzeiro passa. O pai tinha lhe contado que qualquer uma daquelas casas custava pelo menos dez vezes mais do que a casa do condomínio onde eles moravam.

A mãe costuma dizer que dinheiro não compra felicidade, mas Albin não consegue imaginar ninguém infeliz morando em uma daquelas casas. Especialmente se ela ficar numa ilha particular, onde ninguém conseguiria chegar se ele não quisesse.

– Aqueles idiotas do setor de compras são uns imbecis – diz o pai. – Uma mão não sabe o que a outra está fazendo. Já estou farto de ter que corrigir os erros deles!

Ele afirma que ama o seu trabalho, mas não é o que demonstra ao falar dele. Parece que são só problemas, problemas causados pelos outros. Ele nunca tem culpa de nada, os outros que são burros ou preguiçosos.

Quando Albin era pequeno achava que o pai era o melhor em tudo. Ele lhe contava histórias nas quais o mundo estava sendo ameaçado por dragões que cuspiam fogo e horríveis terremotos, e então entrava na narrativa, salvando todo mundo. Mas as melhores histórias eram aquelas sobre quando a mãe e o pai o tinham buscado no orfanato no Vietnã. Sobre como já sabiam que Albin era o filho deles e como passaram vários meses no país, para Albin conhecê-los melhor antes de ir com eles para a Suécia. Albin achava que o pai podia fazer tudo, que sabia tudo. Mas hoje ele conhece bem a verdade. Tudo o que sai da boca de seu pai não passa de histórias.

Na noite passada o pai tinha falado da Vovó de novo. Essas eram sempre as piores noites.

Talvez eu devesse fazer o que minha mãe fez. Aí todos vocês ficariam contentes, não é? A voz dele soava asquerosa e pesada. *Eu fui um idiota do caralho por achar que merecia ser amado.*

Você teria me deixado há muito tempo se tivesse encontrado alguém que lhe quisesse. Você e o Abbe querem se livrar de mim.

Albin continou deitado, ouvindo os passos do pai no andar de baixo. Queria estar preparado caso ele subisse. Seus passos na escada eram como uma linguagem própria. Pelas passadas dava para saber se o pai que subia era o pai zangado ou o pai que não conseguia parar de chorar. Eles são como dois pais completamente diferentes, mesmo que disessem quase as mesmas coisas. E os dois são assustadores, porque é como se nenhum deles ouvisse ou entendesse o que você diz. Às vezes ele desaparece no meio da noite. É quando diz que vai fazer *aquilo*, que ele já não aguenta mais.

Quero que você saiba que se eu não aguentar mais, não é sua culpa, Abbe. Nunca pense que é.

Algumas gaivotas passam voando pela janela. Seus bicos se abrem e se fecham, mas seus grasnidos não podem ser ouvidos do Charisma Buffet. Aqui só se ouvem batidas de talheres nos pratos e vozes altas. Se Lo estivesse aqui, e se Lo ainda fosse a Lo, ele iria contar para ela que antigamente as pessoas acreditavam que as gaivotas eram almas de marinheiros mortos. E também que há um monte de navios naufragados no fundo do Mar Báltico. Um monte de marinheiros mortos nunca encontrados.

Mas Lo nem tinha aparecido ainda. Eles começaram a comer sem ela. Sem a Lo que não queria estar no cruzeiro com eles.

Albin observa o próprio prato. Batata gratinada, almondêgas, mini hot-dogs, salmão defumado, ovos recheados de camarão. Ele está com fome, mas não há lugar para comida no seu estômago. Seus pensamentos estão ocupando todo o espaço, como um bloco de cimento. A última vez que tinha visto Lo fora no verão passado. Sua mãe, seu pai e Linda tinham alugado uma cabana em Grisslehamn. Havia chovido quase todos os dias daquela semana. Ele e Lo passaram muito tempo lendo no beliche. Ele ficou com a cama de cima e, às vezes, não conseguia deixar de espiar pela borda para ver o rosto dela, que se movimentava involuntariamente enquanto lia. Conseguia dizer por suas expressões que tipo de cena estava lendo. Todo final de tarde iam até o porto e tomavam sorvete com cobertura de menta, mesmo com chuva. Lo já tinha assistido a muitos filmes de terror e à noite descrevia para ele as cenas mais assustadoras. Muitas vezes ele ficava com tanto medo que ia dormir na cama dela. Eles ficavam acordados juntos, olhando as sombras no quarto e as árvores balançando lá fora. Era como espiar acidentalmente o outro lado de uma cortina que eles nem sabiam existir, descobrindo um novo mundo sob o normal. Um lugar sem fim, onde qualquer coisa poderia estar à espreita. Albin tinha tanto medo, que o próprio sentimento se transformava em um ímã que puxava para si exatamente aquilo que ele temia. Mesmo assim, esses momentos tinham sido os melhores de todas as férias. Ficar deitado debaixo das cobertas com Lo, o medo correndo pelos seus corpos, consumido pelas gargalhadas histéricas que os dois não conseguiam reprimir.

– O que você está achando do sexto ano, Abbe? – pergunta Linda, colocando um pedaço reluzente de peixe em conserva na boca.

– É legal, eu acho – ele responde.

– Você ainda vai bem?

– O melhor da turma – responde o pai. – Ele até recebe mais tarefas dos professores, para não ficar entediado.

Albin larga os talheres sobre o prato.

– Mas não em matemática. Tem um monte de gente melhor que eu em matemática.

– Eu detestava matemática na escola – diz Linda. – Por isso já esqueci tudo. Nem consigo ajudar a Lo com lição de casa agora.

– Abbe só tem que aprender a estudar – diz o pai. – Ele nunca precisou se esforçar antes.

– Qual é a sua matéria favorita? – pergunta Linda.

Albin olha para a tia, criando coragem para falar. Linda é uma boa pessoa, mas aquele tipo de adulto que está sempre fazendo as mesmas perguntas chatas, que só pergunta por perguntar.

– Inglês e sueco, eu acho.

– É mesmo? – diz Linda. – Você sempre gostou de ler e de inventar histórias. Lo também era assim, mas agora só se importa com maquiagem e garotos.

O bloco de cimento no estômago de Albin cresce ainda mais.

– Você já escolheu o que vai ser quando crescer? – Linda continua a perguntar, como Albin sabia que ela faria.

Sente o pai olhar para ele cheio de expectativa, mas está determinado a manter a boca fechada.

– Ele vai ser progamador, que é a profissão do futuro – diz o pai. – Tem tanta criatividade quanto aqueles caras que inventaram o Spotify ou o Minecraft, não é mesmo, Abbe?

Albin odeia o pai. Essa ideia de ser programador era do pai, mas conseguiu se persuadir que a ideia era de Abbe. Albin não tem ideia do que quer, só sabe que está ansioso para trocar de escola no ano que vem.

– Que interessante! – exclama Linda. – Não nos esqueça quando você for multimilionário.

Albin tenta dar um sorriso.

– E Lo? O que ela quer fazer? – pergunta a mãe.

– Agora ela inventou que vai ser atriz – diz Linda dando risada. – Acho que até pode dar certo, porque drama ela sabe fazer!

A resposta parece ensaiada. Albin intui que não é a primeira vez que Linda usa essa piada. Bastante maldoso com Lo, mas a mãe concorda e sorri.

– Estou surpreso por você deixá-la sair vestida daquele jeito – diz o pai, de repente.

– De que jeito, exatamente?

– Ela parece bem mais velha, com toda aquela maquiagem e tudo mais. Não sei se está passando a impressão certa.

A mãe olha nervosa para ele.

– Eu acho que Lo está uma graça – ela diz. – E acho que é assim que as meninas se vestem hoje em dia.

– Você não fica preocupada que Lo cresça rápido demais? – pergunta o pai, sem tirar o olhar de Linda. – Ela não tem uma figura paterna em casa.

Todos ficam em silêncio na mesa. Tudo o que eles não dizem pesa em Albin a ponto de ele ter dificuldade em sentar reto na cadeira. Ele olha pela janela novamente. O anoitecer já estava vários tons mais escuro.

– Só estou dizendo que tem muitos loucos soltos por aí – diz o pai.

– Obrigada – Linda responde. – Eu sei muito bem.

A mãe pigarreia.

– Lo está falando de um jeito estranho – diz ela. – É alguma moda de Eskilstuna?

– Não – responde Linda, quase parecendo Lo ao revirar os olhos. – Isso é coisa dela e dos amigos. Me deixa louca.

O pai se levanta e Albin o segue com o olhar. Ele vai até o buffet e enche sua taça de vinho até a borda em um dos tonéis.

– Como vão as coisas com ele? – Linda aproveita para perguntar na ausência do irmão.

– Estão bem – responde a mãe, olhando para Albin como se fosse importante esconder algumas coisas dele. Como se ele não soubesse.

Linda solta um suspiro e olha a hora no relógio de pulso quando o irmão volta para a mesa.

– Ah, não. Vou ter que telefonar para Lo – ela diz. – Ela tem que vir logo, se quiser comer alguma coisa.

– Ela aprendeu a ser pontual com a mãe dela – responde o pai. Ele está com aquele ar que usa quando finge estar brincando, mas na verdade está falando sério.

– Eu posso ir buscá-la – diz Albin se levantando da mesa, antes que tivessem tempo de impedi-lo.

Ele precisa sair dali.

DAN

Ele desce correndo as escadas brancas de aço dos funcionários até o sétimo deque. Atravessa o deprimente escritório sem janelas do Comisário-chefe, onde quadros com mapas de navegação antigos enfeitam as paredes e pastas e mais pastas enchem as estantes. O Comissário-chefe, Andreas, não parecia muito animado. Ele mal levanta o olhar quando Dan passa por ele e abre a porta para a área comum. O burburinho e a música o atingem como uma parede. Ele fica olhando para o tapete vermelho, tentando parecer ocupado e estressado, enquanto dá os poucos passos até o balcão de informações. "Não perturbe."

Alguém o puxa pelo braço.

– Você é Dan Appelgren, não é?

Dan abre o rosto num sorriso e se vira para a mulher de cabelos curtos. Blusa listrada azul e branca. Fica pensando se todas as velhas usam essas blusas listradas o tempo todo ou apenas nos cruzeiros. Será que pensam ter um *ar marítimo* nelas?

– Culpado! – ele responde dando uma gargalhada forçada.

– Eu sabia! – diz a mulher, como se merecesse uma salva de palmas.

Ela deve ter a idade dele, mas realmente não se cuidou. Tem rugas de fumante no lábio superior, raízes grisalhas aparecendo no cabelo. A blusa é apertada o suficiente para mostrar as dobras de gordura sob o sutiã.

– Eu e o meu marido nos apaixonamos ao som de "Febre no coração" – diz ela.

– Que bacana saber – responde Dan.

– Agora ele é ex-marido. Mas eu ainda gosto da música.

Ele dá uma risada educada. Imagina que o ex-marido não se arrepende nem um pouco de ter se livrado dela.

– Ela devia ter ganhado a final do Eurovision – ela continua. – Mas você deve ouvir isso o tempo todo.

– E eu nunca me canso de escutar – responde Dan, dando uma piscadinha.

Não, ele pensa. *Eu nunca canso de ouvir sobre o meu fracasso, até na época que eu fazia sucesso.*

– Eu só queria que você soubesse – diz a mulher.

Mas ela continua ali e é óbvio que está esperando por alguma coisa.

– Muito obrigado! – diz Dan. – Fico muito feliz.

Ela finalmente acena e se dirige para o duty free. Dan vai para o balcão de informações e Mika lhe passa o microfone, sem dizer palavra. O rapaz parece imensamente infeliz, como de costume. Ele parece ser o único a detestar o *Charisma* tanto quanto Dan.

Dan pigarreia e aperta no botão para ligar o microfone.

– Caros passageiros! Aqui é Dan Appelgren e aguardo a presença de todos vocês no karaokê hoje à noite!

Alguns passageiros param para escutar, muito curiosos. Um garoto de aparência asiática pega o celular e Dan segura um sorriso até ouvir o clique da câmera. Ele volta ao microfone, respira fundo, tentando acumular toda a energia para levar adiante a litania de costume e colocar pontos de exclamação ao final de cada frase:

– Temos desde os bons clássicos até os hits mais quentes do dia! Há algo para cada um e lembrem-se, todos sabem cantar! E, claro, temos ofertas imperdíveis de cervejas, vinhos e coquetéis! A festa começa às nove horas no karaokê, que fica na parte da frente do sétimo deque! Nos vemos lá!

BALTIC CHARISMA

O navio desliza pelo arquipélago na tranquila velocidade de quinze nós. As luzes acesas e a miríade de janelas se refletem nas águas escuras do mar.

Está tudo muito calmo na ponte de comando. O Capitão Berggren já tinha ido descansar em sua cabine. O vigia observa as ondas em busca de embarcações menores que podem não ser vistas nos radares e o oficial de plantão se certifica de que o navio mantenha sua velocidade dentro dos limites permitidos.

* * *

Essas são as horas mais estressantes para os funcionários do oitavo deque. Cozinheiros e garçons chamam uns pelos outros. Sibilos e vapor saem de fogões e fritadeiras, tinidos e estrondos das bacias de louça suja que são encaminhadas para a lava-louças chiante. O som de facas afiadas sobre as tábuas soa como uma orquestra de pica-paus.

* * *

No spa um casal de meia idade está mergulhado na banheira quente. Eles estão de mãos dadas sob a água, admirando a paisagem pelas imensas janelas arredondadas. Abaixo deles fica o terraço, onde muitas pessoas estão admirando a passagem das últimas ilhas, antes de o navio chegar em alto-mar. O sol já tinha desaparecido, mas o céu ainda não está completamente escuro.

* * *

Pia e Filip acabaram de deixar o balde de champanhe na cabine de luxo, no último deque. Agora estão ocupados prendendo uma grande faixa na parede sobre a cama.

* * *

O Comissário-chefe Andreas está em sua escrivaninha e observa Dan Appelgren passando de novo. Ele abre uma das pastas. O desespero o toma quando pensa em todas as despesas a serem pagas, e no corte de funcionários que companhia de navegação quer.

* * *

O menino chamado Albin está parado no pé da escada do sexto deque, olhando para o mapa do andar. Encontra o ponto vermelho que marca onde ele está e passa os olhos pelas longas fileiras de quadradinhos numerados. São muitos deles. Há alguns espaços em branco ali e aqui, que o lembram um grande quebra-cabeça incompleto. Albin gostaria de saber o que há escondido naquelas áreas vazias. Ele finalmente encontra as cabines de número 6512 e 6510, do outro lado do cruzeiro. Dispara pelo corredor para o lado do porto. No mapa ele parecia enorme. Na realidade, era infinito. Duas senhorinhas olham com ternura quando ele passa.

* * *

Pequenas festas aconteciam em várias cabines, regadas por compras do duty free. As expectativas aumentam junto com a temperatura e o volume. Em uma cabine do quinto deque, há uma despedida de solteiro acontecendo. O noivo está com um véu branco. Eles cantam uma música para brindar.

* * *

A mulher de cabelos escuros e maquiagem carregada os escuta. Está em frente ao espelho de uma cabine não muito longe, colocando mais uma camada de pó sobre o rosto. Seus seios pendem como sacos de pele vazios, e veste um casaco escuro sobre o vestido preto. Ela o abotoa até em cima, pensando no dia em que a sua aparência será assim para sempre: quando for uma Anciã. Esse pensamento a enche de terror, mas a alternativa de não viver muitos anos é igualmente assustadora. Ela olha através da janela, esfregando as mãos como se as aquecesse. A carne se movimenta de forma estranha sob a pele, parecendo solta dos ossos e tendões. Não tem dois dedos da mão direita, interrompidos na primeira falange.

– Daqui a pouco vai escurecer – ela diz para o menino, que está coberto na cama de casal. Ele evita o seu olhar. – Serei rápida – ela acrescenta, esfregando essência floral no pescoço.

Ela deixa o indicador ileso escorregar pela corrente do pescoço e se deter no medalhão. Ensaia um sorriso. Seus dentes são amarelos. A borda de alguns está lascada. O menino não responde; o sorriso dela morre.

Ela abaixa a cabeça e sai para o corredor, enfiando as mãos nos bolsos do casaco. Olha preocupada para a forte iluminação do navio e apressa os passos. Seus sapatos murmuram contra o carpete vermelho, enquanto ela passa por todas as portas, umas iguais às outras. Vozes escapam de algumas delas. Um grupo de rapazes canta algo que talvez seja um grito de torcida de futebol. Uma mulher rindo. Música alta. A mulher está nervosa, pensando que talvez seja arriscado demais fazer isso a bordo. Mas não conseguirá entrar na Finlândia se não fizer. O cansaço transformou cada osso de seu corpo em pedra. Satura a sua carne, penetrando até sua alma. *Se eu ainda tivesse uma.*

Uma porta se abre à sua frente, alguns rapazes na faixa dos vinte anos cambaleiam para o corredor. Ela se vira rapidamente para a porta mais próxima, fingindo procurar o cartão para abrir a cabine. Quando eles se afastam, ela segue pelo corredor, farejando discretamente. Os cheiros parecem mais fortes naquele espaço estreito: loção pós-barba barata, pele quente de banho, cabelos molhados. Cerveja, pastilhas de nicotina, dentes recém-escovados. Mas os cheiros mais fortes vêm dos corpos: ansiedade e embriaguez alegre. As sensações fazem seu sangue correr mais depressa, mais próximo da superfície. Os odores são tão fortes que quase sente seu gosto. Ela se esforça para manter o controle.

Chega a um corredor lateral que leva à escada principal. Há mais pessoas aqui. Ela mantém o olhar no carpete, enquanto deixa a multidão levá-la para cima. Tenta se concentrar e ignorar as centenas de odores sintéticos que atacam suas narinas. Sob eles há suor, sangue, hormônios, urina. O afiado rastro metálico de esperma seco sobre a pele de alguém. Sebo de cabelo. A fome dela cresce assombrosamente. Esconde suas dúvidas.

O filho da mulher sai da cama e espreita pela porta da cabine. Espia o corredor. As luzes o iluminam, revelando um rosto seco e enrugado como papel crepom. Ele se pergunta quanto tempo até ela voltar.

ALBIN

Ele leva um susto e se vira quando uma porta abre num estrondo atrás dele. Um casal, da idade dos seus pais, praticamente cai da cabine. A mulher se apoia no homem enquanto ele fecha a porta, e Albin repara que há uma linha de suor na camisa dele, entre suas omoplatas.

– Esse buffet – grita o homem, alto demais, como se a mulher estivesse muito longe dele, não ao seu lado. – Eu tô sonhando com isso já faz, tipo, uma semana!

A mulher sorri e concorda. Suas pálpebras estão pesadas e lembram a Albin uma boneca que Lo tinha. A boneca deveria fechar os olhos quando estivesse deitada, mas as pálpebras tinham ficado travadas em uma posição entreaberta e ela não parecia estar nem dormindo nem acordada.

Nenhum dos dois percebe a presença do garoto enquanto andam para o lado do qual ele veio. Ele continua a andar pelo corredor, tentando adivinhar onde ficam aqueles espaços em branco que tinha visto no mapa do deque. Outra porta se abre em um dos corredores laterais e duas mulheres esqueléticas em vestidos brilhantes aparecem. As duas têm rostos compridos e finos, com os lábios estreitos pintados de vermelho escuro, parecendo que alguém rasgou os rostos delas.

– Hoje vai ser incrível, mãe – diz uma delas. – Incrível pra caralho!

– Cuidado, rapazes! Aqui vamos nós!

A risada rouca das duas ecoa no corredor atrás de Albin.

49

Quando ele finalmente chega à porta 6510, quase no final do corredor, bate cuidadosamente. Enquanto espera, sente a vibração do chão e ouve outras portas abrindo e fechando. Ele bate mais uma vez.

– Vocês são ótimos em me estressar! – grita Lo lá de dentro. Em seguida, a porta abre com força.

Lo tinha feito um rabo de cavalo e seu rosto estava diferente de novo. Sua pele parecia plastificada e impermeável. Os lábios brilham e as pálpebras reluzem. Ela parece aliviada por ver que é ele. Recua para a cabine e Albin hesita um pouco antes de segui-la.

– Eu vi Dan Appelgren – diz ele, mostrando o celular. – E tirei uma foto.

– Ótimo – responde Lo sem se virar. – Meu artista favorito.

Albin fica quieto, arrependido do que disse. Lo engatinha em frente à cama de casal. Seu perfume está em toda a cabine. Um emaranhado de roupas e uma necessaire rosa estão espalhados na cama. Maquiagem e bijuterias entulham a pequena mesa. Uma enorme escova de cabelos e um secador estão jogados no chão, o secador ainda na tomada. Parecia que um tsunami de feminilidade tinha passado pela cabine, deixando destroços em cada superfície.

– Eles estão mega irritados com o meu atraso?

– Não vai dar tempo de comer se não se apressar – diz Albin, se empoleirando na ponta da cama.

– Que pena – diz Lo. – Eu sempre quis pegar intoxicação alimentar num cruzeiro.

Ela puxa uma garrafinha de vodca de uma marca familiar. Se a garrafa fosse de tamanho normal, Lo seria gigante. Ela abre a tampa, envolve o gargalo com os lábios reluzentes e bebe. Engasga e lacrimeja, mas então dá uma risadinha e oferece a garrafa para ele.

– Você não vai querer? – ela pergunta e ri da resposta negativa dele. – Tem mais algumas dessas se você mudar de ideia, viu?

– E se a sua mãe encontrar a bebida?

– Aí eu digo que as faxineiras não limparam direito – diz ela se levantando.

– Você disse que nunca ia beber.

Lo o encara, o olhar beirando a pena.

– A gente tinha, tipo, dez anos! – diz. – Parece que você ainda tem.

– Não tenho, não – Ele soa infantil. Devia calar a boca. Não sabe como falar com essa nova Lo. Nem sabe quem ela é. – Onde você conseguiu a bebida?

– Foi por isso que me atrasei. O duty free só abriu agora.

– Mas criança não pode comprar bebida alcóolica...

Ele entende assim que termina de falar. Lo roubou as garrafas. Ela termina de beber e rola a garrafa para debaixo da cama.

– Obrigada pela informação – ela diz, pegando um chiclete do bolso da jaqueta e colocando na boca. – É melhor a gente ir, então.

MADDE

Uma névoa quente e densa com cheiro de fruta enche o pequeno banheiro. Ela tinha lavado os cabelos, ensaboado todo o corpo e esfregado o rosto. Está debaixo do jato quente do chuveiro, sentindo a água relaxar seus ombros e suas costas, enxaguando a monotonia, o cotidiano, a chamada "realidade". Olha para o ralo aos seus pés e imagina a água escorrendo para o Mar Báltico.

Madde tinha tomado a quantidade ideal de drinques no terminal. Irá jantar no buffet com sua melhor amiga, vai dançar e depois... Quem sabe? Tudo pode acontecer num cruzeiro. Ela pode ser quem quiser, ou melhor: pode ser quem realmente é.

Ela escolheu a manhã como sua folga do trabalho. Enquanto seus colegas estiverem no metrô em direção a Kista, ela e Zandra começarão o dia com champanhe no café da manhã. Ela terá muito tempo livre em breve, mas essa é a última coisa que quer ter em mente agora. Não quer lembrar do seu chefe, que inclinou a cabeça parecendo lamentar a situação. Como se ela não soubesse que ele ganharia um bônus bem gordo por estar economizando ao demitir assistentes administrativas.

Está feliz por não ter cancelado a viagem. É exatamente disso que ela estava precisando.

– Você morreu aí dentro? – Zandra grita do outro lado da porta. – Aqui está parecendo uma sauna!

– Já vou!

Madde desliga relutantemente o chuveiro e puxa a cortina branca. Enrola uma toalha na cabeça como um turbante, seca o espelho sobre a pia, mas tem apenas um breve vislumbre de seu rosto vermelho antes que o vapor o cubra novamente. Ela pega mais uma toalha, com o nível ideal de aspereza, para se enxugar. Através da porta, a introdução da música "Livin' on a prayer" começa a tocar. Ela sorri, jogando a toalha no chão. Quantas vezes ela e Zandra tinham ouvido essa música? Fora um dos primeiros discos que ela comprou, quando moravam em Boden e estavam na quarta série. Haviam acabado de descobrir a maquiagem e Zandra ainda escrevia o seu nome com "S". Ambas eram apaixonadas por Bon Jovi e ambas achavam que a música falava sobre morar na praia.

Zandra abre a porta do banheiro sem bater e lhe entrega uma garrafa de cerveja.

– Vi aqueles quatro italianos de novo – diz ela. – No duty free. Eles são bem gatos, apesar de serem baixinhos.

– Se são pequenos e um for pouco, pego um e levo outro – responde Madde, tomando um gole no gargalo. Depois dos drinques doces de morango no terminal, a cerveja parecia forte e amarga.

– Contanto que não sejam pequenos onde importa – diz Zandra, erguendo a sua garrafa. – Saúde para você, sua perua velha!

– Saúde, sua piranha!

As garrafas tilintam e Madde bebe mais um grande gole da cerveja.

– Já tô mais que bêbada – afirma Zandra, se encostando no batente da porta.

– Então dê uma maneirada. Temos que aguentar a noite toda.

– Vamos aguentar. Não estamos tão velhas assim.

– Não, mas você sabe o que pode acontecer – diz Madde, passando desodorante nas axilas. – Não devemos ficar bêbadas demais tão cedo.

– Tá bom, mamãe – responde Zandra dando risada.

– Meu Deus, precisamos nos divertir hoje, senão vou ficar louca.

– Você sabe que vamos. Sempre nos divertimos muito, não é?

Madde passa hidratante no corpo. Os pontos dourados dele fazem sua pele brilhar levemente.

Zandra sai da porta do banheiro e Madde se olha no espelho. Seu reflexo emerge lentamente do vapor, como um fantasma da névoa. Bebe uns goles da garrafa. Seu gorgolejar a agrada. O barulho do secador encobre a música, mas ela continua cantando enquanto o cheiro de condicionador e cabelo aquecido tomam o banheiro. Ela coloca os cachos no lugar e finaliza com outro spray com glitter dourado, até que eles pareçam feitos de fios de ouro. Passa maquiagem o mais rápido possível e termina a cerveja depois de passar sombra nos olhos. Já tinha começado a transpirar.

– Eu preciso fumar – anuncia Zandra.

– Eu também – responde Madde. – Estou quase pronta.

– Vamos logo. Já estou louca de olhar para as paredes.

Madde se impede de lembrar a Zandra que foi ela quem reservou uma cabine sem janela, no corredor do meio do nono deque. Uma caixinha de sapatos entalada entre outras caixas de sapatos. Mas Zandra havia dito que mal ficariam na cabine, só para dormir e olhe lá. E Madde lembrou que precisava ser mais econômica, por causa daquele problema no qual não deveria pensar essa noite.

– Você pode ir antes, se está tão difícil ficar aqui – diz Madde, se olhando no espelho.

Cada parte dela brilha e reluz. A em breve ex-assistente administrativa foi apagada.

Ela sai do banheiro e cai na risada. Zandra havia pendurado uma guirlanda de flores de plástico coloridas ao redor do espelho junto à escrivaninha. Dentro das flores, pequenas lâmpadas.

– Você fez ficar bonito!

Zandra liga a televisão e vai trocando de canal até chegar no que mostra a pista de dança do Club Charisma. Vazia. Mas não por muito tempo. Madde está cheia de expectativas.

– Aqui – diz Zandra oferecendo à amiga uma dose de Minttu.

O cheiro da bebida é refrescante.

– Um brinde para essa noite – diz Zandra solenemente. – Seja o que Deus quiser!

– O que Deus quiser! – diz Madde, engolindo a bebida de uma só vez.

O cruzeiro havia oficialmente começado.

Ela se senta de cócoras junto à sua sacola de viagem, garimpando entre as roupas. Encontra o vestido preto, tão transparente que mal está ali.

Depois de se vestir e colocar argolas douradas na orelhas, borrifa uma grande nuvem de perfume no ar e faz uma pirueta, para que o cheiro fique em cada parte do seu corpo. Zandra tosse dramaticamente.

– Como eu estou? – pergunta Madde.

– Gorda, mas gostosa – responde a amiga, pegando o celular.

– Assim como eu. Agora, vamos!

Madde enfia os principais produtos de maquiagem na bolsa. Zandra coloca a echarpe de plumas no pescoço e arruma os seios no sutiã. Elas saem da cabine. A porta se mostra difícil; emperra e se recusa a fechar até que a empurrem com força, num estrondo. Um senhor que saía de sua própria cabine as analisa, entretido. Seus olhos percorrem todo o corpo delas.

– Esqueceram de colocar roupas, meninas? – pergunta pegajosamente.

– Não – responde Madde. – Nos esquecemos de tirar.

Zandra dá uma risadinha e pega a amiga pela mão.

MARIANNE

Marianne chega ao oitavo deque. Passa por um amplo corredor revestido de janelas panorâmicas do lado esquerdo. A iluminação é quente, sem ser ofuscante. Favorece as pessoas que andam por lá. Um casal jovem passa de mãos dadas, radiantes de paixão. Um grupo de mulheres da idade dela dá gargalhadas altas. Marianne continua o seu caminho, passando pelo Poseidon, um restaurante com toalhas de linho branco sobre as mesas. Passa por um café e por um pub. Vira-se e avista o restaurante pelo qual estava procurando, lá no fundo do corredor, junto às escadarias das quais ela veio. As grandes portas de vidro fumê do Buffet Charisma estão abertas. Mas nem sinal de Göran. Não tinham combinado de se encontrar na entrada?

Ela para junto às janelas. O anoitecer já tinha absorvido os últimos pedaços suculentos do dia que morria. Marianne finge olhar para o mar, mas na verdade examina o próprio reflexo nos vidros da janela. Uma taça de vinho ajudaria muito. Passa os dedos pelos cabelos. Leva o pulso ao nariz discretamente, para verificar se não havia colocado perfume demais antes de sair da cabine. Pessoas passam atrás dela e ela as observa pelo reflexo das janelas. Todas parecem saber o que querem e aonde vão. Ela não tem a menor ideia.

Passa a mão no cabelo novamente, sentindo um desconforto súbito, como se tivesse formigas sob a pele das suas costas. Ela percebe que se sente observada. Olha furtivamente para um lado e para o outro. Nenhum sinal de Göran ainda, mas a sensação se intensifica. Passa a perceber o som do piano do Poseidon. Ouve uma canção vagamente irlandesa do pub.

Mais adiante, um grupo de senhores desleixados estacionou na frente de máquinas de aposta com telas enormes. Depois deles, em uma pequena cabine, está a mulher que tirou a foto dela com Göran quando embarcaram. Marianne dá uma olhada no pub, que está depressivamente escuro. Há trevos de quatro folhas nos espelhos atrás do balcão, fazendo propaganda daquelas cervejas escuras que têm gosto de pão molhado. Uma placa de neon verde informa o nome do local: McCharisma. A clientela é predominantemente masculina, mas Göran não se encontra entre eles. A única mulher está sentada no fundo do pub. Seus cabelos são escuros e secos. Está enrolada em um cardigã e parece ter frio. Mesmo na penumbra, veem-se os sulcos profundos sob as camadas de maquiagem de seu rosto. Seus olhos estão ocultos nas sombras. Um copo de cerveja intacto descansa sobre a mesa.

As formigas sob a pele de Marianne se multiplicam e começam a subir pela nuca. De repente, tem certeza de que é aquela mulher quem a está observando.

Há algo de estranho no rosto dela. *Há algo errado. Ele não é como deveria ser.*

Deve ser apenas uma ilusão de ótica, ela tenta se convencer. Aquela maquiagem infeliz a lembrava de um filme antigo com a atriz Bette Davis. *E por que motivo ela iria olhar justamente para mim?*

Dois homens passam carregando seus bebês em *slings*. Marianne dá uma olhada nas crianças, com suas bochechas fofas, pernas agitadas e as bocas felizes e desdentadas.

– Aqui está você, meu caramelo!

Göran vem apressado até ela. Ele a puxa pelo braço, como se fosse a coisa mais natural do mundo e a leva em direção ao Buffet Charisma. Marianne olha para o McCharisma pela última vez. A mulher encara a própria mesa, os cabelos ocultando seu rosto. Marianne enxerga agora apenas uma personagem um pouco trágica e sozinha. Não muito diferente de si mesma.

Os amigos de Göran estão esperando por eles do lado de fora do restaurante. O maître, em um púlpito atrás das portas de vidro, lhes dá um sorriso impessoal e mostra a mesa deles em um mapa do restaurante.

– Você está com fome? – pergunta Göran enquanto entram.

A barreira de vozes e o ruído de talheres sobrecarregam os sentidos de Marianne, como se estivesse prestes a se desmanchar em átomos e sumir. Percebe que precisa dar uma resposta a Göran. O cheiro de comida enche suas narinas e ela assente com a cabeça. E então vê as mesas do buffet. Fileiras e fileiras de pratos diferentes.

– Minha nossa! – ela se ouve dizer. – Por onde começamos?

Göran ri, contente com a surpresa dela. Marianne olha para ele e tem a inesperada sensação de que quando desembarcarem, estará apaixonada.

CALLE

Versões de sucessos de Frank Sinatra fazem a suave ambientação sonora do Poseidon. Não há muitos clientes, e ainda é cedo suficiente para a maioria deles conversar em voz baixa.

Calle e Vincent olham um para o outro sobre uma enorme travessa de frutos do mar que acabou de ser colocada na toalha branca da mesa deles. Há uma montanha de lagostas, lagostins, camarões frescos, camarões defumados, vôngole e patas de caranguejo sobre uma grossa camada de gelo brilhante.

– Bom apetite! – diz o garçom, com seus cabelos brilhantes de gel e espetados para todos os lados.

– Isso aqui é meio exagerado – declara Vincent, dando risada assim que os dois ficam sozinhos.

– Eu lhe disse – diz Calle, erguendo a sua taça de champanhe. – Um brinde!

– Sim – diz Vincent. – Um brinde a eu, finalmente, estar conhecendo essa parte da sua vida!

Cada um deles toma um gole. Calle está tão nervoso que mal consegue engolir. Olha para a própria mão e se surpreende por não estar tremendo.

Quase entrou em pânico absoluto quando estavam se trocando para o jantar. Ele encarou as roupas que trouxera. Independentemente do que acontecesse, essa seria uma noite de que ambos se lembrariam. E ele gostaria de estar o mais bonito possível nas memórias de Vincent. Decidiu vestir um blazer preto sobre uma camiseta branca e suas botas vinho.

– Como é estar de volta? – Vincent pergunta. – Está tudo como antes?

Calle concorda com a cabeça. Tudo está como antes. Assim que embarcaram, sentiu aqueles cheiros grudados no *Charisma*. O odor doce e doente de ressaca e cerveja velha, o cheiro ácido do produto de carpete. Era como ser atirado oito anos de volta ao passado. Mas não eram só as lembranças de seu tempo ali que vinham à tona, mas também quem tinha sido. Ele não havia contado com isso. E então percebeu que talvez sua ideia não fosse tão boa assim.

– O navio está mais decadente – ele responde. – E há menos pessoas. Acho que o *Charisma* não está à altura da concorrência hoje em dia. Os novos cruzeiros são maiores e têm mais luxos.

Ele tenta soar neutro, mas estava chateado em ver o desgaste do seu antigo local de trabalho. Ou talvez apenas esteja vendo tudo com novos olhos agora.

– Mas nossa cabine é bem luxuosa – diz Vincent com uma risadinha.

– É por isso que está quase sempre vazia – responde Calle. – Não tem muita gente disposta a pagar tanto por um dia num cruzeiro.

– Quanto custou a nossa cabine?

– Não sei. Filip conseguiu um bom desconto.

O mesmo Filip que talvez esteja na cabine agora, junto com Pia. Ele assiste a Vincent pegar e abrir uma pata de caranguejo.

– Você não vai comer nada? – diz ele, mergulhando a carne no aioli, antes de levá-la boca.

– Vou sim – responde Calle, fingindo não estar prestes a ter um colapso nervoso. – Só não estou com muita fome.

– Você não pode deixar tudo isso só para mim.

Calle pega um camarão e o descasca desajeitadamente. O crustáceo tem uma consistência emborrachada e ele o mastiga mecanicamente.

– É quase difícil de acreditar em como é tudo tão lindo, olhando daqui – diz Vincent, admirando a paisagem através das vidraças. – Temos que ir ao convés dar uma olhada depois.

As ilhas criam sombras negras no brilho azul-escuro. Aqui e ali as luzes brilham atrás de árvores, dançando sobre a água. Calle murmura em concordância, e observa o perfil de Vincent: nariz levemente adunco, cabelos escuros, queixo de super-herói. Seu bigode destaca a parte mais sensual dos lábios. O azul dos seus olhos, que parece mudar com a luz, como o mar. Seu rosto é cheio de vida. Quantas vezes ele olhara para Vincent como se fosse a primeira?

– É difícil de acreditar que o Mar Báltico seja tão poluído assim, quando se vê de longe – declara Vincent. – Você se lembra daquele documentário?

– Lembro – responde Calle, olhando para todos aqueles frutos do mar que não tinham sido pescados naquelas águas.

No documentário que Vincent mencionou, eles viram os dejetos de milhares de passageiros que navios russos despejavam no mar todos os dias.

– Se Poseidon existisse, ele iria escolher outro lugar para morar, posso garantir – diz Calle.

Vincent dá risada, apanha um camarão e o descasca.

Já tinham se passado cinco anos desde o primeiro encontro deles e Calle precisara de muito tempo para superar a sensação de que não merecia Vincent. Os dois estavam arrumando e decorando seu novo apartamento e, todos os dias, Calle acordava naquele quarto de paredes brancas e pé direito alto e pensava como tinha chegado até ali. Ainda era difícil acreditar que ele e Vincent, finalmente, tinham encontrado um lar. E agora ele estava prester a pedir uma benção ainda maior. – No que você está pensando? – pergunta Vincent e Calle sacode a cabeça.

– É muito estranho estar de volta ao *Charisma*.

Calle observa uma mulher com uniforme de segurança se aproximar da mesa deles. Seus cabelos escuros estão presos num coque no meio da cabeça, do mesmo jeito de sempre, mas agora havia fios grisalhos que faziam-nos parecer mais escassos. O uniforme está uns dois números maior que da última vez que a vira. E ela parece muito cansada, apesar de seu sorriso animado.

– Calle! – ela exclama. – Eu ouvi falar que você estaria aqui hoje. Que bom te ver!

A voz dela continua a mesma: rouca e calorosa, próxima a uma risada. Uma voz com a capacidade mágica de acalmar passageiros bêbados e baderneiros. Uma voz que poderia endurecer quando necessário. Quantas voltas no convés não tinham dado falando, falando e falando?

– Oi! – diz Calle se levantando. – Você não mudou nada!

– E você não sabe mentir – ela retruca, dando-lhe um forte abraço. – Mas como *você* está estiloso agora!

Pia dá um passo para trás. Examinando-o de cima a baixo, passa a mão pela cabeça raspada dele e dá uma risadinha.

– Acho que o sucesso lhe cai bem, assim como essa barba – diz ela.

– Esse aqui é Vincent, meu namorado – diz Calle.

Vincent se levanta e cumprimenta Pia. Os dois olham curiosos um para o outro.

– Belos rabiscos – diz ela, indicando as tatuagens que cobrem os braços de Vincent. Elas têm estilo japonês, mas com temas suecos: amoras árticas e alces, salmões no lugar de carpas.

– Muito prazer! – diz ele, sentando-se novamente. – Quem sabe você não me conta como Calle era há oito anos?

– Perdido – responde Calle rápido demais e com um sorriso exagerado.

– Não era tão perdido assim – diz Pia. – Ele teria chegado ao cargo de gerente se não tivesse saído. – Ela parece quase orgulhosa ao revelar a informação.

– Pia é uma das seguranças do cruzeiro – conta Calle.

– Já adivinhei pelo uniforme – responde Vincent com um sorriso. – O trabalho é legal?

– Bom – diz ela –, tem alguma coisa que me segura aqui. Acho que é por gostar dos outros funcionários. Da maioria deles, pelo menos. Somos quase duzentos na equipe em cada saída.

Vincent solta um assobio.

– Mas os passageiros me deixam louca – Pia continua. – Às vezes parece que eu trabalho num parquinho para adultos.

Vincent dá risada.

– Eu acho que tudo está surpreendentemente calmo aqui – diz ele –, considerando a fama dos cruzeiros.

– Vamos ver o que você vai achar mais perto da meia-noite – diz Pia olhando para Calle. – Mas pode ser uma noite calma, hoje temos meio a meio.

– Meio a meio? De quê? – pergunta Vincent curioso.

– O mais normal é ter uma grande maioria de homens – explica Calle. – E isso geralmente significa muitas brigas.

– Pois é. Se não conseguem sexo, precisam de outra coisa pra fazer – diz Pia, colocando a mão sobre o ombro de Calle. – Mas me conte, no que você trabalha agora mesmo?

Calle olha para ela e acha que é uma ótima atriz. Mas então percebe que ela realmente não sabe. Eles não chegaram a tanto nas ligações. O assunto principal era sempre Vincent, e o que Calle viera fazer ali.

– Sou arquiteto paisagista.

O rótulo o fez hesitar. Ainda não tinha se acostumado. Sentia-se um impostor a cada manhã ao entrar em seu elegante escritório, no bairro de Skanstull.

– Ah, então você trabalha com plantas, jardins e essas coisas? – pergunta Pia.

– Não é bem assim. Pode-se dizer que um arquiteto paisagista faz as mesmas coisas que um arquiteto normal, com exceção das construções em si.

Algo em seu tom de voz soava artificial. Será que ele parecia se achar melhor que ela?

– Entendi – ela responde devagar.

– A gente desenha paisagens – ele continua. – Temos que pensar em todas as árvores que serão plantadas em um parque ou como uma praça deverá ser...

– Eu não tinha ideia que esse era o trabalho de alguém – diz Pia.

– A maioria das pessoas não sabe disso – responde Calle. – Esse é um tipo de trabalho em que, mesmo se o arquiteto for bom, ninguém repara.

Ele fica pensando se o que disse fez algum sentido, pois ele mesmo se sente confuso.

– Parece muito bacana – diz Pia. – Eu sabia que você seria importante.

– E você? Como vão as coisas? – ele pergunta para trocar de assunto. – Seus fihos devem estar grandes agora.

– Sim, um está com 20 e o outro com 21 anos – ela responde.

Calle sacode a cabeça, incrédulo. Ele os conheceu quando passou duas noites em Åland, na casa de Pia. Os dois estavam em plena puberdade e era como estar numa cópia barata de *O Exorcista*: portas batendo, correria e gritos insuportáveis. Pia tinha acabado de se divorciar e, mesmo assim, ainda arranjava energia para escutar os problemas dele. Meu Deus, como ele era jovem.

– Vocês planejaram alguma coisa para esse cruzeiro? – pergunta Pia.

– Estou contando com uma visita guiada hoje à noite – diz Vincent. – E Calle agendou uma sessão no spa para nós amanhã.

– Que delícia – diz Pia, se virando para Calle. – Mas, olha, se você quer mostrar alguma coisa realmente especial para Vincent, devíamos levá-lo até a ponte de comando depois do jantar.

Ela tinha falado tudo com a naturalidade de quem acabara de pensar nisso. Calle olha para ela com gratidão.

– Você acha possível? – ele pergunta.

– Claro que sim. É Berggren quem está no comando hoje à noite. Você o conhece, não? – ela responde, e olha novamente para Vincent. – Depois do 11 de setembro, não podemos mais deixar ninguém entrar, mas o capitão deve abrir uma exceção para vocês.

– Seria incrível – diz Vincent. – Se não formos atrapalhar, claro.

– Não tem problema – responde Pia. – Eu volto aqui quando vocês tiverem terminado. Provavelmente consigo dar uma escapada.

– Muito obrigado – diz Calle.

– De nada – responde Pia, piscando para ele. – Já ia me esquecendo... Filip mandou lembranças.

Quando ela se afasta, Calle esvazia o seu champanhe. Vincent repõe a bebida nas duas taças.

– Ela parece legal – diz ele.

– E é – responde Calle. – Foi ela quem me convenceu a pedir demissão e voltar a estudar.

E eu agradeci sumindo da vida dela, pensa Calle.

– O que você quis dizer quando falou que estava perdido? – pergunta Vincent, pegando um lagostin. – Muita balada ou algo assim?

– Isso seria um eufemismo. Eu estava quase sempre bêbado, depois do trabalho.

E ele foi pego com uma grande quantidade de álcool no sangue algumas vezes na manhã seguinte. A enfermeira Raili, encarregada dos bafômetros, tinha se desculpado por denunciá-lo para a administração. Ele tinha sido chamado para uma conversa com o Capitão Berggren e com o Comissário-chefe, que disseram que aquela seria a sua última chance. Ele prometera não beber mais, mas claro que não cumpriu.

– Mas não era só isso – diz Calle. – É difícil de explicar.

– Tente. Fiquei curioso.

– Bom, eu achava que era um trabalho temporário, mas o tempo foi passando... Eu ganhava muito mais dinheiro do que poderia imaginar naquela idade, com todas as horas extras e tudo o mais. Chegava a quase vinte e cinco mil coroas por mês, além das gorjetas. Quase não tinha gastos, com exceção da bebida, que comprávamos com desconto. Tem um benefício que a gente chama de ração líquida, que é uma cota que você compra quase de graça para consumo próprio. Além disso, meu amigo Filip me dava bebida no bar onde ele trabalha.

Ele exala, parando para pensar. Como pode explicar como era tudo naquela época?

– Esse mundo é uma bolha bizarra, e tudo fora dela começa a parecer irreal depois de um tempo.

– Você não sente falta deles? – pergunta Vincent.

Calle pensa um pouco, retirando pedaços da cauda da lagosta para ganhar tempo. Ele não se lembra de outra época que tenha sido tão divertida quanto a que passou no navio. Pia e Filip eram os melhores amigos que já teve. Mas sempre soube que precisava seguir adiante antes de se acomodar, só não sabia como.

Também tinha coisas que ele não suportava, mas só quando voltara ao mundo real é que entendeu o quanto estava acostumado a elas. Como a cultura extremamente machista do navio. Os finlandeses diziam que todos os suecos eram gays e os suecos faziam de tudo para provar o contrário. O racismo casual. O gerente da loja poderia dizer com um olhar insinuante que "o dia seria de muita escuridão". Lill, a responsável pelo setor de perfumaria, não se constrangia em dizer que "era difícil encontrar um perfume para os africanos, porque eles têm um cheiro tão diferente!". A crença persistente de que os árabes traziam seu próprio fogareiro e cozinhavam nas cabines, para não gastar dinheiro nos restaurantes. Calle odiava a si mesmo por não ter batido de frente com mais frequência. Com mais ímpeto. Por não ter perguntado quem foi que vira todos esses árabes com fogareiros. Mas ele era muito jovem e covarde demais.

Sua estratégia era fazer o papel do gay engraçado, aproveitando cada oportunidade para ganhar pontos fáceis com piadas gays antes que alguém as fizesse. Fazia-se de inofensivo diante dos machões que encontrava pelo caminho. Para as mulheres, entrava no papel da bicha ácida amiga. Era fácil. Fácil demais. No final, já nem sabia mais quem era sob isso tudo. Somente Pia e Filip conheciam seus outros lados.

Havia também seu próprio cinismo, que crescia conforme ele passava tempo no navio. Toda aquela bebedeira. Passar seus dias com o lado mais primitivo das pessoas. E o pior de tudo, na opinião dele, eram os passageiros que faziam o cruzeiro ironicamente, como um safari humano, para apontar e rir dos outros. Ele teria perdido toda a esperança na humanidade se continuasse trabalhando ali.

Sente dificuldade em engolir o pedaço de lagosta que tinha colocado na boca, quando pensa em como Pia havia ficado feliz em reencontrá-lo. Por que parou de ligar para ela?

Primeiro tinham sido os anos na faculdade em Alnarp. Era uma nova bolha e cada vez que ele ia para Estocolmo, queria passar o seu tempo livre com Vincent. Eles perceberam que não eram nenhuma exceção à regra da dificuldade de relacionamentos à distância. Depois ele conseguira seu emprego – uma nova bolha – e foi muito fácil deixar de lado a amizade com Pia e Filip, dizer a si mesmo que não tinham nada em comum além do trabalho. O trabalho e as festas.

Calle percebe que Vincent ainda espera uma resposta. "Você não sente falta deles?"

– Nós nos falamos pelo Facebook, às vezes – diz ele, mastigando ainda. – Mas é complicado. Sabe como é.

Seu celular apita. Ele limpa bem as mãos no guardanapo de linho que tem sobre as pernas e olha o aparelho, tomando cuidado para que Vincent não consiga ver a tela:

NOTA DEZ PARA ELE! ☺ TUDO PRONTO NA SUÍTE, ATÉ MAIS / PIA.

MADDE

Dan Appelgren encara Madde do pôster laminado ao lado da escada. Ele está usando um terno em estilo mafioso, rindo com uma das mãos na nuca, quase como se estivesse com vergonha da câmera, mesmo estando bonito pra caralho. Ele é sexy *pra caralho*. Parece saber como foder. Como se soubesse o que quer e como conseguir.

– A mamãe também está com saudade – diz Zandra ao telefone. – Muita saudade!

Dan está em algum lugar do navio agora e esse pensamento faz o estômago de Madde dar cambalhotas. Ela olha para trás, para o corredor de onde vieram e sabe que há uma suíte duplex aqui no nono deque. Talvez seja a dele. Pode ser que ele tivesse tomado banho ao mesmo tempo que ela, apenas alguns metros de distância entre os dois. Madde dá uma última olhada no pôster antes de começar a descer as escadas.

– Amanhã a essa hora, eu vou te buscar na casa do papai – diz Zandra.

Madde queria que Zandra saísse com ela amanhã à noite. Poderiam curtir o trajeto de volta da Finlândia e depois aproveitar a noite na cidade. Zandra disse que seu ex se recusou a trocar os dias de guarda da filha, mas Madde não acha que a amiga havia realmente se esforçado para convencê-lo. Todos estão tão velhos e chatos agora. Todos têm filhos e tudo precisa se adaptar a eles. Muitas vezes estavam cansados demais para sair, mesmo quando tinham tempo livre. Pareciam aposentados! Madde fica pensando em como será quando ela estiver desempregada e não tiver vida social diurna.

Não pense nisso, ela se repreende. *Não estrague a noite, o tempo que realmente passaremos juntas, antes mesmo que comece.*

– Vocês vão se divertir muito hoje, não vão? – diz Zandra com a voz melosa e Madde gostaria que a amiga terminasse essa conversa de uma vez.

Elas chegam ao oitavo deque, descendo ao lado da entrada do Charisma Buffet.

– Mande um abraço para o papai – continua Zandra. – Acho que não consigo te ligar mais hoje, mas prometo pensar em você antes de dormir. Meu amor, não fique triste. Um milhão de beijos. A mamãe te ama. Beijo. Tchau. Beijinho!

– O que foi? – pergunta Madde, ao atravessarem as portas do restaurante.

– Acho que consegui acalmá-la – responde Zandra. – Ela teve um pesadelo comigo.

Madde mal ouve o que a amiga está dizendo. Um homem loiro e magro, de olhos saltados, as recebe na entrada. Madde nunca o tinha visto antes.

– Vocês estão atrasadas – diz ele zangado, riscando os nomes delas da lista. – Vocês só têm uma hora e quinze minutos até os próximos clientes.

– Ah, é? – pergunta Madde. – E o que você tem com isso?

– Mesa número 25 – diz ele mostrando o mapa de assentos. – É uma das mesas à direita, perto da janela.

– Eu sei – responde Madde impaciente. – Somos frequentadoras assíduas daqui.

– Nossa! Mas que cara mais escroto! – exclama Zandra, enquanto passam entre as mesas.

– Não é? Como se estivéssemos atrasadas para o banquete do Prêmio Nobel.

Ela não dá a mínima para o maître de olhos esbugalhados. O cheiro maravilhoso da comida a atinge e o salão está lotado. A expectativa borbulha em seu corpo como champanhe em uma taça.

Madde apanha uma bandeja e um prato. Se serve de assados e molhos e pernil, metades de ovos e salmão defumado e camarões, aproveitando o espaço do prato da maneira mais eficiente possível, como se estivesse jogando Tetris. Deixa de lado batatas, pães e tudo aquilo que a estufaria. Vão até as torneiras de bebida e cada uma pega duas taças, enchendo-as de vinho branco até a borda. Brindam assim que se sentam à mesa. O vinho é doce e está na temperatura ideal. Ela fotografa a comida e consegue postar a foto na segunda tentativa. Começa a comer. Gostoso pra caralho. Como sempre.

Ao longo dos anos ela já tinha viajado com o *Charisma* pelo menos umas vinte vezes. Era ainda criança quando fizera a viagem pela primeira vez. Sua família viera passar as férias em Estocolmo, encerrando-as com um cruzeiro. Madde tinha amado cada segundo daquela viagem. Sentara ali no Charisma Buffet pensando que devia ser essa a sensação de ser rico como na série *Falcon Crest*. Tinha sido o primeiro vislumbre do mundo fora da cidade de Boden, e a primeira vez que percebeu que poderia fazer parte desse outro mundo também. Ela precisava fazer parte dele. De certa forma, havia sido por causa do *Charisma* que ela se mudara para Estocolmo. Graças a Deus Zandra se mudara com ela.

A essa altura, Madde já sabe que as pessoas ricas de verdade não colocariam nem mortas seus pés num cruzeiro desses. Mas não importa. Ela ainda sente a mesma empolgação infantil ao embarcar. É como se escapasse da sua vida sem graça. Vinte e quatro horas de fuga para um universo paralelo.

Zandra está muito bonita hoje. Tinha dividido os cabelos ao meio para prender, e os enfeitou com as mesmas penas rosa da echarpe. Não estava muito diferente daquela garota que Madde tinha conhecido há quase trinta anos. Ela sofria bullying por sua língua presa e tinha pais superprotetores, que desde essa época consideravam Madde uma má influência.

– Eu quero fazer mais um brinde – anuncia Madde, surpresa por já estar enrolando a língua. – Saúde! A nós, porque somos foda!

Zandra ergue a sua taça.

– Saúde pra caralho! – exclama ela, bebendo tudo de uma vez. Madde segue o exemplo da amiga.

– Você sabe que ainda é minha melhor amiga, né?

– Claro que sei – responde Zandra rindo. – Quem mais ia te aguentar?

– Vaca! – Madde responde, tomando um gole da segunda taça de vinho.

Zandra dá risada de novo. Um dos seus dentes incisivos é torto, escondendo parcialmente o outro. Madde adora aquele dente. Céus, ela deve estar bem alta para ficar tão sentimental.

– E aquele problema do trabalho – Zandra começa a dizer. – Vai ficar tudo bem, tá?

Madde bebe mais um gole.

– Temos que ir dar uma olhada no karaokê depois – diz ela.

– Claro – responde Zandra. – Não seria ruim ser groupie do Dan.

– De jeito nenhum! Ele já é meu. Você pode ficar com os quatros italianos só para você.

– Eu não recusaria uma pizza quatro queijos – responde Zandra maliciosamente.

– Espero que não tenha problemas com lactose.

Zandra ri como só ela pode: joga a cabeça para trás, seus seios enormes sacudindo no decote, a língua saindo da boca. É impossível não rir com ela.

E, de algum modo, a segunda taça de vinho está subitamente vazia – mas há mais para buscar. Durante mais uma hora, elas podem comer e beber o quanto quiserem. Na verdade Madde já se sente satisfeita, mas ainda há tantas coisas para experimentar! Empurra o prato para o lado na mesa quando levanta para buscar mais comida. Os pratos são como as toalhas de um hotel: sempre podemos arranjar uma nova. Alguém vem buscar a usada.

ALBIN

O pai está falando de Irma, uma das enfermeiras que cuida de sua mãe enquanto ele está no escritório. Em vez de trabalhar, está sempre sentada na cozinha, fumando e folheando revistas enquanto fala sem parar de seu cachorro ou de seus problemas amorosos. Casos envolvendo Irma costumam deixar seu pai zangado, mas hoje ele está de bom humor. Eles evoluem para histórias engraçadas, fazendo sua mãe e a tia Linda rirem muito.

Esse é o melhor lado do seu pai. Ele faz uma imitação perfeita de Irma e realmente ambienta a cena ao contar a história. Mas toda hora vai encher sua taça nas torneiras de vinho, sem notar que a mãe e Linda mal tocaram em suas bebidas. Por que ele continua a beber? Ele com certeza já sabe como termina, não é?

E por que a mãe ou a tia não faziam nada a respeito, em vez de ficarem rindo das palhaçadas dele? Depois elas sempre trocavam olhares e faziam insinuações, quando já era tarde demais.

– Ela me lembra um pouco aquela vizinha que tínhamos quando éramos pequenos – diz Linda. – Aquela com o sobrenome Jonsson ou Johansson.

– Quem? – pergunta o pai.

– Ah, você sabe. O filho dela era da minha turma, aquele menino que sempre usava as mesmas roupas. Acho que ele jogava bandy.

– Eu não tenho como me lembrar de todos seus colegas de escola. Eu não lembro nem dos meus.

– Eu sei – Linda concorda. – Só estou tentando fazer você se lembrar da velha, que era nossa vizinha. Velha coisa nenhuma, ela devia ter a mesma idade que temos agora.

Ela tenta rir de si mesma, mas o irmão a olha impaciente. Albin sente pena da tia.

– O cachorro dela machucou a pata traseira uma vez, aí ela passou o verão todo o levando para passear num carrinho de bebê – diz Linda.

– Ah – diz o pai –, *disso* eu me lembro. Você podia ter começado a contar a história por aí, se quisesse atiçar minha memória.

Linda parece chateada.

– Então, o que tem ela? – pergunta o pai.

– Era só isso – responde Linda. – Era engraçado que ela levava o cachorro no carrinho, como se fosse um bebê. Acho que essa enfermeira faria a mesma coisa.

O pai toma um grande gole de vinho. Seu rosto está inexpressivo.

– Ai, céus – diz a mãe. – As pessoas podem ficar malucas pelos seus animais de estimação, mas acho que eles acabam virando parte da família.

Ela pigarreia e coloca um pedaço de bolo de chocolate na boca. Albin também pega um pedaço do seu e o mergulha em chantilly. As bordas estavam com a consistência certa.

– Eu adoro o *ótimo* sinal de celular daqui – exclama Lo, sacudindo seu aparelho.

Um casal sentado à mesa ao lado se vira e olha para ela.

– Você não poderia guardar isso? – diz Linda zangada. – Ficar conosco um pouquinho não vai te matar.

Lo encara insatisfeita a mãe, mas deixa o telefone de lado.

– Acho que não tenho muita escolha – diz ela.

Linda suspira e se vira para os pais de Albin:

– Muitas vezes acho que o celular criou raízes na mão da Lo, porque ela é totalmente viciada em mídias sociais.

– Pois é. Nós proibimos Albin de usar essas coisas – diz o pai. – Ele vai ter que esperar os quinze anos.

– Eu também uso muito o celular, mas mesmo assim... – diz Linda. – Parece que quanto mais meios de comunicação nós temos, menos nos comunicamos...

– Adoro que você tenha opiniões tão originais, mãe. Mesmo. – Lo revira os olhos de tal maneira que Albin acha que vão dar a volta.

– Mas é assim mesmo. Você só fica aí dedilhando esse telefone!

– Dedilhando? – Lo deixa escapar uma risadinha debochada.

– Sim – exclama Linda. – Você não parece estar interessada em mais nada na vida!

– Me desculpe se eu deixei de anotar todas as coisas interessantes que você fala.

– Lo, agora chega! – Linda está quase gritando com a filha. – Estou com a porra do saco cheio dessa sua atitude! Você vai ficar sem o celular, se não parar com isso agora!

– Eu já larguei o celular – murmura Lo entre os dentes.

O casal da mesa ao lado observa a cena se desdobrar, aparentemente achando tudo hilário.

– Mas o bolo de chocolate não está uma delícia? – diz a mãe lançando um olhar de súplica a Albin. – Lembra daquele verão em que você e Lo faziam bolos de chocolate toda hora?

Albin faz que sim com a cabeça. Eles tinham apenas oito anos. Comiam bolo até suas bocas inteiras terem gosto de chocolate, assistindo a filme após filme deitados no sofá. Sua mãe ainda conseguia andar naquela época. Os cabelos dela eram compridos, e ela os escovava todas as noites antes de dormir. Os cabelos do pai eram mais loiros do que cinza. E sua avó ainda estava viva, mesmo que Albin nunca pensasse nela, pois nunca a havia conhecido. Foi só depois de a avó morrer que o pai começou a falar dela quando bebia.

– Vocês eram demais! – diz Linda. – Vocês comiam um bolo de chocolate inteiro sozinhos. E tomavam tanto leite!

– Tomar leite é, realmente, a minha melhor dica para todos. Imagine, é tipo um fluido corporal!

Lo olha diretamente para Albin ao dizer isso, e ele, pela primeira vez, reconhece um pouco da antiga Lo. Ele dá uma risadinha, enche o garfo de chantilly e o coloca na boca. Estala os lábios. Ela também ri.

– Diretamente da teta velha e suja de uma vaca – diz Lo.

– Uma delícia – retruca Albin.

A mãe parece desapontada. Se os adultos não estivessem por perto, ele iria lembrá-la de que ela mesma tinha mamado no peito da mãe quando pequena. Ele ri alto enquanto um tremor de repulsa percorre a sua espinha.

– E ovo – comenta Lo, indicando os restos de comida no prato de Linda. – É um tipo de menstruação, mas sai pela bunda.

– Já chega – diz o pai.

– Sim, por favor – diz Linda.

Imagine se Lo soubesse que a mãe tem um balde para fazer xixi ao lado da cama. Ela o usa quando não consegue chegar a tempo no banheiro durante a noite. Às vezes Albin também ajuda a mãe a ir ao banheiro. Ainda bem que a privada automática a limpa *lá atrás*, então ele não tem que lidar com isso, mas ela precisa de alguém para apoiá-la ao voltar à cadeira de rodas.

Numa mesa mais adiante, as mulheres do terminal riem de novo. Lo as observa.

– Adoro uma mulher de meia-idade de maria-chiquinhas – diz Lo. – Não é uma pena que ela pareça a criança de cinco anos mais gorda do mundo?

Albin ri um pouco e os adultos fingem que não ouviram.

– Talvez fosse *isso* que ela queria – Lo insiste. – Talvez seja o grande objetivo da vida dela. Nesse caso, não preciso sentir pena, porque ela *conseguiu realizar...*

– Agora chega – diz Linda. – Espere até você ficar mais velha. Aí vai ver que não é tão fácil ter uma aparência perfeita o tempo todo.

– Ela tem uma risada charmosa, pelo menos – diz Lo, rindo. – Estou satisfeita. Será que eu e Albin podemos dar uma volta por aí?

O pai abre a boca para dizer que não, mas ela já está empurrando a cadeira.

– Por favor – diz Albin rapidamente. – Eu e Lo não nos vemos há tanto tempo...

– Não sei se acho essa uma boa ideia – responde o pai naquele tom de quem sabe muito bem.

– Para mim está tudo bem, se estiver tudo bem para vocês – diz Linda, olhando para Lo. – Talvez seja o melhor para todos.

O pai olha para a mãe implorando para que ela tomasse o seu partido, mas ele era voto vencido. Albin se controla a fim de não se sacudir para cima e para baixo na cadeira, impaciente.

– Vocês têm que estar na cama até as onze horas – diz Linda, e Lo faz uma careta. – Não quero vocês andando por aí sozinhos, quando as pessoas já estiverem altas.

– Um de nós vai passar na cabine para ver se já estão deitados – o pai acrescenta. – Às onze em ponto.

– Nós prometemos estar – diz Albin.

– Não falem com estranhos...

– Mas pai – Albin protesta. – Nós já sabemos disso.

–... e se vocês precisarem de nós e estiverem sem sinal, peçam ajuda para algum funcionário. Ou é só ir até o balcão de informações e pedir que eles nos chamem pelo alto-falante. Não se pendurem para fora, que vocês podem cair na água e...

– Calma, Mårten – diz a mãe dando risada. – Nós não estamos mandando as crianças para a guerra, eles só vão se divertir um pouco sem a nossa companhia.

– Há casos de gente que desaparece nesses navios – diz o pai.

– Eu sei – Lo interrompe, virando para Mårten. – A mãe de um amigo trabalhou num desses cruzeiros. Mas as pessoas que desaparecem são aqueles que estão tão bêbados que nem sabem o que estão fazendo, ou pulam no mar para se matar. Nós nem pensamos em beber e também não somos como a vovó que...

Albin mais sente do que vê seu pai se retesando.

– Lo! – engasga Linda.

– Perdão – diz Lo rapidamente, ainda olhando para o tio. – Só queria dizer que não tem perigo, vamos nos cuidar. Vamos ficar bem. Quero dar uma olhada no duty free, comprar uns doces e ver um filme na cabine. Não é isso, Abbe?

Ele concorda com a cabeça fervorosamente.

– Está tudo bem, Mårten – diz Linda. – Às vezes é difícil de acreditar, mas Lo é bem madura no que importa.

– Às onze horas – diz o pai. – Nem um minuto mais tarde.

Albin e Lo se levantam da mesa.

– Também estou satisfeita – diz Linda. – O que vocês acham? Vamos dar uma volta também?

A mãe apanha o guardanapo do colo e coloca sobre o prato sujo. O pai se levanta, desequilibrando um pouco, e pede para a família da mesa ao lado abrir espaço para a mãe passar com a cadeira de rodas. Uma menina pequena e loira olha com curiosidade para ela.

– Você é um bebê? – ela pergunta.

– Você acha que pareço um? – pergunta a mãe, rindo.

– Não, mas você está num carrinho.

Os pais da criança parecem muito envergonhados.

– Stella, não pertube as pessoas – diz o pai da menina e Albin reconhece a voz do homem do terminal.

– Mas ela é um bebê muuito estranho – insiste Stella, surpresa por seu pai não enxergar o mesmo que ela.

A mãe de Albin ri novamente, e a sua risada é totalmente sincera.

– Que amor eles são nessa idade. Imagine se eles fossem assim para sempre! – exclama Linda.

– Isso foi uma indireta para mim? – pergunta Lo, mas quando vê Linda constrangida, não consegue deixar de rir.

– Poxa, Stella, pare de encarar as pessoas – diz o pai da menina.

– Não tem problema – diz a mãe, manobrando a cadeira de rodas entre as mesas. – É normal ficar curiosa.

Ela dá um sorriso para Stella e os pais, reconfortando-os enquanto luta para manobrar com os controles de sua cadeira. Nesse momento é como se o coração de Albin se despedaçasse um pouco. Ele a ama tanto. Às vezes se esquece disso, mas agora o sentimento é tão forte que o inunda. Ele é pego desprevenido e está prestes a chorar.

– Vamos – diz Lo.

CALLE

Calle e Vincent estavam se levantando da mesa quando um bando de homens em ternos mal-ajustados invade o Restaurante Poseidon. Ele reconheceria a quilômetros de distância um grupo de funcionários que está em conferência no navio. Um dos homens tinha tirado sua gravata, e a usava para bater no traseiro da única mulher do grupo. Sem dúvida ele é o mais embriagado, mas os outros não ficam muito atrás. A mulher arranca a gravata da mão dele e grita furiosamente em finlandês. Ele apenas ri. Os outros o acompanham. Talvez ele seja o chefe.

Vincent tenta pegar a mão de Calle, que finge não perceber e procura por Pia. Quanta ironia! Ele está prestes a pedir Vincent em casamento, mas não quer nem segurar a mão dele. Tem medo de provocar alguém. Ele sabe bem quão rápido uma briga começa ali no *Charisma*.

Eles saem no longo corredor que vai de uma ponta à outra do navio. Do outro lado, na popa, fica o Charisma Starlight e Filip deve estar trabalhando no bar no momento. Calle observa o pequeno balcão onde vendem as fotografias tiradas no embarque dos passageiros. Ele se surpreende por isso ainda existir. Quem compra essas fotografias agora que todos têm celulares com câmera?

Há uma grande expectativa no ar. Gargalhadas em alto volume e vozes embriagadas. Muitos aguardavam ansiosos por esse cruzeiro, para comer bem, beber e dançar na terra de ninguém que é o Mar Báltico. Ele sente uma vontade repentina de protegê-los de certos olhares.

Para muitos de seus colegas do escritório de arquitetura esse seria o lugar mais exótico de suas vidas. E não era isso que ele reforçava quando contava as histórias de guerra sobre o seu trabalho a bordo do *Charisma*? Algumas ele contou tantas vezes que eram clássicas: a da mulher que pegara metade de um salmão e enfiara na bolsa, ou a do cara coberto de tatuagens tribais que teve um chilique porque não havia um McDonald's a bordo. Tinha a da mulher mais velha e bronzeada demais que chupara um grupo de jovens na sua cabine, e depois eles tinham ido só de cuecas até o Club Charisma, para fazer um V com os dedos para seus amigos. O rapaz que tinha tentado escalar a chaminé. A garota com as palavras "mais forte" tatuadas na lombar. A mulher que viajava com eles pelo menos três vezes por semana, o ano inteiro, e que falava que adoraria morar permanentemente no *Charisma*. Todos que faziam sexo nos corredores, no convés, na pista de dança e na piscina de bolinhas das crianças, sem perceber que cada centímetro do *Charisma* é monitorado por câmeras de segurança.

Ele se distanciara de tudo isso, como se a sua vida no cruzeiro houvesse sido uma espécie de estudo antropológico.

— Lá está ela — diz Vincent, apontando para a escada.

Pia também os tinha visto e diz alguma coisa para o seu colega Jarno, que Calle mal conhece. Jarno era de baixa estatura e de uma beleza suave. Parece ser uma pessoa legal, mas tímida. A única coisa que Calle sabe sobre ele é que é casado com Raili, a enfermeira do *Charisma*. Ele acena para Calle, antes de subir as escadas e desaparecer.

Pia para no caminho e pega uma lata turquesa de Gin Tônica de duas mulheres de meia-idade com cabelos curtos e espetados.

— Vocês têm que ir para um dos bares, se quiserem beber — avisa Pia.

— Ah, fala sério! — uma das mulheres protesta muito alto. Ela coloca as mãos na cintura e encara Pia. No seu moletom se pode ler "SEXY BITCH" bordado em *strass*.

— Sinto muito, mas essas são as regras daqui — responde Pia.

— Grande coisa! É da sua conta?

– Peço desculpas, meninas, mas só estou fazendo o meu trabalho.

– Era isso que os nazistas diziam!

A voz da mulher tinha subido uma oitava. Os passantes olhavam com muita curiosidade.

– Sua vaca nazista – grunhe a outra mulher e Pia dá risada.

– Uau – diz Pia. – É a primeira vez que me chamam assim, pelo menos dentro do navio.

– Você pode devolver o meu drinque, para eu tomar na minha cabine?

Pia balança a cabeça negativamente com muita calma.

– Isso é praticamente um roubo – diz a mulher com voz ameaçadora. – Nós devíamos denuciar esse abuso de merda. Você provavelmente quer beber tudo sozinha.

– Se quer fazer uma denúncia contra mim, vá até o balcão de informações na entrada do duty free. Eles ficarão felizes em ajudar. Eu tenho que ir agora, mas acho que vocês deveriam tomar um pouco de água. Afinal, a noite mal começou.

– Que porra de sociedade controladora! – exclama a mulher, pegando a sua amiga pelo braço e cambaleando para longe de Pia.

– Mais um dia como outro qualquer no trabalho? – pergunta Calle, quando Pia se aproxima.

– Aposto que você não sentiu tanta falta do *Charisma* depois de presenciar essa cena, não é? – pergunta ela, dando uma piscadinha. – Vamos?

Uma nova onda de nervosismo toma conta de Calle. Está quase na hora. A caixinha no bolso do blazer de repente parece feita de chumbo. Mas ele sabe que Vincent vai dizer "sim". Ele vai. Afinal, os dois já tinham conversado sobre se casar algum dia.

– Meu deus, elas são tão idiotas! – comenta Vincent.

– Temos que levar em conta que a maioria dos passageiros é gente boa – diz Pia, indo em direção aos elevadores.

– E os que realmente não são? O que você faz com eles?

– Normalmente uma conversa resolve – responde Pia, apertando o botão para chamar o elevador. – Se estiverem bêbados demais, nós os levamos para celas até a bebedeira passar. Mas em casos extremos, ancoramos no primeiro porto e entregamos para a polícia lidar com deles.

As portas do elevador se abrem em um *ding*. Uma mulher alta de feições pesadas e camisa xadrez sai do elevador. Ela dá uma risadinha ao ver o uniforme de Pia.

– O que vocês andaram aprontando, meninos? – pergunta a mulher, com uma voz rouca de uísque e um sorriso sugestivo para Vincent.

– Nem queira saber – responde Pia sorridente, entrando no elevador.

– Eu posso ajudar a colocar as algemas – grita a mulher para eles e Vincent cai na risada.

– Você nunca fica com medo? – ele pergunta assim que as portas do elevador se fecham.

– Uma ou duas vezes. Mas somos quatro guardas no navio e quase nunca andamos sozinhos. Vou encontrar meu parceiro assim que eu deixar vocês na ponte de comando.

– Você carrega alguma arma?

O elevador sobe até o décimo deque. Calle está tão nervoso que rodelas de suor já impregnam o blazer. Ele olha para Vincent e Pia e parece surreal que os seus dois mundos estejam se encontrando.

– Só tenho o cassetete – responde Pia. – Não queremos armas de fogo por aqui, poderia acabar muito mal.

Ela sai antes deles do elevador. Aqui é muito quieto e calmo. Escadas que levam para o andar de baixo, salas de conferência com luzes apagadas e paredes de vidro que as fazem parecer terrários. As portas levam para o convés externo e há um painel de madeira. Pia passa o seu cartão no leitor da parede e digita a sua senha. Quatro bipes soam estridentemente antes de ela empurrar uma porta engenhosamente discreta.

O coração de Calle bate cada vez mais forte. Não consegue se forçar a entender que aquela era a hora. Ele planejou isso por tanto tempo e imaginou tantas vezes, que agora a sensação era de *déjà vu*. Estavam a caminho. O Capitão Berggren os estava aguardando.

TOMAS

– O que você quer realmente? – pergunta Åse. – Você pelo menos sabe por que está me ligando?

Ele pisca os olhos repetidamente, como se isso tornasse as palavras do outro lado da linha mais claras. Ela está em casa, em Norrköping, mas poderia estar do outro lado do mundo. Tomas tira o celular do ouvido para olhar a tela. Tem uma barrinha de sinal.

– Só queria saber como você está – diz ele.

As portas do elevador se abrem à sua frente, ele entra e aperta o botão. Sua imagem é refletida de todos os ângulos no vidro fumê das paredes, as reflexões se duplicando de novo e de novo, infinitamente. Seus cabelos ruivos estão desgrenhados e úmidos.

Por que Åse não fala nada?

– Você não entende? Sinto a sua falta – diz ele, odiando a si mesmo por gaguejar. – Todo mundo está perguntando de você. Você tem ideia do que é estar na despedida de solteiro de Stefan e não poder dizer que estamos nos divorciando?

As portas do elevador se abrem e ele desce no quinto deque. Fica parado por um tempo ao perceber que não sabe chegar à sua cabine. Onde estão as placas de informação?

Åse dá uma risada rouca.

– É tão típico você fingir que liga para saber como eu estou, mas na verdade quer é contar como *você* está.

Tomas segura o celular com mais força. Ela parece fria, fria para caralho. Poderia congelar todo o Mar Báltico. Havia sido um erro telefonar para ela. Um grande erro. Mas ele já sabia disso e ligou mesmo assim.

– Desculpe por achar difícil pra caralho – ele grita.

Duas mulheres que estão descendo a escada riem dele.

– Me desculpe por ter sentimentos – diz ele, tanto para elas como para Åse.

Ele entra em um dos corredores. Só vai buscar um maço de cigarros na cabine. Ele devia ter esperado para ligar depois de alguns tragos. Fumar sempre o fazia pensar melhor. Mas ele não queria que Åse o escutasse tragando. Ainda se importa com o que ela pensa, apesar de ela não ter mais o direito de opinar sobre a vida dele. Mas os maços de cigarro era tão loucamente baratos no duty free que ele tinha a melhor desculpa do mundo para voltar a fumar.

Se tudo estivesse como antes, ele contaria para ela como tinham feito Stefan encher a cara antes mesmo de saírem do ônibus de Norrköping, e que Peo e Lasse tinham flertado com cada garota ralé que encontravam pela frente. Ele quer ouvir Åse rir. Rir de verdade. Ele queria lhe contar como está irritado com Peo e Lasse, que esperam que ele pague uma parte dos drinques que estão oferecendo para todas aquelas garotas – e queria ouvir Åse concordar com ele. Quer que ela saiba que ele não está flertando com outras. Que ninguém chega aos pés dela.

– Diga alguma coisa – diz ele –, por favor. Você não sabe quanta falta me faz.

– Sim – ela responde. – Eu sei.

– Você não sente nem um pouco a minha falta?

Ele faz uma careta ao perceber quão patético ele soa. Retira a garrafa de cerveja que tinha escondido no bolso da jaqueta e bebe um grande gole. Ela está morna e sem graça. Ele olha à sua volta. Onde ele está e onde raios fica a cabine 5314?

5134... 5136... 5138... Ele não está sequer no corredor certo. Como caralhos esperam que alguém se encontre aqui, se parece tudo igual? O mesmo carpete cobrindo o chão, com as portas de merda com micronúmeros prateados?

Ele é um rato em um labirinto, um rato ridiculamente bêbado e nunca vai conseguir sair dali.

– Eu *sinto* a sua falta – ela diz. – Mas isso não tem mais importância.

Ele para no meio do caminho, com uma pequena esperança borbulhando dentro de si. *Ela sente a sua falta.* Se encontrar exatamente as palavras certas, talvez ainda consiga resolver tudo.

– Ei – ele começa –, se sentimos falta um do outro, então nada mais importa...

– Não – ela interrompe. – Isso não importa. Já é tarde demais.

A frieza voltara à voz dela.

– Vá se foder – ele diz. – Você não passa de uma vadia do caralho!

Dizer isso é ótimo, mas ele se arrepende imediatamente.

– Não fui quem traiu – responde ela.

Ele fica zangado novamente. Como deve ser bom ser moralmente superior e poder jogar na cara dele sempre que quiser.

– Talvez eu não tivesse traído se você não fosse tão escrota – ele escuta a sua própria voz dizer.

O arrependimento agora é maior e mais imediato dessa vez. Ele se vira, indo para o outro lado do corredor. Aguarda por uma resposta, mas não vem nada. Olha para a tela do telefone novamente. Ainda tem sinal no celular. Os segundos vão passando, registrados na tela. A ligação durava três minutos e vinte e sete segundos. Ele para junto a um corredor estreito e curto, que vai para o lado direito. Deve ter acabado de passar por ali, mas não se lembra dele.

– Você ainda está aí? Está me ouvindo?

–... nem nove da noite – Åse está dizendo. – Mas quanto foi... você bebeu?

Ela diz mais alguma coisa, mas as palavras saem cortadas e ele não entende. Isso o deixa furioso com ela, como se fosse sua culpa.

– Esquece essa merda – ele diz. – Não é mais da sua conta. Não desde que terminou comigo.

– Eu bem que queria esquecer – Åse responde. – Mas você está fazendo ser da minha conta... ligação mesmo que... pedi pra não...

A ligação é interrompida e, por um momento, ele tem certeza que ela desligou na cara dele. Mas quando ele olha para a tela, vê que não há mais sinal. Ele pragueja em voz alta e toma mais um gole da cerveja quente. Vai para o lado direito, passando por mais um corredor curto, dá uma olhada nos números nas portas, pelas quais vai passando. 5139... 5137... De repente, os números passam para 5327... 5329... O corredor se divide novamente lá na frente. Pelo menos os números parecem mais promissores agora. Ele vira à esquerda.

Esse corredor é idêntico ao primeiro: estreito, comprido e de teto baixo. Por um instante a perspectiva muda completamente, como se ele estivesse olhando para um poço profundo e quadrado, a ponto de desabar dentro dele. Tomas sente uma reviravolta no estômago. Apoia-se na parede mais próxima até a tontura passar e o corredor voltar a ser apenas um corredor.

Ele olha para o telefone e vê que há sinal novamente. Liga para o último número discado. Não ouve nenhum chamado, mas de repente os segundos da ligação começam a passar na tela.

– Alô? – diz ele. – Está me ouvindo?

Silêncio. O telefone está mudo, mas pode ver que os segundos enormes se acumulam na tela. Duas garotas saem de uma das cabines e ele diria que elas parecem sírias. São tão bonitas que ele não consegue deixar de encará-las. Mas elas nem percebem a sua presença.

– Alô – diz ele ao telefone. – Você está aí? Não estou te ouvindo, mas se você estiver me escutando...

Ele observa as garotas até desaparecerem em uma esquina. A percepção o arrebata. Está solteiro. Está sozinho. Sabe muito bem como Åse é. Quando ela decide alguma coisa, nada a faz mudar de ideia.

– Por favor – choraminga ele ao telefone. – Por favor, eu sinto muito por tudo o que aconteceu.

Ele está de volta às escadarias de onde viera. Observa os números das cabines. 5318... 5316... e então encontra a porta da cabine que divide com seu amigo Peo.

– Estou tão sozinho – diz ele. – Não quero ficar assim sozinho e me sentir tão infeliz.

Tomas pega o seu cartão no bolso de trás da calça. Dá uma olhada no celular. A ligação estava encerrada. Sem sinal. Enfia o celular no bolso de novo. Coloca o cartão na fechadura ao mesmo tempo em que outra porta se abre mais adiante no corredor.

– Olá? – diz uma voz baixa.

Uma criança. Tomas olha à sua volta no corredor, mas está vazio.

– Eu preciso de ajuda – diz a voz. – Por favor, você pode me ajudar?

A voz é melodiosa e clara, estranhamente antiga como a de um cachorrinho dos filmes da Disney, ou um personagem de filme antigo.

Tomas retira o cartão e a fechadura apita. Ele hesita. Coloca a mão sobre a maçaneta. Só quer pegar um cigarro e voltar para o convés, beber até cair, se esquecer de tudo.

– Estou com medo – diz a criança.

Tomas solta a maçaneta, suspira e se dirige para a porta aberta.

CALLE

– Uau! – exclama Vincent quando eles chegam na ponte de comando.

Calle só pode concordar com o namorado. Esteve ali poucas vezes, mas em todas elas ficava sem fôlego. A vista era praticamente a mesma da suíte, diferente por ser de onde se controlava o *Charisma*. Inúmeras telas brilhavam na escuridão: as cartas náuticas eletrônicas e o clássico radar verde. Os consoles eram cobertos do que pareciam ser milhares de botões e alavancas.

A lua crescente brilha branca no céu, através das imensas janelas. O mar escuro reflete a sua luz pálida no mar. Tão linda. Está perfeita.

– Trouxe visitas ilustres – anuncia Pia.

O Capitão Berggren se levanta. Normalmente ele não estaria na ponte a essa hora, mas Vincent não sabe disso.

– Bom te ver, Calle! – ele diz. – Há quanto tempo!

Berggren está com um olhar conspiratório. É evidente que estava ansiando por esse momento. O capitão os olha com muita curiosidade.

– Tempo demais – responde Calle estendendo a mão e pedindo desculpas mentalmente por seu estado pegajoso.

Berggren fica com os ombros mais largos quando usa uniforme e seu aperto de mão é estável e acolhedor como o esperado de um capitão. Mas ele envelheceu. Seu queixo estava quase ausente, agora é apenas uma lombada entre o rosto e o seu pescoço largo. Eles não se conhecem muito bem. Provavelmente a conversa mais longa que tiveram havia sido a que seguiu o segundo teste de bafômetro em que Calle fora pego. Mas Berggren é uma pessoa respeitada e querida pela tripulação, pois nunca hesita em se colocar ao lado deles em casos de conflito com os donos da companhia.

– Isso é incrível! – diz Vincent, ao cumprimentar a todos ali. – Muito obrigado por nos deixar entrar.

Ele faz perguntas e Berggren as responde com muito entusiasmo. Calle as escuta, mas não conseguiria entender nem se tentasse. Seu foco agora é pegar a caixinha enrolada no forro do bolso interno em seu blazer.

Pia lhe dá um sorriso, prepara a câmera do celular e lhe faz um aceno discreto com a cabeça.

Ele consegue tirar a caixinha do bolso. O forro sai junto, esticado como uma língua pendente. Ele luta para enfiá-lo de volta.

– Estou tão feliz que você me trouxe aqui – diz Vincent de costas para Calle.

– Estou feliz por você ter vindo – responde Calle. – Sou muito feliz por você existir, Vincent. Você sabe disso, não é?

Havia chegado a hora. Ele aperta a caixinha com força e se ajoelha. Escuta o clique do celular de Pia. Vincent se vira.

TOMAS

Tomas fica parado sob a iluminação forte do corredor, espreitando a escuridão depois da porta aberta da cabine. Há um cheiro estranho ali, um odor de menta misturada a lilases e algo mofado ou podre.

Um grupo de rapazes esbarra nele ao passar pelo corredor.

– O que aconteceu? – pergunta Tomas, dando um passo hesitante pela soleira.

– Estou com medo – a criança repete, soluçando. – Estou doente e a minha mãe ia trazer comida para mim, mas ela está demorando muito.

A voz da criança faz Tomas pensar novamente em filmes antigos.

A escuridão o envolve assim que ele fecha a porta da cabine. O mau cheiro piora. Deve ter alguma coisa errada com o encanamento. A porta do banheiro está entreaberta à sua esquerda, mas, assim que passa por ela, percebe que o fedor não vem de lá.

Somente um dos abajures junto à cama está aceso e virado para a parede, as sombras subindo quase até o teto. A criança está do outro lado da cama de casal, de costas para Tomas.

Há uma pequena mochila sobre a escrivaninha aos pés da cama. Na mochila se vê um sorridente Ursinho Pooh comendo mel de um pote. Embaixo da mesa há uma mala de rodinhas preta e um par de botas de salto alto.

Seria quase melhor se o abajur estivesse desligado, pois o ângulo da luz faz todas as sombras do quarto ficarem baixas e seu efeito é deprimente. Como se a gravidade ali dentro fosse tão forte que até as sombras pesavam. Tomas sente-se cada vez mais desconfortável. Suas bolas se encolhem.

– Posso acender a luz? – ele pergunta, esticando o braço para alcançar o interruptor.

– Não – responde a criança imediatamente. – Estou doente e meus olhos doem na luz.

Tomas abaixa o braço. Entra na cabine relutantemente e se assusta ao ver um movimento na visão periférica. Percebe que é o próprio reflexo no espelho sobre a escrivaninha. Sente-se idiota, mas o medo continua a correr em seu corpo. O cheiro estranho fica mais forte quando ele se aproxima do lado da cama em que a criança está.

– Como você se chama? – ele pergunta, notando que as palavras saem arrastadas.

A criança não responde. Parece ser um menino. Seus cabelos lisos quase brancos estavam caídos sobre o rosto. Tomas repara que ele não está sequer de camiseta. Seus ombros magros e pontudos estão para fora do edredon, nus. Que tipo de mãe deixa o seu filho assim? Um filho doente! E ela nem tinha ensinado a não deixar estranhos entrarem na cabine? Tomas estremece só de pensar no que poderia acontecer ali. Ele se senta na ponta da cama, próximo à criança.

– Você quer que eu peça para chamarem sua mãe pelo alto-falante? – ele pergunta, concentrando-se para que sua língua lhe obedeça agora.

– Não. Ela pode ficar brava. Você não pode ficar comigo até ela voltar?

Tomas olha para as botas de salto alto e não sente a menor vontade de conhecer sua dona. Ela pode ser uma maluca de verdade. Alguém que se pergunte o que raios ele está fazendo ali, na cama com o seu filho.

Mas será que ele deve deixar o garoto aqui, com medo e sozinho? O mau cheiro entra mais fundo em seu nariz.

– Como você se chama? – ele pergunta novamente.

– Não vou falar, porque você vai pedir para chamar no alto-falante e a minha mãe vai ficar brava. Ela está sempre bem brava.

Tomas põe a mão no ombro do menino. A pele parece muito fria, meio emborrachada sob seus dedos. Ele considera que o menino pode ter alguma doença contagiosa e se controla para não recolher a mão imediatamente.

– Acho que seria a melhor coisa a fazer – diz Tomas. – Tenho certeza de que ela não vai ficar brava. Eu posso ficar com você até...

– Você não pode ir embora – diz o menino.

Tomas sente a pele do menino afundar sob os seus dedos, como se a carne estivesse solta sob a pele.

Sente seu couro cabeludo se encolher. Há um interfone sobre a escrivaninha. Ele poderia ligar para o setor de informações. Mas o que ele quer é sair dali. Imediatamente.

– Eu já volto – ele diz. – Não abra a porta para ninguém, só para a sua mãe ou para mim.

Ele se levanta, aliviado por não estar mais em contato com o menino. Quer lavar as mãos. Pelo espelho, vê o garoto se sentar na cama, atrás dele. A luz do abajur ilumina os cabelos dele, criando uma auréola. Há algo de errado com esse menino, muito *muito* errado.

– Espere aqui – diz Tomas.

Ele já está quase na porta quando sente uma mãozinha puxando seu casaco.

– Fique aqui – implora o menino. – Preciso de você.

– Eu volto já – diz Tomas, e percebe que está mentindo. Ele não pretende voltar ali.

O menino solta o casaco de Tomas e a cabine fica no mais completo silêncio. Uma sensação estranha percorre o seu corpo, começando no cóccix. Toda a sua pele parece se encolher e apertar seu corpo.

Sua mão se aproxima da maçaneta. De repente, braços envolvem seu pescoço. Joelhos pressionam as suas escápulas. O garoto saltou em suas costas, se agarrando nele como um macaco. Os pequenos braços apertam seu pomo de adão, impedindo-o de respirar. Ele tenta alcançar os braços do menino, tentando afrouxar seu aperto. Seus dedos penetram na pele, a carne se abrindo até que ele sinta os ossos.

A cintura de Tomas é envolvida pelas pernas esquálidas da criança.

– Me solta – gane Tomas com o pouco de ar que lhe resta. O mundo está escurecendo. Percebe um som seco perto de seu ouvido.

Se curva para frente, tentando se livrar do menino, separar aqueles malditos braços magros de seu corpo. Mas não consegue se desvencilhar. O menino deve ser louco, deve ser por isso que ele é tão forte. Sua garganta dói, dói, dói. Parece que a cabeça vai explodir e que porra de barulho é aquele, parece a merda de uma tesoura ou um *imenso alicate*...

Tomas se atira de costas na parede, com toda a sua força. Espremido entre o corpo e a parede, o menino diminui o aperto. Tomas separa seus braços e força as pernas a abrirem, e o escuta cair com um estrondo no chão da cabine.

Seu pomo de adão dói muito. Ele puxa ar avidamente e a dor é insuportável. Ele se obriga a inspirar mais uma vez. A nuvem escura em sua visão começa a dissipar.

Ouve passos rápidos e, de repente, o garoto está entre ele e a porta da cabine, bloqueando a passagem com seu corpo magro e tão pálido que fica quase fluorescente na escuridão.

Tomas acende o interruptor e a luz inunda o quarto. O garoto coloca uma das mãos sobre os olhos e grita. Um gemido involuntário sai dos lábios de Tomas.

O garoto não é maior que uma criança de cinco anos de idade, mas seu peito é flácido, como o de um velho. A pele está solta, como se fosse uns dois tamanhos maior que seu corpo. E o rosto! As bochechas ossudas, a pele cinza, a carne que fica mais esburacada quando ele estremece na luz.

Será que ele tem aquela doença que faz crianças envelhecerem prematuramente... Como chama mesmo? Será que pode ter afetado o cérebro também?

– Você não pode ir embora – diz o menino, abaixando a mão.

Seus olhos sobrenaturalmente grandes piscam na luz. A criança

a criatura

parece tão pequena, tão frágil e indefesa. Mesmo assim Tomas está apavorado.

Tomas olha a porta do banheiro à sua direita, tentando pensar claramente e elaborar um plano. Não teria para onde correr no banheiro. Mas ele pode se trancar lá dentro. *O sinal de celular tem que voltar alguma hora, né?* Ele pode bater nas paredes. Alguém que estiver passando vai escutá-lo. A mãe do menino deve voltar em algum momento.

Onde ela realmente estava?

Ele tem a sensação de que a dona das botas está no banheiro esperando o tempo todo, assistindo de lá ao menino fazer com ele aquele jogo doentio.

Tomas estica o braço e abre a porta do banheiro com um empurrão. Repara que a decoração é igual à da cabine que divide com Peo, com linóleo cor de pêssego e cortina branca. Ela está entreaberta, mas consegue ver que não há ninguém lá.

Ele se atira para dentro do banheiro, mas o menino é mais rápido. As pequenas mãos agarram a gola de sua camiseta e as pernas se enrolam em sua cintura novamente, dessa vez pela frente. Aquele rosto horrível tão perto do seu. Um cheiro fétido vem da boca do garoto. Tomas dá um passo para trás e tropeça dentro do quarto, caindo de costas no chão. Por pouco não bate a cabeça na quina da cama. O garoto se estica sobre sua barriga. Apóia os braços no chão. Se arrasta para frente.

A garrafa de cerveja no bolso de Tomas está vazando, úmida e morna em sua axila. Ele mal repara. As sinapses estalam no seu cérebro, transmitindo informação sobre o que ele vê. Nenhum detalhe lhe escapa. É como se o tempo tivesse parado.

Os olhos do menino brilham como fogo azul, mas a pele fina ao seu redor é flácida e sem vida. Ele abre a boca, esticando seus lábios escamosos e rachados. Mostra dentes amarelados e uma gengiva cinza com manchas escuras.

O que ele tem? O que deixa uma criança nesse estado? Será que é raiva? Não... essa é uma ideia idiota, não é?

A língua do menino desliza para fora da boca, como uma lesma gorda cinzenta entre os dentes. Sua boca se aproxima.

Isso não está acontecendo. Não está acontecendo. Isso não está acontecendo.

Tomas tenta se virar, arqueando o corpo para atirar o menino para longe.

Ele não deveria ser tão forte. Devia ser impossível.

A pele rachada dos lábios do menino encosta em um dos lados do pescoço de Tomas. Arrepia suas terminações nervosas hipersensibilizadas. Em seguida, ele sente os dentes, pequenos e afiados. Sacode a cabeça com força, tentando escapar.

Os dentes penetram em sua pele e a dor quase o faz desmaiar. E aquele som, o *som*. Sente a língua do garoto passando ao redor da ferida, com cuidado, quase uma provocação. Fica molhada e escorregadia com o sangue.

MADDE

Ela observa seu próprio olhar na tela do telefone, tentando esticar o braço o máximo possível sem tirar a cabeça do ângulo perfeito. O vento no convés desarruma seus cabelos. Ela e Zandra dão risadas e erguem suas taças em um brinde para todos que forem ver a foto. As ondas que o navio causa em sua passagem formam um leque branco que contrasta com o negro das águas. Ela aperta o símbolo da câmera com o polegar, testando uma pose a cada clique.

Há um grupo de rapazes logo adiante. Um deles está com um véu de noiva, e é óbvio que esta é a despedida de solteiro dele. Madde percebe como eles olham para ela e para Zandra, e capricha ainda mais nas poses. Dá a eles algo realmente interessante para olhar.

Zandra acende um cigarro para cada enquanto Madde analisa o resultado das fotos. Apaga rapidamente as que não lhe fazem jus, antes que Zandra tente convencê-la a postá-las só porque ela acabou saindo bonita. Mas quando chega na foto perfeita sabe que não vai haver discussão. Na foto, Zandra está sorrindo com a boca entreaberta e um olhar de quem acabou de ver algo bem sensual. Um dos lados da echarpe de pena levantou com o vento e está flutuando na escuridão atrás delas. Madde está com a cabeça jogada para trás, os olhos semicerrados e fazendo biquinho. Escolhe um filtro que deixa a foto com uma aparência mais suave e dourada. Aciona o contraste, para que os olhos e as maçãs do rosto fiquem mais visíveis. Zandra lhe entrega um cigarro e quando vê a foto, sorri satisfeita.

– Não é de se admirar que aqueles caras não param de olhar para nós – diz ela.

Madde traga o cigarro algumas vezes e dança um pouco no ritmo pulsante da música que vem do Club Charisma, enquanto tenta postar a foto. Não há sinal agora. Era para ter wi-fi a bordo, mas ele nunca funciona.

Ela guarda o celular na bolsa, toma um grande gole de vodca com energético, se apoia à grade e fuma lentamente. Finge que os caras da despedida de solteiro não estão olhando. Zandra sorri maliciosamente. Sabe muito bem o que a amiga está armando.

Mas Madde sinceramente não se importa com aqueles garotos. Eles são só um treino. Irá fazer Dan Appelgren reparar nela hoje à noite.

DAN

Dan está sentado na cama desarrumada, olhando para as quatro linhas perfeitamente dispostas sobre o espelho apoiado em seus joelhos. O ritual em si é tão reconfortante que já se sente melhor. Abaixa a cabeça, coloca um canudo cortado em uma das narinas e encara o próprio olhar no espelho. Aspira uma linha e troca de narina. Aspira a linha seguinte e aperta o nariz, sentindo o gosto químico no fundo da garganta. Pigarreia um pouco e engole. Repete todo o procedimento. Em seguida passa o indicador sobre o resto de pó branco no espelho e o esfrega na gengiva. Usa o dedo molhado de saliva para pegar os últimos remanescentes do pequeno saco plástico.

Sua gengiva adormece imediatamente. *Essa porra é da boa.* Ele guarda um outro saco no bolso, junto com alguns calmantes, e pendura o espelho de volta na parede. Observa sua imagem atentamente. Coloca a cabeça para trás, garantindo que nenhum floco branco delator fique nas narinas.

Dan vira a cabeça. Os cabelos recém-tingidos não mostram nenhum fio branco. Levanta a camiseta e dá um tapa forte na barriga. Nada treme. A maioria dos caras de vinte anos nem sonha em estar tão em forma.

O salto dos seus sapatos de verniz martela com força o assoalho quando ele pula para cima e para baixo. Ele ensaia alguns golpes para sua imagem no espelho. Coloca os seus anéis de prata. Ele está pronto.

TOMAS

Ele finalmente consegue afastar o garoto de si e se senta. Os dois ficam em pé ao mesmo tempo. Seu pescoço lateja. O som dos dentes perfurando a pele ecoa em sua mente.

Ele olha para o rosto assustador do menino. O queixo manchado de sangue. A pele flácida do corpo e a caixa torácica quase côncava.

Cada célula do corpo de Tomas grita que ele precisa sair dali o mais rápido possível, mas o garoto está bloqueando a porta novamente.

Tomas tira a garrafa de cerveja do bolso interno da jaqueta, vendo seu reflexo imitá-lo com o canto dos olhos. Aperta a garrafa forte, com medo de deixá-la escorregar dos dedos molhados de suor. Bate a garrafa na borda da escrivaninha. Nada acontece. Ele tenta de novo e o vidro quebra.

As pontas afiadas da garrafa cintilam na luz fraca. Tomas a sacode à sua frente e um caco cai sobre o carpete. Ele vai se aproximando do menino. *Preciso sair. Nada mais importa.*

– Eu não quero lhe machucar – ele diz.

Seu coração bate cada vez mais rápido e a ferida do pescoço lateja no mesmo ritmo. O menino não responde. Tomas sequer escuta sua respiração.

Pensamentos piscam em sua mente. Peo e seus outros amigos estão no Club Charisma agora. Eles não fazem ideia de onde ele está. Provavelmente acharão que ele desmaiou em algum lugar. Ou que ele deu sorte com alguma mulher. Só irão se preocupar de verdade no dia seguinte.

Tomas dá um pequeno passo, menos de um metro o separa do menino.

– Por favor – ele diz. – Eu não vou contar para a sua mãe e nem para *ninguém*. Só me deixa ir.

A boca do menino se abre e fecha, fazendo aquele barulho seco.

– Mas se você não tiver cuidado, eu posso...

O garoto corre para ele de braços esticados, abrindo e fechando a boca. Tomas passa a garrafa em arco à sua frente e vê, com pavor, o vidro penetrar na clavícula do garoto e afundar mais abaixo. É muito fácil. Fácil demais. Ele abaixa a mão, largando a garrafa.

– Me desculpe – ele choraminga. – Não era a minha intenção...

O menino lhe dá um olhar quase repreensivo. Ele toca as feridas feias e abertas com um ar descrente. Tomas consegue ver que são fundas, mas não há sangue. A carne é cinza e brilha fracamente em tons doentios. Como uma carne moída que fica tempo demais na geladeira. O cheiro forte se espalha pela cabine, um odor de amônia e fruta madura podre.

Não é possível, não é possível. Só posso estar sonhando. Preciso acordar...

O menino o escala novamente, se agarrando a ele como a paródia de uma criança assustada que procura o consolo de um adulto. Seus dentes afundam no pescoço de Tomas. O garoto aperta a boca na abertura e suga como se o sangue não viesse rápido o bastante.

Tomas cambaleia para trás, dando poucos passos antes de suas pernas cederem. Ele cai sentado com um baque entre a cama e a escrivaninha. Tenta empurrar o menino, mas o choque era tão grande que o enfraqueceu.

A pele das costas do menino vai perdendo a cor cinzenta, ficando saudável e rosada à medida que o sangue o enche. Tomas observa sem entender. A criança ataca seu pescoço de novo, e ele cai de costas. Os cacos no chão atravessam a jaqueta e a camiseta. O rasgo no peito do menino começa a sangrar, e o sangue de Tomas cai de volta nele, como se fosse um sistema circulatório subvertido.

Nuvens negras voltam a invadir sua visão, se acumulando.

Se ele desmaiar agora, não irá sobreviver. Uma parte dele quer apenas aceitar esse destino. É tão tentador deixar que a escuridão dançando à sua frente o envolva, deixar-se cair no desconhecido, acabar com a dor. Não seria mais difícil do que adormecer no sofá em frente à televisão.

Mas ele não quer morrer.

O menino suga mais devagar agora, como um bebê que começa a sentir-se satisfeito.

Não pode ser assim.

Não é assim que termina.

Ele tem que tentar.

Tomas levanta a mão direita. Respira rápido algumas vezes e dá um tapa lateral na cabeça do menino, batendo na escrivaninha.

O garoto rosna para ele como um animal selvagem.

Há sangue

o meu sangue

nos dentes do garoto, nos lábios, no queixo, escorrendo vagarosamente do ferimento abaixo da clavícula. A pele ali parece normal e saudável agora. O rosto dele parece o de uma criança de verdade.

Seus dentes mordem o ar e Tomas lhe dá mais um tapa na cabeça. Os olhos do menino se reviram e o pequeno corpo colapsa sobre o seu. O grito de Tomas ricocheteia de volta para ele das paredes da cabine.

O corpo é tão pequeno. Tão leve.

Ele quase vomita enquanto luta para se levantar do chão. O quarto parece balançar, como se o navio estivesse passando por uma tempestade. Talvez esteja. Ele não saberia dizer, já não sabe mais o que faz sentido. A cabine gira cada vez com mais força, fazendo-o mergulhar na escuridão.

ALBIN

Albin escuta os vidros tilintarem nas prateleiras a caminho do caixa. O duty free é iluminado por uma luz branca e forte. Os vidros de perfumes e as garrafas de bebida brilham e cintilam, os pacotes de Marlboro e as imensas embalagens de Toblerone reluzem. Albin já tinha separado balas de alcaçuz em cesta. Ele ganhou duzentas coroas dos pais para gastar no navio, mas, com tantas opções, era difícil escolher no quê.

Uma mulher de cabelos lambidos, pintados de rosa, e lábios vermelhos o observa da ala dos perfumes assim que entra na fila do caixa. Ele fica nervoso, perguntando-se se ela tinha visto que ele estava com Lo e se viu a prima roubar mais cedo.

Mas nada acontece e, assim que sai da loja, encontra Lo esperando-o, mascando chiclete impacientemente.

– Que rápido que você foi, hein – diz ela, começando a andar antes que ele a alcance.

Albin vai atrás dela, olha para o balcão de informações e repara no homem entediado atrás dele. Eles vão pelas escadas e saem de novo perto do Charisma Buffet. Dirigem-se para o lado de trás do navio, passando por um restaurante, um café e por um lugar chamado McCharisma, onde vários homens em sobretudos estão bebendo cerveja. Passam também por um fliperama, onde crianças pequenas apertam os botões dos jogos sem entender como funcionam. Lá fora está completamente escuro e Albin enxerga apenas o seu reflexo e o de Lo nas janelas.

– Abbe! – Lo chama.

Ela vai em direção a uma pequena banca com fotografias brilhantes expostas em um quadro de tecido negro. Quando ele se aproxima, reconhece imediatamente a mulher que está lá: é a fotógrafa que registrou a chegada deles ao navio.

– Essas são apenas amostras – diz ela, com seu sotaque carregado do interior. – Vocês podem ver as fotos do dia aqui. Custam 49 coroas cada e a impressão fica pronta em uma hora.

Ela estende um iPad, que Lo praticamente arranca de suas mãos. Passa pelas fotos rapidamente, enquanto masca com força o chiclete. Para de vez em quando para fazer comentários:

– Não é uma pena que ninguém a avisou sobre a existência de condicionador? Puxar os jeans até as axilas é sempre minha maior dica... Será que ele percebeu que os pais devem ser irmãos?

Albin fica tonto ao ver tantos rostos desconhecidos passando. Ele também procura alguma coisa para comentar, mas Lo é sempre mais rápida.

– Olhe, somos nós! – ela exclama.

A foto apareceu tão de repente, que ele tem a sensação de olhar para outro grupo desconhecido. Todos são muito loiros. Todos, menos ele.

Ele tinha acabado de ver a fotógrafa e estava começando um sorriso, mas agora via que ficou pela metade e que quase pareceu estar fazendo careta. Seus tênis brancos estão encardidos, os jeans estão soltos no joelho. Queria saber o que Lo diria se não o conhecesse.

– Adoro quando eu pareço uma sonâmbula retardada! – exclama Lo.

Ela saiu na foto com os olhos entrabertos, mas mesmo assim está bonita. Linda tinha apoiado a mão sobre um ombro da filha e sorria profissionalmente. O pai está o rosto um tanto brilhoso, mas sorrindo também. Parece que ele e Linda é que são casados. A mãe de Albin está na cadeira de rodas, olhando insegura para a câmera. Albin sabe o quanto ela odeia ser fotografada. Sempre fica tensa e estranha quando alguém ergue o celular. Sempre pede para que não a fotografem ou vira o rosto para o outro lado. Albin nunca conseguiu tirar uma boa fotografia dela e queria que tivesse saído bonita nessa de hoje. Então poderia comprá-la e mostrar para ela.

Olha novamente para o pai, tentando acreditar que o homem de sorriso confiante é o mesmo de hoje à noite. "Eu devia fazer como a minha mãe. Todos ficariam bem mais satisfeitos, não é?"

– Que família simpática – diz a mulher.

– Até parece – responde Lo, puxando Albin para longe dali.

Eles passam por uma sala de paredes escuras e uma placa escrito "Cassino". Tem uma garota atrás de uma mesa forrada de feltro verde. Algumas pessoas estão em bancos altos na frente de máquinas com frutas brilhantes, apertando botões e puxando alavancas. Ele e Lo continuam até o final do corredor. Música típica sai dos alto-falantes em último volume. Os cabelos de Lo, presos num rabo de cavalo, sacodem como um pêndulo a cada passo que ela dá, acariciando seus ombros. Albin gostaria de tocá-la e sentir seus cabelos entre os dedos.

Chegam num bar, que tem uma enorme pista de dança e está escrito "Charisma Starlight" em letra cursiva sobre o balcão de bebidas. O teto é todo decorado com pequenas lâmpadas brancas, que imitam constelações. Na pista de dança, luzes de cores variadas piscam, formando figuras sobre o chão e nas cortinas vermelhas e fechadas do palco. Um casal de meia-idade dança, dando pequenos passos para frente e para trás, totalmente fora do ritmo da música. É como se estivessem em seu próprio mundo. Parecem apaixonados. Ao lado deles, uma mulher descalça pula sem parar, batendo palmas de vez em quando, com um sorriso extático.

– Eu sempre quis ser alegre e agitada assim – diz Lo muito séria. – Sabe, é só escolher ser feliz!

Eles passam pelas mesas entre o bar e a pista de dança. Lo tenta pegar uma garrafa de cerveja meio bebida, mas o bartender loiro faz que não com a cabeça. Ele não parece zangado – inclusive, está sorrindo –, mas Albin quer sair dali imediatamente.

– Não é uma pena que ele aceitou conselhos de moda de um semáforo? – diz Lo apontando para um homem calvo adiante.

O homem está vestindo uma camisa vermelha enfiada dentro de calças verdes. A barriga dele desafiava a lei da gravidade ao insistir em ficar sobre o cinto. Ele realmente parece um semáforo. Albin começa a rir.

A mulher descalça continua dançando, agora em volta do casal. Eles a assistem um pouco. Alguns rapazes musculosos em camisetas muito justas se colocam no canto da pista. Um deles dá uma olhada em Lo e Albin, erguendo sua garrafa de cerveja em cumprimento. Albin fica pensando se parece que ele e Lo são um casal. Ele se aproxima mais dela.

– É verdade que você conhece o filho de alguém que trabalha num navio?

– É – ela responde. – O meu amigo me contou as coisas mais nojentas. As pessoas que limpam têm, tipo, o pior trabalho do mundo. Pelo menos eles ganham quinhentas coroas a mais a toda vez que precisam limpar vômito. E *muita* gente vomita, principalmente nas cabines. Eles podem, tipo, fazer uma fortuna de vômito.

Albin olha ao redor. Tudo lhe parece bem limpo: os contornos de bronze preenchidos com vidros vermelhos que emolduram a pista de dança, as mesas reluzentes e o balcão do bar brilhoso. Ele observa o carpete vinho debaixo dos seus pés e não vê nenhuma mancha. Mas estão à meia-luz.

– O melhor de tudo é quando alguém vomita num mictório, aí eles só precisam dar a descarga. Imagine ganhar quinhentas coroas fácil assim!

Lo estala os dedos e Albin tenta imaginar como deve ser trabalhar em um lugar em que você precisa limpar o vômito de outras pessoas todo dia.

– Há outras coisas nojentas também – Lo continua a falar, mas diminui o tom de voz. – Muitas garotas são estupradas nas cabines, mas a polícia não consegue fazer nada. Eles não conseguem coletar provas porque tem DNA demais nos quartos.

Ela olha triunfante para Albin, como se tivesse contado uma piada. Se ela contou, ele não entendeu.

– Você não está pegando? – ela pergunta. – Tem esperma velho espalhado por todos os cantos, das paredes ao chão, por tudo. Todo mundo transa em qualquer lugar. É totalmente nojento!

Lo suspira e sacode as mãos, como se estas estivessem cheias de algo pegajoso. Seus olhos brilham de repulsa.

Albin não sabe o que dizer e olha novamente para a pista de dança. Aquele rapaz ainda está olhando para Lo, mas ela não parece perceber ou não se importa. Lo joga o rabo de cavalo sobre um dos ombros e passa os dedos por ele.

– Os seus pais ainda fazem sexo? – ela pergunta. – A sua mãe *pode* transar?

– Pare – pede Albin.

Ele não quer pensar nisso. Sempre que abraça a mãe, sente como suas costelas são frágeis. Seu pai poderia quebrá-las ou deslocar um membro dela, mesmo se tivesse cuidado.

– E a tia Linda? – ele pergunta.

Na verdade, ele não quer saber. Mas qualquer coisa é melhor do que ter que falar dos próprios pais.

– Uma vez eu ouvi – responde Lo. – Com o último namorado, mas era ele quem fazia a maior parte do barulho.

Ela coloca os dedos na boca e finge vomitar. Pelo menos Albin tem quase certeza que está fingindo.

– Eu acho que ela é superchata na cama, porque é superchata no resto. Ela nem deve saber o que é um boquete.

Lo revira os olhos e Albin nem sabe o que dizer. A palavra *boquete* fica ecoando entre eles. Imagina se Lo soubesse quanto tempo ele passa pensando em sexo. Imagina se souber que às vezes ele assiste a vídeos na internet. Se soubesse como ele se sente com isso. Fica assustado e excitado e enojado ao mesmo tempo.

Sexo é um universo paralelo onde as pessoas mais comuns subitamente mostram um outro lado. Quase como os monstros dos seus sonhos, que podem parecer uma pessoa qualquer, que vive uma vida normal, até que você a espie pela janela.

Será que Lo é assim agora? Será que já tinha feito com alguém?

– Vamos? – pergunta Albin, tentando dar um sorriso.

– Vamos – ela responde. – Mas você está com uma sujeira nos dentes e eu não aguento mais ficar olhando.

Albin fica parado quando ela vai para a saída. Ele passa o dedo indicador pelos dentes da frente, cutucando com a unha até tirar uma coisinha verde. Coloca de volta na boca e sente um gosto forte e picante. Limpa o dedo na calça jeans e sai correndo atrás da prima.

MADDE

Madde sacode uma mão fechada sobre a cabeça e pula no mesmo lugar, mal sentindo os pés machucados nos sapatos de salto. O suor do seu rosto escorre pelos seios, que estão prestes a saltar para fora do decote. O glitter em sua pele reluz como milhares de estrelas à luz estroboscópica do Club Charisma. O seu punho acompanha a batida até ela sentir que está comandando a música. Com a outra mão ela segura um drinque de vodca com energético que vai respingando pela borda, deixando sua pele adocicada e grudenta.

    Ainda não tem muita gente ali, mas os que chegaram não tiram os olhos dela e de Zandra. Madde adora ser o centro das atenções. Aqueles olhares a energizam como uma bela bateria. Enquanto eles olharem para ela, não irá sentir cansaço. Ela vai dar a eles o que falar. Zandra está pensando a mesma coisa, Madde vê pelo olhar da amiga. Zandra se aproxima e deixa a echarpe de penas escorregar pelo ombro, como uma stripper. Em seguida, envolve o pescoço de Madde, puxando-a para si, como se a tivesse aprisionado. Madde sente as penas do cachecol quentes e molhadas contra o seu pescoço e começa a rir, tomando um gole da sua bebida. Zandra a aperta mais na echarpe e começa a mexer os quadris, descendo até o chão. Sua minissaia sobe deixando a calcinha branca de renda à mostra, quase fluorescente à luz da boate.

    Então Zandra cambaleia e cai de bunda no chão, sem largar a echarpe. A cabeça de Madde é puxada para frente e por muito pouco ela não cai também. O drinque voa de sua mão. Zandra finalmente larga a echarpe e se deita no chão. Suas pernas chutam e os braços sacodem para todos os lados. Sua risada se sobrepõe à música alta. Madde começa a rir tanto que mal consegue respirar, tirando a força e coordenação dos músculos a ponto de ter dificuldade em ficar em pé. Ela se inclina ofegante, as gargalhadas da amiga ecoando nos ouvidos. Saliva escorre de sua boca, e quando ela percebe, ri ainda mais.

FILIP

O Starlight está sempre na penumbra, um lugar em que é fácil perder a noção do tempo, mas Filip nem precisa conferir o relógio para saber que são quase nove horas. A leva de clientes pós-jantar já está tomando o segundo drinque. Filip e Marisol misturam gin com tônica, servem cerveja, vinho e Jägermeister. Abrem garrafas de cidra, de licores e o espumante da promoção. Ficam de olho em dois homens que, apoiados no balcão, discutem acaloradamente.

– Mas você não pode dizer que isso aqui é uma viagem para o exterior – diz um deles. – Vamos ficar na Finlândia só por uma droga de hora.

– Exatamente. A Finlândia é um outro país, não é? Ou agora pertence à Suécia? – o outro responde obstinado, em um tom que deixaria qualquer um irritado.

– Quase isso.

Filip passa os olhos pelo local, enquanto serve algumas cervejas. A mulher descalça na pista de dança não dá sinal de cansaço e alguns casais se juntaram a ela. Uma mulher magra parada em um canto escuro deixa Filip incomodado, embora ele só veja sua silhueta contra as luzes piscantes. Ela está imóvel demais – sequer parece real, como uma montagem malfeita. De vez em quando a luz passa pelo seu rosto. Percebe que ela tem o rosto sulcado, muito magro e exageradamente maquiado.

– Se não fosse uma viagem para o exterior, como eles poderiam ter um duty free? – pergunta um dos homens, muito satisfeito.

– Isso não conta. A gente não pisou em terra firme nenhuma vez.

– Exatamente isso. E se não estamos na Suécia, estamos no exterior.

Filip olha mais adiante e vê que as cadeiras e mesas entre o bar e a pista de dança já estão ficando ocupadas. Uma família se instalou em uma das mesas com sofás e as duas crianças menores começaram a se jogar de um para o outro, mas a mais velha, uma menina de uns sete anos e óculos de aros grossos, observa os pais tomarem cerveja em silêncio. Eles parecem estar quase bêbados. Bebem com uma determinação que Filip não costumava ver antes no *Charisma*. Ele não faz ideia de quando isso começou, mas parecia uma espiral impossível de controlar. Passageiros que querem um cruzeiro mais familiar e calmo precisam fazer uma simples busca na internet para descobrir que deviam procurar outro navio. Filip já tinha lido os comentários. Outros cruzeiros atraíam com diferentes temas, DJs e artistas mais famosos que Dan Appelgren. O *Charisma* é o cruzeiro que ficou para trás, cujo único atrativo era álcool barato. Filip ficava bem triste às vezes. Ele detesta ver crianças com pais que mal conseguiam se manter em pé, fazem-no lembrar bem demais de seus próprios pais, com sacos de mercado cheios de garrafas tilintantes. Ele pensa frequentemente nisso, em como é irônico que ele trabalhe com bebidas alcóolicas todos os dias.

Filip entrega o troco de uma cerveja e atende o próximo cliente. E o próximo. E o próximo. Entra no ritmo em que vira uma máquina automática, apenas trabalhando. Faz piadas, dá um sorriso aqui e uma piscadinha ali quando sente que podem gerar uma gorjeta extra. Mas ele não pensa. Sua mente está totalmente limpa.

Marisol tentou ensiná-lo a meditar, mas ele não consegue imaginar nada mais estressante que ficar totalmente imóvel. O que ela descreve quando quer convencê-lo – a quietude de pensamentos e a sensação de estar no presente – parecem muito com esse estado de fluxo. Trabalhar é a sua meditação.

– Quatro Cosmopolitans – pede uma garota, e ele sorri e grava as sobrancelhas desenhadas dela. Sempre há algum detalhe que o ajuda a lembrar quem pediu o quê.

Filip coloca gelo nas taças de martini para as resfriar. Junta vodca, cointreau, gelo e suco de cranberry na coqueteleira prateada. Ele avista Jenny, que tinha se sentado ao lado de Marisol no bar. Ela está usando o seu vestido vermelho de show e tem um copo de vodca com soda à sua frente, o mesmo drinque de todas as noites. Manchas de batom vermelho na borda do copo. Ela parece a estrela de uma era perdida, com os cabelos loiros arrumados em cachos brilhantes. Logo subirá no palco. Ele já tinha ouvido o repertório dela o ano todo, mas mesmo assim sentirá falta da sua voz rouca que, de alguma maneira, o tinha feito começar a apreciar as letras ridículas daquelas músicas típicas. Depois de amanhã será a última noite dela a bordo, e, na verdade, não é apenas da voz que ele vai sentir falta.

Ele coloca os drinques em frente à garota das sobrancelhas carregadas, pega o cartão de crédito e passa na máquina.

– Está tudo bem? – ele grita para Jenny, que levanta o rosto e lhe dá um sorriso.

– Está – ela responde. – Exceto pelo Diretor do Cruzeiro não estar aqui de novo.

Ele tenta dar um sorriso encorajador, pois sabe muito bem como ela detesta assumir as tarefas do Diretor, como animar e cantar "Parabéns" para os aniversariantes do dia. Esse tipo de contato com o público a deixa bastante incomodada.

Alguém começa a gritar. Os homens que discutiam junto ao balcão do bar estão brigando. Marisol já pegou o telefone para avisar o balcão de informações que precisavam de seguranças.

Filip dá a volta no balcão do bar e se coloca entre os dois homens, com uma mão no peito de cada um para separá-los. Felizmente eles estão tão bêbados que nem tentam reagir. Estão muito ocupados tentando se manter em pé.

Pia e Jarno chegam em menos de trinta segundos.

– Muito bem, garotos – diz Pia e Filip abre espaço para ela. – O que está acontecendo aqui?

– Pois é. O meu nome é Hans-Jörgen e eu queria denunciar esse imbecil que me agrediu – declara o homem da voz teimosa, cuspindo como se seus lábios fossem um esguicho de jardim.

– Ah, é? Eu também vou lhe denunciar! – grita o outro. – Não fui eu que comecei, cada um aqui é testemunha disso!

– Acho que o melhor para vocês dois é vir conosco e tirar uma soneca – diz Pia. – Podemos conversar melhor quando vocês estiverem sóbrios.

Para a surpresa de todos, nenhum dos dois se opõe. Ficam apenas se encarando.

– Como foram as coisas do Calle? – pergunta Filip, enquanto Pia e Jarno algemam os dois homens.

– O pedido foi feito – responde Pia. – Posso jurar que o outro cara não tinha a menor ideia do que estava para acontecer. Ele ficou pálido como um fantasma.

Filip dá risada.

– Espero que eles apareçam por aqui – diz ele. – Quero ver o milagre.

– Posso apostar que aqueles dois não vão sair da suíte hoje à noite – diz Pia sorrindo, e ouve-se as algemas fazerem *clic*. – Poderíamos dar uma volta com eles amanhã, antes do seu turno começar.

– Claro – responde Filip.

Ele percebe olhares impacientes. Hora de voltar para trás do balcão.

– Você viu mais alguma coisa em que eu precise ficar de olho? – Pia pergunta.

Filip tinha quase esquecido a mulher magra no canto da pista de dança, mas seus olhos a procuram por conta própria. A silhueta sumiu. Por algum motivo ele fica ainda mais inquieto. Sacode a cabeça, tentando se livrar desses pensamentos.

– Nada além de duas crianças tentando roubar restos de cerveja. Uma garota e um garoto. Ele devia ter uns doze anos, de origem tailandesa ou daqueles lados, eu acho. Ela era loira e pode ter qualquer idade entre doze e dezessete anos.

– Obrigada – diz Pia. – Até mais.

Ela e Jarno seguram cada um dos homens pelo braço, levando-os para a saída.

Filip volta para o balcão e pensa, não pela primeira vez, em como todos do *Charisma* têm sorte em poder contar com Pia. Ele sabe que os seguranças dos outros cruzeiros cuidam apenas dos casos mais graves e ignoram outras ocorrências. Deixam as pessoas desmaiadas nos corredores, olham para o outro lado quando pais embriagados arrastam filhos pequenos para a pista de dança depois da meia-noite. É graças a Pia que não acontecem coisas piores a bordo. Filip sabe que se a companhia marítima pudesse decidir, venderiam muito mais bebida nos bares, a despeito de as pessoas estarem bêbadas demais para pedir. Os navios não precisam seguir as mesmas leis que bares em terra firme, e o *Charisma* precisa faturar mais para assegurar o seu futuro. Mas Pia nunca permitiria que fosse assim. Ela faz os outros seguranças agirem da mesma maneira, e isso leva os funcionários dos bares a pensarem no que estão fazendo.

Ele atende mais um pedido. Cinco cervejas para um homem de dreadlocks loiros com um broche do partido ambientalista na gola da jaqueta jeans.

– Correu tudo bem pro seu amigo? – grita Marisol e Filip acena alegremente que sim com a cabeça, levantando o polegar.

O pedido seguinte é de duas taças de vinho tinto e amendoim. Um casal de meia-idade. O homem tem manchas de pigmentação na testa. Depois mais duas cervejas. Dois rapazes de camisas polo listradas.

CALLE

Eles atravessam o corredor do nono deque em direção à suíte e Calle sente-se leve. Sua alma tinha se expandido como um universo. Ele está quase transbordando de alegria ao ver como Vincent ficou aturdido com o pedido.
– Só não se esqueça de respirar – diz Calle, rindo.
– Eu acho que preciso de um drinque – responde Vincent com a voz embargada. – Vamos até o bar onde o seu amigo trabalha?
– Primeiro eu quero ficar sozinho com você.
Calle consegue se controlar e não conta que ainda há mais uma surpresa. Eles chegam até a porta da suíte, no final do corredor. Calle introduz o cartão, dá um beijo rápido em Vincent antes de abrir a porta e entrar.
Vincent congela na entrada, olhando para as pétalas de rosa espalhadas sobre o carpete. Calle acende as luzes e Vincent arregala os olhos.
– Como... – ele começa. – Como você...? Mas acabamos de sair daqui...?
Calle pega a mão dele, olhando para o anel brilhante de ouro branco no anelar, idêntico ao seu. Até o tamanho é o mesmo.
Eles passam para a sala, pisando nas pétalas sobre os tapetes. Há uma tigela com balas em formato de coração sobre a mesinha de centro. Serpentinas cor-de-rosa foram penduradas no corrimão das escadas que levam para o quarto. Uma chuva fina bate nas janelas da cabine. Ao passar por elas, Calle olha para o convés. Os contornos brancos do navio em contraste com

as águas escuras, juntando-se em uma ponta arredondada, como uma seta apontando para o mar. O convés está cheio de pessoas, apesar da garoa.

Sobem as escadas da suíte. Em um dos criados-mudos há um balde de champanhe e gelo, aguardando por eles. Pia e Filip tinham espalhado pétalas de rosa sobre a cama também. Há uma faixa enorme sobre a cabeceira onde se lê "Parabéns!" com letras arredondadas em vermelho e rosa.

– Meu Deus, eles são loucos – diz Calle, rindo muito. – Só faltou um par de ursinhos cor-de-rosa ou alguma coisa assim.

Mas ele está muito emocionado. Senta-se na cama e pega uma das pétalas, macia e suave, entre os seus dedos.

– Vem cá – Calle chama.

Mas Vincent continua parado no último degrau da escada, olhando para o cartaz, como se não entendesse o que estava escrito ali.

– Você deve ter começado a planejar isso há um tempão – ele afirma.

– Você não percebeu nada mesmo?

Vincent sacode a cabeça, negando.

– Mesmo? Eu estava tão nervoso... – Calle começa a dizer, mas se interrompe quando os olhares se cruzam. Há alguma coisa errada, pois Vincent não está apenas surpreso. Ele parece triste.

– Você está bem? – pergunta Calle.

– Eu só vou no banheiro – responde Vincent, descendo novamente as escadas.

Assim que Vincent fecha a porta do banheiro, se ouve o ruído de água saindo da torneira. Calle começa a tamborilar com as mãos nos joelhos, num ritmo nervoso. Ele deve estar enganado. Precisa parar de imaginar essas coisas.

Vincent aceitou o pedido de casamento. Eles irão se casar! Ele e Vincent vão *se casar*! Claro que é muito para assimilar de uma vez. Ele mesmo teve meses de planejamento para lidar com tudo.

Calle olha para o anel em seu dedo, virando-o de um lado para o outro. Se levanta da cama. Seu blazer parece apertado e ele o tira. A gola da camiseta parece estar lhe sufocando e ele dá um puxão. Vai até a ponta da escada e olha para baixo. Não consegue ver o banheiro dali, mas ainda ouve a água da torneira correndo.

Ele tira a garrafa de champanhe de dentro do balde e o gelo faz muito barulho. A garrafa pinga por baixo. Ele retira o papel que envolve o gargalo, torcendo a rolha até que saia com um pequeno estouro. Será que ele deveria ter esperado Vincent voltar? Agora já é tarde demais. Ele serve a champanhe nas duas taças que há ali. Deixa a espuma baixar e coloca mais. Olha para o andar de baixo e hesita por um momento antes de tomar uns bons goles. Enche sua taça. Ele gostaria de acender algumas velas, mas são proibidas a bordo pelo risco de incêndio.

A porta do banheiro se abre lá embaixo. Calle pega uma taça com cada mão e se senta na cama. Fica esperando. Ouve passos. A cabeça de Vincent aparece e ele para no meio da escada.

– Eu não posso. Sinto muito, mas não posso.

– O que você quer dizer com isso? – pergunta Calle, apesar de já saber a resposta.

– Eu não posso me casar com você – diz Vincent.

Um sentimento sufocante toma conta de Calle, tão forte que poderia fazer o *Charisma* afundar junto com ele.

– Mas você disse que... sim – São as únicas palavras que Calle consegue balbuciar no momento.

– O que mais eu poderia dizer na frente de tanta gente? O que eu podia fazer? – Seu tom é quase acusatório.

Calle se levanta da cama e algumas pétalas flutuam para o chão.

– Só não consigo entender.

– Me desculpe – diz Vincent. – Eu não queria... Eu não sabia o que fazer... Qual seria a melhor...

Ele tem os olhos tristes como os de um cão sem dono, como se Calle o houvesse exposto a uma provação pública. Calle não sabe como agir agora. Oferece uma das taças, mas Vincent apenas sacode a cabeça.

A faixa de felicitações parece debochar deles. Calle esvazia uma das taças de champanhe de uma vez. A espuma se espalha por sua boca. Ele se vira para o outro lado para engolir e colocar a taça sobre a mesa.

– Mas por quê? – ele pergunta sem olhar para Vincent. – Nós já havíamos falado em nos casar.

– Sim, eu sei – responde Vincent. – Mas isso já faz tempo...

– Faz tempo? – diz Calle. – Falamos sobre isso nesse verão, que iríamos fazer isso assim que toda a mudança terminasse...

– Eu sei.

– Mas o que raios mudou desde então?

– Eu não sei e gostaria de ter uma resposta para lhe dar.

Calle se vira e Vincent parece mais infeliz que nunca.

– Eu não sei por que eu não quero – diz ele. – Não me parece certo.

– Você conheceu outra pessoa?

Vincent sacode a cabeça, negando com firmeza.

– Mas o que foi, então? – pergunta Calle.

Silêncio.

– Você ao menos quer ficar comigo?

Vincent hesita por tempo demais.

– Sim – ele responde. Mas já evita seu olhar.

Calle quer sentir ódio dele. Por estragar os planos.

– Há quanto tempo você está sentindo isso?

– O que você quer dizer com *sentindo isso*? Eu nem sei o que estou sentindo.

– Incerteza – responde Calle. – É esse o nome do sentimento. – Sua voz soa fria e distante. *Ótimo.* – Já estava assim quando compramos o apartamento? Quando pegamos aquele empréstimo monstruoso?

– Me desculpe – diz Vincent. – Eu achei que fosse passar. Uma dessas coisas que vai e vem...

– Que *vai e vem*?

–É. Acontece. Você nunca tem dúvidas?

– Não – responde Calle. – Não tenho.

Eles olham um para o outro e a distância entre os dois parece maior que todo o Mar Báltico. *Talvez nossa relação seja como o mar lá fora*, pensa Calle. *Bonito e brilhante por fora, mas cheio de zonas perigosas e tão deteriorado que nada sobrevive ali. E eu não percebi nada.*

Ele pensa no apartamento que compraram juntos. O chão de madeira recém colocado, os quadros finalmente pendurados. O dinheiro extra que pediram emprestado para reformar a cozinha. Essa separação vai obrigá-los a uma mudança. As dificuldades de morar em Estocolmo. O estresse da compra do apartamento, os desafios da organização doméstica, a quantidade surreal de dinheiro que colocaram em cheque ao venderem suas almas ao banco. Vincent já não tinha certeza nessa época?

– Eu sei que as coisas estiveram difíceis por um tempo – diz Calle. – Muito tempo, talvez. Mas agora já passou e talvez você esteja nervoso porque ficou tudo tão sério...

Ele se cala. Não pode ficar se humilhando para convencer Vincent, apesar de ser isso que ele quer fazer. *Deveríamos ser nós. Você e eu. Eu não posso ter errado nisso, posso?*

– Eu não sei o que houve – diz Vincent. – Mas não posso me casar com você até descobrir o que sinto.

– E como você pretende descobrir isso? – pergunta Calle. – Transando com outros até achar alguém melhor?

Ele já nem sabe mais o que está dizendo, não consegue pensar com clareza nem controlar seus sentimentos.

– Pare com isso – diz Vincent. – Não é nada disso.

O que é, então? Calle sente vontade de gritar.

– O que vamos fazer agora? Que merda vamos fazer, então? Vincent não responde.

– Eu não posso continuar com você, se você não sabe o que sente por mim – diz Calle. – Você entende, não é? Não é possível. Não posso ficar com você, tipo... *fique comigo, eu sou ótimo!*

– Eu sei que não posso exigir isso de você – responde Vincent.

– Então ficamos por aqui? Parece que sim.

Ele sente um vazio dentro de si, como se os seus sentimentos houvessem desaparecido por completo. Simplesmente sumiram. Seus pensamentos se acalmaram, e sua mente se afiou como um laser. Ele organiza uma lista de tudo que precisa fazer.

Eles terão que se mudar novamente, pois nenhum deles teria condições financeiras de pagar pelo apartamento sozinho. Precisam entrar em contato com um corretor para fazer uma nova avaliação do imóvel. Ele vai ter que ir até o banco falar com a mulher de cabelos armados, que parecera tão feliz por eles da última vez. Terá que procurar outro apartamento, arrumar suas coisas nas caixas de papelão que estão guardadas no sótão.

Mas a primeira coisa que precisa fazer é sair desse navio desgraçado. Sobreviver à noite e ao dia de amanhã, e pensar para onde vai assim que desembarcar. Ele repara que Vincent está chorando perto da escada e seu primeiro impulso é consolá-lo.

– Preciso sair daqui – diz Calle.

– Podemos ir conversar em algum lugar.

– Não – responde Calle. – Eu não quero conversar. Fique aqui. Ou onde quiser, mas não quero ficar perto de você agora.

Ele passa por Vincent na escada, tentando não olhar para o cartaz e para as pétalas no chão. As serpentinas no corrimão da escada fazem um barulho suave quando ele passa. Ele chega até a porta da suíte e sai para o corredor. Fecha a porta atrás de si, respirando com dificuldade.

Para sua sorte, não há ninguém por perto e ele segura o choro que tenta escapar. Precisa manter a cabeça fria. Escuta Vincent começar a se mexer em direção à porta. Sai apressado pelo corredor, em direção às escadas.

TOMAS

Ele observa o teto claro, olha desnorteado ao redor, antes de se lembrar onde está. Sente o mau cheiro daquele lugar apertado. Vê o sangue

o meu sangue

no pequeno corpo ao seu lado, no chão. Tenta entender tudo o que aconteceu.

Precisa se apoiar na ponta da cama para levantar. A adrenalina que fluía como gasolina em suas veias havia evaporado e, agora, o corpo todo tremia. *Está fácil demais*, ele pensa. O menino era tão forte. Deve estar fingindo. Daqui a pouco ele vai abrir os olhos e aquela mão, que agora está tão relaxada, irá atacá-lo novamente, rápida como uma cobra. Os olhos irão se abrir e vai começar tudo de novo...

O corpo do menino estava mais firme. Sua pele, ainda pálida, tinha agora uma cor mais saudável devido ao sangue adquirido. As bochechas estavam rosadas.

Ele começa a ver as coisas de um outro ângulo. Vê a cena de fora, como qualquer um a veria. Começa a chorar. Como ele vai explicar que aquele menino pequeno o assustou tremendamente, tanto que ele mal sabia o que estava fazendo quando ele

eu o matei, meu Deus eu o matei...

Sua ferida no pescoço está pulsando e ele se vira para o espelho sobre a escrivaninha. Encara o seu próprio olhar selvagem, o olhar de um homem louco. O sangue havia parado de escorrer dos pequenos orifícios, que eram marcas perfeitas dos dentes do menino.

Legítima defesa. Todos vão pensar que o menino mordeu em legítima defesa.

Mas e quanto ao sangue? O sangue no corpo do garoto era o sangue de Tomas, pois o menino não tinha nada. Isso devia ser possível de se provar... com... exames.

Ele tenta imaginar como vai contar tudo o que aconteceu aos seguranças. Ele mesmo não consegue acreditar.

Ele corre até o banheiro, se debruça sobre a pia e vomita. Seu vômito é claro, uma mistura azeda da cerveja e fluido gástrico. A saliva continua a escorrer de sua boca, enquanto ele fica cada vez mais consciente de quão louco tinha sido tudo o que aconteceu.

Tão louco que não pode ser verdade, tão louco que eu devo ter imaginado tudo porque EU sou louco. Eu estava vendo coisas, estava bêbado e angustiado, minha psique se despedaçou como um galho velho e agora eu assassinei uma CRIANÇA INOCENTE e estou preso neste navio!

O menino estava evidentemente doente, mas devia haver uma maneira de ajudá-lo.

Em vez de matá-lo...

Tomas cospe, mas o fio de saliva é tão grosso que ele é obrigado a puxá-lo com os dedos. Ele o vê desaparecer no ralo da pia, vagarosamente. Sabe que não é louco e sabe o que viu.

Mas não é isso que todos os loucos acham?

Ele se obriga a olhar para fora do banheiro. O corpo está completamente imóvel no chão. Os cabelos loiros brilham.

Ninguém me viu entrar nessa cabine. Posso ir embora como se nada tivesse acontecido. Não, tem câmeras de segurança em todo canto. Eles vão acabar me vendo.

Ele precisa sair dali. Sente uma tontura e se apoia na pia até passar. Lava as mãos, mas o sangue já havia penetrado debaixo de suas unhas. Tomas lava o rosto com água fria, tentando pensar com mais clareza.

O sangue está praticamente invisível na camisa e no casaco pretos. Ele molha uma toalha e limpa uma mancha pegajosa do peito. O sangue que tinha escorrido da ferida do menino. O rasgo que ele causou com uma garrafa quebrada.

Tomas sente vontade de vomitar de novo. Pega o seu celular e vê que não há sinal de novo. Ele nem saberia para quem telefonar. São apenas nove horas. Como é possível? Como tudo pode mudar tão rapidamente?

De repente se lembra das botas de salto alto. Em algum lugar daquele navio há uma mulher que pode aparecer a qualquer momento.

E eu matei o filho dela.

Tomas limpa a torneira e a pia com papel higiênico e se arrasta para fora do banheiro. Apanha a garrafa quebrada do chão e a esfrega na camiseta. Onde mais ele pode ter deixado impressões digitais?

O corpo continua imóvel no mesmo lugar.

Ele vai até a porta, respira fundo e abre. Não há ninguém no corredor.

Ele queria falar com algum dos amigos, talvez Peo. Precisa falar com alguém de confiança antes de procurar os seguranças.

Ou ficar de boca fechada até aportarem em Åland, diz uma voz dentro dele. *Desembarcar lá e fugir em um outro navio.*

Essa é uma ideia muito tentadora, mas isso aqui não é uma porra de filme americano de ação. Não há nenhuma fronteira com o México para ser atravessada. Ele não tem para onde ir, nenhum rolo de dinheiro escondido.

O ferimento no pescoço lateja e arde. Suas costas estão encharcadas de suor. Precisa se apoiar na parede enquanto caminha. Dois rapazes de cabelos compridos saem de uma cabine e olham para ele antes de seguir o seu caminho. Tomas os observa e fica pensando se ele parece apenas mais um bêbado, um velho bêbado qualquer, ou se dá para ver o que tinha acontecido e os rapazes pretendem avisar os seguranças do navio. Talvez tenham escutado tudo pelas paredes finas que separam uma cabine da outra. Ele precisa sair dali e encontrar um lugar onde possa pensar em paz.

DAN

— Minhas senhoras e senhores, sejam muito bem-vindos ao karaokê do *Charisma*! O meu nome é Dan Appelgren e estou ao seu dispor essa noite!

Aplausos escassos pelo salão. Ainda é cedo. A maioria das pessoas são de meia-idade e estão esparramadas nos sofás. Um senhor tinha adormecido com a garrafa de cerveja apoiada em sua imensa barriga.

Dan está suando sob a luz dos holofotes. A cocaína deixa os seus sentidos mais aguçados. Ele fica mais presente e, ao mesmo tempo, protegido daquele ambiente desprezível. Ele vê tudo, mas nada o atinge.

— Quem sabe podemos encontrar uma nova estrela essa noite! – diz ele.

Algumas pessoas riem. Uma mulher de idade empurra o marido, brincando com ele. Dan sabe identificar quem gostaria de cantar, mas não tem coragem. São aqueles que lançam olhares aos outros. São esses que, depois que começam, não querem mais parar de cantar. São os que saem diretamente do palco para colocarem os seus nomes na lista com Johan novamente.

— Eu pensei em aquecer o palco com alguma música que acho que vocês conhecem – diz Dan piscando. – Vamos, cantem comigo! Se precisarem de ajuda com a letra, é só olhar para cá!

Ele mostra a tela imensa, pendurada na parede. Ela tem um tom de azul forte e as pessoas que estão mais perto ficam parecendo Smurfs enrugados.

– Estão prontos para começar? – Dan pergunta, jogando o microfone para cima, que dá duas voltas no ar antes que ele o apanhe. Ele olha para Johan. – Vamos lá!

As luzes dos holofotes ficam mais fortes e mais quentes. Ele fecha os olhos e para com as pernas separadas. Vira a cabeça para o lado e segura o microfone com firmeza. Em seguida, ouve os primeiros acordes da música que ele canta, no mínimo, duas vezes por noite no *Charisma*. A mesma música que ele havia cantado para um auditório lotado, na final nacional do Eurovision.

Um dos velhotes da plateia começa a tossir, uma tosse encatarrada. O garçom derruba uma garrafa no chão. A música começa. Alguém bate palmas no ritmo. Mais gente acompanha agora. Os acordes constroem um clímax e Dan aproxima o microfone da boca. Abre os olhos, deixa os holofotes o cegarem por um momento. Por um segundo ou dois ele só enxerga a luz.

– Febre no meu coração, o seu amor é quente. Você me deixa doente, mas sem dor – ele canta.

Duas senhoras mais velhas sorriem para ele. Outras cochicham e riem. O homem com a barriga imensa olha ao redor, um tanto confuso.

– Só quero o seu corpo. Seu sorriso me contagiou – Dan continua, se preparando para o refrão. – Para essa doença não há cura e ninguém mais me segura.

O texto aparece na tela em letras amarelas sobre imagens de casais que jogam água do mar um no outro, que sentam em balanços num dia de sol, que experimentam chapéus divertidos num mercado.

– Vamos lá! Todos cantando juntos! Eu sei que vocês conhecem essa!

Um par de peruas o obedece, cantando muito alto aquela letra que deu à bicha que a escreveu milhões em direitos autorais. Aquele cretino careca costuma esnobar dizendo que tinha demorado apenas quinze minutos para escrevê-la. Dan está preso a ela há vinte anos, cantando a maldita música um milhão de vezes em festas de empresas, clubes gays e praças de cidades do interior. E ele sequer tem um centavo na poupança.

– Não quero médico, não quero cura. Talvez seja tudo loucura. Febre no meu coração, pego fogo cada vez que seguro sua mão!

Outro verso, outro refrão, mais uma estrofe e a música finalmente chega ao fim. Dan dá um grande sorriso e faz um reverência. Os velhotes o aplaudem educadamente.

– Muito bem, gente! Para vocês que querem mais, o meu último disco está à venda no bar e no duty free!

Mais cinco horas para o turno dele terminar. Ele olha para Johan, que acena cansado.

– Parece que Johan já recebeu o primeiro pedido da noite – diz Dan. – Quem é o corajoso que vai subir primeiro no palco?

Uma velha gorda e mal vestida vem se arrastando, como algo saído de *Jurassic Park*. Ela dá um sorriso nervoso para Dan, que estende a mão para ajudá-la a subir.

– Oi, tudo bem? – diz Dan com todo o entusiasmo possível. – Como se chama a moça?

Algumas gargalhadas na plateia.

– Birgitta – responde a mulher com o seu sotaque cantado do interior. – Birgitta Gudmundsson.

– De onde você é, Birgitta?

Ela não responde imediatamente. Está tão nervosa que mal o ouve. Ele já está prestes a repetir a pergunta quando ela abre a boca.

– Sou de Grycksbo.

– Ah, ouvi dizer que lá é um lugar muito bonito – ele diz. Por milagre, ela não percebe a ironia. Afinal, onde ficava esse buraco?

O rosto de Birgitta ficou vermelho, num tom que combinava com o vestido. Dan quase consegue sentir o calor das bochechas dela.

– É mesmo – diz Birgitta. – Gostamos muito de morar lá.

– Você quer dedicar a música para alguém especial?

– Esse alguém é o meu marido.

Ela se anima ao olhar para um velho ressecado como uma tira de couro, vestindo uma camisa com um colete de malha por cima. O velho sorri de volta para ela. Era de se esperar que ele tivesse essa aparência esquálida. A mulher deve comer toda a comida da casa.

– Bom, o que você vai cantar para nós? – Dan pergunta.

– Vou cantar aquela do Fred Åkerström, "Eu lhe dou o meu amanhã". Nos traz muitas lembranças boas.

– Vocês estão casados há muito tempo?

– Sim, quarenta anos – responde Birgitta orgulhosa. – Estamos aqui comemorando as nossas bodas de rubi.

– É mesmo? Vamos dar uma salva de palmas para Birgitta e o seu marido – diz Dan.

Birgitta ri nervosa quando os aplausos ecoam no salão. Dan percebe que todos parecem mais entusiasmados agora do que depois de sua música.

MARIANNE

Já são mais de dez horas da noite e eles continuam dançando no Charisma Starlight sob as luzes piscantes. Eles esbarram em outros corpos tão quentes quanto os deles naquele ar pesado e úmido. Marianne está coberta de uma camada fina de suor, que faz a blusa grudar na sua pele. O cabelo junto às têmporas está pingando. Ela não faz ideia de quanto vinho branco havia tomado no jantar. Era tão fácil completar sua taça nas torneiras e ela bebeu avidamente, sem matar nada da sua sede. O vinho era muito doce para o seu gosto, mas não queria beber do tinto e descobrir que tinha ficado com os dentes manchados.

Göran segura as suas mãos com vontade e não desvia o olhar dela. Ela não se sente mais desconfortável com isso, muito pelo contrário. O olhar dele a torna menos invisível. Mais real. Quase bonita.

Se sente livre pela primeira vez em muito tempo. Livre daquela outra Marianne, que sempre fica observando e julgando a si mesma.

Göran não parece saber dançar mais que alguns passos básicos, mas a conduz pela pista com muita segurança. De vez em quando, eles improvisam juntos. Quando Marianne tropeça, ele cuida para que ela não caia.

A cantora está muito bonita em seu vestido vermelho. As cortinas de veludo também vermelho atrás dela caem em pregas densas.

Marianne vai de um lado para o outro vendo outros casais quando a luz passa por eles. Mãos que repousam sobre costas, que acariciam cinturas ou traseiros, colocadas ao redor de um pescoço. Olhos fechados de prazer, outros que olham em volta querendo ir embora. Bocas que beijam outras sem pudor, que riem, que gritam no ouvido de alguém. Tanta vida ali e Marianne está no meio de tudo isso.

Göran a puxa para mais junto dele. De repente, estão se abraçando. O pescoço úmido dele contra o seu rosto. A música chega ao fim e outra já começa, mas eles continuam ali, imóveis. Ela se sente arrebatada.

– Eu sei o que você quer – Göran cochicha em seu ouvido.

Marianne já está prestes a responder que ele não tem como saber, pois nem ela sabe. Mas seria uma mentira dizer isso a essa altura, uma mentira pouco convincente.

– E o que seria? – ela pergunta.

Ela prende a respiração, aguardando pela resposta.

– Uma cerveja, é claro – diz ele, soltando-a com um sorriso malicioso. – O que você achou que era?

Marianne olha para o outro lado, envergonhada.

Göran passa o tempo todo beirando o vulgar, mas ela gosta de como ele faz tudo parecer simples. Ele a guia pelas regras de um jogo que ela já tinha esquecido.

– Vamos – ele diz.

Eles caminham de mãos dadas pela pista de dança. Outros casais esbarram neles, tropeçando de bêbados. Marianne é atingida por um cotovelo entre as omoplatas, o que a deixa com falta de ar.

Ela fica no canto da pista de dança, enquanto Göran vai até o bar comprar cerveja para eles. Observa o amontoado de casais dançando. Um homem sozinho de meia-idade balança para frente e para trás, com os braços levantados em direção ao teto. Os olhos estão fechados sob a aba do chapéu de cowboy, como em um transe.

Junto a uma mesa, um grupo grande está falando em finlandês. Ela olha fixo para eles e sem conseguir determinar seu estado de espírito devido àquela língua tão estranha. Ela pensa na cidadezinha do interior em que cresceu, para onde muitos finlandeses se mudaram para trabalhar nas fábricas. Eles eram os únicos imigrantes que o lugar já teve e ninguém parava de falar de como eles eram estranhos e barulhentos, e de como o idioma deles soava feio. Ou de como eles bebiam demais e não tinham o menor interesse em fazer amizades com suecos. Comentavam que os finlandeses sempre compravam carros novos quando iam visitar a sua terra natal, só para se exibir para os parentes. Isso parecia ter sido há muito tempo, era quase pitoresco. Ao mesmo tempo, as pessoas não tinham mudado em nada.

Marianne repara que a banda no palco já passou para outra música e pensa no porquê de Göran estar demorando tanto. Ela se vira e fica aliviada ao vê-lo de costas no balcão do bar. Está com o dinheiro em mãos, para mostrar que está disposto e bem preparado.

Um homem vestindo um terno com cheiro de suor vem para o seu lado. Ela olha para ele sem vontade. Tem um rosto redondo e grande, bochechas pesadas e a cabeça envolta em tufos de cabelo fino. Ele parece um bebê gigante. Um bebê que vai chegando cada vez mais perto, até pressionar o seu corpo contra o dela. Marianne dá um passo para o lado e olha intensamente para a pista de dança. Ela quer que saia dali. Será que ele ainda não entendeu?

– Com licença – diz ela, saindo em direção a Göran.

– Tem muita boceta seca por aqui hoje – diz o homem para ela.

Ela congela.

– Dance comigo agora – diz o homem, se aproximando e a puxando pelo braço.

Marianne sacode a cabeça e olha para o chão.

Finalmente Göran estava ao seu lado. O bebê gigante resmunga alguma coisa e desaparece de vista.

– Você já fez amizades novas? O que foi que ele disse? – pergunta Göran com um sorriso tenso.

– Não tem importância – a voz dela sai trêmula.

Göran apenas encolhe os ombros, lhe entrega a cerveja e aponta para as poltronas recém desocupadas perto do bar.

– Eu preciso descansar um pouco – ele diz. – Deus sabe que não sou nenhum jovenzinho.

– É, Deus sabe – concorda Marianne.

Ela olha à sua volta enquanto conversam. O bebê gigante está fora de vista. Eles se sentam nas enormes poltronas e ela bebe com muita vontade. É bem refrescante. Sente a cerveja descer em sua garganta seca. Göran tinha mesmo razão. Era de uma cerveja que ela precisava.

– Você viu os seus amigos? – ela pergunta quase gritando para ser ouvida sobre as vozes de um grupo de garotas que canta muito alto com a música, os braços sobre os ombros umas das outras.

– Não vi, mas quem se importa com eles? – diz Göran. – Agora estou aqui com você.

FILIP

Aquele grupo de garotas vai acabar lhe estourando os tímpanos com a gritaria. Ele é obrigado a se debruçar no balcão para escutar os pedidos dos clientes. Enxuga o suor da testa com um guardanapo. Um pouco de suor tinha escorrido para dentro de seus olhos, que ardiam. É em ocasiões assim que ele não entende como tinha aguentado seu primeiro emprego naquela época em que ainda era permitido fumar dentro dos bares. A fumaça ficava impregnada nos cabelos, nas roupas, fazia os olhos e os pulmões arderem.

Ele olha para o outro lado do balcão e dá de cara com uma mulher de óculos de aros de metal vermelho: duas coca-colas light e um Malibu. Ele a serve, seca a testa de novo e atende o cliente seguinte. Um homem mais velho, com sobrancelhas tão grossas que alguns fios caem sobre os olhos. Ele paga as cervejas com notas muito amassadas. Uma das garotas do grupo barulhento pede uma garrafa de espumante e cinco taças.

Um rapaz barbudo de camiseta branca está parado olhando para Filip intensamente. Quando seus olhares se encontram, Filip quase entra em choque. É difícil de acreditar que seja ele, porque está muito diferente.

Calle. Filip se lembra, de repente, que fazia muito tempo que não se viam e agora sabe como tinha sentido falta do amigo. Eles se abraçam. Calle cheira a ar puro. Está com a barba cheia, mas bonita. Ele parece quase imóvel.

– Cara, parabéns! – diz Filip. – Pia me contou que tudo correu bem! Estou orgulhoso pra caramba de você!

CALLE

Ele deixa que Filip o abrace e dê alguns tapinhas nas costas, mas nem isso o faz despertar daquela sensação de pesadelo.

– Então, vocês estão por aqui comemorando? – pergunta Filip, soltando-o e olhando em volta, claramente em busca do futuro marido.

O uniforme de trabalho de Filip continua o mesmo. Camisa branca, colete vermelho e um crachá de bronze preso ao peito. Seus cabelos castanhos claros estão iguais, embora mais finos. A garota de cabelos escuros com quem ele trabalha acena para Calle com um sorriso.

– Parabéns! – ela diz de longe.

Filip olha novamente para Calle, sorrindo como um louco. Calle está pensando seriamente em não contar nada ao outro, para não ter que se ouvir dizer aquilo.

– E cadê o noivo? – pergunta Filip.

Calle sacode a cabeça.

– Acho que ele ainda está na cabine – responde. – Nossa, nada mudou por aqui.

– Com a exceção de nós mesmos – diz Filip.

Calle ensaia um sorriso.

A cantora no palco começa a cantar uma música do ABBA e o grupo de garotas grita a letra levantando suas taças e indo para a pista de dança. Calle as segue com o olhar.

– Está tudo bem? – pergunta Filip.

– Eu não sei – responde Calle. – Não, não está.

– O que aconteceu?

– Eu não sei. Não sei merda nenhuma.

Filip o escuta e parece perplexo. Calle está excessivamente atento ao calor do lugar, à multidão, à impaciência dos clientes e ao volume exagerado com que precisa falar para ser ouvido.

– Eu não posso voltar para a cabine – ele diz. – Não sei o que fazer.

– Você pode dormir na minha cabine, se quiser – responde Filip.

– Obrigado.

– Você quer o meu cartão emprestado? Eu vou lá falar com você assim que der.

Calle faz que sim com a cabeça. Ele sabia que já deviam ter começado a beber e festejar na sala dos funcionários. Não sente vontade de ir lá sozinho e sóbrio. Mas seus antigos colegas poderiam aparecer aqui a qualquer momento. Ele não tem para onde escapar.

– Eles ficaram muito mais rígidos desde que você parou de trabalhar aqui. Então os funcionários não participam das festas com os passageiros hoje em dia – declara Filip, como se lesse os pensamentos de Calle, que se esforça para não chorar.

– Preciso tomar algo – diz ele. – Algo forte.

– Isso não é problema, temos mais que o suficiente aqui. O de sempre?

Calle concorda com a cabeça. Sim, o de sempre.

TOMAS

Ele está com frio.

Foi ao décimo deque, que era até onde o elevador chegava, e saiu para uma caminhada do lado de fora. Sua intenção era ir até o convés superior, que cobre toda a parte de cima do navio, mas só tinha aguentado andar poucos metros.

Agora está encolhido em um banco, tremendo. Embora debaixo do telhado, o vento faz a chuva o atingir. Ele se vira para a parede, ouvindo pessoas passarem por ele, escuta suas risadas e gritos, barulhentos demais devido à embriaguez. Muitos estímulos, com os quais ele não consegue lidar. E só piora.

Ele não tem para onde ir. Dentro do navio há um caos de vozes e música alta, luzes piscando e o ruído das máquinas do cassino. Sem mencionar os odores que o incomodam mais que tudo: produtos de limpeza, perfumes, fritura, sabonete, suor, creme hidratante, bebidas alcoólicas, fumaça de cigarro. Ele acha que consegue sentir até o cheiro de moedas aquecidas nos bolsos. Mas o pior cheiro fazia os outros sumirem, fazia sua cabeça doer. Era o odor de menstruação, que lhe dava dor de cabeça. O cheiro tinha impregnado o ar fora do elevador. Ele o sentia como um tubarão fareja sangue a quilômetros de distância. Queria encontrar a mulher, enterrar o rosto entre as pernas dela. Ir direto à fonte. Estraçalhar a carne para conseguir mais e mais, rapidamente.

Ele vira a cabeça para o outro lado e vomita. Agora foi a comida do buffet que saiu. Pesada e azeda. Ainda bem que ele não comeu muito.

Åse. Ele estava pensando em Åse, por isso não conseguiu comer muito. Ele sabe disso. Quando pensa no nome Åse agora, quase não há sentimentos atrelados. Somente a lembrança do cheiro de sangue o faz sentir alguma coisa.

Está ficando louco, doido de verdade. Sente dor no palato e nos seios da face. Quando passa a língua no céu da boca, o sente esticado e rígido.

A única coisa que pode fazer agora é focar no barulho grave e monótono do interior do navio, na sutil vibração do banco. O *Baltic Charisma* está cantando para ele, acalmando-o com sua voz de barítono, ajudando-o a esquecer todo o resto.

Ele quer chorar, mas nenhuma lágrima sai de seus olhos.

– Que legal – diz uma voz de criança nas proximidades.

Ele geme de pavor, certo de que é o menino da cabine. Ele o encontrou e quer vingança. Tomas vira a cabeça com relutância e dá de cara com duas crianças olhando fixamente para ele.

Eles têm um cheiro muito forte. Tomas quase consegue enxergar as partículas ao redor deles. A garota estava com um creme de cheiro doce e artificial. Debaixo deste há o sangue dela, jovem, saudável e quente.

Seu palato se contrai. Sente seu rosto se transformar numa careta e, quando as crianças se afastam, ele se dá conta de que deve ser assustador para elas.

Como um assassino de crianças.

– Me desculpem – ele diz. – Estou bem, só preciso descansar.

Sua voz soa grossa e estranha. Só quer que eles saiam dali agora, temendo o que pode acontecer se eles ficarem. A garota tem um ar proposital de tédio e ele percebe em seu hálito que ela andou bebendo.

O cheiro do sangue deles é tão intenso... Seu estômago se contrai e ele se deita em posição fetal. Agora sai apenas bílis.

– Muito, muito legal – diz a garota, puxando o garoto consigo.

Alguns segundos mais tarde, ele ouve os dois rindo. Vira-se para a parede novamente. Sua cabeça dói e lateja, mas seu corpo parece mais limpo, purificado. O estômago está vazio como um buraco negro.

Uma nova onda de dor atinge o seu palato, passando pelo nariz e indo diretamente ao cérebro. Dessa vez as lágrimas vêm.

ALBIN

– Essa foi, tipo, a coisa mais nojenta que eu já vi em toda a minha vida – diz Lo assim que eles chegam à escada branca de metal que leva ao convés superior.

Albin concorda com ela e estremece ao pensar no homem deitado no banco. Em como todo o corpo dele se contraía para vomitar.

– Talvez devêssemos avisar alguém – ele diz. – Ele estava sem casaco lá fora.

– O problema é dele. Gente velha tem que aprender a beber.

Albin pensa no pai.

– Mesmo assim – ele insiste. – Ele não parecia estar bem.

Eles chegam ao topo do navio, que é muito grande e coberto com uma proteção antiderrapante na cor verde, o que o faz lembrar de um campo de futebol. Há pequenos guindastes ao longo da borda e calombos redondos e cinza, que ele sabe conter botes salva-vidas.

– É bom vomitar quando se bebe demais – diz Lo. – Por isso que as bebidas têm eméticos na Suécia. Assim é mais difícil as pessoas não se intoxicarem.

Albin olha à sua volta. Algumas das pessoas por ali com certeza tinham bebido demais. Elas se movimentavam de um jeito estranho, com olhares vazios como zumbis.

– Falando em coisas nojentas... – diz Lo, apontando para um rapaz gordo.

Na camisa dele está escrito "100% BRANCO".

Mais uma escada leva até um mirante. Albin segue Lo até lá, cruzando os braços sobre o corpo por causa do vento forte. Eles estão agora na parte mais alta do navio e Albin sente uma leve tontura ao se aproximar da borda. Muitos andares diagonalmente abaixo deles fica o deque da proa. À frente não há nada além do vento, do mar e do céu escuro. Nenhuma luz à vista. Nenhuma estrela. A chuva fina cobre o seu rosto como um véu. Em algum lugar adiante fica a Finlândia e eles devem estar perto de Åland agora. No mapa, o Mar Báltico parece insignificante, mas olhando daqui parece infinito.

A tontura passa e deixa para trás uma sensação agradável em seu estômago. Como se estivesse voando. Abre os braços e fecha os olhos, evitando o vento e a chuva. Hesita. Se Lo não tiver visto o filme, vai achar que ele é um idiota.

– Eu sou o rei do mundo! – ele grita, mas não alto demais.

– Você sabe que o Titanic afundou, né? Talvez não seja o momento ideal para me lembrar disso. – Mesmo assim, ela ri.– Venha – diz ela, descendo as escadas. – Temos que achar um lugar para ficarmos em paz.

Ela olha em volta antes de descer e vai para debaixo das escadas. Albin vai até a beirada e admira a água lá embaixo. Quase consegue escutar o barulho da espuma batendo no casco. Ela é tão branca contra o resto da água, escura e brilhosa como petróleo. Ele vai para debaixo da escada e se senta ao lado dela, que já tinha aberto uma das garrafinhas de vodca. Toma um gole enorme e passa para ele.

Ele sorve com muito cuidado e precisa segurar uma careta. É tão horrível, esse deve ser o gosto de gasolina. Lo dá uma risadinha. Ele entrega a garrafa para ela. Coloca a mão no chão frio de metal entre os dois, sentindo a vibração do navio.

– Você não quer mais? – ela pergunta.

Ele nega com a cabeça. Lo encolhe os ombros. Ela está com o cachecol sobre a cabeça para se proteger da chuva. Ele puxa o capuz do moletom e cobre a cabeça também.

Muitas pessoas passam por ali, mas ninguém os percebe debaixo da escada, como se fossem invisíveis.

– Você já se apaixonou alguma vez? – pergunta Lo, se virando para ele.

– Acho que não.

– Se você tivesse se apaixonado, saberia.

– Tem umas pessoas que eu gosto – responde ele.

Não é uma mentira deslavada, mas não é exatamente verdade. Há algumas garotas na sua turma que são mais bonitas que as outras, mas será que ele realmente *gosta* delas? Ele nem consegue se imaginar tentando ficar com elas. Albin nem saberia o que fazer se conseguisse e nem tem ideia do que esperariam dele.

– E elas não estão interessadas em você? – pergunta Lo.

Ele encolhe os ombros e puxa as mangas da jaqueta sobre as mãos, que estavam frias por causa do vento. Sente-se mais infantil que nunca. Fica pensando no que dizer para não revelar a sua falta de experiência, mas Lo é mais rápida.

– Não teria problema nenhum se você fosse gay, sabe? Você poderia me contar.

Ele se pergunta se ela ainda falava com alguns de seus antigos colegas, que ainda estão na escola dele. Albin sabe que corre um boato de ele ser gay. Ele nunca consegue ser como os outros garotos, não como os mais populares e barulhentos, que dizem coisas rudes como se fossem piadas e apertam os seios das garotas até elas gritarem.

Se Lo estava falando com os seus colegas, por que nunca falava com *ele*?

Quatro rapazes estão parados junto à borda do navio, mais adiante. Eles estão fumando e falando muito alto, numa língua que parece italiano para Albin.

– Você podia ser bem bonito, se tivesse mais confiança – diz Lo.

Ele encolhe os ombros novamente.

– Talvez – ele responde e não quer que Lo perceba quão contente ele ficou com o comentário.

Lo não o acha feio, pelo menos. Talvez existam outras pessoas que pensem como ela. Mas como se adquire confiança em si mesmo? As pessoas dizem que devemos sempre ser nós mesmos, e aí tudo dá certo, certinho. Uma boa mentira.

Às vezes, ele imagina se um dia vai chegar à escola e descobrir que tudo tinha mudado. Ele ainda seria um garoto meio estranho e diferente, mas de um jeito *bom*, e isso o deixaria misterioso e interessante. Todos iriam, finalmente, perceber que o tinham subestimado.

– E você? – ele pergunta. – Está gostando de alguém?

Lo faz que sim com a cabeça, terminando de beber o conteúdo da garrafa.

– Vocês estão namorando? – Albin pergunta.

– Não, porque ele nem sabe que eu existo.

Ela fica quieta por um momento e Albin a observa furtivamente. Como alguém pode não perceber a existência de Lo? Como poderia ignorá-la?

– Ele está no sétimo ano, nem estamos mais na mesma escola. Pelo menos antes eu podia vê-lo todos os dias.

Albin percebe em sua voz que está quase chorando. Ele hesita por um instante, antes de chegar mais perto dela. Coloca o braço com cuidado nas costas de Lo. Ela soluça em silêncio.

– Qual é o nome dele?

– Soran – responde Lo, limpando o nariz.

– Ele é bonitinho?

– Não, ele é *lindo*. Mas ele não sabe disso, dá para perceber. E isso o deixa mais incrível ainda.

– Mas isso não significa que ele é inseguro?

– Não é a mesma coisa – diz Lo.

Albin não tem coragem de perguntar o que ela quer dizer com isso.

– Eu poderia mostrar uma foto dele, se tivesse sinal nessa porcaria de navio – diz Lo, enquanto seca as lágrimas do rosto. – Ele também é uma pessoa legal, está sempre postando links sobre direitos humanos e coisas de meio ambiente. Ele se importa com coisas realmente relevantes.

Albin dá uma olhada para o canto do navio. Os italianos já tinham apagado os seus cigarros e ido embora.

– Você não pode dizer o que sente para ele?

– De jeito nenhum – ela responde.

– Eu acho que ele ia gostar. Eu iria.

– Você iria? – diz Lo, pigarreando. – De verdade? Se fosse eu? E se eu não fosse sua prima, obviamente.

Parece tão surreal ela estar lhe pedindo conselhos. Como se ele soubesse alguma coisa sobre garotos iguais a Soran ou como garotas do tipo de Lo.

– Sim – responde Albin, tentando soar o mais seguro possível.

Lo seca os olhos e apanha um estojo de pó da sua bolsa. Ela se olha no espelho que há na tampa.

– Temos que voltar logo para a cabine – anuncia Albin.

– É – diz ela. – Nos "embalar" pelo sono – ela revira os olhos, imitando a voz da sua mãe. – Queria saber por que falam assim, pois não é o que se faz.

– Imagine se desse para se embalar – diz Albin. – O cara foi lá e se embalou.

Lo abaixa o estojo de pó e começa a rir. A gargalhada dela tinha vindo tão de repente, que Albin nem teve tempo de se preparar. Ele começou a rir junto, imaginando claramente a cena de alguém prestes a ir para a cama, mas antes se embrulhando em uma embalagem brilhante para adormecer.

– Imagine se fosse assim – diz Lo, rindo até soluçar. – Se alguém adormecesse no trem, o funcionário teria que desembalar a pessoa para que ela pudesse descer na estação desejada, senão não dava nem para levantar do assento…

Albin chega a sentir falta de ar. Ele se engasga tentando explicar a imagem que tem na cabeça de um dormitório cheio de pessoas em embalagens de comida, roncando nas camas.

Eles continuam a fazer mais e mais piadas sobre o assunto, um querendo superar o outro com absurdos de pessoas embaladas. Quando gastam todas as ideias, Albin se sente fisicamente exausto, sua mente está vazia e ele se sente calmo.

– Eu fiquei com, tipo, dor de cabeça – declara Lo.

– E eu com dor de barriga – diz Albin.

– Não tanto quanto doeria se embalar – ela diz, abrindo o pó compacto novamente. – Só vou tentar parecer, tipo, uma humana desembalada agora.

Albin analisa o rosto dela enquanto passa mais uma camada de maquiagem. Ele se dá conta de que é como um exoesqueleto, uma carapaça dura que protege tudo o que é macio e sensível. Lo se esconde atrás dela para que ninguém a atinja.

Agora ele sabe muito bem o que há debaixo daquela aparência durona. Ele também queria se proteger dessa maneira quando precisasse.

MADDE

Lasse tem o nariz tão arrebitado que ela consegue ver o interior das narinas, mesmo quando o olha de frente. Sua pele rosada de sol o deixa ainda mais parecido com um porco. Há flocos de pele descascando ao redor do nariz. Madde se sente ofendida para caralho. Por que justamente o cara mais feio da despedida de solteiro veio dar em cima dela? Ela talvez não seja a mulher mais linda do mundo, mas como alguém com a aparência dele pode achar que tem alguma chance com ela? O sotaque caipira também não ajuda muito.

Pelo menos ele parou de falar do seu trabalho e sobre as férias que passou no Sri Lanka, que aparentemente é "a nova Tailândia e você precisa ir logo, antes que os turistas cheguem". Como se ele fosse um nativo em qualquer destino.

– Coitado de Stefan – diz ele indicando o amigo.

O véu gasto e sujo pendia de lado na cabeça do noivo e um de seus mamilos estava para fora do vestido estampado. Ele está apoiado em alguns dos amigos e sem eles provavelmente cairia, mesmo se *não estivesse* de salto alto. É um milagre que seus tornozelos estejam inteiros. Madde acha que ele vai acabar indo para o altar de muletas, se continuar desse jeito.

– Esse cruzeiro não foi ideia minha – diz Lasse.

Madde se aproxima dele de má vontade, para poder escutar o que ele diz. A música do Club Charisma está muito alta e o chão balança sob seus pés. Ela não sabe se é pelo movimento do navio ou pela bebida.

– Eu achei que devíamos fazer algo divertido para todos – ele continua. – Algum tipo de aventura e depois um jantar no Riche. Você costuma ir lá?

Madde nega com a cabeça e olha em volta em busca de Zandra, torcendo para que ela volte logo. A amiga está na pista de dança sugando a cara de um dos amigos de Lasse, Peo ou algo assim.

– Fui voto vencido – Lasse continua e, quando ela se vira para ele novamente, vê que parece triste de uma maneira exagerada, como se posasse. – Não andamos juntos como antes. Cada um tem a sua vida e todos mudaram. É chato, mas é a vida.

Madde termina sua Gin Tônica, coloca uns cubos de gelo na boca e mastiga com energia. O som em sua cabeça é alto, como uma britadeira no ritmo da música.

– Quer dançar? – ele pergunta.

– Eu e Zandra vamos no karaokê daqui a pouco – diz ela, se arrependendo em seguida, quando ele se anima.

– Que legal!

– É.

– Eu dou uma ótima Spice Girl – diz Lasse, olhando para ela como se esperasse uma reação.

Ele é *realmente* feio.

– Legal – ela diz.

– Você quer tomar um drinque antes de irem? Não me leve a mal, mas não quero que você ache que estou lhe oferecendo porque quero algo em troca depois.

Ela hesita, querendo que Zandra volte logo. Mais um drinque e ela vai embora sem a amiga.

– Está bem. Mais uma Gin Tônica, então.

Lasse se vira em direção ao bar. Os pés dela estavam entorpecidos nos sapatos. Ela se apoia no balcão do bar e vê um rapaz bonito, mas ele nem olha para ela. Ninguém vai olhar para ela enquanto o Cara de Porco estiver por perto marcando território.

– Aqui está – diz ele, lhe entregando um copo turvo.

– Já? – ela parece surpresa. – Que rápido.

– Eu sempre dou uma boa gorjeta no primeiro drinque – responde ele, evidentemente satisfeito. – Assim eu consigo ser bem atendido a noite toda.

Ela dá uma risadinha. O Porquinho está fazendo de tudo para impressioná-la.

– Do que você está rindo? – ele pergunta sorrindo.

– De nada.

Alguém bate em seu braço e ela se vira, irritada. Um calvo em um terno impregnado de suor está olhando fixo para ela.

– Você pode recolher as tetas para eu passar? – grita ele.

– Calma aí, pode ser? – ela responde.

– É, vá com calma – diz Lasse.

– Não é culpa minha se ela é tão gorda que as tetas ocupam metade do bar – reclama o homem.

Madde ri tanto que acaba derramando parte do novo drinque.

– Por que você está tão obcecado com os meus peitos? É por saber que nunca vai ter oportunidade de tocá-los?

Ela observa que Lasse está ficando nervoso.

– Você está implorando pra apanhar, né? – pergunta o homem, o cheiro de suor quase a sufoca.

– Eu nunca imploro.

– Como é? Você tá dizendo que bate em mulher? – pergunta Lasse.

Os olhos do velhote se contraem e de repente Madde sente medo. Lasse dá a impressão de defender sua honra, mas ela tem a sensação de que não hesitaria em usá-la como escudo humano se necessário.

– Ela não vale a pena – responde o homem.

Madde encolhe os ombros.

– Quem fala assim é covarde – ela grita enquanto ele se afasta.

Ela se debruça sobre o balcão do bar novamente, bebendo do canudo com força.

– Espero que não tenha ficado triste – Lasse fala suavemente no ouvido dela.

– Por que eu ficaria triste?

Ele hesita.

– Porque ele te chamou de... gorda

Madde passa a mão pelos cabelos.

– Mas eu sou gorda mesmo – ela responde, sem olhar para ele.

– Sim, talvez de acordo com o padrão atual – diz ele. – Mas isso é porque temos uma visão completamente distorcida do corpo da mulher.

Ela toma mais um gole do drinque, sentindo a hesitação dele. O Porquinho está fuçando na sujeira em busca das palavras certas.

– Você é... Nem sei como dizer, uau. Você realmente assume quem é.

– E quem sou eu? – ela pergunta, encarando-o. – Digo, segundo você?

Ele passa a língua nos dentes da frente.

– Você é você mesma, sabe. Não pede desculpas por isso. Veste roupas provocantes e exige respeito, como se estivesse dizendo "me aceite como eu sou ou desapareça". Você assume o corpo que tem, está me entendendo? Não pede desculpas.

Ele parece ter dado a ela um presente maravilhoso e não entende por que ela não está encantada. Mas ela não precisa da aprovação do Cara de Porco. Precisa se divertir e agora não está mais se divertindo. Madde larga o copo no balcão e pendura a bolsa no ombro.

Já está para dizer a Lasse que vai embora quando Zandra aparece com seu novo amigo.

– Vamos para o karaokê! – ela grita.

Toda a turma da despedida de solteiro comemora, inclusive o Cara de Porco. Madde chega à conclusão de que, se quiser ver Dan Appelgren, não vai se livrar dele tão cedo.

TOMAS

Ele percebe as pessoas se afastarem o máximo possível do banco onde está deitado, literalmente se arrastando pelo corrimão para manter distância dele. Não as olha e não quer ser visto. Só escuta os passos e as conversas que morrem ao passar por ele.

Ele não consegue se mover e nem gritar. Seu corpo não funciona. Nele há apenas seu coração batendo forte contra o banco duro sob seu corpo e um ruído que enche sua cabeça. O som de coisas duras que quebram ao serem empurradas por outras coisas duras. Partes macias que se dilaceram com um som úmido. Dor. Muita dor. Como agulhas. Não, como furadeiras penetrando em seu crânio. Passa a língua no céu da boca que agora está duro como cartilagem.

Os dentes se movem quando a língua os toca, oscilando levemente nas suas cavidades. Ele não consegue parar de mexer neles. Um dos incisivos sai e um fio de sangue escorre do buraco na gengiva, indo direto para a garganta.

Mais dentes ficam frouxos, alguns deles lascados e enchem sua boca como cascalho pegajoso. Ele suga o sangue e a polpa antes de abrir a boca e deixar os dentes caírem. Eles atingem as tábuas largas do banco com um som oco. Alguns caem no chão.

Os molares são os últimos a se soltarem com pedaços de gengiva destroçada, que ele engole junto com o sangue. Quando os cospe, fazem um barulho de dados.

Sangue, muito sangue. Que está prestes a vazar de sua boca, apesar de Tomas não parar de engolir. Com a ponta da língua, sente os orifícios irregulares e profundos na gengiva. Suga com mais força, como se mamasse.

Alguma coisa afiada em um dos orifícios faz um corte profundo na ponta da língua. Seriam os restos de um dente? Não, a coisa afiada se move. Cresce. Agora parece que há coisas afiadas em outros lugares também: dentes novos substituindo os antigos. Estalos dentro de sua cabeça, mas o pior ruído já passou. As gengivas estão disponíveis agora.

Então, tudo se acalma.

Ele ainda ouve as pessoas ao longe. O barulho do navio está sempre presente, parece ser parte dele agora. Mas dentro de si está tudo em silêncio, silencioso como nunca.

Ele engole, mas mal sai sangue agora. Não consegue mais escutar sua pulsação nos ouvidos. Percebe subitamente o que o silêncio significa. O sangue parou de correr em suas veias.

Seu coração está parado.

Que vazio no peito os batimentos deixaram.

Seus pensamentos estão distantes, fascinados.

Então a próxima onda de dor chega quando seu corpo começa a morrer.

CALLE

Os leves tremores no chão e o frio na barriga quando o *Charisma* mudava de direção eram lembranças de que não estavam em terra firme. Logo chegariam em Åland.

O uísque já não queima mais sua garganta. Agora vai descendo macio, como um veludo líquido. Calle fecha os olhos e se concentra nos barulhos ao seu redor para evitar pensamentos sobre o que Vincent estaria fazendo agora no navio. Ouve o ruído de um copo se quebrar lá na pista de dança. A cantora faz aquela música típica parecer saída de um filme *noir*, apesar do acompanhamento desafinado. A faxineira recolhe o vidro estilhaçado.

Calle abre os olhos e bebe o resto do uísque. As luzes da pista se movem da mesma maneira de sempre. Até mesmo as vozes ao seu redor são as mesmas. No bar, Filip serve cerveja com a habilidade que Calle já conhece.

É como se ele só imaginasse que tinha se demitido do cruzeiro. Como se tudo não passasse de um sonho. Ele tem a sensação de que o *Charisma* o puxou para a sua antiga vida. Havia conseguido sair dali uma vez, mas o navio o tinha convencido de que seria uma boa ideia pedi-lo em casamento ali e ele tinha caído na armadilha.

Calle leva o copo até a boca, antes de se lembrar que já está vazio. Filip tinha lhe dado no mínimo uma dose tripla. A segunda da noite.

Ele olha para a pista de dança. O grupo de garotas que estava no bar formou um círculo, cantando e dançando ao som da música. Um casal está se agarrando, com beijos calorosos e apalpadas violentas no traseiro um do outro. Um rapaz sozinho de chapéu de cowboy está parado com um braço erguido, se sacudindo como uma criança que acabou de aprender a andar. Calle não os conhece, mas era como se conhecesse todos.

– Por que você está aqui sozinho? – alguém grita com sotaque finlandês e ele leva um susto.

Quando se vira, vê uma mulher parada ao seu lado. Está usando uma blusa brilhante que termina logo acima do umbigo. Seus cabelos são loiros platinados e emolduram o rosto bonitinho de nariz arrebitado em cachos ressecados. Ela parece alguém que teve uma vida dura, mas há algo majestoso nela. É a mulher que sempre dizia querer morar no *Charisma*, uma de suas histórias favoritas.

Mas ela não o reconhece.

– Venha, vamos dançar! – ela grita, puxando-o pela mão. – Eu amo essa música!

– Não, obrigado – diz Calle. – Hoje não.

– Como assim, hoje não? Só temos hoje mesmo!

Ela ri, mas ele sabe que ela pode mudar de humor e ficar agressiva a qualquer momento. Ele nega com a cabeça.

– Eu não posso – diz.

– Claro que pode – diz ela, dando um puxão em seu braço, fazendo-o quase cair da poltrona. Ela começa a rir. – Opa! Venha agora!

– Me deixa em paz! – diz Calle, se arrependendo na mesma hora. – Me desculpe, mas...

– O que você está fazendo aqui, se não quer dançar?

– Eu tive uma noite difícil – ele responde, tentando fazê-la sentir pena dele.

– Posso melhorar essa noite para você, eu prometo.

Ela aperta o braço dele com mais força. As unhas da mulher estão roídas até a carne.

– Obrigado. Mas não, obrigado – diz Calle.

– Vamos lá, não seja tão chato!

Ele puxa a própria mão, que está ficando suada.

– Não vai dar. É melhor você sair daqui.

Ela começa a gritar em finlandês e ele reconhece muitos palavrões.

– Você acha que é melhor do que eu, é isso? – ela pergunta.

Ele já não tem paciência para lidar com isso de novo. Ela está tão bêbada que se resume a um amontoado de emoções com nenhum controle sobre seus impulsos. Cai pesadamente na poltrona ao seu lado e ele fica em dúvida se ela havia caído ou se sentado de propósito.

– Não – responde Calle cansado. – Eu não me sinto melhor que ninguém no momento, pode ter certeza.

– O que eu tenho de errado, então? – ela pergunta com um olhar acusador. – Me diga o que é, eu aguento.

Calle não sabe o que dizer e, afinal, que diferença faz? Ela nem vai se lembrar disso amanhã. Ele dá de ombros.

– Tá bom, fica aí sozinho. Não sabe o que está perdendo! – ela diz, sacudindo a cabeça com desprezo e virando para o outro lado.

Calle já está de saída, quando vislumbra Vincent no bar. Ele vê apenas a nuca do outro e uma parte das costas, mas isso basta.

Vincent está dizendo alguma coisa para Filip, que sacode a cabeça, parecendo se desculpar, como prometeu que faria.

Calle se levanta e percebe que está mais bêbado do que tinha pensado. Ele fica parado atrás de um pilar octogonal revestido de espelhos que refletem as luzes da boate. É um esconderijo patético. *Ele* é patético. Está ali se escondendo do homem com quem tinha pensado em se casar.

A mulher que queria morar no *Charisma* adormeceu na poltrona.

MADDE

– Como vão as coisas, garotas? – pergunta Dan Appelgren. – O cruzeiro está divertido?

Madde sente o calor dos holofotes em seu rosto. Longe deles, o local está escuro. E Dan colocou o braço em volta dela. Ele tem um cheiro tão bom, exatamente como ela havia imaginado. Um perfume forte misturado com a pele quente. E uma leve nota de suor. Ele cheira a sexo. Como o cheiro depois de sexo matinal, antes de mais sexo. O corpo dele é tão rígido junto ao seu corpo macio. Ele tem os músculos nos lugares certos, como se estivessem pregados. A camisa, meio desabotoada, deixa à mostra alguns pelos macios do peito. Ela quer sentir essa maciez com os dedos e afundar o nariz no pescoço dele.

– Muito divertido! – responde Zandra.

Como sempre que ela fica nervosa, o seu sotaque caipira está mais perceptível.

– Que legal – diz Dan. – De onde vocês são?

– Originalmente, de Boden – responde Zandra e alguém solta um assobio solidário. – Mas moramos em Estocolmo.

– Bacana. O que vocês vão cantar hoje, meninas?

– "You're the one that I want" – declara Madde.

– Nossa, garota – diz Dan, piscando para ela. – Isso é uma cantada?

Madde ouve o público cair na gargalhada e demora um pouco para entender a piada. Zandra ri descontrolada como uma gaivota histérica.

– Talvez – diz Madde.

Dan lhe dá um sorriso.

– Quem de vocês será Sandy? E quem será Danny?

Zandra olha insegura para Madde. Elas tinham cantado essa música centenas de vezes, desde que Grease tinha voltado à moda na época do colégio. Mas elas nunca tinham cantado papéis separados, sempre cantavam tudo juntas.

– Zandra pode ser Sandy – diz Madde. – Ela é a *boazinha* entre nós.

Risadas soam na escuridão e alguém assobia.

É tão fácil conversar com Dan, como se fosse a coisa mais natural do mundo. Não é só que ele seja divertido. Ela fica mais divertida perto dele.

– Então, vamos lá! – diz Dan, e ela sabe que ele sente o mesmo.

O público as acompanha batendo palmas assim que a música começa a tocar. Madde respira fundo, olhando para as primeiras linhas da letra na tela. Espera que elas mudem de cor, se sentindo como um corredor profissional na largada.

Zandra ri de novo.

Então chegou a hora de cantar.

O nervosismo a abandona. Madde sabe cantar e isso ninguém pode dizer o contrário. Ela é uma corredora de passos certeiros, liberando a sua força. Ela sente a energia do karaokê mudar.

Gritos e assobios.

E ao lado do palco Dan a assiste surpreso.

MARIANNE

Marianne e Göran saem, deixando para trás o Charisma Starlight e a banda de música típica . Passam pelo cassino, pelo bar e pela cafeteria. O Poseidon já estava fechado, suas mesas primorosamente arrumadas para o dia seguinte. Eles continuam andando, até chegarem ao restaurante onde haviam jantado. O buffet está com as luzes apagadas. Eles entram no elevador ao lado das escadas e Göran aperta o botão do quinto deque.

Em uma das paredes espelhadas, há a foto de uma mulher com roupão branco e rodelas de pepino sobre os olhos. Ao seu lado, um drinque. Abaixo da foto, em caligrafia romântica: "Aproveite o luxo e se cuide no Charisma Spa". Marianne vê o seu próprio reflexo e fica chocada. O rosto está vermelho e brilhante de suor, e ela está toda descabelada. Começa, imediatamente, a passar seus dedos pelos cabelos.

– Você está bonita assim – declara Göran.

Ela deixa a mão cair e olha para ele, que se inclina e lhe dá um beijo suave. A barba por fazer arranha um pouco seus lábios. Uma exclamação abafada de surpresa escapa, e sente os lábios dele formarem um sorriso antes de se afastarem dos seus.

Ela já sente saudade deles.

O elevador para e ela olha para o chão, percebendo que a ponta de seus sapatos está em uma poça de vômito. Ela olha para cima, rapidamente. Göran a abraça; ele não viu. Chegam ao quinto deque, bem em frente à porta de aço por onde entraram hoje mais cedo. Göran a leva para o lado esquerdo, mas Marianne para ao ver uma jovem desmaiada no chão, ao lado do elevador. Uma mecha de seu cabelo loiro está colada à bochecha e não há dúvida de onde veio aquele vômito em que Marianne pisou.

– Você está bem? – Marianne pergunta relutante, mas a jovem não reage.

– Vamos – diz Göran.

– Não vamos ajudá-la?

– Ela só bebeu um pouco demais. Pegou no sono, parece.

– Mas...

– Os seguranças vão se encarregar dela.

Marianne acena, insegura, enquanto Göran a conduz para longe. Chegam a um corredor muito comprido em direção à proa. Marianne esfrega os sapatos discretamente no carpete, para tentar tirar o vômito.

Eles passam por fileiras após fileiras de cabines. Ouve-se música atrás de muitas portas. Gritos, gargalhadas e sons que eram inconfundivelmente gemidos. No final do corredor há uma porta de vidro grande. Quando Göran a abre, Marianne é atingida por um vento frio e forte, deixando sua blusa úmida ainda mais gelada. Pelo menos a chuva tinha feito uma pausa.

Ela o segue no convés lá fora, passando por um pequeno grupo rodeado de uma nuvem tóxica de fumaça. Vão até a beira da proa. Göran envolve o cigarro com as mãos. O vento descabela Marianne, que respira fundo, agradecida pelo ar puro. Quando Göran traga o cigarro com prazer e lhe oferece o maço, ela apenas sacode a cabeça. Luzes brilham ao longe. A espuma branca que jorra ao longo do casco quase a hipnotiza, seus movimentos violentos e o rugido do mar. Em algum lugar sob a superfície daquelas águas fica a sua cabine sem janela, onde ela tinha se vestido para o jantar. Ela estremece de frio e Göran a puxa mais para perto.

O ruído dos motores se altera. A vibração sob os seus pés fica mais intensa.

– Você sente como a velocidade diminuiu? – pergunta ele, apontando para as luzes lá na frente. – Daqui a pouco vamos parar em Åland.

– Mas o navio vai até Åbo – ela responde. – Åbo não fica na Finlândia? – Ela morde o lábio, pois deve soar idiota.

– Aportar por um tempo em Åland é o que os permite ter um duty free. Tem alguma coisa a ver com as regras da União Europeia e essas coisas complicadas – diz Göran, tragando o cigarro com tanta vontade que ele estala. – Mas é bom para o pessoal de Åland, eles ganham uma grana violenta com isso porque muitos navios fazem essa rota. Além disso, muita gente de Åland trabalha nos navios. Acredito que não tem nenhum desempregado na ilha toda.

Marianne fica em silêncio, percebendo como sabe pouco sobre Åland. Nunca tinha pensado na ilha. Ela parecia de mentira.

– Não é estranho – diz ela, finalmente – que sempre tem brechas para burlar as regras se você procurar o bastante?

– É verdade. Mas não é só dinheiro que eles ganham com os cruzeiros. Se alguém se comportar mal a bordo, é entregue à polícia da ilha. Então eles também têm que tomar conta do lixo. – Ele ri. – Um amigo meu foi largado aqui, uns anos depois do naufrágio do *Estônia*. Ele resolveu bancar o engraçadinho e entrou no chuveiro de roupa e depois foi num dos clubes, completamente molhado, gritando que as comportas estavam abertas. As pessoas ficaram apavoradas.

Ele ri novamente e sacode a cabeça. Marianne só consegue olhar para ele, de repente se sentindo mais sóbria do que gostaria de estar.

– Foi a pior brincadeira de mau gosto que já ouvi – ela diz.

– Ele estava bêbado – responde Göran, como se fosse uma boa razão.

A decepção de Marianne aumenta como um gosto amargo subindo pela garganta. O encanto estava quebrado. Percebe pelo jeito dele que Göran também percebeu.

Ela fica em silêncio, observando a espuma novamente. Sente-se grata por não saber exatamente em que parte do fundo do mar o *Estônia* e os seus passageiros estão, e se a rota do *Charisma* passava por eles. Pensa mais uma vez que essa imensa construção de metal não deveria flutuar sobre a água e tem a sensação infantil de que o navio irá perceber e a qualquer momento afundar como uma pedra. Marianne nota que pensa no *Charisma* como um ser vivo e não uma máquina comandada por pessoas normais. Parece impossível que se possa controlar essas milhares de toneladas, mesmo com todos os aparelhos que o capitão tem à sua disposição.

– O que foi? – pergunta Göran.

– Não acho que o *Estônia* é motivo para piadas.

– Eu sei. Ele foi um idiota. Não devia ter lhe contado nada.

– Ele parece verdadeiramente arrependido.

– Não, você não deveria ter me contado. Nem dado risada disso. Não é nada divertido, é desrespeitoso.

Göran joga o resto do cigarro no mar e Marianne segue o brilho com o olhar.

– É fácil não pensar nas coisas sendo como sou – diz ele. – Eu e os caras somos... Não somos muito educados e não estamos acostumados a lidar com mulheres como você.

Ele fica quieto por tanto tempo que ela está prestes a perguntar o que ele quis dizer com aquilo.

– Você é uma mulher de classe, Marianne. Gosto que você diga o que pensa. Me perdoa.

E ela o perdoa. Ele disse coisas comoventes e ela não queria ficar sozinha em uma decepção paralisante que comprovasse que aquela viagem era um erro. Ela queria viver a sua aventura.

– Me desculpe você também. Eu exagerei um pouco – diz Marianne. – Deve ser porque tive uma amiga que morreu no naufrágio do *Estônia*.

A mentira escapou sem que percebesse que a articulara, e se arrependeu no mesmo instante. Ela evita o olhar dele. Atrás deles, os outros deques do *Charisma* se empilham. Ela vislumbra outras pessoas apoiadas nos corrimãos, sobre o que deve ser a ponte de comando do capitão.

– Eu sinto muito – ele diz. – Vocês eram próximas?

– Não quero falar sobre isso. Eu... Acho que gostaria de fumar um cigarro agora.

Göran solta a sua mão e o coração dela começa a bater descompassado. O isqueiro faz um clique nas mãos dele.

– Que situação chata. Pisei na bola – diz ele, lhe entregando o cigarro aceso. – Eu e a minha boca grande.

Ela dá uma tragada, sente a fumaça penetrar em seus pulmões e se surpreende como ainda é bom. Marianne não fumava desde... Quando mesmo? Desde os anos 1980. Não teve recaídas nem durante o divórcio.

– Vamos esquecer isso tudo – ela diz. – Não quero pensar nisso essa noite. Fazia tempo que eu não me divertia tanto.

– Então você está se divertindo de verdade? Comigo?

Marianne faz que sim com a cabeça e olha para ele.

– Que bom – ele diz. – Porque a noite nem começou.

BALTIC CHARISMA

A menos de cem metros de distância dali, também no quinto deque, Bosse está em seu escritório. Ele bebe seu café em uma caneca onde se lê "MELHOR AVÔ DO MUNDO". Solta uma risadinha ao olhar para uma das telas à sua frente. Vê um casal jovem se encostar à parede de um dos corredores, dois andares acima dele, sem perceber as câmeras. A saia da garota está levantada, deixando os quadris à mostra. Ela toma goles frequentes de sua garrafa, mas as estocadas a fazem perder o gargalo, e ela ri a cada vez que isso acontece. A imagem turva da tela faz com que os olhos dela tenham um brilho vazio.

Bosse toma o café. Por enquanto, tinha sido apenas ele que os havia descoberto ali, de sua perspectiva quase divina. O rapaz dá estocadas cada vez mais fortes – a garota derruba a garrafa – e tudo termina. Ela desce a saia. Ele abotoa as calças, e lhe dá um beijo na bochecha. Ela fica parada enquanto ele desaparece no corredor. Então se vira e entra em uma das cabines.

Bosse dá uma gargalhada e sacode a cabeça. Continua a passar pelas telas e vê uma garota loira, desmaiada ao lado dos elevadores ali no quinto deque. Uma mulher de cabelos escuros se abaixa ao lado dela, de costas para a câmera, e sacode de leve o ombro da garota. Bosse olha mais de perto para ver o que está acontecendo. A garota loira acorda, parecendo se esforçar para entender a mulher que fala com ela. A garota concorda, procurando algo em sua bolsa. Tira o cartão da cabine. A mulher de cabelos escuros ajuda a garota a se levantar. Bosse vislumbra o rosto da mulher, com uma maquiagem muito carregada. Alguma coisa nela o incomoda. Ele hesita, olha para o telefone sobre a mesa e de volta para as figuras na tela. Elas estão indo na direção do longo corredor, a bombordo. Ele muda de câmera e continua a observá-las. Tenta se livrar do mau pressentimento e se lembra que há coisas piores acontecendo ali, onde os seguranças serão mais necessários.

* * *

A jovem se chama Elvira e nunca havia ficado tão bêbada antes. A mulher que a segura tem um cheiro estranho, mentolado com uma mistura de algo doce e mofado. Elvira pensa que, pelo menos, a mulher é gentil, lhe acalmando com palavras suaves e antiquadas. Elvira gostaria de conseguir articular um "obrigada", explicar como havia chegado nesse ponto e dizer que *sabia que estava bebendo demais, mas estava cansada de ser sempre a chata, a que não sabe relaxar. Queria ser como elas dessa vez. Fomos ao Club Charisma, mas não lembro o resto. É tão injusto. Quantas vezes eu não as ajudei quando estavam caindo de bêbadas? Deve ser por isso que me deixam sair com elas. E quando eu preciso de ajuda, elas me abandonam.*

Ela gostaria de dizer tudo isso àquela mulher desconhecida, mas a sua boca não lhe obedece. Só consegue emitir gemidos. Elas param em frente a uma porta e a mulher coloca o cartão na fenda. Alguns dedos lhe faltam na mão. Elvira a olha com um dos olhos fechado e tenta focar, mas o olho aberto não lhe obedece. Ela tenta com o outro. Como no oftalmologista. Qual é melhor? Esquerdo ou direito? Tanto faz. Mas ela enxerga o bastante para perceber que a mulher tem algum problema. *E esse cheiro...*

Elvira fica enjoada novamente e deixa que a mulher a leve para dentro da cabine. Olha à sua volta quando a porta se fecha. *Nós tínhamos camas de solteiro... Por que tem uma cama de casal agora?* Elvira tenta reclamar, mas tem medo de vomitar de novo. Ela odeia vomitar. A mulher a faz sentar na cama, delicadamente. Está desarrumada. Há uma mancha enorme no carpete aos pés da cama e o brilho de cacos de vidro. Elvira pensa que devem ter dado uma festa ali, talvez seja por isso que a mulher ficou tão brava de repente. Elvira não aguenta mais pensar, deixando a cabeça cair sobre o peito. Parece tão pesada agora, como se nunca mais fosse conseguir levantá-la. A mulher lhe ajuda a deitar de lado, com muito cuidado. Passa os três dedos da mão direita em seu cabelo. Quando Elvira tenta falar, a mulher a interrompe delicadamente. Elvira fecha os olhos, feliz por não estar sozinha. *Só vou descansar um pouquinho, depois pergunto o que estamos fazendo aqui.*

* * *

A mulher de cabelos escuros está com medo. A mancha no carpete ainda exala odor de sangue. Ela está perplexa por seu filho ter se arriscado dessa maneira. Devia estar desesperado. Demorou muito tempo para encontrar essa garota. Ela pensa na mulher mais velha que tinha observado de sua mesa no início da noite no McCharisma. Aquela senhora emanava solidão, mas ela tinha amigos que vieram lhe encontrar. Ela não costuma estar errada e aquela esperança frustrada havia lhe dado uma fome mais intensa do que antes. Olha para a mancha de sangue no carpete novamente. Fica pensando em onde o corpo pode estar agora. Onde seu filho está. Teria agido assim para puni-la? Sabe como está bravo com ela. Eles tinham uma vida boa em Estocolmo, a cidade onde tudo tinha começado há tanto tempo. É o único lar que tiveram, mas não podiam mais ficar. Nunca podem ficar. Ela pensa no trailer estacionado lá embaixo. Todos os seus pertences couberam nele. Toda uma vida juntos, mas um número ridículo de pertences. Patético. Ela se volta para Elvira. Coloca uma das mãos sobre a sua nuca. Os dedos apertam as vértebras, contando-as de cima para baixo. Elvira murmura alguma coisa, mas não abre os olhos.

* * *

Um dos caminhões a bordo era dirigido por um homem chamado Olli. Ele está dormindo profundamente em sua cabine, localizada abaixo do nível da água. Há uma garrafa quase vazia de vodca russa do duty free ao lado da cama. Quando batem na porta, ele leva um instante até conseguir acordar. Procura o abajur, cerrando os olhos com a luz. Olli está bêbado. Acha que qualquer dia desses será pego dirigindo nesse estado, o que seria um alívio. Ele precisa do álcool para poder dormir com o estresse e as dores crônicas nas costas e pescoço. Pensa na quantidade de horas que terá que dirigir amanhã. Horas demais. A empresa de carga não segue as leis. Nunca são demais. Normalmente, ele nem fica sabendo o que transporta e suspeita que existam fortes motivos para isso. Batem na porta mais uma vez.

– *Minä tulen, minä tulen, ota helvetissä iisist i* – ele grunhe em finlandês, coçando os tufos grossos de pelo do peito.

Quando olha seu celular percebe que não dormiu muito mais que duas horas. Só depois de começar a empurrar a porta é que se lembra que está apenas de cuecas. Ele abre uma fresta e vê um menino loiro, que parece ter uns cinco anos de idade, parado no corredor. Os olhos da criança estão cheios de lágrimas. Tem o rosto em forma de coração e um nariz pequeno e reto. Ele puxa nervoso os cordões do capuz de seu moletom vermelho.

– Eu não encontro a minha mãe – ele diz.

Olli observa que o menino tem pequenas cicatrizes que ziguezagueiam em seu pescoço, acima da gola da camiseta. Brilhantes e rosadas, parecem recentes. Ele se pergunta como o garoto as tinha feito. Sente um arrepio no corpo todo e abre a porta completamente.

MARIANNE

Não há carpete nas escadas estreitas que levam ao andar dela. Eles atravessam as portas que dão no estacionamento e continuam descendo. Chegam a uma porta de aço, e ao abri-la escutam o barulho dos motores ficar mais intenso.

– Eu nunca teria reservado uma cabine aqui embaixo se eu soubesse como era – diz ela, descendo os últimos degraus.

A luz do corredor ali é fria e reveladora, o carpete é mais grosso e desgastado. Todo o local grita economia. Bem literalmente classe baixa. Até cheira a merda.

Ela preferiria ter ido para a cabine de Göran, mas ele a divide com três de seus amigos e ela não queria ser pega em flagrante. Marianne sente todo o seu corpo corar. Por mais que ela tente se enganar que não sabe o que está para acontecer, que não sabe o que *quer*, pensamentos como esse a traem.

Fica cada vez mais confusa enquanto procuram pela cabine dela naqueles corredores claustrofóbicos. Eles desceram por uma escada diferente da que tinha subido mais cedo e ela não conseguia entender a ordem numérica das portas. O seu nervosismo também prejudica seu senso de direção, mas finalmente chegam à porta de número 2015, que é a última do corredor. Ela entra primeiro, senta-se na cama de solteiro e acende a luz do pequeno abajur. Tirar os sapatos lhe dá uma sensação divina. Ela coloca os pés sob o corpo. O balanço discreto do navio a deixa um pouco tonta. O vinho também participa disso, mas ela se sente bem sóbria. Todos os seus sentidos estão aguçados.

Göran fecha a porta atrás de si e é quando ela o olha, alto e de ombros largos, que percebe como a cabine é realmente apertada.

– Você ia dividir essa cabine com a sua amiga? – ele pergunta.

Marianne sacode a cabeça.

– De jeito nenhum. A dela era aqui do lado – ela responde, se arrependendo em seguida. Como poderá se explicar para ele se alguém fizer barulho na cabine ao lado? – Ou logo adiante, não tenho certeza.

Ouvem uma batida na parede da cabeceira. Do outro lado, o Mar Báltico pressiona o casco do navio com a força de toneladas de água gelada.

Göran se senta ao lado dela. O cabelo dele está preso em um rabo de cavalo. Ela gosta. A cabeça dele tem um formato bonito.

– Você tem certeza que seus amigos não se importam que você os largou? – ela pergunta.

– Eles vão ficar bem – responde Göran, olhando fixamente para ela. – Eles fariam o mesmo, se tivessem a oportunidade.

Marianne dá um sorriso e fica pensando se ele quis dizer que os amigos ficariam com qualquer uma ou se fariam de tudo para ficar com ela, se também a acham atraente. Ela se pega torcendo para o segundo caso. Como é patética nessa carência!

– O que eu disse antes é verdade... Fazia muito tempo que eu não me divertia tanto – diz ela. – Achei que até já tinha esquecido como era.

Ele dá uma risada.

– Eu não acredito.

A saia estava um pouco levantada acima dos joelhos e ela ajeita um pouco o tecido, até que eles estejam cobertos novamente.

– Estou falando sério – diz ela.

O tempo vai passando.

– Você percebeu como ficou tudo quieto aqui? – pergunta Göran e Marianne concorda com ele, sacudindo a cabeça.

Logo em seguida ela entende que ele se refere ao navio, pois as vibrações haviam cessado e tudo o que se ouvia agora era um sussurro constante.

– Chegamos a Åland – ele declara.

Marianne sacode a cabeça mais uma vez, sem saber o que responder. No caminho até aqui, Göran tinha falado de todos os navios naufragados que repousam no fundo desse mar. Contou sobre um carregamento de champanhe transportado por um navio francês a caminho da Rússia, que havia afundado no início do século XIX. As garrafas foram vendidas há uns dois anos por milhares de coroas cada. "Nenhuma champanhe vale tanto, não importa quanto dinheiro você tenha", ela comentou. "Devem ser pessoas pobres de espírito para gastar tanto dinheiro assim." Göran tinha rido muito. Ele gosta dela. Gosta mesmo. Ela sente isso no jeito que ele a olha.

– Faz muito tempo que eu fiz algo assim também – ela diz.

– O que você quer dizer com isso? – pergunta Göran, e dessa vez ela entende que ele está brincando antes que ela começasse a passar vergonha explicando.

– É muito estranho – diz ela. – Nós mal nos conhecemos e agora... estamos aqui e eu não sei nada sobre você.

– Você já sabe que moro sozinho num apartamento em Huddinge e que conheci meus amigos trabalhando na companhia telefônica um bom tempo atrás.

– Não é muita coisa.

– Não tenho muito para contar – diz ele, se encostando na parede. – Você pode perguntar o que quiser.

Ele parece estar muito relaxado, com as mãos entrelaçadas à frente do corpo, os pés fixos no chão e as pernas abertas. Imperturbável. Marianne quer perguntar tantas coisas, mas nenhuma que lhe vem à cabeça parece apropriada para o momento.

O que você faz quando está sozinho? Como eram os seus pais? Você acredita em Deus? Já teve alguma doença séria? Acha que isso poderia ser o começo de um relacionamento? Você poderia me amar de verdade? Você me aguentaria a longo prazo?

– Nem sei se você já foi casado. Ou se tem filhos.

– Casado, sim – ele responde. – Filhos, não.

Como era a sua esposa? Ela queria ter filhos e você não? Foi por isso que se separaram? O que houve entre vocês? Se isso aqui se desenvolver, o que preciso fazer para não estragar tudo?

– Você não quer saber de nada sobre mim? – ela pergunta.

– Não – ele diz, colocando a mão sobre a perna dela e passando os dedos sobre o tecido da saia. – Eu gosto do mistério que te envolve.

Marianne se surpreende ao começar a rir.

– Eu nunca fui muito misteriosa.

Ela respira fundo e decide desistir de fazer surgir a única pergunta que de algum modo a deixaria confortável em dormir com um desconhecido. É um momento frágil demais para palavras. Se ela não quiser estragá-lo, precisa parar de falar.

Göran se deita de lado, apoiando a cabeça em uma das mãos. Os dedos da outra desaparecem por baixo da saia dela. Sobem pelas coxas e se escondem entre elas. O toque dele lhe dá arrepios e um raio percorre todo o seu corpo.

Ele não é mais um estranho. Ela já sabe de tudo o que precisa saber agora. Terá tempo de fazer perguntas mais tarde.

– Deite-se – ele diz.

Marianne o obedece. Deita-se ao lado dele e estende o braço para apagar a luz.

– Deixe acesa – ele diz.

Dessa vez ela não o obedece. O interruptor estala, a luz some e é como se a escuridão engolisse tudo. Ela acha que vê sombras e figuras se movendo à sua frente, preto contra preto, mas não passam da sua imaginação. Göran levanta a sua saia e ergue os seus quadris para tirar a meia-calça. Depois a calcinha. Ele a acaricia e sua pele está tão sensível que Marianne acha que ficará com as impressões digitais dele estampadas em si.

Ela começa a chorar e se sente agradecida pela escuridão da cabine, pois pode disfarçar seus soluços como gemidos de prazer. Ouve o ruído do cinto de Göran, quando ele tira rapidamente as calças jeans. Ele se deita sobre ela, cobrindo-a com o seu corpo. Aperta os lábios contra o queixo dela, procurando a boca.

Eles se beijam na escuridão, no interior profundo do navio, e o mar lá fora não a assusta mais.

MADDE

Lasse Cara de Porco está no palco com seu amigo Stefan, cantando Dolly Parton e Kelly Roger aos berros. O véu de noiva está jogado entre eles, sujo de cerveja e cinza de cigarro. O público esbraveja junto, adorando a performance.

Madde nem consegue olhar para eles. Quando ela tenta focalizar o palco, as luzes sobem e sobem, como se o mundo fosse cair no abismo. Ou como se ela fosse cair rolando por toda a eternidade. Precisa se segurar com força na ponta da cadeira em que está sentada. Não pode fechar os olhos, porque é pior ainda. Está quente para caralho ali, mas o seu rosto parece frio.

Ela se sente tão mal, tem medo de desmaiar se ficar em pé. Por que tinha inventado de tomar cerveja? Sente gosto de metal amargo na boca toda, como se houvesse chupado a bebida de um cano.

Zandra nem tinha percebido, ocupada como estava flertando com Peo.

Ela quer vomitar e precisa de ajuda. Madde solta uma das mãos da cadeira, estica o braço e toca na perna de Zandra. A amiga olha para ela. Saliva brilhosa em volta da sua boca.

– Você está bem, querida? – ela pergunta.

Pelo menos é isso que Madde acha que ela pergunta. Só enxerga os lábios úmidos de Zandra e não escuta nada naquela porra de lugar barulhento.

Madde deve ter conseguido balbuciar alguma coisa ou Zandra entendeu a situação, porque ela se levanta do colo de Peo e a pega pela mão. Madde sai da cadeira rapidamente, antes que mude de ideia. É o único jeito. O mal-estar chega com força. Não há muito tempo. Alguma coisa está aumentando a ânsia. Parece que todo o salmão e arenque em conserva que ela comeu ressuscitaram, e golpeavam a garganta com seus rabos. Seu rosto está muito frio e, mesmo assim, ela pinga suor.

Zandra a ajuda a atravessar o salão, passando por todos aqueles corpos quentes e suados. Madde a segue e avista Dan Appelgren perto do palco.

Os peixes se debatem com mais força em sua garganta, nadando com tanta rapidez no seu estômago que ele se revira. Madde olha para o chão. Elas conseguem deixar o karaokê para trás e Zandra a puxa para a direita. Subitamente o carpete é substituído por azulejos e elas estão num box de banheiro e Madde se curva, levantando a tampa da privada, enquanto Zandra tranca a porta.

Madde vê algumas manchas de fezes sob a tampa, se concentra nelas e o vômito atravessa sua boca violentamente. Primeiro é só muita cerveja, em seguida gin e tônica azedos e então comida meio digerida, pesada e pegajosa, que fica presa no meio do caminho e ela precisa tossir e pigarrear para se livrar de tudo. Lágrimas quentes escorrem pelo seu rosto frio.

Zandra segura seus cabelos e passa a mão nas suas costas.

– Que saco – diz Madde. – Que saco!

– Está melhor agora?

Madde puxa um pedaço de papel higiênico, amassa em formato de bola, limpa a boca e depois seca os olhos.

– Que saco! – ela exclama novamente.

Ela se endireita aguardando mais uma onda de vômito, que não vem. Examina as próprias roupas, para ver se não há nenhum rastro nelas. Joga a bola de papel na cestinha de lixo e dá descarga.

– É, estou melhor agora. – ela responde.

Mas uma dor de cabeça entrou no lugar da náusea, como se a ressaca já tivesse chegado. Ela passa o dedo embaixo dos olhos, que ficam borrados de rímel.

– Que bom – diz Zandra, passando a mão nas costas dela de novo.

Zandra a olha com a mesma expressão maternal que usa com a filha. Um olhar carinhoso e compreensivo.

– Tudo bem se eu for com Peo para a cabine dele?

– Já? – pergunta Madde. – Mas a noite mal começou.

– Ele já está caindo de bêbado – responde Zandra. – Acho que já vou ter que lidar com meia-bomba. Se ele continuar bebendo, vou ter que colocar pra dentro *com a mão*.

– Mas o que eu vou fazer sozinha?

– Você pode ficar com os outros – diz Zandra. – Aquele lá, nem sei o nome, parece gostar de você.

– Mas era só o que me faltava! – exclama Madde, dando um passo para trás e se apoiando na parede. – Eu achei que íamos nos divertir juntas hoje. Não foi isso que combinamos?

– Mas *estamos* nos divertindo – retruca Zandra, rindo despreocupadamente.

– Você sempre faz isso. É só encontrar um cara para agarrar, que esquece todo o resto. Principalmente eu.

– Para com isso. Você está com ciúmes porque eu encontrei alguém primeiro. Você faria a mesma coisa e eu iria achar ótimo. – O olhar dela endureceu.

– É mesmo – diz Madde, e a raiva lhe dá energia. Muita energia. – Como você é generosa! Você nunca pensou que eu acho triste pra caralho que você me largue sempre que encontra um pau para se divertir?

Zandra olha para ela e, antes mesmo que abra a boca, Madde já sabe que ela dirá algo condescendente.

– Eu sei que está difícil para você, com esse lance do seu trabalho e tal, mas não venha descontar as suas frustrações em mim, porque eu não mereço.

Zandra destranca a fechadura e sai do box. Madde fica olhando para a porta que bate com violência entre as duas.

– Cale a boca! – ela grita, mesmo sem saber se Zandra ainda está por ali. – Você é uma puta egoísta!

Como isso foi acontecer? E como ficou tão sério? A dor de cabeça é uma garra de ferro se cravando lentamente em seu crânio. Ela sai do box. Nem sinal de Zandra.

Madde bebe água de uma das torneiras, sem se importar com a garota que lhe observa enquanto lava as mãos. Madde se ajeita e dá uma olhada no espelho. Ela está com uma aparência surpreendentemente razoável. Os olhos estão um pouco vermelhos, mas é só isso.

Tenta pensar com clareza e entender o que deu nela. "Você faria a mesma coisa no meu lugar." Zandra estava certa.

Madde sai apressada do banheiro e entra na atmosfera quente e úmida do karaokê. Dan está lá no palco agora, cantanto "Febre no coração" e ela passa empurrando todos que estão de pé, acompanhando aos berros.

Zandra não está mais na mesa. Algumas penas rosa são o único rastro dela. Peo também sumiu, mas o Cara de Porco se empolga quando vê Madde voltando e acena para ela. A mesa está cheia de copos de dose.

– Venha aqui – diz ele, e ela se senta na cadeira ao seu lado por não saber o que mais fazer.

Ele lhe passa um copinho. Não consegue ver a cor da bebida no escuro, mas parece ser densa. Ela cheira com cuidado, o odor é de uma gelatina doce.

– Vira de uma vez! – diz um dos rapazes.

Madde concorda com a cabeça. Vai voltar ao ritmo. É o único remédio para essa dor de cabeça. Se não beber agora, não vai mais pegar no tranco.

A dose desce facilmente pela garganta, ela mal precisa se esforçar para engolir. O Cara de Porco lhe passa mais uma.

– A sua amiga foi para a cabine com Peo – ele diz. – Então você pode beber a dela também.

Madde dá uma olhada em Dan lá no palco. A camisa fica perfeita nele, delineando o seu corpo. Ele deve ter aqueles músculos na virilha também, aqueles que ficam escondidos pelas calças e que parecem flechas apontando para o pau.

Ela não vai dormir agora. Assim que termina de tomar a segunda dose, Lasse se aproxima mais e começa a brincar com seus cabelos.

– Uma das cabines está desocupada – ele diz. – Eu pensei que podíamos ir lá, para nos conhecer melhor.

Ela sacode a cabeça sem intenção de sequer respondê-lo. Os dedos dele congelam.

– Vamos, vamos lá.

– Não – ela responde, olhando para ele fixamente. Fica satisfeita por conseguir focar novamente.

Primeiro aquilo tudo com Zandra, e agora isso. Ela já aguentou merda suficiente hoje.

– Não? Como assim?

– O que está difícil de entender? Estou falando grego?

Ele passa a língua pelos dentes. O Porco está bravo. Furioso. Madde começa a rir. Ele puxa a mão e ela sente múltiplos furos na cabeça ao ter cabelos arrancados. Ela continua a rir, mas a situação deixou de ser engraçada.

– Eu sabia – diz ele. – Você só queria bebida grátis, para depois sumir. Está satisfeita agora, sua putinha do álcool?

Os amigos dele os observam, percebendo que algo está para acontecer.

– Então, você acha que te devo uma trepada agora, é? Pode esquecer. Você não é bem o meu tipo – diz ela.

Os olhos dele se tornam mais escuros.

– Eu já sei qual é o seu tipo. Vi como você fica babando por ele – diz ele, apontando para o palco. – Appelgren é um fracassado. Todo mundo importante em Estocolmo sabe como ele trata as garotas que se envolvem com ele. Ele mete a porrada, e essa nem é a pior parte. Mas você deve gostar de caras perigosos.

Ele diz tudo com muita agressividade. Do que está falando? Acha que ela ia acreditar no que ele disse sobre Dan? Todos os caras famosos têm má reputação, não é? Mas não tem a intenção de falar isso para ele, porque só lhe daria mais argumentos.

170

– Bem coisa de mulher, mesmo – ele continua. – Na verdade só querem caras que tratem vocês como lixo. Eu sou um cara legal, mas o que eu ganho com isso? Ninguém quer um cara bacana, é só conversa fiada.

– Talvez não seja bem esse o problema – diz Madde. – O problema é que você é incrivelmente feio e claramente sente pena de si. Não é bem um afrodisíaco.

– Você também não é nem bonitinha – ele diz entre os dentes. – Mas nunca vai entender. As mulheres só precisam mostrar os peitos e levantar a saia para conseguir o cara que quiserem.

– Você parece estar com inveja. Será que é gay?

– Você é tão feia que eu até *queria* ser gay!

– Ah, é? E por que você queria ir para a cabine comigo?

– Porque dá para ver de longe como você e a sua amiga são fáceis, e eu não estava com vontade de me esforçar.

A mão dela passa em um arco largo na direção dele, mas erra por muito o alvo. Ele sorri com escárnio. Os amigos dele se levantam.

– Eu peço desculpas – sussura Stefan, ajeitando seu véu. – Ele fica assim sempre que bebe. Vamos dar um jeito nele.

Ela não responde. Sequer os observa saindo.

Alguém começa a cantar uma música tradicional sueca no palco.

BALTIC CHARISMA

O Capitão Berggren está de volta à ponte. Tirou uma longa soneca, comeu os restos do Charisma Buffet no refeitório dos oficiais. Ele observa o porto de Åland e vê os poucos passageiros que desembarcaram passarem pelos túneis de vidro, que se estendem como tentáculos pelo terminal.

A maior parte dos idosos e das famílias com crianças já tinha ido dormir. Para outros, a noite mal havia começado. As pistas de dança e os bares estão lotados.

O turno dos funcionários do duty free e do spa já acabou. Alguns já estão dormindo e outros estão na sala da tripulação jogando cartas ou vendo um filme. Um pequeno grupo está reunido na cabine de funcionários. Eles tinham trocado os uniformes por roupas civis. Fofocam sobre os passageiros e seus colegas. As vendas da loja foram muito satisfatórias e Antti, o gerente, ofereceu champanhe grátis a todos depois do fechamento. Os funcionários da cozinha fazem a limpeza. Milhares de pratos sujos e uma quantidade maior ainda de copos foram lavados em poucas horas. Toneladas de comida são jogadas fora toda a semana porque os passageiros pegam uma quantidade de comida maior do que aguentam.

Uma mulher tinha adormecido no karaokê, sozinha na mesa. Ela ainda segura um copo de dose em uma das mãos. Algumas penas rosa sobre a mesa se movem suavemente a cada respiração dela.

No deque mais baixo, uma mulher mais velha faz amor com um homem que acabou de conhecer.

Dois primos adolescentes estão deitados em uma cama de

casal, rindo muito do que veem na televisão que mostra a pista de dança do Club Charisma.

Em outra cama de casal, um andar abaixo deles, está Elvira. Sua quarta vértebra está esmagada. Ela está paralisada do pescoço para baixo, presa em um corpo que não consegue mais sentir. Está apavorada e seu sangue corre mais rápido pelo seu corpo, deixando a pele avermelhada e os odores mais intensos. A mulher de cabelos escuros, sentada na ponta da cama, tinha enchido sua boca com um tecido. Elvira tenta implorar, emitir sons e palavras, *quero ir para casa. Quero ir para casa, para a minha mãe e para o meu pai, quero ir para casa.* Uma lágrima escorre pelo seu rosto, entrando em seu ouvido. A iluminação do terminal penetra pela janela, atingindo a mulher sobre a cama. Seus olhos brilham sinistramente naquele rosto com maquiagem pesada. Ela passa um dedo áspero pelo rosto de Elvira, enxugando as lágrimas. Sua cabeça pende para o lado, como se ela estivesse se desculpando pelo o que pretende fazer em seguida.

A mulher tinha tomado uma decisão. Não aguenta mais esperar. Não conseguirá pensar claramente enquanto não comer.

*   *   *

As vibrações no chão se modificavam enquanto o *Charisma* saía lentamente do porto de Åland. Esses movimentos despertam o homem que se chama Tomas do estupor em um banco no convés do décimo deque. Ele não tem mais pensamentos próprios, não tem personalidade. Apenas uma fome selvagem, que o machuca, fazendo-o queimar e tremer de frio. Gelo e magma em cada célula, em cada nervo. Apesar da dor, são a fome e o pânico que o fazem levantar do banco. Suas pernas estão pesadas e não o obedecem. Ele inclina a cabeça para o lado. Fareja o ar. Seu coração está batendo novamente. Contrações lentas e dolorosas distribuem seu sangue morto pelo corpo. Tomas se dirige para a porta aberta que dá para o navio. É atingido pela luz. Os cheiros ali são muito quentes. Tão fortes...

As pessoas o olham com repulsa quando ele passa. Alguns riem dele. Outros fazem comentários vazios. "Não é todo mundo que sabe lidar com álcool. Alguem devia ajudar o coitado. É esse tipo de pessoa que dá má reputação aos cruzeiros." Mas se esqueciam dele depois de instantes. Ele é apenas mais um passageiro que havia passado dos limites. Há sempre outros assuntos, outras pessoas para se olhar. Há tantas possibilidades, tantas expectativas e temores.

Tomas precisa se apoiar nas paredes para descer as largas escadas. Ele vislumbra o próprio reflexo nos vidros fumê e tem a sensação de um pesadelo meio esquecido. Umas batidas abafadas vêm do karaokê e das duas pistas de dança, penetrando em seu corpo, vibrando através de sua carne e ossos, como a pulsação de vários corações. Os cheiros das pessoas são muito atraentes, e os que mais o atraem são aqueles cujos sentimentos aceleram o pulso. Ele abre e fecha a boca, voraz.

* * *

Na cabine do quinto deque, a mulher de cabelos escuros tinha acabado de se alimentar. Ela pega a cabeça da garota morta e quebra o seu pescoço. Garante que as vértebras se soltem completamente, desconectando as ligações entre o corpo e o cérebro. O sangue de Elvira preenche o corpo da mulher, penetrando nas finas teias vasculares. Seus dedos e panturrilhas formigam. Ela belisca a carne de sua própria mão, que está mais firme agora. Não tem tempo de apreciar aquilo pelo qual tinha esperado tanto. Vai até o banheiro, despeja uma boa quantidade de sabonete líquido sobre as mãos e começa a lavar o rosto sobre a pia. As camadas grossas de maquiagem das quais ela não precisa mais escorrem pelo ralo, junto com espuma. Ela tenta convencer a si mesma de que tudo vai ficar bem. Tinha comprado uma passagem de volta. Talvez ninguém sentisse falta da garota até o *Baltic Charisma* retornar para Estocolmo. Quando o pessoal da limpeza encontrar o corpo, ela e o filho já estarão no interior da Finlândia, escondidos no seu novo lar, nas densas florestas. A mulher se estuda pelo espelho. Sente o rosto, sua pele está ficando macia e mais quente.

Vai até a porta. Precisa encontrar o seu filho. Imediatamente.

CALLE

Calle se arrasta para subir pela escada estreita para a área da tripulação. Cada degrau é uma pequena montanha a ser escalada. Ele se segura com força no corrimão branco de aço e chega ao penúltimo andar, sinalizado em uma placa quadrada de metal com o número 9. Dá uma olhada para baixo. As escadas sinuosas diminuem de tamanho em um pequeno retângulo.

Ele passa o cartão de Filip no leitor, ouve um sinal e empurra a porta de aço. Espia o corredor ladeado de cabines dos funcionários. Alguém está festejando em uma das cabines, com música eletrônica a todo o volume. Risadas e vozes. Ele precisa passar por ali para chegar à cabine de Filip. Hesita por um momento e depois continua. A música para abruptamente. Alguém coloca Michael Jackson. Gritos de protesto. Gritos de alegria. Calle aperta o passo. Algo bate na porta quando ele passa. Mais gargalhadas.

De repente a porta se abre e Sophia sai para o corredor. A sua antiga colega do duty free tropeça em seus saltos altos e se apoia na porta em frente. Ela continua com o cabelo no mesmo corte de antes, um chanel liso, mas está tingido de rosa agora. Ela ri, tira uma mecha de cabelo do rosto e olha para cima.

Com exceção da cor do cabelo, Sophia não tinha mudado nada. Sua pele é brilhosa e quase transparente de tantos cremes e tratamentos aos quais ela se submete no spa. O olhar dela se ilumina quando vê Calle.

– Ai, meu Deus, oi! – diz ela, examinando-o dos pés à cabeça. – Antti, venha ver quem está aqui!

Calle se obriga a dar um sorriso quando vê Antti colocar a cabeça para fora da cabine. Ele tinha começado a trabalhar no duty free na mesma época que Calle. Muito loiro, de sobrancelhas e cílios quase brancos, era definitivamente um exemplo do estereótipo másculo, com sua postura que informava que era dono do mundo e que estava insatisfeito com ele.

– Oi – diz ele. – Eu ouvi que tínhamos visitas ilustres a bordo.

Duas mulheres e um homem que Calle nunca vira antes saem para o corredor e o olham com curiosidade.

Sophia se aproxima dele e lhe dá um abraço, envolvendo-o numa nuvem de perfume cítrico e cheiro de cigarro. Antti os apresenta para os desconhecidos, chamando-os de "meus funcionários" para informar Calle que ele agora é o gerente da loja. Não se surpreende muito, mesmo achando que esse cargo deveria ser de Sophia.

– Parabéns, querido! Pia me disse que você vai se casar! – diz ela.

Calle dá um sorriso tão forçado que sente que seu rosto vai se partir ao meio.

– O seu noivo esteve na loja perguntando por você um pouco antes de fecharmos – diz Antti. – Ele parece um artista de cinema. Como você conseguiu fisgá-lo?

Sophia ri nervosa.

– Pare com isso. Calle também é bonito, não é? – diz se virando para ele. – Estou muito feliz por você, por saber que coisas boas acontecem com pessoas boas.

– E qual dos dois vai usar o vestido de noiva? – pergunta Antti com um sorriso debochado.

– Antti, não... – diz Sophia rindo e dando um tapinha no peito de Antti.

Calle gostaria de saber o que Vincent tinha dito para eles. Será que Antti sabe o que está acontecendo? Estaria debochando dele? Os outros três não estão olhando estranho para ele? Não, ele está sendo paranóico. Por que Vincent contaria alguma coisa? Além disso, se Antti soubesse a verdade, não conseguiria segurar a língua.

– Vocês querem ir para a balada conosco? – pergunta Sophia. – Eles têm regras mais rígidas agora aqui. Não podemos ficar junto com os passageiros, mas Andreas é que está de coordenador hoje e não vai se importar com isso.

Calle sacode a cabeça.

– Seria legal, mas...

– Afinal, o que você está fazendo aqui? – pergunta Antti o interrompendo.

– Eu só vim buscar uma coisa para Filip.

Sophia abre a boca para falar.

– Mas podemos ir lá depois – completa Calle rapidamente, antes que ela se ofereça para esperar que ele pegue *a coisa* ou pergunte o que *a coisa* é.

– Está bem – diz Sophia. – Vocês têm que comemorar de verdade hoje. Eu compro espumante. Você jura que vem?

– Eu juro – responde Calle.

– Foi bom te ver – diz Antti, sem nem tentar fingir sinceridade.

Sophia dá um beijo no rosto de Calle e ele consegue espremer o último grama de suas forças para manter o sorriso e acenar educadamente. Ele se arrasta para a porta de Filip e a fecha assim que entra na cabine.

Ele absorve a cena familiar: o linóleo azul, a cama desarrumada, o armário, a mesinha com espelho e a escuridão que se move imperceptivelmente do lado de fora. Havia começado a chover novamente.

Há uma garrafa de vodca sobre a escrivaninha. Ele vai até lá para olhar as fotografias presas ao canto do espelho e encontra uma versão sua alguns anos mais jovem. A foto tinha sido tirada na sua festa de despedida, na sala de conferências do décimo deque. Pia está rindo muito ao fundo. Calle fica olhando para a sua versão mais jovem, comovido e surpreso por Filip ter mantido a foto ali por tanto tempo. Dá uma olhada nas outras fotografias, reconhecendo a nova garota do bar em várias delas e também a cantora do Starlight.

Calle pega a garrafa de vodca, se deita na cama e fica escutando a chuva bater contra a janela. Abre a garrafa. Ele não pretende sair dali até estarem de volta em Estocolmo.

ALBIN

– Olhe a velha bêbada – diz Lo apontando para a tela da TV. – Daqui a pouco ela vai cair.

Os dois estão deitados na cama na cabine de Lo e Linda, assistindo o que acontece na pista de dança do Club Charisma pela televisão. O lugar está lotado de pessoas, corpos contra corpos. Albin procura na tela até encontrar a pessoa de quem Lo está falando. Uma mulher loira é empurrada de um lado para o outro. Albin não consegue ver bem o seu rosto, mas é óbvio que ela está meio inconsciente.

Já tinha passado da meia-noite e o pai ainda não havia aparecido para ter certeza que eles estavam dormindo.

– O nome dela é Anneli e ela é cabeleireira – diz ele.

– É – concorda Lo. – O salão dela se chama "Tesouro da Anneli".

Albin coloca um punhado de balas na boca, para sufocar o riso. Eles estavam brincando de Sério. Só dariam informações sobre as pessoas.

– A melhor dica da Anneli é fazer um cruzeiro – ele diz.

– Sim, é a melhor – concorda Lo.

Ele se sente aquecido por dentro. Está começando a falar na língua dela. Eles estavam criando sua própria bolha ao usá-la.

– Anneli nunca mais quer voltar para casa – ele diz.

– Não, porque ela tem um marido chato que come escondido a própria cera de ouvido.

– Uma pena – diz Albin, mordendo a bochecha por dentro. – Coitada da Anneli.

– Não tenha pena dela – diz Lo. – Ela nunca se divertiu tanto em sua vida.

A cabeça da mulher desaparece de vista. Ela finalmente caiu. As pessoas em volta dela se viram e olham. Algumas se ajoelham ao seu lado, outras continuam dançando.

– Anneli só está descansando – diz Albin. – O chão é tão macio e aconchegante.

Dois seguranças abrem caminho através da multidão.

– Eles não podem deixar a Anneli dormir em paz? – pergunta Lo, fingindo indignação.

Os guardas levantam a mulher. Seu corpo está mole, parece não ter nem ligamentos e nem ossos.

– Espero que eles não a acordem – declara Lo, procurando o controle remoto.

Ela troca de canal para ver o que está acontecendo na outra pista de dança. Uma mulher de vestido vermelho canta em frente a uma cortina de mesma cor. Albin queria saber se ela canta bem e se é bonita. As luzes do palco são tão fortes que o rosto dela parece uma mancha na televisão.

Muitos casais dançam na pista de dança. Homens com mulheres, mulheres com mulheres. Ele está ficando com sono, mas não quer dormir e perder sequer um minuto com Lo.

– Que nojo! – ela grita de repente e Albin quase derruba suas balas no chão.

Ela troca de canal novamente.

– O que foi? – ele pergunta.

– Eu vi a minha mãe! Com um cara horroroso usando o casaco mais feio do mundo! – reclama Lo.

– Posso ver também? – pergunta Albin, tentando pegar o controle remoto.

– Não! – Lo grita e deita de lado, escondendo o controle remoto com o corpo.

– Por favor!

– De jeito nenhum!

– Por favoooor! Deixa eu ver o seu novo pai!

– Pare com isso! – Lo grita.

Mas sua voz é risonha. Albin sobe em cima dela e ela reclama enquanto ele tenta soltar os seus dedos do controle remoto.

A porta da cabine se abre e Albin entra em pânico. Quando ele se vira, vê o pai se balançando na porta da cabine. O corredor atrás dele está muito claro.

Albin sai de cima de Lo e se senta com as pernas cruzadas no outro lado da cama. O quarto de repente estava quente demais. *Vá embora*, ele pensa, *só vá embora*.

– Estou atrapalhando? – A voz do pai é densa e vem de dentro da garganta, como se ele estivesse se sufocando. Lo se senta na cama.

– Claro que não – ela responde, passando os dedos no rabo de cavalo.

O pai entra e fecha a porta atrás de si. A cabine fica mais escura. Ele se move vagarosamente, gemendo quando se senta na cama, próximo demais de Albin.

– Só queria dar uma olhada em vocês antes de deitar – diz ele.

Sua língua parece grossa e anestesiada, como se tivesse ido ao dentista.

– Onde está a mamãe? – pergunta Albin.

– Ainda está com Linda.

Albin pensa na mãe na sua cadeira de rodas. O que ela deve estar fazendo, enquanto Linda dança com o cara do casaco feio? As pessoas interagem com ela ou está sozinha? Será que ela consegue ir para a cabine sozinha, se quiser?

Ele enxerga facilmente a mãe daquele jeito que costuma ficar quando está nervosa em público. O sorriso forçado, os olhos que passam por tudo sem ver nada, como se quisesse mostrar que está participando como todo mundo, que não é diferente de ninguém.

Sua mãe, que tinha dito que havia parado de sonhar que estava voando, como Albin sonha tantas vezes. Agora ela sonha que está correndo. Para ela, é igualmente inatingível. Como deve se sentir no meio de pessoas dançando?

Agora só sente vontade de olhar para ela e abraçá-la, bem forte.

– Fico muito feliz por vocês estarem se dando tão bem – diz o pai com um tapinha no joelho de Albin. – Família é muito importante.

Ele olha para Lo, que tem os olhos brilhantes por causa da luz da televisão. *Vá embora, pai, só saia.*

– Eu e Linda prometemos um ao outro que os nossos filhos nunca precisariam se sentir mal-amados. Crianças precisam saber que são amadas incondicionalmente.

Ele se estica e passa a mão no rosto de Lo. Albin vê que Lo está incomodada. Como o pai não percebe isso?

– Eu amo você como se fosse a minha própria filha, Lo. Fique sabendo disso.

Ela dá um sorriso forçado e abraça os joelhos.

– Boa noite, pai – diz Albin, mas o pai parece não escutá-lo. Ele pisca em câmera lenta.

– Prometam que sempre vão cuidar um do outro – diz o pai.

– Nós prometemos – responde Albin e Lo concorda.

– Não! – exclama o pai, parecendo zangado de repente. – Vocês têm que prometer de uma maneira que eu acredite no que estão dizendo! Vocês estão sendo uns molengas do caralho agora. Temos que saber que podemos confiar na família!

Lo se afasta, comprimindo o corpo contra a cabeceira. Preocupado em passar vergonha com o comportamento do pai, Albin só agora percebe que ela está com medo do tio.

– Nós prometemos – diz Albin rapidamente, escorregando para os pés da cama e se levantando. – Vá se deitar agora, pai. Você parece *cansado.*

Se ele tivesse coragem de falar a verdade para o pai: que ele é um bêbado asqueroso e desagradável. Albin sente tanta raiva, e algo está prestes a explodir dentro dele.

O pai vira a cabeça e olha para ele. Sua barba por fazer parece pontinhos pretos na pele branca.

– Sim, estou cansado – ele resmunga. – Cansado demais dessa merda toda. Estou sempre tentando e tentando, mas...

Tudo o que eu faço acaba dando errado. – Ele se levanta, tropeça e quase cai sobre a cama novamente, mas acaba recuperando o equilíbrio. – Vou embora para você não precisar sentir mais vergonha – diz ele, olhando para Albin.

– Não foi isso que eu quis dizer, pai.

Mas era exatamente isso. O pai está começando a se tornar o Pai Chorão. E esse *nunca* quer ir embora.

– Eu achava que nós íamos ficar juntos *de verdade*, era esse o objetivo do cruzeiro, mas ninguém se importa. Não conseguem fingir por míseras vinte e quatro horas! – Ele ri, sacudindo a cabeça.

– Nos vemos amanhã – diz ele, mas continua no meio do quarto, respirando pesadamente pelo nariz.

– Boa noite, Mårten – diz Lo em voz baixa.

– Boa noite, querida – responde o pai.

Finalmente ele vai até Albin e lhe dá um beijo na testa. Sua barba por fazer arranha o nariz do menino.

– Eu não sou um mau pai, não é? Ou devíamos ter te deixado lá no Vietnã?

Albin percebe que Lo fica chocada, mas não é a primeira vez que o pai fala algo assim.

– Você é um bom pai – diz Albin. – Boa noite!

Os dois olham quietos para Mårten quando ele finalmente sai da cabine e o escutam entrar na dele, que fica ao lado. Escutam o ruído de tirar os sapatos e jogá-los contra a parede. Em seguida, ouvem um choro fraco.

E se ele voltar?

Albin está imóvel e sente Lo olhando-o. Ele não sabe o que fazer agora e não consegue encará-la. Não quer ir à cabine em que o pai está. Não pode ficar andando pelo navio, pois crianças não podem andar sozinhas nesse horário.

– Você tá bem? – Lo pergunta.

– Sim – responde Albin, sentando-se novamente.

Ele olha para a televisão. Seus ouvidos estão atentos.

– Se você quiser, pode dormir aqui – diz Lo.

– Está bem.

Lo coloca a mão sobre o seu ombro, mas ele não quer que ela sinta pena dele. Só gostaria que fizesse um comentário sobre alguém na pista de dança, como estavam fazendo antes do pai aparecer.

Mais batidas na cabine ao lado. Uma descarga.

– Albin – diz Lo.

– Sim?

– Se eu lhe contar uma coisa, você promete não dizer para os seus pais?

Albin finalmente olha para ela e concorda com a cabeça.

– Você tem que prometer – diz ela estreitando o olhar.

– Eu prometo.

– A minha mãe acha que o seu pai é borderline. Que a nossa avó também era.

Albin engole em seco. Estava torcendo para que Lo lhe contasse alguma coisa sobre ela mesma, para terem outros assuntos além do pai.

– Como assim, borderline? O que é isso? – ele pergunta.

– É tipo uma doença mental.

Albin está paralisado. Se ele não se mover, talvez o tempo pare e essa conversa deixe de existir.

– Ela conversou com algumas pessoas no hospital em que trabalhava – Lo continua.

– O meu pai não é borderline.

– Você nem sabe o que é.

Albin nem sabe como rebater isso.

– Ela pesquisou na internet também. Muitos sintomas combinam com o jeito que Mårten é.

Linda fala do pai para outras pessoas. Ela fala das coisas que Albin nunca contou para ninguém, nem mesmo para a mãe.

– Me desculpe – diz Lo. – Eu não devia ter dito nada. Só achei que seria mais fácil ficar sabendo...

– O meu pai fica triste às vezes, mas não tem nada de errado com ele – Albin a interrompe. – Está sendo difícil para ele desde que a vovó morreu.

– Ele sempre foi assim, só que você era pequeno demais para perceber ou nem se lembra...

– Mas você se lembra de tudo, não é?

– Não, mas a minha mãe me contou que ele sempre foi assim, só que agora está ficando cada vez pior.

Ela está errada. Só pode estar errada.

– Linda não sabe de nada sobre o meu pai. Nós não nos vemos há mais de um ano.

– Na verdade é o contrário – Lo responde. – Minha mãe sabe exatamente como ele é. É por isso que não nos encontramos mais. Ela já não aguenta lidar com ele.

Albin se dá conta de que a cabine ao lado está em total silêncio. Imagine se o pai está ouvindo tudo? O que ele faria?

Ele viria até eles. Gritaria muito e acusaria Lo de tentar colocar Albin contra o próprio pai, assim como ele faz com a mãe. Gritaria e gritaria mais, e ninguém conseguiria conversar com ele ou acalmá-lo. E Lo iria se recusar a encontrar Albin de novo.

– Mårten nos telefona durante a noite, quando ele bebe – diz Lo. – Às vezes, fica xingando a minha mãe e tem vezes que fala que vai se matar.

Albin não consegue nem responder, simplesmente não tem palavras.

Eu nunca faria isso em casa, não deixaria você ou a sua mãe me encontrarem, isso eu prometo. Não é culpa sua se eu fizer, nunca pense nisso. Você é a melhor coisa da minha vida. Eu só não aguento mais.

– A minha mãe não acha que ele vai mesmo – diz Lo rapidamente. – Mas é muito difícil para ela quando ele telefona. Deve ser mil vezes pior pra você e pra Cilla, que moram com ele.

Lo passa a mão no ombro dele, mas ele mal sente o gesto; implodiu para um ponto minúsculo no fundo do próprio corpo.

– Foi por isso que nos mudamos para Eskilstuna – ela explica. – Pelo menos ele só telefona, porque antes ele ia na nossa casa no meio da noite. Muitas vezes, a minha mãe não abria a porta para ele, então ele ligava para os amigos dela dizendo que ela é uma farsa que não merece amizade porque não se importava com o próprio irmão. E minha mãe é tão covarde, que nunca vai dizer nada. Nos mudamos para que ela não precisasse confrontá-lo.

Lo faz o pai parecer louco.

E ele é louco? Há quanto tempo ela sabe?

Nada faz sentido agora. Tudo está fora do lugar.

Ele precisa sair dali, daquela cabine, ir para longe de Lo, longe da parede que o separa do pai.

– Você não sabe de nada – diz ele. – Acha que sabe só porque você e sua mãe ficaram fofocando, mas não sabem como é.

– Aonde você vai? – Lo pergunta quando ele vai para a porta.

– Vou procurar a minha mãe.

– Não diga nada para Cilla, eu prometi para a minha mãe que não ia te contar.

Ele não responde e abre a porta.

– Espere por mim – diz Lo.

MADDE

Dormir é tão gostoso. Aquela mão sacudindo o seu ombro está sendo injusta. Ela tenta ignorá-la, mergulhando de volta nas profundezas do sono, mas a mão é teimosa.

Agora ela fica consciente da música. Alguém canta "Sweet Home Alabama". Uma voz murmura ao seu ouvido:

– Você tem que acordar agora.

Madde abre os olhos contrariada. Uma mulher de cabelos escuros, presos num coque no alto da cabeça. Atrás dela, um cara gostoso sorrindo. Ela os reconhece. Os dois usam uniforme.

– Você não pode dormir aqui – diz a mulher.

Madde pisca muitas vezes. Olha para baixo. Tem um copo de dose na mão. Restos de bebida pegajosa tinham escorrido entre os dedos para a sua perna.

O salão está lotado, mas não há ninguém na sua mesa. Todos foram embora. Além disso a menina no palco está errando cada nota da música.

Tudo está muito devagar na cabeça de Madde e ela precisa absorver uma informação por vez. Tem um gosto ruim na língua e, quando a passa sobre os dentes, sente que tem uma camada grossa ali, como um tapete de feltro.

– Não estou dormindo – diz ela. – Só estava descansando os olhos.

– Sei – diz a mulher, trocando um olhar divertido com o seu colega.

Madde deveria ficar brava por esse olhar, mas não consegue. A mulher parece ser muito boazinha.

– É melhor você ir descansar na sua cabine – diz o homem.

– Não preciso, estou bem acordada agora – responde Madde.

– Vamos – diz a mulher. – Nós te acompanhamos até lá. Não seria melhor descansar na sua cama?

Madde concorda que seria maravilhoso e nem teria como discordar no momento.

– Eu só queria me divertir – diz ela. – Olha, eu tenho ouro nos peitos. Que luxo, não é?

O homem fica sem jeito, mas concorda assim mesmo. Madde começa a rir e a mulher boazinha ri junto com ela.

– Você acha que consegue andar até lá?

– Claro que sim – diz Madde, levantando-se.

Ela tenta largar o copo, mas ele fica grudado em seus dedos e ela começa a rir novamente. Sacode a mão para se livrar do copo e quase cai. O segurança é mais rápido e a segura antes que isso aconteça.

Eles a levam para fora do bar, segurando-a de maneira firme, mas gentil. Ela tem a sensação de estar flutuando e fecha os olhos.

– Vocês são muito legais comigo.

– Será que ela vai ficar bem sozinha? – pergunta a mulher e Madde sorri.

– Mandem lembranças ao Dan e digam a ele onde fica a minha cabine.

– Só se você nos contar onde é – diz a mulher. – Você lembra o número?

– É lá em cima e no meio. Não tem janela.

É tão bom fechar os olhos e ser carregada assim, por braços fortes. Ela ouve a mulher dizer ao homem para procurar o cartão da porta na bolsa dela. Quando Madde entende que eles estão levando sua bolsa, quase começa a chorar de emoção. Estão cuidando tão bem dela, como seus pais faziam quando era pequena e adormecia no sofá em uma festa. Eles a carregavam com muito cuidado e a colocavam na cama. Há gritos, risadas e música de todos os lados, mas ela não precisa participar. Pode apenas fechar os olhos, sabendo que está em segurança, que as pessoas estão se divertindo e que está tudo bem.

MARIANNE

Marianne quase adormece com a vibração e a escuridão latejante do fundo do mar. Ela está com a cabeça apoiada sobre o ombro de Göran, sentindo a pele quente e macia dele. Ainda sente na própria pele os toques, carinhos e os lábios dele. As lembranças aquecem as suas pernas, o seu peito, o seu sexo.

Göran vira a cabeça e lhe dá um beijo na testa.

– Achei que você estivesse dormindo – diz ele.

– Estou quase.

Ele muda de posição e ela é obrigada a levantar a cabeça. Ouve o barulho que ele faz ao coçar o pescoço e um estalo de suas mandíbulas, quando boceja. Ele se deita sobre ela e lhe dá um beijo suave na boca.

Em seguida, escuta o interruptor e seus olhos doem com a claridade súbita. Ela coloca uma das mãos sobre os olhos, não apenas para protegê-los, mas para que ele não veja o seu rosto enrugado.

– Como já é tarde – diz ele bocejando. – Acho que nos divertimos por mais de uma hora.

Ele parece tão satisfeito que ela solta uma risadinha.

– Nossa, que vontade de mijar – ele diz.

– Tem um banheiro no corredor – ela responde.

Ele coloca os pés no chão e se levanta. Marianne puxa a coberta sobre si e observa o corpo dele nu pela primeira vez. O rabo de cavalo contra as costas pálidas e sardentas. Ele é tão magro que suas costelas são aparentes, mas há um princípio de pochete. Ela vislumbra rapidamente o pênis, murcho como um balão vazio. Há algo comovente nisso. Ela coloca as mãos sobre o rosto, sufocando uma gargalhada. Faz quase exatamente 24 horas desde que ela tinha decidido fazer esse cruzeiro.

Foi tudo tão fácil. Por que não tinha feito isso antes? Se tivesse, talvez nunca o encontrasse.

Göran olha à sua volta e se abaixa com o traseiro virado para ela. Apanha as calças jeans do chão e pega a cueca dentro. Começa a se vestir. Marianne se vira de lado, em direção a ele. Estica a coberta sobre o corpo, tentando segurar a cabeça de maneira que seu papo não fique visível.

– Você não vem? – ele pergunta.

Ela fica confusa por um momento.

– Ao banheiro? Não, eu não preciso.

– Mas depois vamos sair de novo, não é? – ele pergunta, vestindo a camisa e abotoando os primeiros botões.

Marianne se senta na cama, segurando a coberta na altura da clavícula.

– Mas...

Ela se cala, pois não sabe como continuar.

– Mas por quê? – ela consegue dizer.

Göran coloca o colete de jeans e se senta na cama.

– Você não vem comigo, então? – ele diz.

Marianne meneia a cabeça, antes de terminar de pensar.

– Estou cansada e achei que a noite já tinha terminado.

– Não precisa terminar – responde Göran sorrindo.

Mas eu achei que iríamos dormir juntos e ligar o despertador para não perdermos o café da manhã. Ter um dia romântico juntos, caminhar no convés se o tempo permitir e nos conhecer melhor. Por que você quer sair daqui? O que você corre o risco de perder se ficar aqui? Por que não quer ficar aqui comigo?

– Não quero passar a noite dormindo quando finalmente consegui fazer essa viagem – diz Göran. – Eu vou tentar encontrar os caras e beber mais umas cervejas com eles.

Então, os amigos são importantes agora? Depois que você já

conseguiu o que queria? É bastante patético ter quase setenta anos e ainda chamar os amigos de caras.

– Sim – diz ela, se deitando novamente.

Ela tem a sensação de que as paredes da cabine estão se aproximando dela, como se finalmente cedessem à pressão do mar.

– Você não vem? – ele pergunta, passando a mão no braço dela. – Quer mesmo ficar aqui sozinha?

Não, eu não quero. Quero que você fique aqui comigo.

– Sim.

– Mas vamos lá, só se vive uma vez – diz ele sorrindo.

– Ainda bem.

Ele dá risada, se abaixa e calça os sapatos.

– Se mudar de ideia, vá até o Starlight, onde dançamos. Eu vou tentar levá-los para lá, isso se já não estiverem na pista.

Ela não se arrisca a responder, porque sabe que demonstraria sua amargura. Fingir alegria e despreocupação nunca tinha sido o seu forte. Nunca havia conseguido esconder sua frustração, por mais que houvesse tentado. E Deus sabe como ela tinha tentado ao longo dos anos.

Quando ele lhe dá um beijo no rosto e se levanta da cama, ela quase diz que mudou de ideia. Mas só de pensar em voltar para aquele tumulto novamente fica com dor de cabeça. Já é tarde demais. Já cansou.

Ele pega uma caneta do bolso e escreve algo no folheto do duty free sobre a escrivaninha.

– O número do meu celular, se quiser falar comigo – diz ele. – Mas pode ser difícil conseguir sinal em alto-mar.

– Faz sentido – diz ela. – Divirta-se.

– Quem sabe nos vemos amanhã então? – pergunta ele, abrindo a porta.

– Seria bom.

Marianne apaga a luz. Göran fica na porta, uma silhueta escura contra a luz acesa do corredor. Ele parece hesitar por um momento e ela se enche de esperança.

Mas então ele segue o seu caminho. A porta se fecha e a cabine cai na mais completa escuridão.

ALBIN

— Abbe, me espere! – grita Lo, atrás dele. – Me desculpe por ter falado tudo aquilo!

Ela parece sem fôlego e Albin não responde. Ele está tentando passar pelas pessoas embriagadas da pista do Charisma Starlight. Elas são altas, desajeitadas, suadas, barulhentas e não saem da frente. Uma mulher tropeça nele, derramando cerveja no seu ombro.

— Olhe por onde anda, pirralho! – ela grita.

— Abbe, espera!

Lo parece estar longe agora, sua voz está abafada pela música alta.

— Abbe, sério!

Ele olha para trás, sentindo o cheiro nojento de cerveja em sua roupa, e avista um homem e uma mulher uniformizados. As pessoas se afastam para que eles possam passar e agora ele enxerga Lo, que está entre os seguranças e parece irritada.

— Oi – diz a mulher quando se aproximam. – Sinto muito, mas está na hora de vocês irem dormir. Vamos acompanhar vocês até a cabine.

O crachá de bronze polido o informa que o nome dela é Pia.

— Nós queremos encontrar a minha mãe. Ela deve estar por aqui – diz Albin.

— Eu já falei para eles – anuncia Lo.

— Não é melhor vocês irem dormir? – sugere o homem que se chama Jarno.

– Não vou voltar para a cabine!

A voz dele soa estridente e desesperada. Os seguranças trocam um olhar.

– E que tal se... – diz Pia – procurarmos a sua mãe juntos?

– Não precisa – diz Lo.

– Sim, precisa – responde Pia.

– Vamos então! – diz Jarno, soando empolgado demais.

– Sério? – contesta Lo.

Quando Pia assume a liderança, Albin se sente secretamente aliviado. A mulher vai afastando, firme e gentil, as pessoas do caminho. Alguns olham para ela com irritação antes de verem o uniforme.

– Lá estão elas – diz Lo apontando com o dedo.

Quando Albin olha para onde ela está apontando, vê a mãe e Linda atrás de um pilar revestido de espelhos. Nem sinal do homem de casaco feio por ali. Linda está sentada numa cadeira tão baixa que a mãe é obrigada a se inclinar da sua cadeira de rodas para conseguirem conversar. Linda está suada de dançar, os cabelos junto às têmporas estavam alguns tons mais escuros. As luzes da pista piscam em cores diversas sobre suas cabeças.

Pelo menos a mãe não está sozinha como ele achou que estaria.

Linda os vê primeiro e diz alguma coisa para a mãe. Ela começa a mexer no controle de sua cadeira, indo para trás e fazendo a volta, para que possa vê-los.

– O que estão fazendo aqui? – diz ela muito alto, por causa da música.

Ela olha para os seguranças com um sorriso nervoso. Pia se aproxima dela e de Linda.

– Eles estavam procurando por vocês – diz ela. – Não queremos ter crianças por aqui a essa hora da noite.

– Eu não fazia a menor ideia disso – a mãe fala alto, olhando para Pia. – O meu marido voltou para a cabine e... – Sua voz desaparece e ela se vira para Albin. – Aconteceu alguma coisa, querido?

Albin não sabe o que dizer. Ele não pode gritar aqui sobre um assunto que nunca conversaram entre eles, especialmente com os seguranças ouvindo tudo.

– Está tudo bem? – Linda pergunta. – Lo?

Lo encolhe os ombros.

– Muito obrigada por terem trazido os meninos até aqui – diz a mãe olhando para os guardas. – Vamos levá-los agora mesmo para a cabine.

– Não! Eu não quero ir para lá!

A mãe o olha de maneira estranha, percebendo como os seguranças os observam.

– A cafeteria ainda está aberta. Vocês podem ir até lá para conversar, se quiserem – diz Pia.

A mãe concorda com a cabeça. O walkie-talkie solta um sinal e Jarno o retira do cinto. A voz do outro lado menciona algo sobre um homem do lado de fora do bar de karaokê. Jarno fica muito sério, de repente.

– Temos que correr – ele diz para Pia.

Ela lhe acena com a cabeça e abaixa para falar com Albin.

– Podemos deixar vocês aqui?

Ele faz que sim.

– Se precisarem de alguma coisa, é só ir ao balcão de informações, que eles nos chamam. Podem pedir ajuda ao rapaz que trabalha no bar, o nome dele é Filip e ele é muito bacana, está bem?

Albin faz que sim novamente, mesmo sabendo que não vai pedir ajuda. Ele bem que gostaria que alguém pudesse ajudá-lo, mas isso é algo que ele precisa resolver sozinho.

DAN

Dan tinha acabado de cheirar mais quatro carreiras, compreendendo imediatamente que havia sido um erro. Seu cérebro superaquecido crepitava dentro do crânio. Tudo acontece rápido demais e mesmo assim ele percebe cada detalhe com uma nitidez dolorosa. O calor, os rostos vermelhos, duas garotas de vinte e poucos anos no palco berrando "Total eclipse of the heart", com um carregado sotaque finlandês.

Pelo menos os seguranças tinham dado um jeito naquela garota gorda, que tinha cantado a trilha sonora de "Grease". Ela ficou sentada lá sozinha, e não tirava os olhos dele, o que o irritou demais. Na mesa em que ela tinha adormecido, estava agora uma puta russa sentada no colo de um rapaz, colocando a mão na coxa do amigo dele periodicamente. Dan de vez em quando compra cocaína do cafetão dela. Ela é bonita e, se fosse uns dez anos mais nova, poderia trabalhar como modelo. Ele se pergunta se os rapazes entenderam que ela espera ser paga por seus serviços. Provavelmente vai deixar que façam o que quiserem com ela, os dois ao mesmo tempo. O cérebro de Dan começa a trabalhar febrilmente, criando imagens mentais uma após a outra, e seu pau começa a endurecer.

A música termina. Aplausos e assobios. Dan bate palmas até ficarem doloridas. Dá um sorriso generoso para o público. As garotas descem do palco e dão *high fives* com os amigos.

– Muito obrigado, garotas, por cantarem esse clássico de bailes escolares – diz Dan, e algumas pessoas concordam com ele e dão risada.

Uma mulher magra de nariz adunco vestindo uma regata

rosa sobe no palco. O cabelo dela foi pintado num tom tão escuro que fica azulado debaixo dos holofotes.

– Oi, tudo bem? – Dan pergunta. – Quem temos aqui?

– Alexandra.

A mulher sorri nervosamente e Dan vislumbra um pequeno diamante em um dos dentes dela. Ela até que é bonita, de uns trinta e poucos anos.

– Olá, Alexandra! Pessoal, vamos dar uma boa salva de palmas para Alexandra?

O público o obedece. Alguém assobia e Dan a envolve com um abraço, apertando seus ombros magros.

– O que você vai cantar para nós, Alexandra?

Ela olha para ele.

– Primeiro, eu queria dizer que... sou a sua maior fã.

– Tenho certeza que daqui a pouco também serei seu fã – Dan ri para o público. – O que você vai cantar?

– Vou cantar "Paraíso Tropical" – ela responde e o sorriso de Dan congela na mesma hora, como se em processo de rigidez cadavérica.

– Que legal.

A música que Alexandra iria cantar era do mesmo ano em que ele havia feito mais uma tentativa no reality show, com sua nova música "Vamos contra o vento", que ele mesmo havia composto sobre a morte do pai. Ele ficou nu e vulnerável em cadeia nacional, mas não passou nem da primeira fase. Millan e Miranda tinham vencido dele com "Paraíso Tropical", uma canção boba e que era realmente uma piada, exatamente o que o público queria na época. Aquela música acabara com os seus sonhos e havia tocado o verão inteiro em todos os lugares.

O calor parecia ter aumentado e ele se dá conta de como o teto é baixo ali no karaokê. Sente dor de cabeça e seu coração bate muito acelerado.

Isso é algum maldito teste? Será que estão gravando um daqueles programas que humilham as pessoas na televisão? Quantas visualizações ele teria no YouTube se amassasse a cara de Alexandra com o microfone? Se batesse nela sem parar?

Dan passa a língua nos lábios. Seu lábio superior tem gosto de sal, então ele imediatamente passa a mão sob o nariz e examina os dedos, com medo de estar sangrando. Mas era apenas suor.

O público está em silêncio? Quanto tempo já tinha passado?

– Vamos lá! – ele diz, entregando o microfone para Alexandra. – Arrase!

– Obrigada – ela responde.

Johan solta a introdução odiosa de percurssão e Alexandra fecha os olhos e começa a cantar com muita emoção em seu vibrato. Ela faz a canção parecer gospel, como se falasse do paraíso cristão e não de uma balada gay em algum resort de férias. Dan dá um sorriso aberto, enquanto seu coração bate muito forte. O ódio faz o seu sangue quase ferver, rugindo em seu cérebro.

Alguém dá um grito no escuro e um copo se quebra. Alexandra hesita, atropela as palavras e volta a cantar, sua voz vibrando por um motivo diferente dessa vez.

A energia em todo o local se modifica. As pessoas estão inquietas. Dois rapazes musculosos, vestindo camisetas muito justas, riem alto demais. O garçom levanta o telefone do gancho para fazer uma chamada.

Dan segue o olhar do garçom e vê um homem que cruza o salão fazendo as pessoas se afastarem. Os rapazes musculosos então riem ainda mais alto.

– O inverno é mais gelado, se você ficar parado. Mas há esperança afinal, venha para o Paraíso Tropical... – canta Alexandra.

O homem tem por volta de quarenta anos. Ele está falando sozinho. Seu olhar está morto e seu blazer, coberto de vômito seco. Os cabelos meio ruivos estão em pé. Algo que pode ser sangue coagulado mancha o lado de dentro da gola. Alexandra se cala, mas a música continua a tocar.

– Que porra é essa? – Dan deixa escapar e o microfone transmite a mensagem para todos no salão.

O homem fareja ao redor.

O álcool deve ter acabado com o seu cérebro e deixado ali só instinto animal.

Ele olha para Dan e alguma coisa naquele olhar vazio cria entendimento. Foco. E não está falando sozinho, Dan percebe. Ele abre e fecha a mandíbula, como se mastigasse alguma coisa. *Mas que doido do caralho. Como deixam essas pessoas andando soltas por aí?*

Uma senhora bloqueia sem querer o caminho do homem. Ele a empurra com força para o lado, fazendo seus óculos voarem longe. As pessoas se levantam de suas cadeiras, indo em direção à saída. O psicótico chega à beira do palco. Seus olhos são poços sem fundo de insanidade.

Vem cá então, pensa Dan direcionado pela cocaína, *experimente se aproximar*. Ele cerra os punhos quando o homem sobe no palco. Alexandra dá um grito e deixa o microfone cair com um estrondo de canhão. As caixas de som reproduzem microfonia.

O homem se joga sobre Dan inesperadamente, que perde o fôlego ao cair no chão. O doido mostra os dentes, abrindo e fechando a boca, como um vira-lata raivoso. Está tentando *mordê-lo*.

Os alto-falantes finalmente param. Algumas pessoas gritam. Outros seguram seus celulares. Cliques preenchem a escuridão.

Dan mal consegue escapar dos dentes e sente um fedor horrendo escapar da sua boca. Algo naquele odor faz com que Dan sinta medo pela primeira vez. Ele tenta se desvencilhar do homem, mas o maldito o segura com muita força.

– Caralho, alguém me ajude!

Mas ninguém vem lhe ajudar. Ele sente o medo e a hesitação no escuro abaixo do palco. Todos aguardam que alguém dê o primeiro passo.

– Seus imbecis! – ele grita, ganhando nova força com a raiva.

Dan dá um soco no rosto do homem. Uma onda de dor irradia de sua mão e o sangue escorre sobre os seus dedos. Ele se cortou nos dentes afiados do homem, como se tivesse enfiado a mão numa pilha de lâminas de barbear. O homem estala os lábios. Seus olhos estão fixos em Dan e, mesmo assim, parecem não vê-lo. Dan prepara um novo golpe, mas dessa vez o homem é mais rápido e apanha a sua mão machucada no ar. O psicótico coloca os lábios sobre ela e parece sugar a ferida. Dan sente uma língua úmida dançar nos nós de seus dedos.

A repulsa de Dan é tão grande que ele vocifera. Tenta tirar e puxar a sua mão do homem. O contato com aqueles lábios é o centro do seu universo, tão intenso que faz todo o resto empalidecer.

De repente, Dan não sente mais o peso do outro sobre si. Foi tão rápido que ele ficou desorientado. Dois seguranças, Henke e aquele velho que já devia ter se aposentado, Pär, tinham rendido o homem por trás, mas ele se recusava a largar a mão de Dan. Parece que seu braço vai ser arrancado.

Finalmente os guardas conseguem libertá-lo do louco. Dan se apoia nos cotovelos e se senta na beira do palco, examinando a mão. Mais sangue sai da ferida, ficando rosa e transparente quando se junta à saliva do homem. Ele olha para cima.

O psicótico tenta sair dos braços dos seguranças, esperneando, puxando e dando chutes. Seus dentes mordem o ar. Pia e Jarno também chegam. O homem tenta morder a bochecha de Pia, que consegue escapar virando o rosto.

– Você está bem? – grita Pär para Dan.

Ele percebe todos os olhares nele, daqueles covardes que só ficaram observando enquanto tudo acontecia.

– Você tem que prender esse homem – ele diz. – Ele deve estar drogado pra caralho. Que merda.

Ele dá uma olhada nas feridas empapadas da saliva do outro e pensa que não tem a menor vontade de contrair AIDS de um drogado de merda.

Quando olha novamente, vê que o homem já está algemado, com as mãos às costas. Dan escuta a respiração pesada dos guardas e os dentes do homem batendo uns nos outros com tanta força que provavelmente vão quebrar.

– Você quer que eu te leve para a enfermaria, para Raili dar uma olhada na sua mão? – pergunta Jarno.

– Eu posso ir até lá sozinho – responde Dan. – Vocês se concentrem em colocar esse louco atrás das grades. Ou no fundo do mar de uma vez. Esses doidos não merecem viver.

ALBIN

Linda e Lo vão até o caixa para comprarem algo para comer e beber. Albin e a mãe se acomodam em uma mesa nos fundos do Café Charisma. Não há quase ninguém ali àquela hora da noite. Os funcionários parecem estar cansados e claramente ansiosos para fecharem o local.

– O que houve? – a mãe pergunta.

– O pai apareceu lá na cabine, mas acho que agora ele já foi dormir.

– É, ele estava um pouco cansado – diz a mãe. – Ele queria ir dormir para acordar mais disposto amanhã.

Albin olha para a mesa e junta as migalhas que encontra num canto.

– Ontem ele também estava cansado – ele diz.

Não consegue encarar a mãe e não sabe como continuar a conversa.

– Abbe, o que aconteceu?

Ele encolhe os ombros. Tem dificuldade em encontrar as palavras certas e, quando tenta, tem a sensação de que um interruptor de luz se apaga em sua cabeça, deixando tudo escuro.

– Me desculpe, Cilla, mas eu não me lembro se você toma café com ou sem leite – diz Linda, colocando a bandeja sobre a mesa.

– Eu tomo de qualquer jeito, obrigada – responde a mãe.

– Tem certeza? Porque eu posso ir lá buscar leite se você...

– Café puro está ótimo.

Linda hesita por um momento, mas acaba se sentando ao lado de Lo. As pessoas sempre ficam assim perto da mãe, perguntado-se se estão fazendo as coisas direito, mesmo as enfermeiras. Como elas precisam fazer *tantas coisas* por ela, passam muito tempo fazendo perguntas. É claro que são bem-intencionadas, mas Albin se pergunta como a mãe suporta aquilo, dia após dia. O pai é o único que age diferente e talvez seja por isso que ela não o deixa.

Os filhos não deveriam desejar a separação dos pais, mas é isso o que Albin mais quer. A mãe não precisa do pai e ele poderia ajudá-la muito bem. Talvez isso que Lo tenha contado seja a desculpa que ele precisava para poder falar do pai e de como ele realmente é.

No meio do mar, longe de casa e com uma imensidão escura e vazia lá fora, começa a parecer possível.

– O pai está doente? – ele pergunta, amassando as migalhas em uma massa disforme.

– Como assim, querido?

– Ele está doente? – pergunta Albin, olhando para a mãe.

– Lo disse que Linda acha que sim.

A mãe pisca nervosa. Ele tinha perguntado e agora não há volta. Lo afunda na sua cadeira, como se tivesse segurado a respiração por muito tempo e agora soltasse todo o ar de uma só vez.

– Lo – diz Linda se voltando para a filha –, o que você disse ao Abbe?

– Ele já disse o que eu contei.

– Esse era um assunto só entre nós.

– Mas é o pai dele – diz Lo. – Ele talvez precise saber.

– Não cabe a você decidir.

– Mas cabe a você, não é? É sempre você quem decide. Que grande surpresa você não querer falar sobre isso. Nunca falamos a verdade nessa família, mas talvez eu e Albin não sejamos como vocês.

Lo cruza os braços e olha firme para Albin, enviando a sua força para ele.

– Desculpa, Cilla – diz Linda. – Lo escutou quando eu estava conversando sobre isso com uma amiga e... Eu tentei explicar e achei que podia confiar nela.

– Não faz mal – responde a mãe em voz baixa.

– É realmente ótimo que você ache que eu deva *mentir* para o meu primo para provar que eu sou *confiável* – diz Lo devagar, se virando para Linda. – Você não vê nenhum problema nesse raciocínio?

Por um momento, parece que Linda está pronta para dar um bofetão na filha.

– Olha só quem começou a se importar com o primo – diz Linda então.

Os olhos de Lo se contraem de raiva.

– Abbe – diz Linda, aproximando-se. – É difícil para você entender tudo isso e para nós também, mas eu e a sua mãe estamos tentando ajudar...

– Linda – diz a mãe, e Linda se cala na mesma hora.

A mãe respira fundo. Ela tem as mãos sobre os joelhos. O café estava intocado sobre a mesa.

– Vamos falar sobre isso quando voltarmos para casa – diz ela.

– Não, vamos falar agora – diz Albin.

– Abbe, por favor – pede a mãe, e ele percebe lágrimas prestes a verter em sua voz.

Quase se arrepende, mas sabe que se não conversarem agora, nunca mais irão fazê-lo. Nunca vai poder tocar nesse assunto em casa. E ela nunca vai voltar a ele.

– Temos que falar – diz ele. – Lo tem razão. Nunca falamos sobre as coisas. Você sempre diz que o pai está cansado, quando ele está é bêbado, por exemplo. Por que você nunca fala isso?

A mãe tem a cabeça abaixada para frente e lágrimas silenciosas caem sobre os seus joelhos. Ela limpa os olhos com a palma da mão.

– É difícil para ele – diz ela. – Dá para ver que eu tenho alguma doença, mas nem sempre é uma coisa visível no exterior... – A voz dela vai sumindo.

– Então, ele tem uma doença? – pergunta Albin. – Você também acha isso?

– Eu não sei – diz a mãe. – Mas quando ele se sente mal, ele bebe.

– Ele não se sente melhor bebendo – diz Albin.

– Não, ele não fica melhor. É difícil para ele. Acaba virando um círculo vicioso – diz ela, secando os olhos.

Albin olha para Lo e cria mais coragem.

– Mas por que você finge para mim? Você acha que eu não entendo nada?

A mãe abre a boca e a fecha imediatamente.

– Às vezes esqueço que você cresceu – diz ela depois.

– O mais importante é se lembrar que Mårten não tem culpa de estar doente – diz Linda. – É exatamente a mesma coisa que quebrar uma perna ou como a doença de Cilla.

– Eu sei – responde Albin impaciente, desejando apenas que a tia se cale e deixe a mãe falar. *Finalmente.* Mas a mãe nada diz.

– Mas ninguém mente para Albin e finge que Cilla não anda de cadeira de rodas – diz Lo. – Então há uma diferença.

Ela olha triunfante para Linda e Albin, está contente em ter Lo por perto e do seu lado. Ele nunca pensaria em dizer isso. Pelo menos não até ir se deitar e ficar pensando como podia ter respondido de novo e de novo, como numa cena de filme, tarde demais. A mãe dá uma fungada. Albin olha para ela e fica atônito, pois ela não está chorando. Está rindo.

– É, Abbe – ela diz. – Você teve sorte em ser contemplado com pais tão perfeitos e exemplares.

Ele entende bem o que a mãe quer dizer. E soa parecido demais com o que o pai também costuma falar para Albin.

– Não fale assim.

– Me desculpe – diz a mãe, secando as lágrimas novamente. – Eu só me sinto tão…

Ela meneia a cabeça, tentando sufocar um soluço.

– Cilla não queria que você ficasse preocupado – diz Linda.

Albin olha para elas. Elas realmente acham que ele já não estava preocupado? Não entendem que assim é mais fácil? Se o pai está doente, e se tem um nome para essa doença, então talvez alguém saiba o que fazer.

– Vocês não têm como fazê-lo ir ao médico? – ele pergunta.

– Em primeiro lugar, Mårten tem que reconhecer que precisa de ajuda – diz Linda. – Só funciona assim.

– Mas nós vamos dar um jeito de ele reconhecer o seu problema – diz a mãe, olhando rapidamente para Linda.

Ela não quer que Albin perceba que há a menor dúvida de que eles vão resolver isso tudo. A mãe continua fingindo e colocando coisas debaixo do tapete.

A mesa fica em silêncio. Linda também não havia tocado em seu café com leite, que agora tinha uma camada de nata na superfície.

– Vocês não podem se divorciar primeiro? – pergunta Albin num tom de voz baixa. – Assim não iríamos precisar ficar morando com ele até melhorar.

A mãe sacode a cabeça.

– Nós não vamos nos divorciar, pois nos amamos. Você sabe. Não podemos falar com ele sobre isso. Ele ficaria muito triste que te envolvemos nisso e iria se fechar. Lo tem razão, não se deve mentir e nem fingir que tudo está bem, mas devemos fazer isso só mais um pouco, para ajudá-lo.

Quanto mais ela fala, mais Albin sente que está prestes a explodir. É tudo tão *injusto*. Todos têm que pisar em ovos pelo pai. Mas ele não pode decidir nada, mesmo se tratando da sua vida também.

– Mas eu não quero mais morar com ele – diz Albin, e agora ele também tem vontade de chorar. – *Eu* não o amo. Eu o odeio!

– Não é isso o que você realmente sente, querido. – diz a mãe. – Nós vamos ajudá-lo e tudo vai ficar bem.

Albin não conseguirá segurar o choro por muito mais tempo.

– Eu odeio você também!

Em seguida, ele se levanta da mesa e sai correndo, antes que elas tenham tempo de impedi-lo.

Ele não sabe se alguém o segue. Ele corre sem olhar para trás.

BALTIC CHARISMA

O centro das discussões na cafeteria está dormindo em sua cama. O suor cola sua camisa ao corpo. Em seu sonho, ele está subindo uma escada com muita pressa.

"Mårten! Mårten! Mårten!" Os gritos soam zangados, amedrontados e desesperados ao mesmo tempo, penetrando em sua mente. Ele observa os quadros pendurados muito juntos nas paredes em volta da escada. Quem os pintou é a mulher que está gritando. Camadas de tinta a óleo endurecidas formam amontoados ásperos sobre as telas. Há uma porta entreaberta no alto da escada, da qual escapam fumaça de cigarro e escuridão.

"Mårten!"

Ele entra. Sua mãe está recostada numa montanha de travesseiros, fumando. O cigarro se destaca no breu do quarto quando sua chama fica mais forte. Seus seios imensos transbordam por cima da coberta, encostando nas axilas. "Oi, querido", ela diz. O cigarro estala quando ela o apaga no cinzeiro. "É bom estar de folga da escola?", e ele faz que sim com a cabeça, automaticamente.

A mãe tinha ligado para a escola e dito que ele estava doente porque não queria ficar sozinha em casa hoje. Sua irmã Linda fica com inveja, mas não sabe que ele também sente inveja dela. Ele quer ir para a escola. Quer sair dali.

"Você não quer vir aqui se deitar comigo um pouco?", pergunta a mãe, levantando a coberta. Mårten a obedece e ela puxa a coberta sobre ambos. Está quente. "O que eu faria sem você?", diz ela. Ele mexe nas bolhas do papel de parede ao lado da cama. Há um pedaço faltando ali. "Você me ama mesmo?", ela pergunta e ele jura que sim. "Porque temos que fazer tudo certo dessa vez, senão começa tudo de novo na próxima vida, até que estejamos bem resolvidos um com o outro." Mårten acena com a cabeça.

A mãe conta de novo as histórias de suas vidas passadas. Às vezes eles são um casal, outras vezes Mårten é o pai dela. Algumas vezes são amigos ou soldados do mesmo exército. "Sempre fomos nós contra o resto do mundo", diz a mãe. "Se não fosse por você, eu não ia querer viver essa vida. Teria passado direto para a próxima."

O Mårten adulto está em sua cama na cabine, lutando para respirar. Seu sonho sempre termina da mesma maneira. Quer sair dele, mas não consegue.

"Devíamos ir juntos para a outra vida, como Romeu e Julieta", diz a mãe.

A cama está completamente molhada. O colchão pinga.

"Mårten, estou lhe esperando." Ele se vira e vê gotas de água brilhando nos cabelos cacheados dela, a pele flácida e esverdeada. Alguns pedaços de seu rosto estão faltando, mastigados pelos peixes e lagostins. Os olhos estão cobertos por uma membrana leitosa, mas sabe que ela está encarando-o. Ele tenta se levantar da cama, mas está preso no colchão molhado. Água suja escorre da boca da mãe quando ela sorri.

"Somos você e eu, Mårten."

Os seios dela repousam sobre o ventre, que é inchado como o de uma mulher grávida. Ele sabe que há enguias lá dentro. Faz muito tempo que ela entrou no lago Mälaren.

É só um sonho, ele pensa. *Eu escapei.* Uma sombra passa pelos seus olhos leitosos, algo molhado e escorregadio se move ali. Ele consegue sentir a raiva dela. Nos sonhos, ele nunca escapa. "Você me prometeu que sempre seríamos nós dois", ela diz.

*   *   *

Alguém bate com força na porta de uma cabine do nono deque. A garota de quatorze anos chamada Lyra desliga o filme no laptop e tira os fones de ouvidos. Ajeita a tiara preta que segura a franja comprida demais no lugar. A porta é golpeada mais uma vez, impacientemente. Deve ser a mãe ou o pai que esqueceram de levar a chave. Não sabe se estão batendo há muito tempo, porque estava com o volume bem alto nos fones de ouvidos. As calças do pijama branco de seda são tão compridas que ela não enxerga os próprios pés ao descer da cama. Só espera que eles não a mandem dormir agora. Eles vão levantar cedo amanhã e viajar de carro até a casa dos avós, em Kaarina. Lyra coloca a mão na maçaneta da porta e hesita. E se não forem os pais, mas alguém perigoso? Ela tira a mão da maçaneta.

– Quem é? – ela pergunta e uma voz infantil responde.

– Oi!

Lyra abre a porta e vê um menino pequeno, de camiseta e casaco vermelho. Ele a encara com seus olhos azuis, encobertos por uma cabeleira loira acinzentada, parecendo feliz e animado.

– Oi, qual seria o seu nome? – ele pergunta.

Ela responde, meio insegura, que se chama Lyra. Olha para o corredor, sem ver ninguém por ali. Mais adiante, junto às escadas, se ouvem vozes vindas do andar inferior.

– Que nome peculiar – a voz do garoto é risonha.

Ela suspira e pensa que, às vezes, também odeia o seu nome, apesar de gostar da Lyra de quem recebeu o nome.

– É de um livro que o meu pai leu quando a minha mãe estava grávida – diz ela.

– Sobre o que é este livro? – pergunta o menino.

Ela responde como sempre faz:

– É sobre magia e criaturas fantásticas, meio difícil de explicar.

O menino parece duvidar dela

– É sobre vampiros que brilham no sol? – ele pergunta e Lyra começa a rir.

– Não – diz ela.

– Ainda bem, porque acho que vampiros precisam ser levados a sério.

Ela ri novamente, por achar o menino tão bonitinho e maduro para a sua idade. *Mais que isso*, ela pensa. *Ele parece de outra época, falando como um senhor de idade.* Ela se pergunta onde estão os pais dele e ele encolhe os ombros. O menino pergunta se pode usar o banheiro.

– Eu não sei – ela responde.

O menino cruza as pernas como se tivesse ficado muito preocupado.

– Por favor, eu não quero fazer xixi nas calças.

Ela o deixa entrar no quarto e quando a porta se fecha, o garoto fica de costas para a saída. Ele sorri para Lyra e ela repara que os dentes dele são completamente amarelos.

* * *

O som do telefone tocando sobre a mesa desperta Mårten de seu pesadelo. Ele se senta e sente a vibração dos motores na cama. Olha confuso ao seu redor, antes de lembrar onde se encontra. A cama está muito molhada e ele, automaticamente, coloca a mão no meio das pernas. Não tinha se urinado. Quando o telefone toca novamente, ele dá um pulo da cama e atende. Ainda se sente muito angustiado por causa do pesadelo. Ouve risadas e vozes ao fundo da ligação quando a sua esposa lhe conta das crianças, que elas estão desaparecidas. Que ela tinha ligado várias vezes para a cabine de Lo e Linda e ninguém havia atendido.

– Eu lhe telefono de novo daqui a pouco – ela diz. – Fique aí, no caso de eles aparecerem.

Mårten percebe ela está em pânico. Ela desliga antes que ele tenha tempo de dizer alguma coisa. Ele arranca a camisa suada do corpo e estremece de frio. Olha para a parede da cabine ao lado e pega uma garrafa de conhaque da sacola do duty free atrás da porta.

* * *

No balcão de informações, Mika pega o microfone. Todos os alto-falantes do navio são acionados e emanam um sinal suave.

– Um comunicado – diz ele. – Albin e Lo Sandén, queiram se dirigir ao balcão de informações, por favor? Albin e Lo Sandén, queiram se dirigir ao balcão de informações, por favor?

* * *

O menino loiro olha irritado para os alto-falantes do nono deque. Suas cicatrizes junto à clavícula, tinham praticamente desaparecido agora, mas ele se sente mal. É difícil parar de comer na hora certa. Há sangue demais no seu corpo pequeno e ele precisa encontrar um esconderijo e aguardar pelo que está por vir. Aquilo que irá mudar tudo. Ele sorri e mal pode esperar.

DAN

– Pronto – diz Raili, tirando as luvas descartáveis brancas com um estalo. – Agora você deve manter a ferida limpa e, quando fizer casquinhas, deixe ventilar à noite.

Dan tem a mão direita à sua frente. Somente as pontas dos dedos ficaram de fora da gaze. Sente uma dor persistente e o músculo do braço onde Raili tinha aplicado a vacina antitetânica latejava. Ela gira na cadeira e joga as luvas no lixo.

– Que azar o seu, de estar bem no caminho daquele louco – ela diz, quando se vira para ele novamente.

Ele olha para o rosto arredondado e sem maquiagem da enfermeira.

– Não foi azar – diz Dan devagar. – Ele estava atrás de mim, a diferença é grande pra caralho.

– É verdade.

– Só espero que ninguém fale com as revistas de fofoca. Tinha muita gente tirando foto.

Ele olha novamente para a mão. Aquele doido pode ter lhe prestado um grande favor.

– Não tem problema – diz Raili. – Eles devem ter outros assuntos.

Como se ela soubesse. Como se fizesse alguma ideia das coisas.

Ele pretende desembarcar assim que chegarem em Estocolmo e procurar um médico. Um médico de verdade. Como que eles não têm nenhum médico a bordo? Qualquer retardada pode virar enfermeira.

O telefone na mesa de Raili começa a tocar e ela atende. Começa a falar em finlandês com alguém. A voz dela fica diferente quando usa a língua materna. Até mesmo os gestos mudam com aquela melodia estranha. Como uma língua que parece feita de consoantes pode soar daquela maneira? Ela se cala e meneia a cabeça muito séria, enquanto ouve o outro lado da linha.

– Era Jarno – diz ela. – Aquele homem está preso agora.

Ela parece muito orgulhosa de que seu marido tenha feito um bom trabalho.

A cabeça de Dan começa a latejar em descompasso com a pulsação que sente na mão ferida. A dor vai se elevando como um volume que aumenta devagar, mas constantemente.

– Você tem algum remédio para dor? – ele pergunta.

– Claro. Tenho ibuprofeno, paracetamol...

– Nada mais forte? – ele a interrompe impaciente.

Pequenas faíscas de dor descem pela sua gengiva agora.

– Com esses aqui você vai ficar bem – diz ela, entregando a ele um envelope de comprimidos.

Dan, irritado, arranca os remédios das mãos dela, coloca três comprimidos na boca e os engole com água da pia.

Quando ele se levanta, tem a sensação de que a água está se revirando em seu estômago. Respira fundo, se despede de Raili com um aceno de cabeça e sai da enfermaria.

A mulher está no corredor esperando por ele, a mocinha que cantou "Paraíso Tropical", a sua maior fã, Alexandra. Ela fica feliz ao vê-lo. O diamante que tem no dente está brilhando e ele se sente aliviado. Não quer passar essa noite sozinho, mas não queria sair para caçar. Agora a presa veio até ele.

– Só queria saber se você está bem. Foi uma cena assustadora. Como está a sua mão?

Dan mostra a mão, mexe um pouco as pontas dos dedos, que estão para fora.

– Ainda está aqui, pelo menos – diz com um sorriso.

Ela dá uma risada forçada, satisfeita.

– Você vai voltar ao karaokê? – ela pergunta.

– Acho que basta de contato com a plateia por hoje.

Ela ri novamente.

– O que você vai fazer o resto da noite? – quer saber.

Ele olha para ela e sorri.

– Eu vou te comer – diz ele, sem maiores emoções. – E depois vou te comer de novo. Se você está dividindo a cabine com alguma amiga, mande-a embora ou a convide para participar. Você decide.

Alexandra olha chocada para ele, como se não fosse isso que ela esperava. Ela dá uma olhada para o anel no dedo anular esquerdo.

Ele começa a ter uma ereção. Mais um lugar do corpo que está latejando com força o bastante para esquecer o resto. O prepúcio tinha deslizado para trás e sua glande roça no tecido da cueca. A sensibilidade é tamanha que ele parece estar queimando.

– Ela não está lá, está na balada – diz Alexandra.

– Então tá – responde Dan. – Você tem bebida na cabine?

Ela faz que sim.

– Me mostre o caminho – diz ele.

PIA

Pia observa o homem ruivo pela escotilha. Ele está sentado no chão, de costas para eles e completamente imóvel.

Ela passa mais um pouco de álcool gel sobre o pequeno ferimento que fizeram no pulso durante o tumulto no karaokê. Repara que a mão segurando a embalagem de plástico está tremendo.

"Pois é, querida. Ainda bem que você não conseguiu ser policial, já que treme tanto."

Essa voz pertence ao seu ex-marido. Divorciar dele não tinha ajudado, pois ele parece estar sempre em sua mente, pronto para gritar com ela.

– Dan tinha razão. Esse aí deve ter usado uma droga pesada – diz Jarno.

– Ou só é louco de verdade – responde Pia.

Segundo o documento dele, o homem se chama Tomas Thunman. Ele olha diretamente para a câmera, na fotografia. A sombra de um sorriso se forma em seus lábios. Ele parece uma pessoa bastante simpática e inofensiva.

– Vamos ligar para a polícia? – pergunta Jarno.

Ela gostaria de dizer que sim e se livrar daquele Tomas Thunman de uma vez por todas, mas sacode a cabeça.

– Não vale a pena chamar um helicóptero só por causa dele – diz ela. – Vamos deixá-lo trancado aqui. Pär e Henke vão ter que nos ajudar a dar uma olhada nele de vez em quando.

Na realidade, eles deveriam entregar o homem para a polícia finlandesa, assim que chegassem em Åbo, mas vão tomar conta dele até voltarem para Estocolmo. Tomas Thunman é cidadão sueco e entregá-lo para a polícia finlandesa só deixaria as coisas ainda mais complicadas.

Pia e Jarno entram no pequeno escritório dos seguranças e observam os quatro monitores pendurados nas paredes. Há um monitor para cada cela. Os dois senhores que tinham brigado no Starlight estão dormindo profundamente, cada um em sua cela. A terceira abriga a mulher que Pär e Henke salvaram de ser pisoteada na pista de dança. Como agradecimento ela tentou chutar o saco dos dois. E já tinha vomitado duas vezes.

Tomas Thunman continua sentado no chão da quarta e última cela. A imagem turva e cinzenta do monitor está imóvel. Ele cobre os olhos com as mãos, como se quisesse se proteger da claridade lá dentro. Pia está tão perto da tela que até sente o calor que ela emana. A eletricidade estática faz os pêlos de seus braços ficarem eriçados.

– Acha que devemos chamar Raili para dar uma olhada nele? – pergunta Jarno.

– Ele parece estar calmo agora – responde Pia. – Não quero que ela fique lá dentro com ele.

Jarno parece aliviado.

– Não sei o que você acha, mas eu preciso de um intervalo agora – diz Pia.

– Sim, pode ser – diz Jarno, sem desviar o olhar dos monitores. – Eu posso ficar aqui tomando um café, se você quiser ir lá em cima conversar com Calle.

Pia lhe dá um tapinha de agradecimento no ombro e lembra da alegria de Calle lá na ponte de comando. Ela não consegue acreditar que agora ele esteja sozinho na cabine de Filip.

– Me chame no walkie-talkie se acontecer alguma coisa – diz ela. – Nos vemos daqui uma meia hora.

Ela olha para os monitores novamente. Todas as celas estão ocupadas. Se os dois velhotes curarem a bebedeira com o sono, logo poderão sair. Mas se alguma coisa acontecer antes disso, serão obrigados a usar a solução de emergência, que não lhe agrada nem um pouco: algemar os mais sóbrios no corrimão da ala dos funcionários.

Ela faz uma prece em silêncio para que essa noite seja tranquila no *Charisma*. Mas já havia trabalhado tempo suficiente ali para confiar cegamente no seu instinto. E ele lhe diz que ela deve segurar as pontas porque terá uma longa noite pela frente.

MARIANNE

A energia do navio está completamente diferente agora. Ela vai andando pela beira da pista de dança do Club Charisma. Vislumbra uma porta aberta na parede de vidro, no fundo do local. Concentra-se em chegar até lá, precisa sair dali imediatamente.

A música está tocando num volume tão alto, que ela protege os ouvidos com as mãos. Por todos os lados, rostos embriagados. Há agressividade pairando no ar, como uma névoa invisível, mas palpável. Ela viu dois rapazes adolescentes sem camisa tentando escapar dos braços dos amigos para continuar se agredindo. Seus olhares eram selvagens. Um segurança veio correndo, com a mão já no cassetete, e Marianne continuou o seu caminho para não ter que testemunhar aquele tipo de incidente. Os indivíduos que berram e dão gargalhadas altas também a assustam, pois podem passar do limite a qualquer momento. Uma simples discórdia ou um olhar atravessado podem ser a faísca em um mar de querosene.

Marianne tenta não encarar ninguém, o que é praticamente impossível já que também está procurando Göran.

Ela não conseguiu pegar no sono depois de ele ir embora. Acabou levantando da cama e se refrescando um pouco com lencinhos úmidos. Vestiu o macaquinho de listras azuis e brancas que tinha pensado em usar só no dia seguinte. Passou batom e escovou os cabelos, o tempo todo com esperança de ouvir uma leve batida em sua porta.

Queria que Göran voltasse arrependido, mas não foi o que aconteceu. Quem estava arrependida era ela.

Marianne cruza os braços para se proteger quando um homem tropeça e cai aos seus pés. Ela passa por cima dele, muito decidida, sentindo a primeira lufada de ar fresco vinda da porta aberta. Muita gente está parada em frente à porta e ela conclui que não dá mais para ser tão educada. Vai empurrando as pessoas para passar e ouve alguém gritando "Vá com calma, vovó". Sai para o convés de popa e vê que lá também há muita gente, mas pelo menos tem um pouco de ar fresco e a música não é tão alta como lá dentro. Ela se instala na beira do deque e fica observando o rastro largo e espumante que o *Baltic Charisma* deixa no mar. Respira fundo algumas vezes e avista um outro cruzeiro lá longe no horizonte. É inimaginável que haja tantas pessoas a bordo daquele navio quanto aqui. Tantas expectativas e dramas. Ela deveria ir deitar em vez de ficar ali parada como uma idiota naquela chuva fina e fria. Ainda há uma pequena chance de que ele volte para ela.

Marianne vai passando adiante, empurrando as pessoas mais uma vez. Chega até o deque lateral do navio. Há bem menos gente aqui. E um telhado.

Caminha um pouco por ali, passando a mão sobre a balaustrada de metal molhada. Há alguns bancos encostados à parede. Um deles está ocupado por um homem vestindo apenas uma regata e no chão, junto a outro banco, há uma poça de vômito escurecido. Marianne sacode a cabeça e cruza os braços ao redor do corpo. Fica parada ali, olhando para a água.

Ela tenta se lembrar o que realmente tinha dito para Göran, quando ele saiu. Procura pensar racionalmente. Estaria ela tão ocupada em fingir que não precisava dele, que acabou sendo fria? Ou teria sido ao contrário, ela foi transparente demais e o assustou com sua solidão desesperada? Seu próprio filho tinha lhe dito que ela o assustava. "Você devia viver a sua própria vida, mãe."

Mas Göran havia lhe dado o seu telefone e não precisava ter feito isso. Será que daria se ela pedisse diretamente?

Marianne está tão cansada de si mesma. Ela é como sempre foi, sem se desenvolver nesses anos todos de solidão. Nada vai melhorar nunca. *Ela* nunca vai melhorar.

Foi ridículo achar que poderia fugir de si mesma, da Marianne burra e covarde. Göran deve ter percebido como ela era imediatamente, tinha entendido tudo antes mesmo de dormir com ela, mas não quisera fugir antes de ter o que desejava.

Por que ela precisa ter sempre essa nuvem negra de desesperança pairando sobre sua cabeça? O que é esse vazio dentro dela que nada consegue preeencher? O pior de tudo é que todas as outras pessoas parecem saber. Não é à toa que mantêm distância. Marianne observa a água agitada ao longo do casco do navio. Tão fria e tão profunda.

Quem sentiria falta dela se ela desaparecesse essa noite? Quando chegassem em Estocolmo amanhã, o pessoal da limpeza iria informar que ainda havia pertences em uma das cabines. Mas e se ela fosse para a sua cabine agora, arrumasse tudo na mala e a jogasse no mar, antes de ela mesma pular? Ninguém ia perceber sua ausência por semanas, pelo menos até o Natal se aproximar. No final, haveria uma investigação e iriam ver que o seu último movimento bancário tinha sido a compra de duas cerveja a bordo do cruzeiro.

Marianne se afasta da beirada, com vergonha de seus próprios pensamentos e do prazer mórbido que lhe dão. Ela passava muito tempo com eles ultimamente. Devia se ocupar com sudoku.

Percebe um movimento com o canto dos olhos e leva um susto. O homem do banco havia se levantado e vem em sua direção.

– Peço desculpas se lhe assustei – diz ele. – Só queria saber se você está bem.

A voz dele é profunda e melodiosa. Parece ser muito jovem. E ele é: quando entra na luz, ela vê que não deve ter mais que trinta anos. Ele deve estar com mais frio que ela, pois está só de regata.

– Estou bem, obrigada – ela responde, secando os olhos. – Só tive uma noite bem estranha.

Será que ela está imaginando coisas ou ele parece triste?

– Eu recusei um pedido de casamento. E você?

DAN

Dan está de pé ao lado da cama, colocando o pau na boca de Alexandra. Quando sente que foi fundo e que não consegue ir mais, aguarda alguns segundos para que ela possa relaxar e ele consiga colocar até o final. E fica lá. Ele a estava comendo por bastante tempo e ela não reagia, anestesiada pela bebida doce demais que compraram no duty free e pelo calmante que ele a convenceu a engolir. Ele mesmo não havia tomado nada, mas nem precisava. Estava mais louco do que nunca. Logo chegará a hora do *grand finale*, mas ele quer prolongar o momento. Sente que pode continuar para sempre, até morrer. Como se o seu pau fosse um foguete prestes a levá-lo até a eternidade.

O que está acontecendo?

De tempos em tempos ele se olha no espelho sobre a escrivaninha, em busca do melhor ângulo. Dá tapinhas bem-humorados no rosto de Alexandra com a mão ilesa. Passa a mão no rosto dela, fazendo de conta que fecha o nariz. Quer sufocá-la com seu pau.

A dor de cabeça é tão intensa que ele chega a escutá-la. Algo estala e range lá dentro, algo acima do céu da boca. Seu coração bate com tanta força que parece prestes a explodir. A euforia que sente é diferente de tudo que já sentiu. É ali que ele deve estar, esse é o seu momento. Tudo se encaixa e tudo faz sentido. Até a dor de cabeça lhe dá prazer. Suas terminações nervosas não conseguem mais diferenciar os tipos de estímulo, que se fundem, reforçando uns aos outros. Seu corpo todo é uma bomba pronta para ser detonada, cada célula à beira do orgasmo.

Ele retira o pênis da boca de Alexandra, acompanhado de fios de saliva grossa, e ela geme, se esforçando para respirar.

– Você sentiu o gosto da sua própria boceta? – ele sussurra.

– Gostou?

Alexandra murmura algo enquanto ele se debruça sobre ela, segurando seus braços acima da cabeça. A mão machucada dói quando a aperta, mas ao mesmo tempo é *bom*. Mordisca um lóbulo de Alexandra.

Seus dentes incisivos se soltam, abrindo-se como duas portas, despencando e desaparecendo entre os cabelos dela.

Dan a solta e procura desesperado pelos dentes nos cabelos negros e cacheados. Alexandra o olha confusa. Ele desenrola os dentes e os segura na luz do abajur. Um deles havia se partido ao meio. A dor é mais intensa agora, com choques no crânio, e ele sente gosto de sangue na boca. Seu coração bate e bate e bate.

Ele corre até o espelho, subindo as calças para não tropeçar. Abre a boca. Mal reconhece o próprio rosto sem os dentes da frente. Percebe que outros dentes se desprendem da gengiva. Fecha a boca e deixa que esta se encha de sangue antes de engolir. Quase tem um orgasmo quando o sangue quente lhe escorre pela garganta.

– O que você está fazendo? – balbucia Alexandra.

A dor agora é insuportável. Tremores percorrem seu corpo em ondas e a sensação que ele tem é muito tênue entre a euforia e o pânico. Alguma outra vez ele havia se sentido dessa maneira?

Alexandra tinha se levantado da cama atrás dele. Ele coloca o indicador esquerdo na boca e pressiona os dentes com cuidado. Eles se soltam, caindo sobre a língua. Ele os suga, até que fiquem limpos do sangue e os cospe na palma da mão. Alexandra diz alguma coisa, mas ele não a entende. Os ruídos dentro de sua cabeça são altos demais.

Mas alguma coisa tinha caído em silêncio. Um barulho ao qual nunca tinha dado atenção, por estar sempre presente.

Seu coração parou de bater. Desistiu, finalmente.

Dan fecha os olhos, se preparando para ser engolido pela escuridão.

– O que está acontecendo? – pergunta Alexandra, gemendo.

Dan abre os olhos. Ela está ao seu lado e tem o olhar mais focado agora, passando de sua mão fechada para o seu rosto.

Ela grita.

Nunca imaginei que ela fosse a última pessoa que eu veria antes de morrer, ele pensa.

Mas não parecia haver escuridão alguma.

– Você se machucou... Precisa de ajuda... – diz ela, se sentando e começando a vestir a calcinha e a blusa rosa. – Temos que pedir ajuda.

Ele tenta responder para ela: *é tarde demais e o meu coração parou de bater.* Mas sem os dentes, ele só consegue emitir sons incompreensíveis.

Dan começa a rir e sua imagem no espelho está muito estranha. A parte inferior do rosto tinha entrado em colapso.

Novos sons preenchem sua cabeça. Vê algo brilhar no amontoado de carne na sua boca e se aproxima do espelho.

Dentes novos.

O pavor caótico havia aquecido o corpo de Alexandra. Esquentar as costas de Dan como o sol no primeiro dia da primavera. Ele a observa pelo espelho.

O que ele sente agora não é mais excitação sexual, mas algo completamente diferente.

MÅRTEN

Mårten está sentado na cama, em frente à antiga televisão. Fica trocando de canal entre as duas pistas de dança, na esperança de vislumbrar Albin. Seus ouvidos estão muito atentos e, de vez em quando, tem a impressão de ouvir os gritos de uma mulher nas proximidades.

Ele está bebendo conhaque num copo de plástico descartável que encontrou no banheiro, mas seu corpo se recusa a relaxar. Tinha fechado as cortinas. Não conseguia parar de olhar para a janela, com medo de ver o rosto dela lá, contra o vidro.

Mamãe.

Aquele pesadelo horrível não sai de sua mente e a angústia cresce e se agarra em seu peito.

E Albin está desaparecido.

Ele toma outro gole. Algumas gotas escorrem para sua barriga, e ele as seca muito irritado. Há uma rachadura fina no copo.

O que deu no Abbe?

Ele não deveria ficar a sós com Lo. Mårten tem certeza de que as duas crianças tinham falado dele. Lo acredita em tudo que Linda lhe conta, é claro. Abbe está tão impressionado com a prima, que vai acreditar em tudo que ela disser. É claro que Mårten não tem nem chance de se defender.

Tudo o que ele tinha tentado manter sob controle havia aumentado de proporção. Daqui a pouco, não conseguirá mais controlar. Quanto tempo ele ainda vai aguentar? Quando será a hora de desistir? Ele só pode confiar em si mesmo. Todos os outros o traem. Será que Cilla e Linda acham que ele não percebe os olhares que elas trocam entre si? Devem ter passado a noite falando mal dele, falando mal para as crianças. Não podia deixar de reparar que Albin está se afastando cada vez mais dele.

Ele vira o copo para a rachadura ficar do outro lado e toma mais um gole. Faria qualquer coisa por Abbe, mas elas estão tentando colocar o seu filho contra ele.

Mårten se permite, finalmente, chorar. Ele soa como um animal ferido. Está tão cansado de tentar e tentar, sem nunca ser o suficiente.

Todos sentem tanta pena de Cilla, presa àquela cadeira de rodas, mas e ele? Ninguém pergunta como ele se sente. Ninguém nunca diz "Como você é bacana, Mårten. Suporta tudo, mesmo que Cilla não seja mais a mulher com quem você se casou". Ele está preso. Se a deixasse, só confirmaria que ele é um escroto.

Mårten olha para as cortinas, tão imóveis. Ouve o ruído da chuva batendo contra a janela. Os gritos, se é que eram verdadeiros, tinham se calado.

Mas ele escuta um outro barulho, vindo da parede ao lado: uma porta abrindo.

Ele sai para o corredor. A porta da cabine ao lado está entreaberta. Esvazia o copo e entra.

Lo está ajoelhada no chão, parecendo procurar por alguma coisa debaixo da cama. Mårten pigarreia e Lo estremece de susto.

– Então... onde está Abbe? – ele pergunta, quando ela levanta a cabeça.

– Porra – diz Lo, tentando sorrir –, como você me assustou!

Ela talvez consiga fazer Abbe acreditar que já é adulta, mas não passa de uma criança. Uma criança que nunca aprendeu a ter limites.

– Onde está Abbe? – ele pergunta novamente.

– Eu não sei.

– Eu acho que você sabe – diz Mårten, entrando no quarto. Os olhos de Lo se contraem.

– Mesmo que eu soubesse, não iria lhe dizer. Ele talvez não queira te ver agora.

Mårten joga o copo longe e vai ao encontro dela, agarrando-a pelos ombros e a levantando do chão.

A insolência dela desaparece de imediato.

– Por que ele não iria querer me encontrar agora? – diz Mårten, começando a sacudi-la. – O que você andou inventando para ele?

– Nada – responde Lo, soltando-se das mãos dele.

– Não acredito em você.

– Não precisa acreditar mesmo.

Ele se coloca no caminho, quando ela tenta passar.

– Eu vi que tinha alguma coisa acontecendo mais cedo, quando entrei aqui.

– Há alguma coisa que você tem medo que ele fique sabendo? – O desprezo na voz dela é inegável.

– Que merda! – ele exclama, sentindo lágrimas queimarem no canto dos olhos. – Eu sabia!

Ele seca os olhos para ver Lo com nitidez novamente. Ela o olha fixamente e parece desconfortável.

– Que sorte eu tenho de estar rodeado de pessoas perfeitas! Como seria se eu não estivesse por perto? Em quem vocês iriam colocar a culpa?

Lo meneia a cabeça e passa por ele. Arranca alguma coisa de um gancho atrás da porta. Ela se vira para ele, antes de sair:

– Ninguém precisa mentir para Abbe – diz ela. – A verdade já é ruim o suficiente. Você ainda não entendeu que fomos obrigadas a nos mudar para escapar de você.

A raiva lhe sobe à cabeça, produzindo mais lágrimas.

– Do que você está falando?

– Procure ajuda – ela responde.

– Eu devia ter feito como o seu pai, não é? – ele grita. – Abandonar o meu filho?

– Sim! – Lo grita. – Prefiro mil vezes não ter um pai a ter um pai como você!

Ela bate a porta com força e ele sente o barulho vibrar em todo o seu corpo. Como se ela houvesse lhe dado um tiro.

DAN

Dan ouve o barulho de uma porta bater nas proximidades. Os gritos tinham parado. Ele está de quatro na cabine de Alexandra, passando a mão no carpete. Consegue sentir cada fibra sob as pontas dos dedos. Toda hora ele coloca a sua mão enfaixada sobre o corpo pálido de Alexandra e cava as entranhas. Lambe o sangue dos dedos, mas não sente mais o mesmo prazer. Se sente algo, é mais próximo ao nojo. O sangue já não tem mais nenhum poder, nenhuma vida.

Dan para de se mover. Sua mão coça por baixo das ataduras, que estão encharcadas com os fluidos de Alexandra. A respiração é pesada, apesar de não precisar mais dela. É apenas reflexo dos músculos de seu peito. Consegue sentir o sangue de Alexandra se espalhando pelo seu corpo a cada contração do coração. Eles são um agora, de um modo que ele nunca havia se unido a alguém antes. Era isso o que ele procurou, mas nunca tinha encontrado. É tão simples. Os instintos já estavam latentes, dizendo para ele abrir a garganta dela e silenciá-la.

Tudo deve ter começado com aquele homem que o mordeu. Ele também estava atrás de sangue, mas esses novos poderes eram muito para ele. Era fraco demais para lidar com eles. Ele não era como Dan.

Arranca as ataduras da mão. Lambe o sangue seco dos nós dos dedos. A ferida causada pelos dentes do homem já tinha cicatrizado, deixando apenas algumas marcas claras e rosadas. Ele sorri.

Ele é invulnerável. Imortal talvez.

É mais que humano agora. Ele é algo melhor.

Dan observa os pingos de chuva na janela. São tão belos que ele precisa se aproximar. Estende o braço e coloca uma das mãos sobre o vidro. Frio nas pontas de seus dedos. Coloca um dos ouvidos contra a janela. Ouve os batimentos uniformes da chuva, mas também consegue diferenciar cada pingo isolado, da mesma maneira que vê o caminho que cada um faz ao longo do vidro. Até as vibrações do navio, que sempre detestara antes, estão cantando através dele agora. Como se tivessem se tornado um só.

Ele se vira. Está muito curioso para saber o que é capaz de fazer com os seus novos sentidos. Alguns de seus dentes antigos rangem uns contra os outros sob a sola dos sapatos quando ele se dirige até a porta, afundando no carpete ensopado de sangue.

Dan sai da cabine. Pisca por causa das luzes. *Os cheiros. Os ruídos.* O corredor do sexto deque é o mais comprido do *Charisma*. O ar está carregado de rastros das pessoas que passaram por ali. Seus sentidos se misturam de tal maneira que ele quase consegue enxergar os odores, como camadas vaporosas no ar. Em um deles há o vestígio de uma pessoa jovem. Uma garota. Ela acabou de passar por ali.

Ele segue o rastro dela. Novas fragâncias emanam do carpete a cada passo que dá. Escuta o choro de um homem em uma das cabines. Música tocando atrás de uma porta fechada mais adiante. A risada de uma pessoa idosa, que se transforma em um acesso de tosse. *Tantas vidas.*

Dois ternos vêm de um dos cantos. Eles passam por Dan lhe dando um olhar estranho. Ele tem vontade de se atirar sobre eles, mas pode aguardar. O sangue deles está viscoso demais, grosso e lento devido à desidratação. Ele continua pelo corredor, indo para o mesmo lado de onde eles vieram.

Sente coceira e uma sensação de queimadura na mão direita. Olha para ela. As cicatrizes já tinham praticamente desaparecido.

Uma turma de adolescentes barulhentos passa por ele na escada. Eles têm cheiro de ar fresco e de fumaça de cigarro. Assim como com os pingos de chuva na janela, ele consegue diferenciar um do outro quando se concentra. Sente o que eles beberam, o que comeram. Eles têm cheiros *tão* diferentes. Tantas coisas acontecendo com eles ao mesmo tempo. Nervosismo, alegria, tesão. Os sentimentos atravessam os músculos deles, transpassam os poros e aderem à pele. Ele associa os cheiros a vinagre, sabonete, gorro molhado, mel, fermento.

Chega ao sétimo deque sentindo cheiro de sexo e cerveja derramada em algum lugar no corredor atrás de si. Segue em frente. A loja de duty free escura e silenciosa. As fragrâncias dos perfumes sintéticos atravessam a vitrine e ferem seu nariz. Ele perde a pista da menina. Pragueja em voz alta. As telas dos jogos eletrônicos piscam. Ele fica parado ali por um momento, hipnotizado pelas cores.

Um casal de meia-idade passa por ele. Ela grita alguma coisa em finlandês, parecendo furiosa. O homem está quieto e imperturbado por fora, mas seu sangue corre com força – com mais força que o dela.

Ele continua andando. Uma mulher de cadeira de rodas está junto ao balcão de informações. Mika está falando ao telefone com uma expressão séria. Dan consegue sentir o medo dela de longe. Ele sabe por que o homem do karaokê tinha lhe escolhido. Não tinha nada a ver com o fato de ser Dan Appelgren. Tinha sido o seu ódio, a sua frustração e a cocaína que fazia o sangue espumar nas veias. Ele devia ter um cheiro irresistível.

Tantos sentimentos em toda a parte e Dan os deseja para si, quer devorá-los, transformá-los em seus. Essa fome que ele sente nunca será saciada. Sente-se sem fundo. Entretanto, nunca esteve mais contente. Dan percebe para onde estava indo. À sua frente, o corredor termina junto às portas duplas do karaokê.

BALTIC CHARISMA

O homem atrás do balcão de informações já está cheio da mulher da cadeira de rodas. Ele repete que já tinham mandado os guardas à procura das crianças, que estão buscando por elas através das câmeras de segurança.
— Isso é realmente tudo o que podemos fazer — ele diz.

* * *

Henke e Pär estão no karaokê, mas as crianças pelas quais procuram não estão ali. Em compensação, Dan Appelgren tinha aparecido. Ele está parado num canto escuro, ao lado de uma das janelas. Fecha os olhos. Cerveja transborda das torneiras do bar. Copos batem uns contra os outros. O leve e constante balanço do chão. Cheiro de perfume, de hálito, de amônia e de suor. Sal, couro, vinho adocicado, tecido. Óleo, pó e leite doce. Dan está embriagado com todas as impressões e com esse acontecimento inexplicável que lhe ocorreu.

* * *

Um dos elevadores para no sétimo deque. O menino que não é um menino olha para fora com cuidado antes de sair do elevador. Ele não quer ser visto. Não quer que lhe façam perguntas sobre o que uma criança pequena está fazendo sozinha pelos corredores. Mas ele já havia dominado a arte de se fazer invisível e o fato de que a maioria das pessoas ainda acordadas estarem bêbadas o ajuda.

Ele sente nojo de tudo no navio. Dos cheiros sintéticos, da música artificial, das imitações de madeira, de couro e de mármore. Ele acha que a única coisa verdadeira é a gula. A ganância. A insaciedade. As pessoas estão destruindo o planeta, sugando-o como parasitas. Elas matam umas às outras de centenas de maneiras diferentes, por milhares de motivos patéticos. Mesmo assim elas o chamariam de monstro, se soubessem. Se acreditassem.

    Ele vai fazê-las acreditar. *Já havia começado*. A ansiedade deixa o seu rosto com um aspecto mais infantil ainda. Ele vai para o corredor, avista as portas do karaokê e olha mais adiante. Seu olhar se demora em uma salinha envidraçada com fileiras de bancos. Pessoas que não tinham reservado uma cabine dormem lá. Ele entra sem ser visto e se deita debaixo de um dos bancos. Um esconderijo perfeito. Se for descoberto, sempre pode dizer que estava brincando de esconde-esconde com um amigo e acabou adormecendo. Ele escuta uns roncos abafados. Fica pensando se sua mãe já tinha voltado para a cabine. Se ela já havia compreendido.

* * *

    A mulher de cabelos escuros procura por ele no segundo deque. Sente cheiro de sangue e morte. Ela havia entendido agora, forçada a perceber que nada tinha acontecido com o seu filho. Muito pelo contrário. Ele havia ultrapassado todos os limites. Sente medo do que pode resultar disso, da raiva dos Anciões. Ela precisa evitar essa catástrofe. Sente em todo o seu corpo como isso está próximo. Há em toda a parte a bordo. Todas essas pessoas que não desconfiam de nada... Ela é responsável por elas agora. Precisa salvá-las, salvando assim a si mesma e ao seu filho. Caso não consiga, a punição dos Anciões pode ser terrível. E ela não poderá mais protegê-lo.

* * *

    O motorista de caminhão chamado Olli está deitado no chão de uma das cabines por onde ela passa. Todo seu ser queima de dor. Ele está trancafiado dentro da dor. Somente sangue pode saciá-lo.

ALBIN

Ele está sentado, encostado contra a parede debaixo da escada de aço que leva à plataforma de observação. Ele não sente o vento ali, mas o ar está carregado de partículas de água. Seu moletom está úmido e, apesar de ter puxado as mangas sobre as mãos para protegê-las, já está com manchas avermelhadas do frio. Ele tinha colocado o capuz na cabeça, puxando os cordões de tal maneira que apenas o rosto aparece na abertura arredondada.

Albin pensa em quanto tempo aguenta ficar ali e para onde irá depois.

Ele espera que eles estejam preocupados, espera que pensem que ele está morto, espera que eles tenham se arrependido.

– Que bom que está quentinho aqui fora.

Ele levanta a cabeça.

– Vou sentar aqui.

Lo lhe entrega um blusão preto. Albin nunca tinha ficado tão feliz em ver alguém como agora. No fundo do fundo do peito ele tinha esperança de que Lo adivinharia que viria para cá. Ele acena com a cabeça.

– Você parece aquele cara do *South Park* – ela diz rindo.

Ela dá uma olhada rápida à sua volta, antes de abaixar e sentar-se ao lado dele. Albin veste o blusão, rapidamente, por cima do moletom com capuz. Sente o cheiro forte do perfume de Lo. Fica suficientemente folgado para que não parecesse de menina.

Lo tira outra garrafinha da manga de sua jaqueta.

– Você ainda não quer? – ela pergunta, tirando a tampa. – Essa é a última.

– Não.

Lo também se recosta na parede, bebe um gole, sacode a cabeça e faz cara de nojo. A língua quase alcança o queixo.

– Que bom que é tão gostoso – diz Albin.

Ela dá risada e seca a boca. Eles ficam ali sentados quietos, observando as pessoas no deque exposto. Um homem está passeando com seu cachorrinho peludo, falando com ele em uma voz de bebê. Albin fica surpreso de Lo não comentar nada maldoso sobre ele.

– Seu pai apareceu na minha cabine agora pouco – ela fala em vez disso.

Ele tem a sensação de ser atingido em câmera lenta na barriga por uma bala de canhão. Lo parece hesitar. Ela afasta uma mecha de cabelo que tinha se soltado do elástico, levado pelo vento até o seu rosto.

– Ele estava estranho? – pergunta Albin. – Como costuma ficar? – É muito esquisito pronunciar essas palavras em voz alta.

– Acho que sim – ela responde. – Sim, ele estava. Acho que ele sentiu que tinha acontecido alguma coisa, mas não sabia o quê. Então você não precisa fingir, se ele perguntar. Se você não quiser, é claro. Para mim não faz diferença.

Albin olha para ela. Ele está pensando no pai, na mãe e em Linda. Agora já é tarde demais para mentir. Não é mais possível continuar fingindo, depois de já se ter falado uma vez. A mãe nunca mais vai poder dizer que o pai está cansado, sem saber que Albin sabe.

Aconteça o que acontecer, alguma coisa tem que mudar agora.

O céu escuro está visível entre os degraus da escada. Fecha um pouco os olhos, por causa da chuva.

– É verdade que você quer ser atriz quando crescer?

Lo solta um gemido.

– Foi a minha mãe que disse? Adoro como ela sabe manter a boca fechada – ela diz.

– Então é verdade?
– É. Mas eu sei como soa quando *ela* fala nisso. Como se fosse infantilidade minha acreditar que é possível. Só porque ela nunca teve coragem de fazer nada na vida.
– Por que você quer fazer isso – Albin pergunta. – Ser atriz?
– Por que não?
Albin encolhe os ombros. Para ele seria o pior pesadelo do mundo ter que subir num palco ou ficar em frente a uma câmera, com um monte de gente olhando e registrando cada movimento.
– É porque você quer ser famosa?
Lo toma mais um gole.
– Não. Só acho bom não precisar ser eu mesma o tempo todo.
Ela olha muito séria para ele, que concorda com a cabeça, mas não entende por que Lo quer ser outra pessoa. Não há ninguém como ela.
– De qualquer jeito, nunca vou ser como minha mãe – diz Lo depois de um instante. – Ela é medrosa pra caralho. Ela tem, tipo, medo de viver, de viver de verdade. Ela só vai *passando* pela vida. Você está me entendendo?
– Acho que sim.
– Ela nunca faz nada. As coisas acontecem, é claro, mas ela nunca *faz* nada acontecer. Eu acho que ela nunca nem esteve apaixonada de verdade, ela é mais, tipo, "Olha só, tem alguém que gosta de mim, então é melhor que eu saia com ele". Depois de um tempo ele termina com ela, e ela pensa "Olha só" e continua passando pela vida.
Lo fica muito engraçada quando imita Linda. Ela coloca a mandíbula inferior para frente e faz um olhar vazio. Albin não sabe se pode rir, mas não acha que consegue se controlar.
– Deve ter sido assim também quando engravidou – diz Lo. – Ela disse "Olha só, a minha barriga está grande, talvez tenha um bebê aí dentro. Olha só, acho que vou continuar passando". Eu nunca vou ser como ela! Se eu ficar, é melhor eu me matar. Ela não vive de verdade, sabe. Nem parece ter sentimentos. – Lo

bebe mais um gole. Aproxima-se dele de modo que seus braços se tocam. – Se não fosse por Soran, eu fugiria para Los Angeles.

Parece tão decidida que ele acredita nela. Lo poderia ir até os Estados Unidos sozinha, sem ficar com medo.

– Você não pode me levar junto se for mesmo? – ele pergunta. – Eu também não quero ficar aqui.

Não sem você, ele pensa, mas claro que não diz em voz alta.

– Está bem – responde Lo.

– Mas você tem certeza que é para lá que você quer ir? Parece que lá é menos frio que aqui.

Lo dá risada.

– Eu sei. Que pena!

– É, escuridão e frio são minha melhor dica.

– Imagine se a gente fosse mesmo – diz ela. – Imagine se formos embora de verdade. O que será que a minha mãe ia dizer?

– "Olha só, quem diria" – diz Albin e Lo cai na gargalhada.

DAN

Dan ainda está parado junto à janela do karaokê. Ninguém o havia descoberto ainda. Nem mesmo Pär e Henke, que estiveram ali obviamente procurando por alguém. Talvez estivessem atrás dele. Talvez a amiga de Alexandra tivesse retornado à cabine e encontrado o corpo. Talvez tenham entendido que fora ele quem tinha feito aquilo. Podiam ter visto nas câmeras de segurança, ele saindo da cabine um momento atrás. Esse pensamento não o assusta nem um pouco. Fica somente empolgado. Tenta se manter calmo, mas seu corpo não consegue ficar parado. Cada músculo seu está vibrando com energia.

Johan está substituindo Dan no palco. O colega está obviamente desconfortável com sua camiseta gasta, perguntando a uma mulher de bronzeado artificial como ela se chama. Ela diz que seu nome é Fredrika e que é de Sala. Sim, ela está se divertindo muito no cruzeiro. A comida é uma delícia e o mar é lindo. Ela vai cantar a sua música favorita da Whitney Houston.

Johan desce do palco e Dan o encontra junto à cabine de som.
– Você está de volta? – pergunta Johan, parecendo aliviado.
– Estou – responde Dan.
– Está tudo bem?
– Nunca estive melhor.

Johan acena e coloca "I wanna dance with somebody". A mulher no palco começa a andar de um lado para o outro e a sacudir sua bunda achatada.

Dan percebe que Johan está olhando para a sua mão, para seus nós dos dedos lisos.

233

A mulher começa a cantar, se é que se pode chamar aquilo de cantar. Dan fecha os olhos, mergulhando profundamente nos estímulos sensoriais. Tantos sentimentos guardados, condensados no espaço comprimido. Parecem colidir uns contra os outros, se aumentando ou diminuindo mutuamente.

– Dan?

Ele abre os olhos e dá de cara com o olhar curioso de Johan.

– Você usou alguma coisa?

Dan ri. Johan deve ter suspeitado depois de tantas noites ali. Mas nunca tinha perguntado assim, diretamente.

– Acho que não preciso usar mais nada – responde Dan, se encaminhando ao palco. A plateia acompanha a música, enquanto Dan vai passando entre as pessoas. Ele as desprezou por tanto tempo. Era dependente delas. O que quer que tivesse lhe acontecido, pelo menos o libertara.

Dan fica debaixo da luz dos holofotes e seus olhos ardem como se olhasse diretamente para o sol. Mas ele sorri e, pela primeira vez naquele palco, seu sorriso é sincero.

Fredrika continua cantando e sorri para ele, timidamente.

Ele arranca o microfone das mãos dela.

– Olhe, Fredika, acho que temos que deixar Whitney descansar em paz.

Algumas pessoas da plateia prendem a respiração, outras acordam de um estado quase sonâmbulo. Os rapazes musculosos de camiseta justa dão gargalhadas altas. Fredrika olha insegura para ele.

– Vocês estão vendo essa mão aqui? – Dan pergunta, fechando a mão no ar. – Vocês entendem?

Ninguém responde. Na escuridão, se ouvem os cliques das câmeras fotográficas dos celulares.

– Não – ele diz. – Claro que não. Vocês não sabem o que está acontecendo aqui. Nem eu mesmo entendo.

Ele se sente crescer sob as luzes dos holofotes. Seus pensamentos se dispersam para fora do crânio. Ele não tem tempo de pegá-los.

– Eu gostaria de matar todos vocês – ele diz. – Cada um. Vocês são imbecis pra caralho e são tantos... Eu faria um favor ao mundo... Ele ficaria muito melhor sem vocês. Vocês não têm mais poder sobre mim. Sabem como é se sentir...

Os alto-falantes ficam mudos. Johan havia desligado o microfone. Mas Dan não precisa dele, pois sua voz está mais nítida e mais clara do que nunca, fazendo seu peito vibrar.

–... dependente daqueles que se despreza? Precisar de idiotas como vocês? Vocês são patéticos com esse mau gosto, com essas vidinhas insignificantes e sonhos fúteis...

Muitas pessoas começam a vaiar. Dan sorri para elas.

– Desça daí, Dan – diz Johan. – Já deu.

– E vocês já sabem bem disso, lá no fundo – ele continua. – É por isso que vêm aqui, para ficar mais imbecis ainda, bebendo até se transformarem em homens das cavernas...

– Cale essa boca! – grita um homem, que tinha se levantado na parte de trás do bar. – Senão vou lhe dar uma surra, pode ter certeza! Certeza pra caralho!

Com seus novos sentidos, Dan consegue enxergar o contorno do homem, apesar de ter a luz dos holofotes nos olhos. Sente o cheiro dele e a maneira como o ar se movimenta ao seu redor.

– Ninguém vai se lembrar de você! – diz Dan, apontando para o homem. – Seus netos e bisnetos vão encontrar uma fotografia sua e perguntar de quem se trata, mas ninguém vai saber responder essa pergunta.

Uma garrafa de cerveja é atirada em sua direção e ele se abaixa tranquilamente. Ela se quebra contra a parede atrás dele.

– Vocês estão tentando encontrar sentido nessas vidas insignificantes que levam, mas não entenderam o essencial: que não há nada para entender...

Dan se perde no seu discurso quando sente que alguma coisa está mudando no local. Ele coloca a mão no rosto, protegendo os olhos, e avista um menino muito loiro na escuridão junto à entrada. O menino o olha fascinado e Dan entende no mesmo momento que há algo de muito especial nele.

Ele se reconhece.

CALLE

Calle está deitado na cama de Filip ainda vestido, olhando para o teto. Poderia consumir seu peso em álcool, mas nem isso conseguiria aquietar seus pensamentos. Ficam altos demais quando está sozinho com eles, se reproduzindo e se tornando mais fortes para sobrepujá-lo. Não há nada ali para se distrair. Filip não possui nem uma revista velha guardada num canto. Ele olha com frequência para o telefone sobre a escrivaninha de Filip. Seria tão fácil telefonar para a suíte. Só digitar os números 9318.

Mas o que ele diria se Vincent atendesse?

Ele toma um gole de vodca do gargalo. O anel de ouro branco pesa no seu dedo. Está quente contra a pele. Ele se lembrando do momento em que o escondeu na mala hoje de manhã, de como havia ficado nervoso.

Ou será que era normal? Algo que vem com a situação? Ou ele já sabia, no seu íntimo, que Vincent diria não? Que algo havia dado errado entre eles? Seria por esse motivo que ele tinha escolhido fazer o pedido dessa maneira extravagante, com uma plateia em um ambiente novo para Vincent?

"O que mais eu poderia dizer na frente de tanta gente? O que eu podia fazer?"

Um turbilhão de memórias de tudo que aconteceu desde o verão passa em sua mente puxada por associações aparentemente desconexas. Ele as analisa em detalhes, virando-as e desvirando-as, tentando vê-las sob uma nova luz, tentando encontrar o erro, a causa da hesitação de Vincent. Ele vai resolver tudo, para ambos.

Seus pensamentos ficam cada vez mais rápidos e Calle cogita se essa é a sensação de começar a enlouquecer.

Alguém bate na porta. Será que Filip tinha contato para Vincent onde ele estava? Não. Deve ser Sophia, com certeza. "O que você está fazendo aqui? Venha festejar conosco agora! Temos que brindar!"

Calle continua deitado na cama, sem se mover.

– Sou eu! – diz uma voz familiar do outro lado da porta.

Ele coloca a garrafa no chão, quase a derrubando. Mas consegue pegá-la pelo gargalo no último instante. Ele abre a porta e é Pia quem está no lado de fora, vestindo o seu uniforme. Ele vê de cara que ela já sabe o que tinha acontecido.

Pia o abraça e, apesar de ser muito menor que ele, ele se sente totalmente envolvido.

– O que houve? – ela pergunta.

– Eu não sei.

Eles se sentam na cama. Pia parece muito cansada à luz do abajur. Ela está pálida, suas olheiras parecem ter ficado mais profundas do que estavam na ponte. Quando ele acabara de pedir Vincent em casamento e o abraçara. Ela havia chorado e dito que estava feliz por ele.

Se ao menos ele conseguisse chorar. Se pudesse silenciar seus pensamentos para abrir espaço para os sentimentos.

– Como você está? – ele pergunta.

– Acho que estou ficando resfriada – diz Pia, pressionando a ponta dos dedos contra as têmporas, mexendo a mandíbula de um lado para o outro. – Espero que seja apenas uma enxaqueca tensional.

– Noite difícil?

– Não tanto quanto a sua – diz Pia.

Calle tenta sorrir, mas não se sai muito bem. Ele apanha a garrafa de vodca do chão e toma um gole.

– Me conte – ele diz.

– Não é melhor conversarmos sobre você?
Ele meneia a cabeça e diz:
– Prefiro pensar em qualquer outra coisa.
– Está bem – diz Pia. – Temos, por exemplo, um maluco que atacou Dan Appelgren no palco. Ele o *mordeu*! Na mão.
– Nossa! – exclama Calle. – O que aconteceu depois?
– Colocamos o cara nas celas de bêbados. Éramos quatro guardas contra ele e, mesmo assim, foi difícil mantê-lo sob controle.

Pia se sacode e ele percebe que o que tinha acontecido a afetou mais do que ela queria reconhecer. Ao contrário dele, ela raramente mostra as suas fraquezas. Agora que entende melhor como o mundo funciona e depois de ganhar certa distância crítica do *Charisma*, sabe que ela dificilmente poderia mostrar, sendo mulher e trabalhando em um ambiente como aquele.

– Nossa! – ele diz novamente, porque não sabe o que dizer.
– Appelgren vai se recuperar – diz ela. – Raili fez um curativo na mão dele.
– Não consigo sentir muita pena dele – diz Calle. – Pelo menos, se for acreditar em tudo que se fala sobre ele.
– Eu sei – diz Pia. – Tivemos um bom número de garotas desoladas por aqui, mas nenhuma quis denunciá-lo. É horrível, mas eu as entendo de certa maneira.

Ele analisa o rosto da amiga, tentando adivinhar o que se passa na cabeça dela. Ele não sabe praticamente nada sobre o ex-marido de Pia, além de alguns pequenos detalhes que escaparam aqui e ali. O pouco que ele sabe é o que adivinhou através da total esquiva de tocar no assunto.

– Ele foi muito desagradável com Jenny na festa dos funcionários – ela declara.
– Jenny?
– Sim, a garota que canta no Starlight. Filip teve que intervir. Tentamos convencê-la a falar com os chefes, mas ela tinha medo de perder o emprego.

Calle murmura, bebe mais um gole de tal maneira que a vodca faz ondas dentro da garrafa.

– Você tem certeza que vai continuar bebendo?
– Sim, estou tentando ficar bêbado.
– Acho que você já está bem bêbado.
– Nem de perto como gostaria de estar.
– Não posso lhe culpar – diz ela.
Os dois se olham em silêncio. Pia passa distraidamente a mão sobre um pequeno corte no pulso.
– Eu nunca deveria ter feito o pedido de casamento aqui – diz Calle. – Aliás, eu nunca deveria ter feito pedido de casamento nenhum.
– Você não acha que podem resolver isso? Talvez ele só precise de tempo para pensar melhor.
Calle esfrega os olhos.
– Nem sei se ainda estamos juntos. E não tenho ideia de que porra fazer agora.
– Você vai acabar achando alguma solução – diz ela. – Talvez não essa noite e nem amanhã, mas vai acabar encontrando.
– Eu gostaria de acreditar em você.
– Eu também.
Ela coloca um dos braços sobre Calle. O choro começa a se formar dentro dele.
– Fiquei contente por você ter vindo – diz ele. – Eu achei que ia enlouquecer aqui sozinho.
– Mas é claro que eu vim.
– É – diz ele com uma voz embargada, com a lufada do choro que o libertaria. – É claro que veio.
O rádio faz barulho no cinto dela. Quem quer que estivesse chamando Pia agora, ele já nutria ódio por essa pessoa.
– O que é agora? – ela resmunga, se endireitando para pegar o rádio e apertar no botão. – Pia, câmbio!
– Deu briga nos jogos do sétimo deque – anuncia a voz de Mika, alta demais para a pequena e silenciosa cabine. – Jarno já está a caminho. Você vem?
– Sim, estou indo – diz Pia, lançando um olhar resignado para Calle.

– Tenha cuidado com Dan Appelgren – diz Mika. – Ele acabou de ter um surto no palco, talvez seja choque por tudo o que aconteceu. Mas sinceramente, acho que devem ser drogas. O capitão quer falar com ele.

Pia abraça Calle com mais força, com o braço que ainda tem em volta dele.

– Um dia qualquer no *Baltic Charisma*? – ele pergunta.

– Isso mesmo. E todas as celas de detenção já estão lotadas. Você não sente saudade de trabalhar aqui?

PIA

Pia atravessa o corredor rapidamente e abre a porta de aço que dá para a ala dos funcionários. Espera que Calle consiga dormir essa noite toda. Além de tudo, ele vai acordar numa ressaca sem igual. Pelo menos ela estará ali para apoiá-lo.

A menos que ela mesma não apague a essas alturas. Sente uma dor de cabeça intensa e palpitante – até o palato se contraiu – e uma tontura crescente.

Pia fica parada na passagem. Está cansada. Ter que intervir em mais uma briga, e mesmo descer as escadas até lá parece difícil demais. Ela aperta a maçaneta da porta com força, sentindo um medo repentino. Reconhece aquele cansaço e ele não tem nada a ver com um resfriado. É uma exaustão que faz tudo parecer irrelevante. Ela sempre conseguia manter esse sentimento afastado quando estava a bordo. Era quando estava sozinha em casa que ele a pegava. Dentro de si há um lugar escuro que ela encara como um porão. É lá onde esconde todos os pensamentos proibidos e os tranca. Coloca pregos na porta e espera que ela aguente. E aguenta, na maioria das vezes. Mas de vez em quando, a porta se abre, deixando uma fresta. Nesses dias ela nem consegue se levantar da cama.

Pia se recompõe e corre os dois lances de escada abaixo e vislumbra Dan Appelgren entrando no elevador de carga. Ele carrega um menino pequeno de moletom vermelho no colo. Dan se assusta ao vê-la, mas o menino a olha com calma e curiosidade. Ele é quase bonito demais para ser real. Parece ter saído de um anúncio antigo de sabonete.

– Oi – ele diz. – Você trabalha aqui?
– Sim – diz Pia. – Sou eu que faço as pessoas andarem na linha.
Ela olha para Dan e vê que as pupilas dele estão escuras e dilatadas.
– O que vocês estão fazendo aqui? – ela pergunta.
– O meu sobrinho veio me visitar – responde Dan. – Estou fazendo um tour com ele.
– Eu também trabalharei em um navio quando crescer – diz o menino com um ar maduro. – Mas eu vou ser o capitão.
– Que bom. Sempre precisamos de bons capitães – diz Pia, sem tirar o olhar de Dan. Ela fica pensando como lidar com a situação sem assustar a criança.
– Como você está se sentindo depois... depois do que aconteceu? – ela pergunta.
– Ótimo – diz Dan. – Nunca me senti melhor, na verdade.
Ele mostra a mão para ela, que olha confusa. Sem ferida. Sem uma cicatriz sequer.
– Boa cicatrização – diz ele, antes de ela se manifestar.
Ela observa o menino. Por um breve instante pensa ter visto um detalhe, algo em seu sorriso que não condiz com um rosto de criança.
Como se ele estivesse debochando dela, como se soubesse de algo que ela não sabe.
Ela volta a tomar consciência do latejamento na cabeça, que passou para os seios da sua face.
– O Capitão Berggren quer falar com você – diz ela. – Seria bom se você fosse até a ponte de comando assim que puder.
– Daqui a pouco eu vou – responde Dan.
– Preciso voltar logo para a mamãe – diz o garoto.
– Mas é claro – diz Pia, desgrenhando os cabelos dele.
Mas ela fica com uma sensação esquisita. O menino lhe dá um olhar penetrante, um sorriso quase imperceptível com os cantos da boca. Ela tira a mão.
– Pia?
Ela leva um susto ao ouvir a voz de Mika pelo rádio.

– Aqui – ela responde, assim que aperta o botão.
– Você tem que se apressar. Jarno já está lá. Está virando uma confusão.
– Estou a caminho. Acabei de encontrar Dan.
– Diga a ele para ir falar imediatamente com Berggren.
– Ele já vai. Só está mostrando o lugar para o sobrinho. Depois irá para lá. – Ela olha para Dan. – Não é mesmo?

Dan meneia a cabeça impaciente, mas o menino sorri educadamente e lhe acena.

– Tenha cuidado – ele diz.

GÖRAN

Göran se segura no corrimão enquanto desce as escadas íngremes que passam pelo convés dos veículos. Ele não tem a menor vontade de cair e quebrar o pescoço.

Abre a porta que leva ao outro andar e constata com uma careta que o odor da fossa séptica havia piorado lá embaixo. Ele continua descendo, respirando pela boca, quando vira à direita e começa a procurar pelo corredor curto da cabine de Marianne. Ainda bem que ele tinha se esforçado para memorizar o número da cabine dela. Uma das portas no ínicio do corredor está entreaberta. Está escuro lá dentro e ele se pergunta se deveria fechá-la. Talvez tenha alguém dormindo lá, ou que tenha saído e se esquecido de trancar. Ele abandona esse pensamento. Não é problema dele.

Vai até a porta de Marianne, que é a última do corredor. Bate com cuidado. Ajeita o rabo de cavalo. Percebe que está trocando o peso de um pé para o outro, nervoso como um garoto de escola.

– Marianne? – ele chama. – Sou eu, Göran.

Ele aguarda. Fica tenso, ouvindo. Mas nada escuta de dentro da cabine 2015. Ele hesita por um momento. Será que quer mesmo acordá-la? Sim, ele quer. Quer encontrá-la novamente, se deitar junto a ela entre os lençóis onde fizeram amor. Ele bate novamente, com mais força.

Estaria ela acordada? Zangada com ele? Pareceu decepcionada quando ele tinha dito que iria embora, mas pensava que ela iria junto, que isso estava implícito. Quando ele havia percebido que tinha feito besteira, já era tarde demais. Ela havia demonstrado que o queria longe dali o mais rápido possível. Talvez nem quisesse mais encontrá-lo agora.

Ele bate na porta pela terceira vez. Ouve um som seco, mas não vem da cabine de Marianne.

Göran se vira e não vê ninguém ali no corredor, mas parece que a porta entreaberta estava mais aberta agora.

De repente ele tem certeza de que há alguém atrás da porta, olhando para ele. E Göran tem plena consciência de que está em um corredor sem saída e de que não há mais ninguém ali.

Se vira para a porta de Marianne, batendo com força agora.

Nos deques acima dele há muita gente. Vida e movimentação. Música e ar puro. Ele tenta se lembrar disso, mas é difícil aqui embaixo. A escuridão que sai pela fresta da porta parece se espalhar no corredor. Ele escuta apreensivo.

A situação é ridícula. Deve ser só alguém curioso, espiando de dentro da cabine. E daí? Ele deveria empurrar aquela porta e encarar de volta. Em vez disso, ele começa a voltar pelo corredor, sem desviar o olhar da fresta da porta. Seu coração dá um pulo quando pensa ver um movimento lá dentro.

Quando ele vira para outro corredor sente um alívio imediato. Vê uma escada nas proximidades, mais perto que a que ele desceu antes. Mas não importa, desde que consiga sair dali. Ele se controla para não sair correndo.

Não se sentia assim desde que era uma criança com medo do escuro e sua mãe lhe pedia para buscar alguma coisa no porão. Era como um mundo à parte da casa. Um mundo escuro com cheiros estranhos. Ele subia as escadas correndo como um louco, depois de encontrar o que mãe pedira. Tinha certeza de que uma mão apodrecida de múmia iria aparecer entre os degraus da escada, que as garras afiadas de um lobisomem iriam arranhá-lo nas costas...

Göran começa a descer as escadas e ouve a porta no corredor de Marianne se abrir.

Claro que não é um monstro, mas há pessoas a se temer por aí e vai que essa é a merda de um maluco...

Ele dá uma olhada para trás. Um homem de meia-idade está parado olhando furioso para ele somente de cueca. Seu corpo é forte e sem forma. Barriga peluda e tufos de pelos nos ombros. Vômito ensanguentado grudado no peito. Mas o mais assustador de tudo são os olhos.

Como se tudo aquilo que Göran temesse quando pequeno o encontrasse aqui. Logo aqui, entre todos outros lugares.

Ele começa a correr pelas escadas.

O homem o segue.

Um braço atinge os pés de Göran. Ele perde o equilíbrio. Cai de costas, tenta chutar o homem, mas seu corpo pesado o mantém firme no chão. Göran escutas as suas costelas quebrando contra as quinas dos degraus. Ele não tem ar suficiente nos pulmões para gritar.

Os dentes do homem estalam perto de seu rosto, então vem uma dor ardente. Ele vê o outro cuspir alguma coisa. Percebe que é seu próprio nariz.

Meu nariz se foi.

O homem lambe a cratera no meio do rosto de Göran e o morde novamente. Em outro momento terrível de lucidez, Göran percebe os dentes do outro atravessarem pele e carne com a maior facilidade. Ele não tem coragem de se mover, com medo de que seu rosto se desfaça. Sangue escorre pela sua garganta, fazendo-o engasgar. Sente que está se afogando. Os dentes raspam contra o osso da bochecha. As costelas quebradas rasgam tudo o que deveriam proteger.

A visão de Göran vai ficando embaçada. As luzes no teto são estrelas distantes. Os dentes penetram em sua garganta.

Mas isso também está distante. Göran não está mais ali. Sua carne e ele não são mais um só. As duas metades se separaram. Ele percebe que o seu corpo dolorido é arrastado degraus abaixo de volta à cabine escura, mas ele não precisa ir junto. Não está mais preso em seu corpo. Tudo o que ele é está a caminho de um outro lugar, longe dali.

DAN

Dan tinha levado o menino para o elevador de carga e apertado o botão de emergência, para que ficassem parados entre dois andares. Esse elevador raramente era utilizado a essa hora, depois de o duty free e a cozinha fecharem. Foi o único lugar que pensou em que poderiam ficar em paz por um instante, sem que ninguém pudesse ouvir e longe das câmaras de segurança. O menino exala cheiros do sangue de, no mínimo, três pessoas diferentes. Além dos outros odores, como flores apodrecidas e óleo.

– Você é tão novo – diz o menino, olhando para ele. – E tão bem preparado. Nunca vi ninguém como você.

É fascinante observar o rosto do menino, com suas bochechas redondas, os cabelos loiros quase brancos como os das crianças muito pequenas e, ainda assim, seus olhos claros têm o olhar de uma pessoa mais velha. A maneira como ele fala, como um personagem daqueles filmes em preto e branco que passam à tarde na televisão.

– Você é o homem dos cartazes – diz o menino.

Dan concorda.

– Você já comeu – diz o menino, se aproximando dele. – Uma mulher, da sua idade. Você se transformou enquanto estava... com ela.

O olhar do garoto definitivamente não é o de uma criança no momento. Dan só pode concordar com ele novamente.

– E você gostou – continua o menino. – Você gostou disso muito mais do que já gostou de alguma coisa e já quer mais.

– Sim – confirma Dan. Ele ouve que está sem fôlego. Devoto. – Quem é você? – ele pergunta.
– O meu nome é Adam. Pelo menos é esse o nome que uso agora. Parece adequado.

Ele dá um sorriso de lado, mostrando dentes muito amarelados entre os lábios de botão de rosa. Dan não consegue evitar sua repugnância.

– Seu corpo foi transformado para sempre... Está morto – diz Adam. – Mas *você* está mais vivo que nunca. Sente essa realidade, não é? Você sente muito mais do que já sentiu. Os seus sentidos se abriram completamente. Você pode vivenciar dor e prazer de uma maneira que jamais vivenciou antes.

Dan concorda. É exatamente assim.

– O que eu sou? – pergunta Dan. – O que nós somos?

– Já tivemos muitos nomes. Há histórias sobre os que bebem sangue desde que os humanos começaram a falar. Hoje em dia somos chamados de vampiros.

Aí está. A palavra. Assim que Dan a ouviu, percebeu que estava esperando por ela.

– Viramos mitos. Lendas. Algo que evoca o ridículo. O mundo moderno nos afastou, e a nossa própria espécie deixou isso acontecer, porque se disse que seria mais seguro para nós.

O menino cruza os braços sobre o peito. Seus dentes aparecem novamente, grandes demais para a boca. Dan se afunda no chão, para que ele e o menino fiquem da mesma altura. Ele tem tantas perguntas, mas tem uma que precisa ser respondida primeiro.

– Eu sou imortal? – ele pergunta. – Eu me sinto imortal.

Ele acrescenta a última frase como se fosse um apelo, mas Adam sacode a cabeça.

– Não, mas você não irá envelhecer por muito, muito tempo. E você é praticamente invulnerável.

Dan não gosta daquela palavra, "praticamente".

– Você não precisa se preocupar com virar cinzas no sol – diz Adam sorrindo. – Pode entrar em uma casa mesmo que não seja convidado. Você não precisa ter medo de cruzes ou de água

benta ou qualquer outra superstição. Daqui a centenas e centenas de anos você terá a mesma aparência de hoje, mais ou menos a mesma. Você continuará forte e faminto por vida. Pela sua e pela dos outros. – O olhar de Adam ganha um toque religioso.
– Você ganhou uma dádiva fantástica – diz ele.
Dan olha para suas mãos, suas mãos fortes e adultas. As veias protuberantes, cheias com o sangue de Alexandra. Ele pensa nas mãos do seu pai, como estavam no final, cobertas de manchas de envelhecimento. Dedos arqueados em garras. Ele olha, então, para as mãos de Adam: roliças e infantis, esculpidas com covinhas acima de cada dedo.
– Quantos anos você tem? – ele pergunta.
Um sombra cruza o rosto do menino.
– Eu nasci na virada do século passado. Estou preso nesse corpo desde então.
É tão absurdo que Dan quase começa a rir.
– Naquela época, eu morava em Estocolmo – diz Adam, muito sério. – Eu e minha mãe. Ficamos nos mudando entre a Europa e a África do Norte por mais de cem anos. Sempre em movimento para que não levantássemos suspeitas. Não que alguém fosse compreender... mas talvez fizessem perguntas. Uma criança que nunca cresce, que nunca se desenvolve. Temos nos mantido afastados, isolados, tão *cuidadosos*. Só nos alimentamos uma vez a cada mês, quando é realmente necessário. Não tem sido uma vida digna, mas um longo castigo. Muito pior que prisão perpétua. – Ele se encosta à porta do elevador de metal pintada de laranja. Seu sorriso é amargo. Muito diferente do sorriso de uma criança de verdade. – Minha mãe acha que me salvou. Eu tive o que era conhecido como peste cinzenta antigamente. Vocês chamam essa doença de tuberculose. Eu não me lembro mais como era, mas eu preferia ter morrido. Qual o sentido de se ter uma vida longa, de ser uma criatura mais desenvolvida, se precisamos viver como animais assustados?
Dan acena com a cabeça. Ele sabe como é ser obrigado a levar uma existência indigna. Sabe como é desejar compensação.

– Tudo por causa de regras arcaicas, que foram definidas quando o mundo era essencialmente diferente do que é agora – Adam continua. – Foi dito que devemos ser cuidadosos, pois se a nossa condição se espalhasse pelo mundo, ficaríamos sem humanos. Não teríamos mais ninguém para comer. Mas olhe para eles: É somente questão de tempo até que acabem consigo mesmos e com esse mundo. Não merecem o esforço.

– Não mesmo – diz Dan, com uma emoção que quase o leva às lágrimas.

– Eu não pretendo mais seguir as regras dos Anciões. Eu vou criar as minhas. Prefiro morrer essa noite a viver centenas ou até milhares de anos com medo.

– *"Better to burn out than to fade away"* – diz Dan, e um arrebatamento se espalha pelo seu corpo como um grande e poderoso garanhão.

– O mundo inteiro falará de nós amanhã – diz Adam. – Vão nos temer e nos respeitar novamente.

Uma excitação atravessa o corpo de Dan.

– Como?

– Eu criei vários dos nossos hoje. Acho que o primeiro deles foi o que lhe mordeu.

– Sim, eu achei que ele fosse a porra de um maluco.

O menino o olha como se tivesse dito algo imperdoável, mas logo sua expressão se suaviza.

– Já começou a se espalhar. Você não percebeu nada de especial na segurança que acabamos de encontrar?

Pia. Dan a vê à sua frente. O olhar examinador dela sobre ele e Adam.

– Além de me encher a porra do saco para ver o capitão? – pergunta Dan.

Era uma tentativa de piada, mas Adam não acha graça nenhuma. Dan se recompõe. Tenta descobrir o que Adam quer. Ele não estava muito concentrado naquela velha feia. Havia algo estranho nela.

– Ela estava com medo – ele diz.

– Sim – responde o menino. – Ela está se transformando em uma de nós, só que ainda não percebeu. Não avançou muito. Ela só sabe que há algo de errado e está tentando lutar contra esse instinto.

– Ele deve tê-la mordido também – diz Dan. – O que me mordeu.

Ele se lembra de quando os guardas levaram o homem embora do karaokê. Uma pequena gargalhada começa a borbulhar dentro dele. Será que isso faz ele e Pia serem uma espécie de irmãos vampiros?

– É possível. Há outros como ele a bordo – diz Adam. – Agora eles são como recém-nascidos: nada além de emoções e instintos. Eles têm fome e precisam de sangue. Pode levar horas, ou até meses, para que voltem a ser seres pensantes novamente.

Dan olha para o garoto. Tenta absorver as suas palavras.

– Vai ser um caos – diz ele, antevendo tudo. Centenas deles. Gritos. O pânico. Os dentes afiados.

– Exatamente – responde Adam, sorrindo cada vez mais. Encantado. Excitado. – Mas você é exceção, porque já saiu da etapa infantil. Você foi feito para isso.

Dan concorda e sabe, no fundo do seu coração imóvel, por que havia pulado essa etapa. Diferente de Pia e do outro cara que o tinha mordido, ele *saudou* a transformação. Não teve medo. Não resistiu. Apenas seguiu a onda.

– Eu nunca poderia pedir alguém como você – diz Adam. – Se você me ajudar, poderemos criar uma nova ordem mundial hoje à noite. Poderemos virar uma raça orgulhosa novamente. Andar de cabeça erguida pelas ruínas.

– O que eu devo fazer? – pergunta Dan sem um segundo de hesitação.

– Você sabe como o navio funciona. Quero que nos leve até o porto. Assim como o *Deméter* quando chegou à Inglaterra... Seria poético, não é mesmo? A realidade supera a arte.

Adam ri, mostrando seus dentes com mais de cem anos de idade, e Dan tenta fingir que entendeu o que o outro quis dizer.

— Então o caos se espalhará pelo mundo dentro de poucas semanas — diz Adam.

Dan acena com a cabeça e pensa em cada um deles. Todos aqueles que ele odeia a bordo. Filip, Jenny, Capitão Berggren, Birgitta de Grycksbo, os seguranças. Todas aquelas velhas de blusas listradas.

Um exército de recém-nascidos. Mortos vivos. Amedrontados. Desesperados. Famintos.

Ele e esse menino, que não é um menino, irão liderá-los.

Uma nova ordem mundial.

Durante toda a sua vida ele sempre soube que era destinado a algo especial. E havia chegado a hora.

Dan havia passado pelos mesmos treinamentos de segurança que os outros funcionários do *Charisma*. Ele sabe todas as rotinas de uma situação de emergência. Se for muito grave, o capitão dá um alerta para a terra firme, pedindo resgate.

Não há tempo a perder se quiserem continuar sem interrupção e chegar ao porto de Åland como uma bomba imensa pra caralho.

A canoa virou.

Adam o observa com seus olhos grandes.

— Já sei por onde começar — declara Dan.

BALTIC CHARISMA

Em uma cabine do nono deque, a jovem chamada Lyra está debruçada sobre a pia. Suas mãos agarram a porcelana. Chora sem lágrimas. Ela cospe e alguns molares ensanguentados, com raiz e tudo, caem sobre outros dentes na pia. Passa a língua hesitante sobre as pontas brancas que atravessam a sua gengiva. São tão afiadas que cortam a ponta da língua. O sangue tem um gosto adocicado e metálico e ela sabe que deveria sentir nojo, mas não sente. *Tem gosto de vida*, ela pensa e o pânico cresce dentro dela. *Quem era aquele menino? O que ele era?* Ela tenta se manter consciente. Juntar um pensamento ao outro, mas é difícil. *Ele entrou. Tão bonitinho. Os olhos. Tão grandes. Era uma criança. Mas não era. Pegou a minha mão e me mordeu. Não muito forte. Não tão forte quanto poderia. Poderia ter arrancado a mão, mas não fez isso.*

Seu coração bate cada vez mais devagar. Parece que está andando de montanha russa. Descendo até as profundezas a cada batida do seu coração. *Ele não queria me matar. Mas o que ele queria? Isso aqui. Ele queria isso aqui.*

Ela cai de joelhos. Apoia a testa na pia. É agradável. A dor de cabeça já tinha quase sumido. Lyra espera pela próxima batida do coração, mas ela não vem. Está tudo parado em seu corpo. Silêncio. A porta da cabine se abre. *Mamãe. Papai.* Lyra reconhece os seus cheiros, que se misturam um com o outro. *Como quando misturamos todas as cores e tudo fica marrom.* Ela quer que eles a abracem. Ela quer que eles saiam dali. *Alguma coisa terrível vai acontecer.*

Eu. Preciso. Avisá-los.

A mãe abre a porta do banheiro e começa a gritar quando vê o sangue, os dentes na pia e a filha, pálida, no chão.

* * *

Não muito longe dali, Dan fecha uma porta atrás de si e de Adam, indo para o corredor que leva à ponte de comando. Os pequenos braços do garoto envolvem o seu pescoço. O corpo do menino é leve. Parece fraco, mas Dan tinha acabado de presenciar o que Adam era capaz de fazer. Cada gota de sangue que cobre as paredes da sala das máquinas é prova disso. Os gritos ainda ecoam nos ouvidos de Dan, cantando em seu sangue, o sangue que agora lhe pertence, enche seu corpo e o torna mais forte. A cada vez que seu coração se contrai, ele sente a massa de sangue se movimentar, ondas de vida se comprimindo pelo seu corpo.

Adam diz que a sua mãe irá tentar impedi-los, quando entender o que estão fazendo.

– Então, a impediremos – cochicha Dan, levantando o menino à altura do quadril.

– Você não deve machucá-la – diz Adam.

Dan não responde. Sobe a escada estreita. Os oficiais se viram quando os escutam se aproximar. Adam analisa todas as telas, luzes piscando e botões iluminados da ponte.

– Berggren pediu pra me ver – diz Dan. – Eu posso falar com ele agora, se alguém for buscá-lo.

* * *

No segundo deque, o motorista de caminhão chamado Olli está deitado imóvel na sua cabine. Göran está ao seu lado. Uma contração quase imperceptível na mão dele é seu único movimento. Os olhos que Marianne apreciava tanto estão fechados.

MARIANNE

Ele tinha parado de examiná-la intensamente, então ela se atreve a dar uma olhada nele de vez em quando. Ele é bonito, quase bonito demais. Uma aparência que não estaria deslocada em um filme antigo – exceto pelas tatuagens, é claro. Ela fica imaginando como vão ficar quando a pele dele enrugar. Se bem que o envelhecimento dos homens é mais suave. Mais uma das pequenas injustiças da vida.

Eles se sentaram no McCharisma. Está mais calmo por ali. Os que realmente querem se divertir já estão nas pistas de dança. Fora do bar há um fluxo constante de pessoas indo e voltando do Charisma Starlight.

– O que você estava fazendo, de verdade, lá fora? – ele pergunta.

Ela engole em seco. Tenta encontrar alguma coisa para dizer.

– Você parecia... ter muito em que pensar – ele continua. – Quase tive a impressão de que você... ia fazer alguma besteira.

Compreende, de repente, por que ele insistiu em tomar um drinque com ela. A vergonha que sente faz seu rosto arder.

Ela faz um esforço considerável para parecer indiferente. Ansiava por ser vista, mas tinha esquecido como podia ser desagradável enxergar a si mesma através dos olhos de outra pessoa.

– Eu não ia me jogar no mar, se é isso o que você quer saber – diz ela diretamente.

Mas ela tinha brincado com a ideia. O que isso diz sobre ela? O suficiente para que ela saiba que é melhor não falar sobre isso.

– Eu só estava tentando pensar mais claramente – ela continua. – Sobre mim mesma principalmente.

– Eu também, eu acho – diz ele, dando um sorriso triste.
Ela toma um gole do vinho.
– Chegou a alguma conclusão? – ela pergunta. – Porque eu não tenho a menor ideia do que estou fazendo.
Ele sorri mais abertamente. Se ela fosse trinta ou quarenta anos mais jovem, ficaria toda encantada com aquele sorriso.
– Achei que sabedoria vinha com a idade – diz ele.
– A única coisa que vem com a idade é o arrependimento.
A risada animada dele a pega de surpresa. Ela acaba sorrindo de volta.
– Vincent – ele se apresenta estendendo a mão.
– Marianne – ela responde, apertando a mão dele.
Ela repara no anel que ele tem no anular esquerdo, de prata ou de ouro branco, ela não sabe a diferença. É grosso. Deve ser bem caro. Vincent parece perceber o seu olhar, pois levanta a mão e o analisa.
– Eu aceitei o pedido na hora, pois não sabia como dizer "não".
Ela bebe mais um gole. Aguarda.
– Tinha tanta gente lá, eu não queria magoar ninguém. Mas foi o que acabei fazendo.
– Acabaria magoando mais ainda se você se casasse só para ser bonzinho – diz ela. – Ninguém é premiado com uma medalha por autossacrifício, eu garanto.
Ela se controla e fica pensando por que se sentiu obrigada a ventilar a sua amargura, mas Vincent apenas acena com a cabeça e fica pensativo.
– Deveria ter pedido tempo para pensar, antes de responder... Eu estava tão surpreso!
– Eu lhe entendo – diz Marianne, hesitando antes de continuar. – Eu posso parecer antiquada, mas ainda acho que é papel do homem fazer o pedido de casamento.
Vincent olha confuso para ela. Ela deve ter soado centenária. É claro que os jovens têm outras regras hoje em dia, mesmo que ela não as compreenda.
– Mas é claro que há mais igualdade hoje em dia – ela se apressa em dizer.

– *Foi* um homem quem fez o pedido de casamento – diz Vincent.
Ela não tem certeza de que entendeu bem.
– Para você?
– Sim.
Ela precisa fazer um esforço ainda maior para parecer relaxada dessa vez. Quando Sísifo carregou a pedra para cima daquela montanha foi tranquilo, comparado a isso.
– E vocês são... amigos íntimos?
Marianne não encontra um termo mais adequado para isso. O sorriso de Vincent basta como resposta.
Ela pigarreia. Seu rosto arde novamente, pulsando. Ela se recusa a pensar no que dois homens fazem um com o outro na cama. Nem tem certeza se sabe como funcionaria. Agora está ali olhando para Vincent e seu cérebro estúpido fica tentando imaginar, mas parece tão absurdo. Ela olha rapidamente para o outro lado.
– Me desculpe – diz ela. – Fiquei tão surpresa. Você não parece um... deles.
– Um deles? Você quer dizer gay?
– Sim – diz Marianne, olhando insegura para ele. – Ou qualquer palavra que possamos usar atualmente. É muito difícil acompanhar...
– Não tem problema.
– Só não quero que você pense que sou preconceituosa – insiste ela. – Não tenho opinião sobre como os outros levam as suas vidas. Só Deus sabe que eu não tenho motivo algum para me achar melhor que os outros.
– Não tem problema – diz ele novamente.
Ela respira fundo. Ergue a taça para mais um gole e acaba a esvaziando. Um silêncio perdura entre eles, mas, de alguma maneira, não é tão estranho quanto deveria ser.
– Eu acabei de fazer amor com um homem pela primeira vez em... Acho que você nem era nascido – ela se ouve dizer e acrescenta. – Nem sei o sobrenome dele. O que dizer sobre isso?

Por que ela fica falando sem filtro? Por que o que lhe vem à mente para o coitado desse rapaz?

– Não sou em quem vai dar uma lição de moral – diz Vincent. – Quer tomar mais alguma coisa?

Marianne se pega aceitando.

– Onde ele está agora? – pergunta Vincent, quando volta para a mesa. – O homem sem sobrenome?

– Eu não sei.

Em seguida, ela despeja toda a história. Naturalmente, não entra em detalhes do que aconteceu quando apagaram a luz, mas o que ela conta lhe parece igualmente íntimo. Vincent fica olhando para ela e não parece achar que é louca. Talvez seja por isso que ela acaba revelando a parte mais embaraçosa de todas.

– Tenho estado muito sozinha. Às vezes nem me sinto uma pessoa real. Nunca pensei que fosse acabar sendo uma dessas velhas solitárias que se ouve falar, mas...

Ela abre os braços e completa:

– É muito fácil acabar sozinha.

– Talvez eu devesse ter dito sim, no fim das contas – diz Vincent, tentando sorrir.

Ela sacode a cabeça com energia.

– Não por pensar que é um investimento no futuro – diz ela. – Eu também fui casada, não fui? Eu acho que se deve focar nas amizades. Eu deixei os meus amigos se afastarem de mim com os anos. A família sempre vinha em primeiro lugar. Um dia meu marido foi embora e meus filhos se mudaram.

Ela faz uma pausa na conversa para tomar um gole grande de vinho. Não havia pensado dessa forma antes. Talvez a distância geográfica tenha lhe ajudado a raciocinar melhor.

– Por que você disse não? Para o pedido de casamento?

Vincent suspira. Aperta a testa com os dedos. Ela percebe que ele mal tinha tocado no vinho e se obriga a fazer uma pausa, enquanto sua taça ainda está meio cheia.

– Eu não sei – diz ele, de uma forma que deixa claro para ela que ele sabe o motivo, só precisa de um momento para admiti-lo.

Ela aguarda. Fica mexendo na base da taça.

– Eu talvez tivesse dito sim se... se houvesse algo em mim ou em nós... O jeito que ele pediu. Eu o amo, isso eu sei. Mas desde que fomos morar juntos tem sido... Eu não encontro o meu lugar no nosso relacionamento. Ele meio que... faz tudo. Arruma tudo. Pensa em tudo. Garante que falemos de tudo. Eu me sinto tão... eu nunca consigo acompanhar.

Ele solta um gemido e esfrega os olhos.

– Não estou explicando direito. Ele é perfeito. Ele é. Como você pode ver. Eu reclamo de coisas pelas quais deveria estar agradecendo, mas eu fico o tempo todo tentando me equiparar à perfeição dele. Sou tão... emocionalmente lento. Preciso de tempo para assimilar as coisas. Pensar sobre elas. Quando eu chego a alguma conclusão, já é meio que tarde demais. Ele já está um passo à frente. E... talvez esse pedido de casamento tenha sido a gota-d'água. Foi maravilhoso, mas... eu fui obrigado a puxar o freio de emergência. Só queria tempo para pensar direito dessa vez. Não posso me casar sem ter certeza do que eu quero.

Marianne não consegue mais se segurar. Bebe um gole de vinho.

– Talvez você devesse falar tudo isso para ele. Ele entenderia, com certeza.

– Já o procurei por todos os lugares e os telefones não funcionam aqui. E ele não me atenderia.

Ele parece muito infeliz e Marianne gostaria de fazer alguma coisa, qualquer coisa, para ajudá-lo. Já fazia muito tempo que ela sentia isso por alguém e leva alguns instantes até que entenda o que está sentindo. Eram sentimentos maternais.

Eles observam a multidão que se aglomera fora do bar.

Cada um à procura de um rosto entre os estranhos.

DAN

– Dan – diz o Capitão Berggren. – Que bom que você veio!
Ele parece ter acabado de acordar. Está com cheiro de sono. Ainda não havia vestido o uniforme com todas as belas condecorações e Dan vislumbra a camiseta do pijama sob a camisa.
Imagina como são as acomodações de Berggren a bordo. As cabines dos oficiais devem ser bem melhores que as demais, mas a do capitão deve ser a mais luxuosa de todas.
Berggren olha para Adam, que continua no colo de Dan com os braços ao redor do seu pescoço.
– E quem temos aí? – ele pergunta.
– É o meu sobrinho, Adam.
Adam olha para o capitão, com seus olhos grandes e azuis. Um pequeno anjo de moletom vermelho, a inocência encarnada em bochechas gorduchas, que conta novamente que quer ser capitão quando crescer. Quando o garoto interpreta o seu papel, é impossível acreditar que ele seja mais velho que Berggren.
– Você queria falar comigo? – diz Dan.
– Sim, ouvi que houve algum problema no karaokê hoje, mas eu prefiro falar com você em particular. Você poderia voltar aqui quando o garoto...
– Podemos conversar agora – diz Dan.
– Não acho que seja o momento adequado. E o menino já deveria estar dormindo a essa hora.
Berggren avalia Dan. E Dan lhe devolve um sorriso. Fica pensando se ele sente o cheiro de sangue e morte que ele e Adam

exalam. Se pergunta se Berggren, em um nível inconsciente, já percebeu que está prestes a morrer.

– Estou um pouco preocupado com o que aconteceu essa noite – diz o capitão.

Dan confirma com a cabeça.

– E você deveria mesmo – diz ele, colocando Adam no chão.

BALTIC CHARISMA

Ele percorre os botões com os dedos, saltando de uma imagem para outra entre as diversas câmeras à sua frente. O telefone sobre a escrivaninha começa a tocar. Bosse espera que seja Mika, avisando que as duas crianças tinham sido encontradas. Ele já está farto dos pais que não cuidam direito dos próprios filhos e depois ficam histéricos quando eles desaparecem.

— Recebemos uma ligação do sexto deque — diz Mika. — O pessoal das cabines 6502 e 6507 está dizendo que há um tumulto no corredor, com gente batendo e golpeando as portas. Você está vendo alguém que pode ter ficado maluco por lá?

Bosse pressiona alguns botões, analisando seriamente as telas. O corredor que leva até a popa a bombordo está vazio, com exceção de um homem de toalha enrolada nos quadris, que olha para fora da cabine 6507.

— Não, ainda não — responde Bosse. — Espere... O que temos aqui?

Seus dedos param no ar quando ele olha para a câmera do corredor central. Enxerga as costas de uma mulher de cabelos escuros e mechas pegajosas. Ela se chama Alexandra, mas Bosse não sabe disso. Ele troca de câmera. Vê a mulher de frente. Ajeita os óculos melhor no nariz e mesmo assim esprime os olhos para encarar a tela cinzenta.

— Bingo — diz ele. — Tem uma mulher seminua correndo e batendo nas portas. Ela parece ter vomitado uma caixa inteira de vinho sobre si mesma.

Mika pede para que o colega não entre em detalhes e diz que vai avisar aos guardas. Bosse leva a xícara de café aos lábios, com os olhos colados na tela, percebendo que a mulher parece estar coberta de sangue. Tenta se convencer que só pode ser obra da sua imaginação. Ele já tinha visto milhares de garotas assim durante esses anos. *Não há nada de especial com essa.* Uma das portas onde ela bate se abre. Cabine 6805.

Um homem mais velho coloca a cabeça para fora. Bosse não consegue enxergar muitos detalhes de seu rosto, mas a linguaguem corporal é clara: ele passou do estado recém-acordado para pânico absoluto em um décimo de segundo. Um desconforto sobe pela coluna de Bosse. Quando batem na porta atrás dele, leva um susto. Derruba café morno nas calças de seu uniforme. Algumas gotas vão parar sobre as palavras cruzadas, dissolvendo as letras de forma rabiscadas. Ele gira a cadeira e abre a porta, sem se levantar. Dan Appelgren se encontra ali. *Essa bicha ridícula.* Bosse repara que ele parece inchado e conclui que deve ser dos litros de álcool. *E outras coisinhas também, se dermos ouvidos aos boatos.* Dan segura a mão de uma criança. O menino parece o neto de Bosse, que mora em Åland.

– Olhe – diz o menino para Dan, apontando para as câmeras.

Bosse se vira. Vê o que está acontecendo. Ele se joga sobre os botões. *Uma criança não deve ver coisas como essa.* Atrás dele, Dan e o menino entram no escritório e fecham a porta.

* * *

Na cabine de número 6805, Ros-Marie acorda com um livro policial aberto sobre o nariz. Alguma coisa a tinha acordado e ela pisca um pouco confusa, no escuro. Sente o corpo pesado e relaxado. Sorri, alongando-o, pensando na massagem do spa e no vinho do jantar e em como ela e Lennart tinham feito amor até depois da meia-noite. Ela coloca o livro sobre a mesinha de cabeceira, acende o abajur e vê que a cama ao lado está vazia. O cobertor tinha escorregado e ido parar no chão. Os travesseiros estão bagunçados.

— Lennart? — ela chama, batendo na porta do banheiro. Sua voz soa alta demais em de sua cabeça, como se os seus ouvidos estivessem tampados. Então ela percebe o motivo, e retira os tampões amarelos dos ouvidos. Bate mais uma vez. Gira a maçaneta e abre a porta. Procura pelo interruptor de luz, enquanto pensa na grande quantidade de colesterol da comida do buffet. *Só espero que Lennart não esteja passando mal, ou que tenha tido um infar...* Ela interrompe seus pensamentos. Uma preocupação familiar se instala em seu estômago. A luz se acende. O banheiro está vazio. Nada de Lennart. Vivo ou morto. *Calma agora, Ros-Marie. Sempre que você se diverte um pouco, pensa que o inferno cairá para compensar. Não é assim que as coisas funcionam. Não haveria um ganhador de loteria vivo se fosse assim. Lennart riria de você se soubesse como fica preocupada só porque ele foi dar uma caminhada. Provavelmente não conseguiu dormir.*

Ros-Marie está tentando, mas não consegue afastar a sensação de catástrofe. Em seguida, avista as botas marrons de Lennart do lado de fora do banheiro. *Ele não sairia da cabine só de meias. Mas aqui não está.* Os músculos de suas costas e da nuca, que estavam macios como manteiga depois da massagem, começavam a ficar tensos novamente. *Talvez alguém tenha batido na porta, algum louco o assaltou, o matou à facadas e jogou o corpo no mar. E eu não ouvi nada por causa daqueles malditos tampões de ouvido...* Ela tenta rir de si mesma, como Lennart teria feito. *É melhor você parar de ler romances policiais antes de dormir, Ros-Marie.* Ela ajeita a alça da camisola, que tinha escorregado de um dos ombros. Abre a porta que dá para o corredor.

Ela aparece em uma das câmeras de Bosse. Ele está recostado na cadeira giratória. Seus olhos estão abertos, mas ele nada vê. Dan e Adam já não estão mais ali.

Ros-Marie olha para os dois lados do curto corredor, sem saber para qual deveria ir. Amaldiçoa o seu péssimo senso de direção, mas de repente ouve grunhidos abafados vindos do lado direito. *Lennart.*

O carpete no corredor está molhado e escorregadio. Sangue penetra entre os seus dedos do pé. Com o canto dos olhos ela vê manchas vermelhas sobre a porta da cabine deles, mas se recusa a acreditar. Ela corre em direção aos ruídos, segurando o grito que tenta subir pela garganta. *Lennart vai me fazer rir de tudo isso. Ros-Marie e sua imaginação fértil, sempre pensando no pior, pronta para o desabamento do céu. É, vamos rir de tudo isso, só preciso encontrá-lo primeiro.*

Ela chega ao local onde os corredores formam um T, junto à popa. Ouve outro ruído do lado direito e corre para lá. Chega ao corredor comprido que se estende até a proa. Uma das portas mais próximas está aberta. Ros-Marie se aproxima como uma sonâmbula. Ouve um som borbulhante. *É um pesadelo, o pesadelo mais real que eu já tive, e eu vou contar tudo ao Lennart...*

Quando ela bate, a porta se abre à sua frente. Sangue lá dentro. Tanto sangue. Nos dentes de Alexandra, sobre a blusa gasta dela, sobre o rosto pálido de Lennart. O gorgolejar vem da garganta dele, que agora não passa de um amontoado disforme de carne. Alexandra levanta o rosto esticando os lábios, e Ros-Marie consegue ver melhor seus dentes rubros. O grito de Ros-Marie consegue, finalmente, se libertar de seu corpo, como um gênio da lâmpada, e continua se espalhando, enchendo a cabine. Sai para o corredor e nunca mais voltará para sua prisão.

PIA

– Vocês não podem fazer essa merda comigo – murmura o homem que Pia estava algemando no corrimão de metal.
– Nós voltaremos para dar uma olhada em você – diz Pia.
– Eu prometo que ficará perfeitamente bem aqui.
– Mas imagine se... tiver um incêndio...

O restante das queixas do homem forma uma corrente incompreensível de vogais e gemidos. Ele puxa as algemas, fazendo o ruído ecoar por todo o setor de funcionários e machucando os tímpanos de Pia.

Ela se endireita, tentando ignorar a dor de cabeça. Parte dela concorda com as reclamações do homem. Ela não gosta de deixá-los assim, mas também sabe que não há outra opção. Se os soltasse não levaria mais que alguns minutos para que eles começassem uma nova briga no navio, ou perambulassem nos deques externos e acabassem caindo no mar.

Não permita que ninguém se torne um perigo para si mesmo ou para os outros. Essa era a única regra que precisava seguir à risca. E todas as celas estão ocupadas. Os rapazes briguentos do Club Charisma ficaram nas celas desocupadas pelos velhotes do Starlight.

– Está tudo bem aí em cima? – ela pergunta

Ela tem a sensação de que seu palato vai arrebentar. Pressiona a língua contra o céu da boca. Quase parece que há algo se movendo lá dentro.

Jarno desce as escadas. Suas botas açoitam o chão. A construção de aço vibra e estremece. Ele soa como uma manada de elefantes e ela tenta conter a sua irritação. Não é culpa dele que ela está com dor de cabeça.

– O meu amigo vai apagar a qualquer hora – diz ele. – E o seu já está a caminho, pelo o que estou vendo.

Pia olha para o homem aos seus pés. O queixo já estava caído até um dos ombros. Uma mancha de saliva se espalha pelo tecido vermelho do casaco. Ele resmunga, ainda furioso.

Vamos deixar que bebam até morrer, ela pensa e se controla em seguida. *Vamos deixar que se matem. Eu vou voltar para Calle, ou para a minha própria cabine. Não me importo mais com isso aqui. Vou puxar a coberta por cima da cabeça e sumir.*

Ela nunca será suficiente para todas essas pequenas catástrofes humanas que se desenrolam ali, noite após noite. Quatro seguranças para cuidar do que seria uma cidade pequena, afastada do resto do mundo, onde os habitantes marinaram em álcool e expectativas grandes demais.

– Queria que essa noite terminasse logo – diz ela. – Estou ficando velha demais para essa merda.

Jarno dá uma risadinha. Ele já a tinha ouvido falar assim antes. Mas ela nunca fora tão sincera quanto agora. Ela dá uma olhada para cima e ouve roncos. Muito bem. Talvez eles se mantenham calmos por um momento, de qualquer forma.

Os rádios começam a fazer barulho.

– Pia? Jarno? – diz Mika. – Temos uma mulher toda vomitada, de cabelos escuros, andando pelo sexto deque, próximo à popa.

Pia revira os olhos, mas isso apenas piora a dor de cabeça, e se arrepende imediatamente.

– Henke e Pär não podem cuidar dessa? – ela pergunta.

– Não, eles estão ocupados com outra ocorrência.

A voz de Mika está estranha, mas ele é quase sempre estranho.

– Aconteceu alguma coisa?

– Sim... Mas não vou adiantar nada antes de ter mais informações. Não deve ser nada grave, mas...

A voz de Mika está estrangulada de pânico.

– O que foi? – pergunta Pia ríspida.

– Ninguém responde da ponte de comando – diz Mika.
– O que você está dizendo? Como caralhos é possível que ninguém responda na ponte de comando?
– Eu não sei o que houve. Pär e Henke foram verificar.

Pia agradece automaticamente. Coloca o rádio de volta no cinto. Troca um olhar com Jarno e vê sua própria preocupação refletida no rosto do colega.

ALBIN

Lo recostou a cabeça em seu ombro. Ela respira lenta e uniformemente. Albin acha que ela deve ter adormecido, mas não tem como conferir sem correr o risco de acordá-la.

Eles conversaram bastante sobre todas as coisas que iriam fazer em Los Angeles e Albin sabe que nunca irão para lá, pelo menos não agora, mas não faz mal. Só o fato de imaginarem tudo já era tão bom quanto a realidade, ou talvez ainda melhor. No mundo da fantasia, ele não precisa pensar em como seria para sua mãe, ou no fato de que realmente não gostaria de deixá-la sozinha com seu pai, ou mesmo em como sentiria muita saudade dela e se preocuparia o tempo todo.

– Abbe – murmura Lo, sonolenta. – Não está tão frio a ponto de congelarmos, não é? Porque eu vou dormir agora. Não é comum pegar no sono antes de congelar até a morte?

– Sim, pode acontecer – diz ele. – Mas você vai ficar bem.

– Você não vai me deixar aqui, né?

– Claro que não.

Ela sacode a cabeça em aprovação.

– Acho que estou um pouco bêbada.

Uma rajada de vento penetra por debaixo da escada e ele puxa mais os cordões do capuz. Não consegue conter uma risadinha enquanto se imagina como aquele personagem de *South Park*, que sempre acaba morrendo.

– Abbe? – diz Lo novamente. – Me desculpe por não ter entrado em contato com você por tanto tempo.

– Você provavelmente estava muito ocupada com a escola.
Ela sacode a cabeça, fungando.
– Eu realmente tenho sido uma péssima prima – diz ela. – Era tudo tão complicado com o Mårten, a minha mãe e todo o resto, mas isso não é desculpa.
– Está tudo bem – ele diz, feliz que não estejam se olhando agora.
– Prometa que não vamos ser como eles – diz Lo.
– Eu prometo.
– Pelo menos você não tem os mesmos genes. Imagine se eu ficar igual a vovó ou ao Mårten – ela soa assustada. – Imagina se for algo hereditário?! Você tem que me avisar. Temos que ser honestos um com o outro. Você tem que me prometer.
– Eu prometo – diz ele novamente. – De verdade.
No momento, parece ser uma promessa fácil de cumprir. Daqui a seis anos serão adultos e isso soa como uma eternidade. Seis anos era a metade da sua vida até aqui. Mas por um instante, é como se ele estivesse olhando por um buraco de minhoca espacial, vendo como seriam no futuro, onde poderiam fazer as coisas como quiserem. Eles são mais do que família, são amigos.

BALTIC CHARISMA

Na ponte de comando, o imediato está olhando para a porta. Do lado de fora, os guardas batem com força, gritando, mas ele prometeu não deixar ninguém entrar ali. Havia trancado a porta pelo lado de dentro e arrancado a maçaneta. Essa havia sido a exigência que Dan e Adam tinham feito para poupar a sua vida. Atrás dele, a ponte está devastada. Os corpos ensanguentados dos seus colegas estão espalhados pelo chão. Ele não consegue olhar para eles.

* * *

As duas crianças que tinham se escondido no convés superior haviam adormecido. Elas sequer notam Dan e Adam, que estão quase terminando as preparações. Eles pretendem destruir todo o equipamento de rádio dos barcos salva-vidas e dos botes e atirar os sinalizadores de emergência no mar. Depois disso, não haverá nenhuma maneira de sair dali ou entrar em contato com a terra firme. O *Charisma* será conduzido pelo piloto automático por todo o caminho, até o porto de Åbo. A essa altura, todos a bordo estarão mortos ou serão recém-nascidos e ninguém de fora do cruzeiro irá desconfiar de alguma coisa antes que seja tarde demais. Dan absorve os odores do mar, de óleo e de metal molhado. Pensa no Capitão Berggren e nos outros da ponte de comando, em como devem ter se arrependido por não tê-lo respeitado mais. O vento sacode os seus cabelos. Fica se perguntando se vão continuar a crescer. "Os cabelos e unhas não continuam a crescer depois da morte?" Ele olha para as suas mãos e sorri. Antes de essa noite terminar, centenas de celulares e câmeras estarão cheias de fotos e vídeos. Ele vai se assegurar de que se espalhem pelo mundo todo. "A revolução será televisionada."

* * *

Pia e Jarno vão para a área de passageiros do sexto deque, próximo ao meio do navio. Trocam um olhar entre si, antes de se separarem. Pia observa o corredor a bombordo e Jarno, a estibordo. Não veem nada de estranho. Começam a ir para a popa.

* * *

Na ponte de comando, o imediato ouve algo se mover atrás de si. Ele se vira e vê Berggren abrir os olhos. Vai correndo até o capitão e se ajoelha perto dele. Berggren pisca e estende uma das mãos em direção ao seu rosto. Contrai os lábios. Urra de dor. É dolorido nascer de novo.

PIA

Faces curiosas olham para fora das cabines através do longo corredor.

– Teve muito barulho por aqui – diz um homem com um enorme bigode.

– Foi o que me passaram – diz Pia, olhando por cima do seu ombro. – Já vamos colocar ordem por aqui.

Às vezes, ela mesma se surpreende com quão autoconfiante consegue soar.

Pia corre os olhos ao longo de um dos corredores laterais, enquanto passa por ele, mas verifica constantemente seu rádio. Só quer que Mika entre em contato com ela e diga que... Bom, que diga *o quê* exatamente? Que todos lá na ponte de comando simplesmente tinham saído para tomar um café ao mesmo tempo?

Pia chega a mais um corredor lateral. Esse é maior que o outro, se dividindo ao meio para dar lugar a uma das duas escadas maiores do *Charisma*. Daqui ela pode ver o outro lado do navio, até o corredor que fica a estibordo, que é idêntico ao que está agora. Aguarda até que Jarno apareça por lá. Ele acena para ela e desaparece de vista novamente. Eles continuam em direção à popa, cada um andando em um lado.

Sua dor de cabeça está piorando. É certamente a pior dor que já tivera nos seios da face em toda a sua vida. Se recusa a pensar em derrames ou tumores.

Uma porta se abre repentinamente à sua frente. A mulher que sai para o corredor tem os cabelos escuros, é bonita e deve ser da mesma idade da filha mais velha de Pia. Ela está quase nua, com exceção de uma calcinha de renda azul turquesa. Tem uma tatuagem da Minnie na parte de cima do braço. Restos de vômito nos cabelos.

– Eu preciso de uma faxineira aqui – ela balbucia. – Alguém esteve na minha cabine e vomitou por todo o lado!

Pia não consegue conter um sorriso.

– É mesmo? Muita falta de consideração alguém entrar na cabine de outra pessoa para vomitar lá dentro.

– O que? Você pensa que fui eu, é? – diz a garota, com ar desafiador, levantando as sobrancelhas finas e artificiais.

– Eu honestamente não me importo com quem foi – diz Pia. – Só quero que...

– Não pense que você é melhor que eu só porque está usando essa merda de uniforme!

Com o canto dos olhos, Pia vê Jarno no fundo do corredor e acena para ele vir até ela.

– Eu posso arrumar uma faxineira – diz ela. – Mas primeiro quero saber se foi você que andou por aí batendo nas portas, porque recebemos muitas reclamações, sabia?

– "Recebemos muitas reclamações" – a garota imita Pia com uma voz debochada. – Não deve ser de mim, porque eu não fiz nada.

– Assim como não vomitou na cabine, você quer dizer?

A garota contrai os olhos.

– Caralho, qual o seu problema? Faz tempo que não transa com alguém ou algo assim? É por isso que anda por aí agindo como se fosse a porra da mãe de todo mundo?

Pia sente como se o porão dentro dela tivesse um alçapão que ela desconhecia. Um abismo, uma escuridão ainda mais profunda oculta no breu, e ela desaba diretamente nele.

Vê a si mesma matando a garota, estraçalhando-a em pedaços, esmagando o sorriso debochado daquele rostinho bonito. A sua cabeça lateja, como se todo o sangue estivesse correndo para lá, enchendo-a até que esteja a ponto de *explodir*...

Pia estremece. Sente uma enorme vertigem e tudo fica preto. Quando recobra a consciência, vê que a garota recuou de volta para sua cabine e a encara com medo em seus olhos.

– O que você tem? – ela pergunta.

"Eu não sei", pensa Pia.

– Pia! – Jarno a chama. – Pi-i-a-a! – Há grande pânico em sua voz.

Quando olha para o corredor, ele já havia desaparecido.

Ela sente a pele de sua nuca se contrair. Chama por ele pelo rádio, mas a única resposta que recebe é uma estática dessintonizada.

– Que merda está acontecendo? – pergunta a garota.

Pia sacode a cabeça.

– Volte para dentro e tranque a porta.

A garota parece hesitar.

– Mas está fedendo lá dentro – ela choraminga.

– Feche a porta e tranque. Agora!

Pia começa a correr em direção à popa. Seus passos são amortecidos pelo carpete, seu molho de chaves sacodindo e tilintando no cinto. Algumas portas se abrem enquanto ela passa e rostos sonolentos a observam.

– Mas que barulho aqui! – grita o homem de bigode, que agora está bem longe dela.

– Voltem para as suas cabines! – grita Pia. – Tranquem as suas portas!

Sua mão está suada e escorregadia, segurando o walkie-talkie com força para não deixá-lo cair, enquanto aperta o botão.

– Mika – Pia fala baixinho. – Bosse viu alguma coisa?

Sem resposta. Ela chama o nome de Mika novamente, sua voz assustada soando como o último resquício de ar que sai de um balão ao se esvaziar.

Ela estremece quando o rádio estala com um barulho alto demais. Ela abaixa o volume e olha à sua volta.

– Sim, estou lhe ouvindo – diz Mika. – Bosse não responde há algum tempo e eu ainda não sei de nada sobre a ponte de comando.

"Mas que merda está acontecendo?"

Ela tenta não se deixar levar por sua imaginação, pois não é a primeira vez que Bosse desaparece sem deixar rastros.

Velho imprestável, ela pensa, *deve estar cagando, com a revista daquelas malditas palavras cruzadas em seu colo. Ou está se masturbando depois de ter visto alguma coisa nas telas das câmeras. Será que ele não entende que está colocando nossas vidas em risco?*

A raiva que sente de Bosse, de seu olhar parado por trás dos óculos sempre engordurados, é tão intensa que ela pode se agarrar a ela. Isso lhe dá força. Silencia a tão conhecida voz dentro de si que sempre lhe diz que ela não presta, que colocar a segurança de outras pessoas em suas mãos é uma piada sem graça.

– Não sei o que houve com Jarno, mas escutei ele gritando agora há pouco – ela cochicha. – Ele estava perto da popa, a bombordo, e, agora, nem sinal dele. Estou a caminho de lá.

– Você quer que eu mande Henke ou Pär? – pergunta Mika.

Pia diminui o passo. Está quase chegando ao final do corredor. Faltam apenas dez ou doze metros antes que ela tenha que virar à esquerda, ao longo da popa. Foi ali que viu Jarno pela última vez.

A porta da cabine de número 6518 está entreaberta.

– Não – diz ela em tom de voz baixo. – Precisamos saber o que aconteceu na ponte.

– Está bem – diz Mika. – Me chame se precisar de ajuda.

O olhar de Pia examina desde a porta entreaberta até a curva acentuada do corredor. Ela hesita, apenas por um centésimo de segundo, mas já é suficiente para que a voz volte a ocupar a sua mente.

"Como você é imprestável. Que bom que não se tornou policial."

Ela aperta o botão do rádio, chamando Jarno. Sua voz ecoa de volta para ela, estalando e sussurrando, do lado de dentro da porta entreaberta.

Pia se aproxima. Acha que sente um cheiro de alguma coisa vindo da cabine 6518, um odor que a repugna e a atrai ao mesmo tempo.

Está tudo muito quieto. Ela olha para trás e parece que as pessoas a obedeceram em fechar as portas.

– Piii-i-aaahhh... naa....ao..ve....nhaaa.. aquiii.

O gemido encharcado parece vir da cabine 6518. Ele ecoa de seu próprio rádio.

"Pia. Não venha aqui."

De repente, seu medo desaparece por completo e todas as vozes que a criticam se silenciam, pois alguma coisa aconteceu com Jarno. Ele precisa dela.

Ela empurra a porta.

DAN

A música na pista de dança do Club Charisma pulsa no corpo de Dan. A linha do baixo vibra em seu esqueleto, em seus novos dentes. As luzes piscam em volta dele, fazendo os movimentos das pessoas ficarem trêmulos. Ele percebe que muitas o encaram. Cochicham.

Elas acham que sabem quem ele é, mas não fazem a menor ideia. Ainda não.

Sua euforia cresce, e ele sente como se o seu corpo estivesse se enchendo de gás hélio, como se realmente houvesse uma verdade na lenda que diz que os vampiros são capazes de voar. Neste momento, sente como se bastasse abrir os braços, tomar impulso e saltar.

Está finalmente livre. Todas as suas necessidades desesperadas, que o levaram a cometer tantos erros, não existem mais. Só possui uma necessidade agora, brilhantemente nítida e clara. Uma necessidade no centro de tudo a partir de agora.

Foi por *isso* que havia aguardado toda a sua vida. Isso é *certo*. Isso é *ele*. Tudo até agora não tinha passado de uma espera. Algo por que havia sido obrigado a passar. Cada escolha, cada coincidência, o tinham levado a esse momento. É quase comovente pensar que tinha achado que ficaria imortal através de umas canções patéticas de festival de música, condenadas a cairem no esquecimento. Mas o que estão prestes a fazer, *aqui e agora*, irá definitivamente deixar uma grande marca no mundo.

PIA

Jarno está deitado de barriga para cima. Ele olha diretamente para ela, com os olhos surrealmente claros no rosto ensanguentado. A boca se abre e se fecha, mas não emite nenhum som. O casaco do uniforme está aberto e a camisa está em frangalhos.

Uma mulher com uma blusa gasta, cor de cereja, está sentada de cócoras junto dele. Seus cabelos negros, sujos e desgrenhados pendem sobre o peito de Jarno, ocultando o rosto dele. Atrás da mulher, há dois corpos jogados um sobre o outro. Um homem mais velho e uma mulher. Pelo menos é o que Pia acha que está vendo, mas é difícil dizer com certeza.

Tanto sangue, por todo lado. Escorrendo pela cama, formando rios sobre o carpete. A boca de Pia se enche de saliva e ela não sabe se é porque está prestes a vomitar ou se é porque ela quer...

se ajoelhar em frente à mulher e colocar a boca sobre a garganta de Jarno...

Não. Ela tenta afastar o pensamento, tenta ficar enojada.

... lamber o sangue das paredes...

Jarno pisca algumas vezes os seus olhos arregalados.

Pia dá um passo para dentro da cabine. Pisa em algo macio e levanta o pé cheia de nojo. Precisa se forçar para ver no que tinha pisado.

Um emaranhado de curativos tinha ficado preso na sola de seu sapato. Ela raspa a sola no carpete até ele se soltar.

Quando levanta a cabeça, os olhos da mulher se encontram com os seus. Não é um olhar humano, mas o de um animal faminto e desesperado. Algumas mechas encharcadas de cabelo caem pesadamente sobre os ombros enquanto ela vira a cabeça para o lado. Seus dedos estão profundamente enterrados no peito de Jarno.

Seus lábios se entreabrem e Pia a reconhece.

De onde, de onde, de onde...?

Ela já tinha visto essa mulher antes, hoje à noite.

Lá no karaokê, quando Dan Appelgren havia sido atacado por aquele homem ruivo que está preso em uma das celas agora.

Aquele que havia sugado o sangue da mão de Dan.

Sangue.

O homem se chama Tomas Thunman, segundo o documento de identidade.

Suas mandíbulas protuberantes, seu olhar penetrante. Nenhum pensamento por trás deles. Somente
fome
instintos.

Como um animal, também.
Ferido, faminto, sedento, com raiva.
E tinha tentado me morder.

Ela observa seu pulso. Há um pequeno traço vermelho na pela macia, acima do polegar. Mal se vê. Quando ela toca ali, nem está dolorido. Tinha lavado imediatamente. Passou álcool gel.

M...as foi depois disso que comecei a me sentir mal...

Ela olha para o curativo ensanguentado sobre o chão e sabe que pertence a Dan Appelgren.

A mulher cheira o ar ao seu redor. Parece ter decidido que não se interessa por Pia, que não há nada nela que a atraia.

Porque eu sou como ela. A qualquer momento, é assim que eu...

A mulher assusta Pia, mas nada é mais assustador do que aquilo em que ela está proibida de pensar, em que não deve, de jeito nenhum, pensar.

Aquilo que explicaria o inexplicável.

E o que isso significaria.

Ela se aproxima da mulher com passos rápidos, bate com o

cassetete em sua cabeça com tanta força que sente um choque ao longo do braço se espalhando até o ombro. A mulher arreganha os lábios um pouco mais. Ouve-se um gargarejo molhado vindo do fundo de sua garganta.

Pia bate nela novamente. Dessa vez a mulher tenta proteger a cabeça com os braços. O cassetete atinge um dos seus pulsos. Algo se quebra. A mulher geme, e tenta se levantar com as pernas bambas. Passa por cima do corpo de Jarno e fica oscilando. Pia observa que a mulher tem cicatrizes enormes e brilhantes sobre uma das coxas. Parecem marcas de mordida, cicatrizadas há tempos.

Marcas de mordidas do tamanho de uma boca humana.

Os lábios de Jarno tentam formar uma palavra. Os músculos em volta de sua boca trabalham em vão, mas Pia acha que sabe o que ele quer dizer. Pode ver em seus olhos. *Corra, corra, corra.* Mas não consegue mais resistir àquilo que finalmente havia compreendido. Ela já está perdida. E ele também.

Antes que Pia tenha a chance de levantar o cassetete mais uma vez, a mão da mulher surge repentinamente, o arranca dela e o joga longe dali. Um traço de puro ódio passa pelos olhos vazios dela. Como um animal louco em seu esconderijo, vigiando uma presa, não querendo dividi-la com nenhum rival. Ela mostra os dentes, mordendo o ar, e vem se aproximando.

Pia não consegue se mover. O pavor tinha feito toda a sua força abandonar seus músculos. Qual o sentido de tentar lutar? Que diferença isso faria?

A mulher afunda os dedos ensanguentados nos cabelos de Pia, batendo a sua cabeça contra o lado interno da porta, repetidamente. Pia sente que está perdendo a consciência, que está caindo no buraco negro do universo, que está crescendo e sugando tudo rapidamente.

Com a outra mão, a mulher puxa a gola de Pia, que se rasga no mesmo instante, os botões voam longe. A gola fica solta e a mulher solta grunhidos. Tenta arrancar a camisa com força e mais um botão se solta, deixando o pescoço de Pia à mostra.

Ela consegue ouvir a respiração de Jarno. Enfraquecida. Chiada. Irregular. E conclui que precisa resistir, impedir que isso aconteça com mais alguém.

Tenta manter a mulher afastada, mas seus braços tremem com o esforço. Ela já não tem mais tanta força e a mulher parece perceber isso. Tenta morder. O rosto contorcido de olhos em chamas desaparecem de seu campo de visão.

No momento em que Pia sente os lábios roçando seu pescoço, ela apalpa o rosto da mulher com os dedos, encontra seus olhos e se prepara, enrijecendo os músculos. Enfia seus polegares para dentro.

Os macios e arqueados globos oculares são, para sua surpresa, muito resistentes. Tentam escapar da pressão, mas não têm para onde ir.

Não pense no que está fazendo, não pense, não pense, só faça, só...

Ela aperta mais forte e seus polegares transpassam os olhos da mulher...

... ovos se quebrando, só gemas quentes que escorrem pelos meus pulsos...

... e continuam por dentro de sua cabeça.

A mulher urra. Cai de joelhos, segurando a gola de Pia com firmeza, quase fazendo-a cair antes que consiga se soltar. Seus polegares abandonam os globos oculares da mulher, fazendo um ruído de sucção, que ela sabe que nunca mais se esquecerá, se sobreviver.

Ela dá uma rápida olhada em Jarno, que ainda tem os olhos abertos, mas que agora nada veem.

A mulher agarra as calças de Pia, à altura dos quadris, tentando se levantar novamente. Pia lhe dá com o joelho no queixo, fazendo as mandíbulas se chocarem com um estrondo. Acerta vários chutes no peito da outra, fazendo-a cair de costas, batendo a cabeça no ombro de Jarno.

Mas a mulher, cujos olhos escorrem pelo rosto, tenta se reerguer. Nunca irá parar.

Ela é como um animal ferido. Não pense nela como humana. Qual é o tratamento mais humano para animais feridos? Matá-los.

Pia dá uma olhada na cabine. Quase tudo ali é preso nas paredes e no chão. Os abajures têm fios. Será que ela conseguiria arrancar um deles e usá-lo para estrangular a mulher? Mas ela não havia respirado,
ela não respirou,
o tempo todo.
Nem uma única vez.
A compreensão a deixa tonta.
Olha para a cadeira junto à escrivaninha. É leve demais para causar algum dano, mas ela poderia quebrar o espelho com ela e tentar cortar a mulher com um caco.
Mas não. Não pode fazer isso. Não depois do que já tinha feito. É muito intrusivo, íntimo demais.
Você é tão covarde, tão fraca, não consegue nem terminar o que começou.
A mulher dá um passo vacilante em sua direção. Geme mais uma vez. Os braços estão estendidos à sua frente. Ela fareja e vira a cabeça diretamente para onde Pia se encontra, como se pudesse enxergar com seus globos vazios. Segue Pia quando ela se movimenta para o canto onde a antiga televisão está pendurada.
Pia puxa e sacode o suporte da tv. Se pendura nele com todo o peso do seu corpo. A parede se curva e solta, com estrondo, o velho suporte. Ela apanha a televisão no ar, segurando no colo com suporte e tudo.
É muito pesada. Seus braços estremecem quando ela levanta a televisão sobre a cabeça. Vai usar as suas últimas forças agora, já sabe.
Tem uma chance. Apenas uma chance.

BALTIC CHARISMA

A trepidação da pista de dança do Club Charisma chega até o lado exterior da popa. As pessoas estão fumando, dando risada, beijando, se fotografando com seus celulares. Ninguém percebe a presença do pequeno menino de moletom vermelho, que se esconde mais adiante no convés de passeio. Ele aguarda pacientemente, pronto para lidar com o maior número possível de pessoas que tentarem fugir da pista por ali. Sim, a qualquer momento. Ele consegue sentir em cada centímetro do seu corpo.

Sua mãe também pode sentir. A catástrofe paira sobre eles. Ela está na proa, de costas para o mar, vendo o *Baltic Charisma* se elevar sobre ela. O radar gira no topo de seu mastro, volta após volta, um sussurro ao vento. Ela tira o medalhão. Pressiona a abertura com a unha do polegar, fazendo com que se abra com um clique oco. Dois pares de olhos muito sérios a encaram, rigidamente mantendo suas poses para que o longo tempo de exposição da câmera da época não borre seus rostos. Um homem adulto, com as maçãs do rosto salientes e olhos penetrantes. Um menino pequeno, loiro e bem penteado. Seu filho. Ainda mantém a mesma aparência, mas ela o havia perdido para sempre. Ela o perdera há muito tempo, apesar deles não terem se separado em todos esses anos. Olha para o homem da fotografia. Se lembra do choque nos seus olhos quando o menino lhe dilacerou a garganta. Ela se negou a encarar a verdade sobre o menino desde então.

Os Anciões a tinham avisado, dizendo que ele era jovem demais para se transformar, que esqueceria como era ser humano, mas ela os ignorou. Quando percebeu que deveria ter lhes ouvido já era tarde demais, e agora deve pagar o preço.

Rios de sangue irão jorrar esta noite. E cada uma das gotas é sua culpa.

* * *

A outra mulher à procura do filho ainda está com sua cadeira de rodas junto ao balcão de informações. Ela também se culpa pelo que aconteceu, por não ter percebido antes que era inevitável. O homem atrás do balcão desapareceu para dentro do escritório, acompanhado por dois guardas. Eles pareciam assustados. Pediram que ela retornasse para a sua cabine. Alegaram que iriam continuar procurando por Albin, mas ela não confia neles. Sabe que alguma coisa está acontecendo e, seja lá o que for, tem mais prioridade do que seu amado filho.

* * *

O homem ruivo, preso na cela, não aguenta mais a fome. Ele abocanha seu próprio pulso. Seus dentes penetram na carne e nos tendões. O sangue morto já começou a coagular dentro de suas veias, mas pelos menos enche o estômago.

PIA

— Não venham aqui — diz ela no walkie-talkie, mal reconhecendo sua própria voz rouca. — Não vou deixar vocês entrarem, de jeito nenhum.

Pia conseguiu construir uma barricada atrás da porta com a cadeira da escrivaninha. Está sentada em uma das camas, vendo a garoa cair sobre a janela. Apagou todas as luzes na cabine, o que traz uma sensação agradável. Bom para repousar os olhos.

Ela precisa descansar. Logo.

— Mas o que está acontecendo? — pergunta Mika. — Pia, você tem que me contar o que houve. Não sei o que fazer.

Ele fala rápido. Rápido demais. Ela coloca a mão que segura o rádio sobre a testa, tentando achar uma maneira de explicar. De pensar em meio a toda a dor.

Vislumbra as sombras escuras deitadas sobre a cama em sua frente. Ela os tinha colocado lá. Jarno. O casal de idosos. A mulher que os tinha matado. Vítimas e assassinos. Ou seriam vítimas todos os quatro?

A televisão, com a tela quebrada, está no chão. Rastros de sangue e cabelo nos cacos de vidro que cintilam na escuridão.

Ela notou os dedos da mão do homem mais velho se moverem, apesar de ele ter morrido há pouco tempo atrás. E apesar de sua garganta ter sido arrancada.

O melhor que ela pode fazer, para o bem de todos, é permanecer ali. Vigiá-los, para que ninguém consiga se levantar novamente. Cuidar disso, se for o caso. Tinha ido buscar um extintor de incêndio no corredor. É pesado. Tinha usado-o para acabar com a mulher sem olhos. Quase vomitou ao ver o resultado, mas a mulher não tinha mais se mexido desde então.

– Estamos com algum tipo de contaminação à bordo – diz ela. – Faz as pessoas ficarem violentas. Muito violentas.

Ela os transforma em monstros.

– Elas mordem. É assim que o vírus se espalha. Elas podem parecer mortas à principio, mas não estão. – Sente um arrepio percorrer o seu corpo. – Ou talvez estejam. Mas acordam mesmo assim.

– Pia, você está ferida? Você parece estar delirando. Pär e Henke estão aqui e posso mandá-los...

– Não.

– Por que não?

– Eu fui mordida. Irei me tornar um deles. Vou tentar resistir o máximo que eu puder, mas não sei quanto vou aguentar.

Uma nova onda de dor em sua boca, que se enche de saliva com gosto de sangue. Ela se pega sugando os dentes para obter mais sangue. Um dos caninos se solta e ela o cospe na palma da mão. Coloca-o sobre a mesinha de cabeceira entre as camas.

– Pia...

O rádio faz um chiado. Mika poderia estar a centenas de quilômetros dali, ou até milhares. Não faz a menor diferença. Tudo fora daquela cabine está perdido para ela agora.

– O quê? – ela pergunta.

– O que eu devo fazer? Ninguém responde lá na sala das máquinas. Nem na ponte. Pär e Henke não conseguiram entrar lá. Bosse está morto. Pia, eles disseram que ele tinha sido completamente massacrado...

Uma torrente de sangue escorre do orifício onde havia o dente. Ela sabe muito bem como o gosto de sangue a repugnava anteriormente, mas não mais. Ela está sofrendo com sua ânsia por mais sangue, o sangue de outra pessoa.

– Pia? – diz Mika, quase chorando. – Eu preciso de você.

– Não posso lhe ajudar. Acho que sou perigosa.

– Mas é claro que você não é! – Mika grita.

– Vocês precisam encontrar Dan Appelgren e aquele garotinho que estava junto com ele, quando eu o vi pela última vez...

Agora ela compreende o olhar da criança. Reconhecimento, não curiosidade. Ele não estava se perguntando quem ela era. Ele sabia exatamente.

– A criança é um deles.

– Isso me parece uma puta insanidade, Pia. Tudo isso.

– Eu sei, mas você tem que acreditar em mim. Você é responsável pelas vidas de mil e duzentas pessoas agora. – Ela está fria. Seus dentes estão rangendo e vários continuam a cair. – E não deixem, em nenhuma circunstância, Tomas Thunman sair da cela. Acho que tudo começou com ele. Se tivermos sorte, não há mais nenhum...

Um gemido gutural ecoa do amontoado de corpos na outra cama. Ela fecha os olhos, procurando algo que tenha perdido em seus pensamentos.

– Encontrei uma bolsa. Tinha um documento de identidade lá dentro. A mulher desta cabine se chama Alexandra Andersson. Dê uma olhada com quem ela divide a cabine. Parece ser uma mulher, pelos pertences que há aqui. Ela pode ter sido contaminada.

– Pia, isso é...

– E Raili ficou sozinha com Dan – ela se lembra de repente. – Fale com ela, veja se ela foi mordida e...

Não comece a chorar. Não.

–... e alguém precisa contar a ela sobre Jarno. Não deixe que Pär faça isso. Andreas, talvez. Mas não quero que ela venha aqui. Me prometa que não vai contar onde Jarno está. Se ele acordar...

Ela não consegue concluir o pensamento. Um novo tremor percorre o seu corpo e ela sabe que não falta muito agora. Puxa a colcha por cima de si.

– Preciso desligar agora – diz ela. – Mas vocês vão dar um jeito nisso. Diga no alto-falante que as pessoas devem voltar para suas cabines. Telefone ao Club e ao Starlight e peça que eles fechem. Depois você tem que reunir o maior número possível de funcionários no refeitório, ou sei lá, em algum lugar onde vocês possam se trancar, enquanto pensam e planejam como agir...

Ela se obriga a fazer uma pausa para respirar.

– E conte a todos sobre o vírus, eles precisam saber. Você tem que acreditar em mim. Ele *precisa* ser contido. Pense no Bosse e no que aconteceu com ele.

A pilha de corpos na outra cama se mexe.

O corpo da mulher mais velha rola para o chão, caindo pesadamente. Pia olha fixamente para lá, esperando que ela se levante.

Mas é o homem mais velho. Ele empurrou o corpo da mulher, para sair dali. Ele grunhe devido ao esforço.

– Boa sorte – diz Pia, desligando o rádio.

Ela se levanta, vai até a escrivaninha, enquanto observa como ele se esforça para se sentar. Ela estica o braço até o telefone interno e se vira, mantendo o olho nele através do espelho sobre a escrivaninha, enquanto telefona para a cabine de Filip.

Um toque.

Dois toques.

O homem está sentado agora, emitindo um alto e lamurioso gemido.

Três toques.

– Alô? – atende Calle, com voz de sono.

Os olhos de Pia se enchem de lágrimas.

– Calle – diz ela. – Calle, sou eu...

Choques de dor tomam conta do céu de sua boca, como hastes flamejantes de aço penetrando em sua cabeça.

– Pia? Você está bem? Você parece estranha.

Ela observa o vulto escuro se levantar ao lado da cama e empurrar com o pé o corpo jogado no chão.

– Estou doente – diz ela. – Você tem que me prometer uma coisa... Você tem que...

– Pia? Pia, o que está acontecendo?

Ela respira fundo, mas seus pulmões não funcionam como deveriam, não absorvem o oxigênio necessário.

– Pia? Onde você está? Me diga, que vou lhe buscar.

– Estou no sexto, mas não posso... É... tarde... demais...
Ela começa a hiperventilar. Raios de luz dançam na escuridão, como um crepitante sistema solar, estrelas presas por linhas quase invisíveis.
Ela consegue ouvir Calle se levantar da cama.
– Me prometa... – diz ela.
Estruturar seus pensamentos é difícil agora, ela tem de se concentrar para conseguir começar novamente.
– Tem alguma coisa muito errada a bordo e se você me vir...
Pelo espelho, vê o homem dar um passo em sua direção. Ela procura, com os dedos, o extintor de incêndio.
– Se você me vir, corra o mais rápido possível para longe de mim – diz ela.
– De que você está falando?
Sua mente luta para conseguir sair da escuridão, como uma pessoa que mal consegue manter seu nariz acima da água antes de se afogar.
– Eu te amo, Calle. *Me prometa.*
Ela desliga o telefone.

BALTIC CHARISMA

O pijama de Lyra está encharcado com o sangue dos seus pais. Ela está se esgueirando pelas paredes do andar de baixo do Club Charisma. Não está mais com fome, mas quer mais mesmo assim. É atraída para esse lugar onde os corpos são quentes e em grande quantidade. Está escuro e lotado. Ela para junto à pista de dança, sentindo que há mais alguém como ela por ali. Procura com o olhar e encontra Dan, imediatamente. Sabe que ele é um líder, mas mais alguém chama a sua atenção. Lyra vira o rosto em direção ao mezanino. Alguém lá em cima tem um cheiro mais quente que os outros.

* * *

No andar superior do Club Charisma, uma mulher chamada Victoria entrega seu cartão de crédito ao garçom. Ela sorri para Simeone, que está dizendo:

– Viemos para a Suécia porque ouvimos muito sobre os barcos de amor daqui. – E ela pensa em como ama o sotaque italiano dele. Ela ri e pergunta se tudo é como ele esperava que fosse e ele responde:

– Espero que sim. – Ele tem a mão em volta da sua cintura e ela sente os dedos quentes dele através do vestido fino.

– Estamos tendo problemas com o sinal há algum tempo – diz o garçom, e Victoria olha confusa para o seu velho rosto castigado pelo tempo, antes de entender que ele está falando do leitor de cartões do navio.

Ela dá uma procurada na carteira e encontra algumas notas bastante amassadas. A mão de Simeone para sobre sua barriga, irradiando calor. Victoria coloca a sua mão sobre a dele, entrelaçando seus dedos. Seu sangue bombeia com mais força. Ela transpira e seu suor se espalha, formando uma fina camada sobre as costas.

– Quer ir para a minha cabine? – ela pergunta. – É bem perto. Essa é a melhor coisa sobre esses barcos.

Ele concorda com a cabeça. Ela bebe o resto da cerveja e espera que o seu hálito esteja agradável.

– Vamos avisar seus amigos que estamos indo – diz ela.

Eles vão de mãos dadas até a escada que leva à pista de dança. Junto à grade de bronze da escada e ao vidro fumê há muitas pessoas reunidas. Um homem de meia-idade, vestindo uma camisa havaiana, passa correndo e grita alguma coisa para o garçom. Victoria escuta apenas algumas palavras soltas.

"ligue... ferido gravemente..."

Simeone lhe pergunta o que está acontecendo e ela apenas sacode a cabeça. Vê uma menina com pijama ensanguentado subindo as escadas. Seus lábios estão cobertos de sangue coagulado.

Alguém deve ter batido muito na boca dela.

A menina chega ao andar superior, iluminada pelas luzes da pista de dança.

Ela precisa de ajuda.

Victoria solta a mão de Simeone e corre até a menina. Por um instante, Victoria vê o rosto dela de perto e, em seguida, está caída no chão. Lyra a havia derrubado. Seus cabelos fazem cócegas no nariz de Victoria. O som do baixo vibra pelo chão, fazendo o corpo de Victoria estremecer. E então... uma dor indescritível quando os dentes de Lyra penetram profundamente na pele de seu pescoço, arrancando um pedaço grande de carne.

Victoria tenta gritar, mas sua voz já não existe mais. Vê, com o canto dos olhos, que algo jorra para cima, como um poço de petróleo recém encontrado e ela percebe que aquilo é sangue, o *seu* sangue. As pessoas gritam de pavor ao redor delas, mas

Victoria não consegue emitir um som sequer quando a garota ataca o seu pescoço pela segunda vez.

* * *

Lá embaixo, na pista de dança, Dan sente o cheiro de sangue quente no ar e olha para o mezanino no andar de cima. Ouve gritos vindos de lá, mas ninguém ali embaixo reage. Continuam dançando, enquanto o cheiro de pavor fica cada vez mais intenso. Há tantas pessoas apavoradas lá em cima. Seus corações batendo com cada vez mais força, e cada segundo que ele consegue resistir é como uma doce tortura. Ele vê o corpo de uma mulher, de vestido fino, ser arremessado contra a grade da escada. Seu rosto fica pressionado ao vidro, pelo lado de dentro, parecendo deformado e achatado ao mesmo tempo. Somente um dos seus olhos está visível, com um olhar vazio para as luzes da pista de dança, o branco refletindo as variações de cores. Agora ele vê a menina de pijama de seda lá em cima, junto à grade. Um homem está tentando segurá-la por trás, e Dan o escuta gritar algo em italiano. Mas a menina se contorce tão violentamente que desloca um de seus braços. Ela arqueia seu corpo tenso, rangendo os dentes em todas as direções. O corpo da mulher de vestido fino ainda está coberto de sangue, escorrendo pelo canto, pingando na pista de dança.

Uma garota de vestido bege de renda, a alguns metros de distância de Dan, ficou com o rosto salpicado com a substância pegajosa, mas nada percebe e continua a dançar com os braços esticados acima da cabeça. *O sangue.* Dan *precisa* dele. Não consegue esperar mais. Fica no canto da pista logo abaixo do mezanino. Abre a boca e joga a cabeça para trás. Sente as gotas quentes pousarem no seu rosto. Na sua língua. Diretamente na garganta.

A garota de vestido de renda olha para Dan e não entende o que está acontecendo. Dirige o olhar para o andar de cima. Vê o corpo jogado lá. Grita. Chama a atenção dos que estão mais próximos. Alguém grita "É Victoria, é Victoria, é minha amiga. Ai meu Deus, Victoria...".

Alguns apontam para Dan. Passos pesados nas escadas quando tentam fugir do andar superior. Um corpo cai na pista de dança, no meio de um círculo de garotas dançando. Há o ruído de ossos quebrando e os gritos se espalham, se misturando com os do andar de cima.

Dan não consegue mais resistir. Fecha os olhos. Fareja o ar. E ataca um dos corpos quentes que passa correndo por ele.

FILIP

No Starlight, Filip desliga o telefone. Ele o encara por meio segundo, tentando entender. Mika parecia estar à beira de um ataque de nervos. O que o outro tinha dito não fazia o menor sentido.

– Há uma espécie de vírus à bordo – diz Filip para Marisol. – Temos que fazer com que todos voltem para as suas cabines e depois vamos nos reunir no refeitório.

Quando ele se ouve dizendo a informação em voz alta, tudo parece se tornar mais real.

– Que tipo de vírus? – ela pergunta.

Não parece muito preocupada e isso o acalma um pouco. Se há algo de contagioso aqui, é a reação exagerada de Mika. Nada mais que isso. Talvez.

– Eu não sei – ele responde. – Não deve ser nada demais, mas temos que parar de servir agora mesmo.

– Ah, as pessoas com certeza vão ficar muito satisfeitas com essa decisão.

Filip sai do bar. Alguns clientes, que esperavam para serem atendidos, começam a gritar zangados atrás dele, mas ele consegue desviar das mãos que tentam tocá-lo. Decidido a não se misturar com a multidão da pista de dança, faz uma volta maior pelo local, evitando encostar no corrimão de bronze. Ele encara todos os copos sobre as mesas. Será mesmo que há pessoas doentes aqui? Como se dá o contágio? Ele e Marisol tinham tocado em dinheiro, cartões de crédito, encostado nas mãos dos clientes. O ombro nu e suado de uma mulher se esfrega no seu braço, deixando uma mancha molhada em sua camisa.

Ele chega em frente ao palco e sobe pela escada lateral. Deve ser óbvio por sua expressão que alguma coisa havia acontecido, pois Jenny para de cantar imediatamente. Os dedos do baixista ficam imóveis sobre as cordas. A bateria diminui e cai em silêncio. Gritos de vaia no local. Jenny se aproxima e lhe entrega o microfone antes mesmo de ele pedir.

Sem a música para abafar, o barulho no local de repente se torna ensurdecedor.

– Sinto muito por interromper a festa, mas estamos enfrentando alguns problemas técnicos a bordo – diz ele. – A gerência me garantiu que não há nada com o que se preocupar.

Ele nota a presença de berros e gritos de algum lugar fora do Starlight. Uma das mãos protegendo seus olhos dos holofotes e percebe que as pessoas se movimentam com preocupação. Uma agitação vai tomando conta do lugar.

– Fui orientado a pedir que vocês retornem calmamente para as suas cabines. Não há motivos para preocupação. Mais informações lhes serão passadas assim que possível.

– Mas que merda é essa? – berra um homem, perto do bar. – Acabei de comprar uma cerveja!

– Eu também! – grita uma das garotas do grupo que estava cantando todas as músicas junto com a banda. – Dá para levar a bebida para a cabine?

– Senão, vou querer o meu dinheiro de volta! – grita o homem perto do bar, com a aprovação de outros clientes.

Filip não sabe o que dizer. Segundo as regras, ele deveria dizer que não, mas tem a sensação de que isso levaria a uma revolta generalizada.

– O que está acontecendo? – grita uma mulher em frente ao palco.

– É apenas uma checagem habitual – responde Filip. – Não há nada com o que se preocupar.

Ele nunca foi um bom mentiroso, e as luzes fortes dos holofotes não estavam ajudando em nada.

Uma mulher em algum lugar perto da entrada grita. Há uma mudança tangível na atmosfera do lugar, à medida que todos mudam o seu foco para aquela direção. Filip desce correndo do palco e, dessa vez, as pessoas gentilmente saem da frente para ele passar. Ele nota que muitos estão rapidamente entornando os seus drinques, para se assegurarem de que o seu conteúdo vai embora junto com eles.

Mais gritos junto à entrada. Com o canto dos olhos, ele enxerga que Marisol pulou por cima do balcão do bar e começou a correr a seu lado.

– Socorro! – grita a mulher. – Me ajudem! Eles estão logo atrás de mim!

Agora ele pode vê-la. Uma mulher de cabelos curtos, tingidos de preto e vermelho. O lado direito de sua blusa está ensopado de sangue. Um pedaço considerável de carne está faltando de seu braço, perto da axila. Seu rosto está brilhando em meio ao suor e às lágrimas. Ela cai de bruços no chão, soluçando.

As pessoas estão gritando. Algumas correm para a saída, enquanto outras recuam mais para dentro do local. Umas se aproximam para ver o que está acontecendo.

Pânico toma conta de Filip enquanto vê Marisol se abaixar próxima à mulher.

– Eles estão bem atrás de mim! – ela diz, ofegante.

– Quem? – pergunta Marisol, enquanto Filip corre até o portão com grades.

– Tem alguma coisa errada com eles, algo bem fodido! – grita o ambientalista de dreads loiros.

– Caralho! – exclama a mulher que segura em seu braço.

Ela aponta e a sua mão treme tanto, que o vinho acaba caindo para fora da taça.

CILLA

–... não há motivo para entrar em pânico. Estamos trabalhando o mais rápido possível para solucionar o problema...

O volume faz o plástico do alto-falante chacoalhar acima da cabeça de Cilla, que reconhece, de imediato, a voz do funcionário do balcão de informações. Ela consegue notar o medo em sua voz.

O elevador faz o seu ruído característico ao chegar no sexto deque. Cilla olha impaciente para as portas, tentando abri-las mais rápido, com a força do seu pensamento.

Abbe e Lo talvez estejam de volta à cabine, vendo um filme e comendo balas. Talvez Linda os tenha encontrado.

Meu Deus, que assim seja, por favor.

As portas finalmente se abrem. A voz que ecoa dos alto-falantes dos corredores mudou para finlandês agora. Cilla empurra o controle da cadeira para frente e, fazendo um zumbido suave, a cadeira de rodas desliza para fora do elevador. Ela precisa ir pelo lado esquerdo do corredor, mas uma multidão desce desembestada as escadas bem à sua frente, indo desordenadamente pelos dois corredores, tropeçando uns nos outros. As portas se fecham atrás dela e mal há lugar para que possa mover sua cadeira de rodas. Ela vai um pouco para trás, puxa o controle, a cadeira entorta e anda assim por alguns metros, move o controle para o outro lado, indo para trás novamente. Repete o mesmo procedimento por diversas vezes.

Uma série de cenários terríveis passa por sua mente. Abbe caindo para fora do navio, desaparecendo em meio às águas geladas, sendo puxado pelas correntes ao redor da embarcação, em direção às hélices...

Como poderia proteger Albin se algo acontecesse?

Ela não era capaz nem de protegê-lo do que acontecia em casa e agora ele estava desaparecido. Como podia ter achado que o filho não notaria, não se machucaria, não entenderia? Era exatamente isso que Linda vinha tentando avisá-la há anos. E agora não pode mais fingir que está tudo bem. É claro que ele entende, seu menino belo e inteligente. Mas como pode explicar a Abbe que ela não pode se separar de Mårten? Ele já tinha lhe ameaçado, de forma bem clara, que tiraria o filho dela, pois qualquer um pode ver que ela não é capaz de tomar conta do filho sozinha. Não consegue nem cuidar de si mesma. E sua condição está cada vez pior. Mais cedo ou mais tarde, vai acabar numa casa de repouso.

O controle escorrega da sua mão, enquanto ela se esforça para colocar aquela abominável cadeira de rodas na posição correta. Ninguém olha diretamente para ela, com receio de que vá pedir ajuda.

Finalmente a cadeira de rodas fica na direção correta e ela impacientemente espera que a deixem passar. A maioria das pessoas parece estar chateada ou irritada por terem sido obrigadas a interromper a sua diversão da noite. Alguns conversam e riem uns com os outros, despreocupadamente. Mas, Cilla observa também o pânico no rosto de alguns, que escutam ansiosos o que está sendo transmitido pelos alto-falantes. Mandam outros fazerem silêncio, em vão. Enfim, Cilla acaba apertando o botão da cadeira de rodas que tem uma buzina estilizada e soa como um gemido de lamentação. Uma mulher, de vestido xadrez escocês e fita combinando no cabelo, para no último degrau e deixa Cilla passar. Ela agradece, conseguindo ir para o corredor certo e dobrando à esquerda, sem maiores problemas.

Ela aperta o botão da buzina mais uma vez. As pessoas vagarosamente, vão saindo de seu caminho. Ela tem vontade de gritar, enquanto anda e para, anda e para na sua cadeira. Um trio de homens obesos, que andam lado a lado ocupando todo o corredor, finalmente percebem que ela está logo atrás deles. Eles se colocam perfilados junto à parede, deixando-a passar. Ela pressiona o controle até o fundo, fazendo com que a cadeira de rodas pegue velocidade. As rodas largas sussuram contra o carpete.

Abbe, Abbe, Abbe.

Por favor, meu Deus. Faça com que ele esteja na nossa cabine ou na de Linda.

Agora ela já avista as portas das cabines lá na frente, perto do final do corredor, 6510 e 6512.

O homem fala agora em inglês no alto-falante, mas sua voz fica encoberta pelo barulho de passos rápidos e gritos atrás dela.

Um arrepio se espalha através do corpo de Cilla, quando os ouve. Pela primeira vez, sente medo por si mesma. Não teria nenhuma chance se acabasse no mar. Ela não pode sequer nadar mais. As pessoas à sua frente no corredor se viram e apressam o passo. Ela tenta virar o pescoço, mas este se recusa a obedecê-la.

– O que está acontecendo lá atrás? – ela grita. – Alguém pode me dizer o que está acontecendo?

Mas ninguém responde.

Uma das portas se abre mais adiante. Um homem de pescoço largo e cabelos muito curtos dá um passo pequeno para o corredor. A sua camiseta, com o símbolo dos Rolling Stones, estava toda esticada em sua pança. Ele poderia ter entre 25 e 55 anos de idade.

– O que está acontecendo? – Cilla pergunta. – Eu não consigo virar a cadeira de rodas neste corredor... O que está acontecendo atrás de mim?

O homem hesita por um momento.

– A minha esposa queria ficar mais lá, dançando – diz ele com seu sotaque do interior e rindo –, como sempre.

– Você sabe o que está acontecendo? – ela pergunta mais uma vez, tentando desesperadamente manter a sua voz calma.

– Você não sabe?

Ela sacode a cabeça.

Não, eu não sei. Eu não sei onde o meu filho está, eu não sei se tem mais alguém além da Linda o procurando, eu NÃO SEI O QUE ESTÁ ACONTECENDO e não sei por que estamos aqui nesse cruzeiro e nem sei por que achamos que essa era uma boa ideia.
– Eu vi pela televisão – ele diz. – Você sabe, eles têm câmeras na pista de dança... Primeiro achei que fosse um filme de terror... – A voz dele desaparece.

Eles são as únicas pessoas que sobraram naquela parte do corredor. Todos que estavam na frente dela já tinham desaparecido dentro de suas suas cabines. Ela ouve várias portas batendo.

– O que? – diz ela. – O que você viu?

Ele não parece tê-la escutado.

– Deve ser um gás ou algo do tipo. Eles carregam lixo nuclear nestes navios, você sabia? Quem pode dizer que não levam outras coisas também sem nos contar?

– Me conte o que você viu – implora Cilla. – Por favor. O meu filho está desaparecido.

Ele dá uma piscada, parecendo que só agora tinha percebido realmente a presença dela. O olhar dele está carregado de compaixão e isso a assusta mais do que qualquer coisa.

– Não há nada que você possa fazer por ele – diz o homem. – Eles estão matando uns aos outros lá.

– O que?

Ela ouve um homem, de longe, gritar "Vamos, vamos rápido, vamos". Mais portas sendo batidas.

– Talvez seja uma arma militar – diz o homem. – Eles não parecem humanos, aqueles que ficaram loucos.

Cilla sacode a cabeça e coloca a mão sobre o controle.

– Eu não sei nem se irei até lá procurar por ela – diz ele. – Você acha que algum dia poderei me perdoar, se eu não for até lá?

Ela olha para ele e vê o apelo em seu olhar. Não sabe se deveria lhe falar a verdade. Que se ela conseguisse andar, se conseguisse ajudar de alguma forma, teria corrido por todo o navio até encontrar Abbe, independentemente do que acontecesse. Ela nunca conseguiria se perdoar se fizesse menos que isso.

Há um estrondo forte quando uma porta é aberta com força em uma cabine a uns dez metros de distância dela. O homem estremece e vira naquela direção.
Uma mulher vem andando, arrastando os pés pelo corredor. É a segurança que tinha trazido Albin e Lo do clube naquela noite. Mas mesmo assim...
– Eles estão aqui também – diz o homem, arfando.
Não é ela, de jeito nenhum.
Os olhos da mulher, que eram tão acolhedores e amigáveis, estão completamente vazios. Ela tem sangue respingado sobre o rosto, manchando a camisa branca que está em frangalhos ao redor da gola. Quase todo o seu cabelo tinha se soltado do coque, caindo sobre os ombros em mechas desordenadas. As calças escuras estão lambuzadas com alguma coisa. Seus polegares estão vermelhos escuros, como se molhados de tinta.
A mulher abre a boca e a fecha em seguida.
– Me desculpe – diz o homem. – Me desculpe, mas não posso. Gostaria de poder ajudar, mas não posso...
A voz dele desparece abruptamente quando ele bate a porta da sua cabine.
A mulher vem se aproximando. Seu crachá sujo brilha e o olhar de Cilla se dirige até lá.
Pia? Fia? O que importa agora? Essa não é mais a mesma pessoa, é alguma outra coisa...
A porta de sua cabine e de Mårten se encontra entre ela e a segurança. Mas mesmo que conseguisse chegar até lá e pegar o cartão para abri-la... Será que passaria pela entrada estreita rápido o suficiente?
Ela não pode correr esse risco. Precisa sair dali imediatamente.
Cilla começa a tatear o controle da cadeira. Vai para trás e tenta fazer a volta. Bate na parede atrás de si.
Faz a marcha para a frente, virando.
– Mårten! – ela grita, enquanto tenta ir de marcha ré. – Mårten, me ajude!

Será que ele também é um deles agora?
Sua mente está lúcida e o pânico vai tomando conta dela.

Uma mulher de idade aparece no corredor, logo atrás da segurança. Seu corpo pesado se sacode por baixo da camisola quando ela se aproxima. Seus dentes batem uns contra os outros:

Clic, clic, clic.

Cilla move o controle o máximo possível para o lado direito e para cima. A cadeira de rodas sai andando e fazendo uma curva fechada e o apoio de metal para os pés bate contra a porta da cabine em frente. Ela engata a ré e vira para a esquerda. Ouve passos de alguém com botas pesadas sobre o carpete, logo atrás de si. Algo chiado e molhado ao mesmo tempo, como o ruído de uma respiração, só que não exatamente. Cada célula de sua nuca está preparada para sentir os dedos de alguém lhe tocando ali, a qualquer segundo...

E era uma vez Cilla com invalidez...

Ela finalmente consegue direcionar a cadeira para o lado de onde tinha vindo. Pressiona o controle para frente, ao mesmo tempo que ouve o barulho de unhas arranhando o tecido grosso do encosto, muito perto da sua cabeça. A cadeira de rodas anda para frente e os dedos estão lá novamente, tentando agarrar os seus cabelos curtos, mas ela vai pegando velocidade com um barulho estridente.

Cilla se debruça para a frente, sobre a almofada grossa feita especialmente para ela, à medida que vê passar porta após porta com o canto dos olhos.

Um pouco mais à frente no corredor as pessoas gritam apavoradas ao verem o que a está perseguindo. Alguns lutam para apanhar seus cartões e desaparecerem dentro de suas cabines. Outros correm de volta para as escadarias ou se escondem nos corredores laterais, se empurrando e se apertando. Apesar de tudo, todos têm algo em comum. Nenhum deles tenta ajudá-la.

E ela os entende. Teria pensado o mesmo que eles: *Antes ela do que eu.*

Clic, clic, clic.

Cilla grita de pavor, pois é a única coisa que pode fazer.

Não falta muito para chegar ao final do corredor, que termina junto às portas de vidro do spa. Ela hesita por um momento, com a mão sobre o controle, antes de passar pelos corredores laterais com as escadas e os elevadores. O lugar está lotado de pessoas que a olham aterrorizadas. Ela não teria a menor chance de ziguezaguear por lá novamente.

Faltam poucos metros agora. Logo adiante vê a placa CHARISMA SPA se aproximando dela. O corredor, mais à frente, faz uma curva de noventa graus à direita. Ela não vai conseguir fazer a curva naquela velocidade.

Mas tampouco pode ficar parada aguardando a morte.

Ela irá fazer tudo que puder para sobreviver. Por Abbe.

FILIP

A grade. A merda da maldita grade do inferno. Tinha travado no mesmo lugar de sempre, a um metro de altura do chão. No Starlight, há pessoas gritando e chorando por todos os lados, mas se elas tivessem visto o que Filip havia acabado de ver, o pânico seria ainda maior.

– Não digam nada – ele pede àqueles que estão mais próximos, enquanto se esforça para soltar a grade.

As pessoas sacodem as cabeças, concordando com ele. Algumas delas estavam junto com o grupo que havia tentado passar pelos rapazes na entrada.

Eles estão a apenas alguns metros de distância agora. Lentos, mas determinados. Ensanguentados. Não são mais que adolescentes. Dois deles estão em boa forma, com músculos salientes nas camisetas justas. O terceiro é baixo e gordo, e veste uma camiseta preta com uma mensagem racista imbecil. Cada vez que Filip puxa a grade, eles balançam suas cabeças para o lado, escutando os ruídos. No chão, atrás deles, há quatro pessoas que tinham tentado escapar.

Filip ainda não consegue acreditar no que vira, mas sabe muito bem o que vai acontecer se os garotos conseguirem entrar ali no Starlight.

Ele levanta a grade alguns centímetros, sacode e tenta abaixá-la até o chão, mas ela trava novamente.

Gritos do andar superior chegam até eles. Alguma coisa deve ter acontecido no Club Charisma.

Os garotos continuam mexendo suas bocas ensaguentadas como se mordessem o ar, para poderem se impulsionar para frente. Ele se pergunta qual deles arrancou o braço da mulher e se eles morderam mais alguém.

Ele chacoalha a grade. Mais barulho. Os três rapazes viram as cabeças para o lado, se movendo como se fossem uma só criatura, ao mesmo tempo que parecem nem ter consciência uns dos outros.

Mika tinha dito algo sobre os contaminados se tornarem violentos. Será este o vírus?

Eles estão muito perto agora. Apenas alguns metros de distância. Os olhos completamente vazios.

– Caraaaalho! – Filip esbraveja, puxando a grade.

Finalmente consegue soltá-la. A grade cai no chão fazendo um estrondo, o que Filip considera agora o ruído mais lindo que já ouviu na vida. Ele dá um passo para trás e percebe que está ofegando.

Um segundo depois, o metal faz um novo ruído. Dedos buscam os buracos da grade, tateando em desespero, seus rostos pressionados contra ela.

Sons de farejamento. Dentes batendo.

Ele se vira em direção ao cômodo, tentando não escutar os ruídos da grade.

A mulher está deitada no chão, em frente ao bar. Sua respiração é rápida e superficial. Ele se pergunta se ela está em estado de choque. Marisol está de joelhos junto à mulher, com uma caixa de primeiros socorros. Pequenas embalagens de limpeza de ferimentos, guardanapos sangrentos e amarrotados estão jogados à sua volta.

– Dói muito – diz a mulher. – Muito...

Será que a mulher também foi contaminada? E Marisol?

Ele mal tem coragem de encará-la, pois teme que ela adivinhe o que se passa em sua cabeça.

– Eu limpei a ferida da melhor maneira possível – diz Marisol para a mulher. – Mas deveríamos lavar com álcool também. Só para termos certeza que conseguimos matar todas as bactérias.

– Você acha que precisa mesmo? – pergunta a mulher, sacudindo a cabeça, como se estivesse fazendo um pedido inconsciente.

– Só para termos mais segurança. Pode ser?

Filip corre até o balcão do bar, se debruça e apanha uma garrafa de Koskenkorva.

– Vai doer – avisa Marisol para a mulher, assim que Filip se aproxima delas. – Mas acho que é o melhor a se fazer.

– Posso tomar um gole primeiro? – pergunta a mulher. – Como se fosse um pouco de anestesia.

Filip leva o gargalo prateado até os lábios dela, inclinando a garrafa para que a bebida escorra, como se estivesse dando uma mamadeira para uma criança.

A mulher sacode a cabeça para ele, avisando que já está pronta e ele recolhe a garrafa. Ela engole o resto que tem na boca, dando uma tossida.

– Vai – diz ela para Marisol.

Marisol pega o braço da mulher com cuidado, mas firme, virando a ferida para cima. Um esguicho transparente da bebida atinge o ferimento, limpando o sangue novo que vem saindo dali.

– Ahhhh, puta que pariu! – berra a mulher muito alto, pegando a mão de Filip e a apertando forte.

A grade é sacudida com força agora, e a mulher lança um olhar aterrorizado para lá.

– Eles não vão entrar aqui – diz Filip.

Marisol larga a garrafa e diz à mulher que tudo ficará bem, que não há perigo e que logo virá alguém para ajudá-la.

Filip nada diz. Ele apanha as compressas da caixa de primeiros socorros e coloca, com cuidado, sobre o ferimento da mulher. Marisol envolve todo o braço dela com gaze. Eles ouvem um gargarejo vindo da garganta da mulher. Ela engole. Pigarreia. Engole novamente. Quando ela faz uma careta de dor, seus dentes estão cobertos de sangue.

– Você machucou a boca? – pergunta Marisol. – Mordeu a língua?

A mulher sacode a cabeça e faz careta novamente.

– Está doendo tanto – diz ela ofegante.

— Eles estão indo embora! — alguém grita lá na entrada.

Filip olha em direção à grade. Não há mais ninguém a puxando pelo outro lado, mas isso não o deixa mais calmo.

Ele se levanta e vai até lá. Vê os rapazes desaparecerem no corredor e gostaria de saber para onde eles estão indo agora.

Ele repentinamente se sente tão desconectado da realidade que uma sensação de vertigem toma conta de seu corpo.

— Quero sair daqui! — grita uma mulher.

— Não podemos sair antes de descobrirmos que merda que está acontecendo — responde um homem, de voz profunda e estrondosa. — O que aqueles garotos têm?

— Tenho que voltar para minha cabine. Eles disseram que deveríamos voltar para as nossas cabines.

— Puta que pariu! Estamos seguros aqui. Você não está ouvindo os gritos lá fora?

— Estou. E os meus filhos estão lá fora. Eles não vão conseguir escapar sem...

— Então talvez você não devesse ter deixado eles sozinhos e saído para encher a cara!

— E eu lá tinha como saber que isso ia acontecer?

De repente, todos começam a gritar ao mesmo tempo. As vozes vão aumentando de volume como um maremoto, enquanto todos tentam falar mais alto que os outros.

A mulher está agora deitada de lado. Está cuspindo sangue e gemendo, cada vez mais fraca.

Marisol olha diretamente nos olhos de Filip. O medo dela está tão evidente, que ele é obrigado a olhar para o outro lado. Pelo canto do seu olho, vê que ela começa a passar a mão nos cabelos da mulher.

O telefone atrás do balcão do bar começa a tocar e ele corre até lá, agarrando o fone.

— Alô? — ele atende. — Mika, é você?

— Não, sou eu.

— Calle! Está tudo bem?

Ele consegue sentir os olhares de todos sobre si, enquanto assimila quão estúpida era a pergunta que acabou de fazer.

– Que porra que está acontecendo? – pergunta Calle. – As pessoas começaram a se reunir no refeitório, mas acho que ninguém sabe o que está acontecendo. Mika mencionou algo sobre um vírus, mas... Isso parece uma loucura.

– *É* uma loucura – diz Filip baixinho, colocando um dedo no ouvido para abafar a gritaria das outras pessoas. – Temos uma mulher aqui que foi mordida, Calle.

– Mordida?

– Sim, parece que eles estão com a doença da raiva ou algo parecido.

Calle não responde. Ouve um zunido no telefone, como um coro de murmúrios vindo de muito longe.

Filip engole em seco.

– Nós trancamos a grade aqui. Acho que estamos protegidos, por enquanto.

– Bom– diz Calle. – Muito bom. Vocês podem ficar aí até que chegue ajuda de fora?

– Espero que sim.

– Vincent está com vocês?

– Não. Eu não o vejo desde que você saiu daqui.

Calle fica em silêncio novamente e Filip compreeende a preocupação do amigo.

– Fique onde está – diz ele. – É o melhor que você pode fazer.

– Pia me telefonou – diz Calle. – Ela disse... que se eu a visse era para eu correr para o mais longe dela possível.

Filip fecha os olhos e imagina Pia em sua frente. Como ela estava feliz quando eles tinham pendurado as serpentinas na suíte. Onde ela está agora?

O que ela é agora?

– Se ela disse isso... – diz ele, se virando para olhar para a mulher no chão. – É melhor que você faça exatamente o que ela mandou.

CALLE

Calle digita o número da suíte. O telefone fica tocando, toque após toque. Vincent claramente não vai atender, mas ele não consegue se forçar a desligar.

A voz de Mika soa nos alto-falantes. Uma mensagem que só se ouve na ala dos funcionários, repetindo que todos devem se reunir no refeitório o mais rápido possível.

Se houvesse um incêndio a bordo ou se o *Charisma* estivesse correndo o risco de naufragar, os funcionários deveriam se reunir em pequenos grupos em seus locais de emergência, previamente atribuídos. Há botes e barcos salva-vidas em número suficiente para todos os passageiros, inclusive com lugares extras, por via de segurança. Mas o que se faz quando há um surto a bordo? Que Calle saiba, não há nenhum procedimento para esse caso.

O telefone continua a chamar.

Onde estará Vincent, se não em sua suíte?

MARIANNE

Marianne e Vincent já tinham saído de sua mesa no McCharisma. O garçom mandou todos retornarem para as suas cabines. Uma dezena de pessoas tinha passado correndo pelo corredor ao lado do bar. Eles pareciam ter vindo daquela boate terrível no andar de cima. Muitos deles gritavam, parecendo estar em pânico. Mas o que Marianne sabe? Ela nunca tinha entendido essa necessidade que algumas pessoas têm de fazer algazarra assim que tomam um gole ou dois de bebida. O medo está tremulando dentro de si, mas ela não quer passar vergonha, ser aquela pessoa que sempre tem reações exageradas.

Seu olhar se detém numa mulher de cabelos escuros, que está completamente imóvel na entrada. Ela tem os olhos fechados, como se estivesse tentando escutar alguma coisa. Há algo de familiar nela. É bonita. Seus cabelos são saudáveis e encaracolados, o rosto é naturalmente rosado. Entre todas aquelas pessoas mal vestidas em trajes baratos e maquiagem carregada que Marianne tinha visto a bordo, a mulher se destaca como uma figura clássica e elegante. Nem parece combinar com aquele lugar. Marianne fica com vontade de perguntar a Vincent se ele também a vê, mas fica calada. Não quer parecer uma lunática completa.

– Você acha que há alguma coisa acontecendo? – pergunta Vincent.

– Eu não sei – responde Marianne. – Aquela história de "problema técnico" não é algo que você realmente quer escutar no meio do mar.

– Mas que inferno, se acalmem – diz um homem, com a voz arrastada e sentado sozinho junto a uma mesa na entrada. – Já estive em cruzeiros centenas de vezes e nada aconteceu comigo. É muito mais perigoso andar de carro.

– Mas você não ouviu os gritos? – pergunta Vincent.

– Bah – o homem dá uma risadinha. – Tem gente que se assusta fácil, só isso.

– Peço desculpas – diz o homem atrás do balcão do bar. – Mas preciso pedir que vocês se dirijam para as suas cabines. Não há motivo para preocupação, mas insisto que façam o que solicitei.

Marianne se vira para ele. Quando ela o encara, o homem desvia o olhar para o outro lado, rápido demais.

Seja o que estiver acontecendo, ela não pretende retornar para sua cabine abaixo do nível do mar. Se o navio está a ponto de naufragar, ela não pode ficar presa lá embaixo. Olha para Vincent e sabe que ele está pensando em seu amigo. Ela pondera se seria certo perguntar sobre isso.

– Não quero ficar sozinha – ela diz.

– Nem eu – ele responde, se levantando. – Vamos.

A mulher na entrada já tinha desaparecido quando Marianne olha para lá novamente.

BALTIC CHARISMA

– Senhoras e senhores! Gostaríamos de pedir que todos os passageiros retornem para as suas cabines... – a voz de Mika está de volta aos alto-falantes do navio.

Aquelas pessoas que tinham ido dormir cedo se encontram bem acordadas agora, ouvindo tudo com preocupação.

– Pedimos que voltem calmamente para suas cabines. Os funcionários agradecem pela sua colaboração.

A mulher de cabelos escuros vai andando pelo corredor em direção ao Charisma Starlight e para junto dos corpos estendidos no chão. Um homem de calças verdes e camisa vermelha olha para ela, implorando.

– Por favor, por favor, me ajude. Não aguento mais, não consigo.

Há sangue em sua boca.

Ela olha para a grade no final do corredor. Vê pessoas se movimentando lá dentro, mas ninguém está olhando para ela agora. Segura o queixo do homem e coloca a outra mão por trás, em sua nuca. Diz a ele que tudo vai ficar bem e gentilmente pressiona o seu queixo contra o chão. Pedindo que ele fique em silêncio, torce o pescoço com força para o outro lado em um rápido movimento. As vértebras se rompem. Ela fecha os olhos do homem, que jamais será capaz de abri-los novamente.

Ela se aproxima dos outros corpos. Enquanto trabalha, consegue ouvir gritos e passos apressados vindos do andar superior. Há tantos deles. Demais. O cheiro de pavor vai se infiltrando nas escadarias próximas à popa. De repente ela é tomada pela consciência de que é essa a catástrofe de que os Anciões sempre a preveniram. Ela pode ter consequências inimagináveis.

A mulher se senta de cócoras ao lado do último corpo. Uma menina com cara de boneca e cabelos cacheados. As marcas de mordida em seu pescoço já estavam cicatrizadas. A transformação já tinha começado. A mulher olha para a grade novamente e então quebra o pescoço da menina. Pensa nos corpos no corredor como se estes fossem uma enfermidade. Um vírus. Eles não estão apenas contaminados. Eles são a própria contaminação. Irão se multiplicar indiscriminadamente se tiverem oportunidade. Ela precisa impedi-los. De alguma maneira, deve refreá-los sem ferir o seu próprio filho. Ela também precisa resistir à própria tentação, pois toda essa correria, todos os gritos e todo o sangue, despertaram a sua fome, apesar dela já ter se alimentado recentemente.

* * *

A música havia silenciado no Club Charisma, mas as luzes ainda piscam sobre a pista de dança, escura e escorregadia devido ao sangue e às entranhas humanas. Junto à entrada principal, as pessoas se empurram e se acotovelam, tentando atravessar o muro compacto de corpos, subindo nas costas daqueles que estão à frente. Há também aqueles que querem entrar em vez de sair. Eles estão tão desesperados quanto os humanos, mas é uma fome insaciável que os leva até ali. Eles saíram de perto da grade do Starlight quando sentiram os odores. Se aglomeram com a multidão, com os corpos escorregadios de suor. Eles arrancam pele e carne, enchem suas bocas de sangue, mas a fome não é saciada. Os corpos quentes desaparecem naquele tumulto, deslizando pelo chão e sendo levados adiante ou pisoteados.

Os poucos que conseguiram chegar até as portas percebem o que está acontecendo, mesmo que não entendam como ou por quê, e tentam entrar no local novamente. Aqueles que se encontram mais para trás, empurram cada vez com mais força. Pelo outro lado da pista de dança, as pessoas tentam escapar para o convés de popa.

Um menino pequeno, de moletom vermelho, anda de um lado para o outro naquele caos. De tempos em tempos, ele deixa que seus dentes deslizem através da pele nua das pessoas. Ele abre feridas em mãos e braços naquela confusão. A maioria nem percebe.

* * *

Dan Appelgren encontra um jovem casal que estava tentando se esconder na cabine do DJ. Eles se agarram um ao outro. Lágrimas escorrem pelos seus rostos. Ele agarra a garota, ela sacode a cabeça dizendo "Não, não, não" e o pavor faz seus olhos cintilarem. Todo o corpo de Dan reage. Adam o tinha avisado para não beber demais. Ele tinha tentado, mas era difícil. Cada um deles é único. Seus sentimentos fortalecem a intoxicação. Ele não quer largá-las até que as tenha esgotado completamente. Seu coração se contorce em câimbras, imitando as batidas. Seu corpo está inchado e seus anéis apertam a carne dos dedos. Ele puxa a garota para si, como se fosse abraçá-la. Rasga seu decote e aperta um dos seios, quer que o namorado veja o que ele está fazendo. Ela tenta bater nele, mas ele morde e arranca o músculo carnudo sobre a clavícula, fazendo o braço ficar caído e sem movimento. Ele a joga para o canto e olha para o namorado que nem tentou ajudá-la, apenas foi mais para dentro da cabine, se encolhendo e fechando os olhos, esperando que Dan não o quisesse. Mas Dan o quer. Ele olha para o jovem e sorri. Pensa no que o aguarda. *Que coisa fantástica e histórica fazer parte disso tudo.* Atrás de Dan, alguns corpos despencam do mezanino.

A parede de vidro que dá para o Charisma Spa está estraçalhada. Há uma cadeira de rodas elétrica caída lá dentro. Na luz suave do local, os cacos de vidro cintilam como diamantes salpicados de sangue. Pia tinha engatinhado até o balcão da recepção a alguns metros de distância. Seu rosto repousa sobre o chão ameno. Ela sente as vibrações, familiares, tranquilizantes. O sangue que tinha bebido se espalha pelo seu corpo e ela se sente em paz. Todos os seus pensamentos tinham se calado. Nenhuma voz consegue afetá-la agora.

CALLE

Ele resolve dar a volta mais comprida, passando pelo refeitório para dar uma olhada. Coloca a cabeça para dentro e repara que nada havia mudado por ali. A térmica de café manchada, as toalhas xadrezes nas mesas, os vasos com flores de plástico, as bandejas de frutas, a cesta com o pão que havia sobrado do jantar no restaurante. Até mesmo a faca de pão, com seu cabo amarelo claro, continuava lá. Mas os ânimos não estavam nem um pouco parecidos com algo que ele já houvesse vivenciado a bordo anteriormente. O medo paira pesadamente no ar. Os poucos que conversavam entre si falam em voz muito baixa. Antti está parado junto à porta, conversando com o Comissário-chefe Andreas. Eles lhe dirigem um vago aceno com as cabeças. Calle quer saber onde está Sophia, mas nada diz. Nenhum dos seguranças se encontra por ali, tampouco alguém da ponte de comando.

– Todos os funcionários se dirijam imediatamente para o refeitório – diz Mika novamente nos alto-falantes.

Calle tem a impressão de ouvir gritos ao fundo, apesar dos ruídos dos alto-falantes.

– A reunião vai começar dentro de poucos minutos. O Comissário-chefe Andreas Dahlgren é o oficial de grau mais alto presente e, por essa razão, irá liderar a reunião, que terá, eu repito, início daqui a alguns minutos.

Os alto-falantes estalam e ficam em silêncio.

Com uma profusão de pensamentos, Calle passa apressadamente pela sala dos funcionários, onde a televisão parece estar iluminada por uma azulada luz fantasmagórica, e continua em direção às escadas de serviço. Se Andreas é o oficial de grau mais alto agora, isso significa que nem o capitão, nem o comandante, e tampouco o chefe das máquinas estarão presentes na reunião. Isso o deixa ainda mais preocupado, mas também mais decidido. Precisa encontrar Vincent. De alguma maneira. Agora.

Ele abre a porta que dá para as escadas. Enquanto desce correndo, percebe que não faz a menor ideia para onde está indo. Por onde deve começar?

– O navio está afundando? – alguém grita assim que ele desce um dos lances da escada e Calle leva um susto que o faz pular como uma mola esticada.

Uma figura miserável, sentada no chão e um tanto afastada do corrimão da escada, olha para ele.

– Que merda, vocês têm que nos soltar. Vocês têm que abrir essa maldita...

Um ruído de metal sendo sacudido se ouve quando o homem dá um puxão nas algemas que o prendem ali. Calle engole em seco, dá um passo para trás, batendo as costas na enorme porta de metal do elevador dos funcionários.

– Eu não tenho chave – diz ele, abrindo e erguendo as mãos, desculpando-se.

– Então ache quem tem, porra!

– Vou ver o que posso fazer – responde Calle.

É obviamente uma promessa vazia da parte dele. O homem o olha com um ódio silencioso.

– Nos ajude! – alguém grita num andar mais abaixo. Mais barulho de metal sendo chacoalhado.

Seriam esses os homens que Pia tinha sido obrigada a buscar, quando ela o tinha deixado sozinho na cabine? Será que foram eles que a contaminaram?

– Sinto muito – responde Calle.

Ele olha para a porta de aço que leva para as áreas públicas. Está no nono deque agora. Já sabe o que terá de fazer quando sair dali. Irá subir no convés superior, para começar, e depois descerá por todo o *Charisma*.

Ele precisa de algum tipo de sistema e deve se manter fiel a ele. Precisa ter o controle sobre a situação.

Calle aperta o botão de liberação da porta, ouvindo um clique oco. Coloca a mão sobre a maçaneta e abre antes de ter tempo de se arrepender.

É como olhar para uma zona de guerra.

Pessoas estão jorrando pelas escadas, provavelmente vindas do convés de passeio. Algumas delas têm as roupas ensanguentadas e rasgadas. Se apoiam umas nas outras ou se empurram sem a menor consideração, para passarem mais rápido. Algumas tentam, desesperadas, telefonar de seus celulares. Outras os usam para filmar e fotografar. Não tiram o olhar das telas nem por um minuto, como se isso as ajudasse a se distanciarem do caos que estão acompanhando pelos seus aparelhos eletrônicos. Um homem está parado junto à escada, chorando em silêncio.

Calle precisa manter o autocontrole e a concentração. Em algum lugar, naquele caos de dez andares, está Vincent.

BALTIC CHARISMA

O jovem segurança sobe em direção à ponte de comando pelas escadas íngremes do lado de fora do *Charisma*. Ele leva um machado de incêndio em uma das mãos. O vento e a chuva castigam o seu rosto, fazendo o uniforme de poliéster ficar frio e encharcado. As janelas da ponte de comando estão apenas a um braço de distância acima dele. Henke dá uma olhada para trás. Seu colega Pär está cinco andares abaixo dele, junto à proa, tentando controlar alguns passageiros que tinham conseguido sair para o convés exterior. Seus gritos e lamentos são levados pelo vento até Henke, se misturando com a gritaria do convés superior. Ele apoia o pé no próximo degrau e escorrega no metal molhado da escada. Retoma o equilíbrio e reinicia a subida. Observa as janelas escuras da ponte de comando. Imagina corpos cravejados de balas e terroristas portando metralhadoras lá dentro.

Se fala tanto no 11 de setembro, mas ninguém examina a porra das bagagem dos passageiros quando embarcam aqui. Um louco qualquer poderia facilmente estar a bordo, armado com uma bomba de fabricação caseira.

Ele segura o machado com mais força e respira fundo. Sobe mais um degrau. Mais um. Olha pela janela. Fecha os olhos por causa da chuva. Vê as sombras que se movem na escuridão lá dentro. Mal reconhece o Capitão Berggren sem o seu uniforme. Ele está descabelado, tem a camisa rasgada e seu corpo sem a camiseta de baixo é flácido e fora de forma.

Privado de toda a dignidade.

Eles andam lá dentro sem olhar um para o outro.

O que estão fazendo?
Henke gostaria de tirar o cabelo molhado da testa, mas está ocupado demais em se segurar na escada com uma das mãos e ter o machado na outra. Ele vislumbra as telas quebradas e os cabos desconectados. Um dos seus pés escorrega, fazendo um rangido breve e agudo contra o degrau molhado, e ele quase deixa o machado cair. Consegue firmar o pé novamente, o coração batendo com força. Henke olha para a escuridão ao redor do *Charisma*. Nenhum outro navio à vista. Apenas a penumbra da noite.
Como se já tivéssemos desaparecido, como aquele avião fantasma...
Alguém bate na janela pelo lado de dentro, ele se assusta e se vira para lá novamente. Berggren o encara. Os outros se juntaram atrás dele e seus olhos parecem retirados diretamente de um dos pesadelos de Henke. Um novo barulho contra a janela, quando Berggren bate com a testa no vidro. Ele não tira o olhar de Henke, nem pisca, apesar de ter sangue escorrendo pela testa. Henke luta contra o impulso de soltar a escada e se deixar cair, para escapar de tudo aquilo o mais rápido possível. Ele começa a descer. Só há uma coisa em sua mente agora.
Eu vou sair daqui, de algum jeito, custe o que custar.

* * *

Mika tinha se trancado dentro do escritório do Comissário-chefe. Larga o microfone, pois tinha chegado a sua vez de se juntar aos outros no refeitório também. Ele tenta ignorar a dor ardente que tem no peito e verifica se todos os botões do casaco do uniforme estão fechados. Por um momento ele hesita. Quer apenas se esconder, adormecer e só acordar quando tudo isso tiver terminado. O código de abrir a porta para o escritório é acionado e ele dá um passo para trás. Fica aliviado em ver que é apenas uma das faxineiras entrando ali. Ela está pálida e parece abatida. Tem a companhia de uma mulher que Mika nunca tinha visto antes. Uma passageira. Isso é contra as regras, mas ele não tem tempo de ficar ali discutindo. A mulher é bonita, de cabelos escuros. Usa um vestido preto e um casaco grosso.

* * *

As cabines estão lotadas de pessoas que trancaram as suas portas. Algumas delas estão com dores. Sangram por suas bocas em frente a espelhos ou deitam em suas camas abafando gritos no travesseiro. Algumas delas estão sozinhas. Outras choram acompanhadas dos amigos, abraçam os filhos, são consoladas pelos maridos ou esposas que estão trancados com eles. Em outras cabines, há passageiros que nada perceberam do que está acontecendo. Uma dessas pessoas é uma mulher, profundamente adormecida numa cabine do nono deque. Seus lençóis estão cobertos de purpurina dourada. Seus cachos rígidos estalam levemente contra o travesseiro toda vez que ela muda de posição.

Dentro do Charisma Starlight, Marisol tenta esconder seu choro dos passageiros. Filip olha para a mulher deitada no chão entre eles e tenta imaginar quem ela é. Se alguém está sentindo falta dela. Procurando por ela. Ele se obriga a afastar o medo que sente daquele vírus. Se debruça sobre a mulher para fazer uma respiração boca à boca. Sente o cheiro adocicado e enjoativo de sangue que vem de sua boca.

– Filip... – diz Jenny. – Não faça isso. Já é tarde demais. Você não está vendo?

Ele interrompe o procedimento.

– Preciso tentar – diz ele.

Mas ela sacode a cabeça.

– Você nunca viu um daqueles filmes de zumbi? – diz ela, tentando sorrir, mas sai apenas uma careta. Ela continua encarando-o até Filip se endireitar novamente. As vozes ao redor deles se tornam cada vez mais altas. Exigindo que abram a grade. Exigindo que a mantenham fechada.

ALBIN

Ele é despertado pelos gritos.

Lo havia agarrado a sua mão e ele fica com a sensação de que tinha sido acordado mais uma vez, depois de ver o pavor estampado no rosto dela.

– Abbe – diz ela, com uma voz muito fina e distante.

No convés, próximo ao esconderijo deles, pessoas passam correndo sozinhas ou em pequenos grupos. A maioria delas está com roupas de festa, mas algumas estão usando apenas roupas de baixo.

... merda para onde vamos...? Vocês viram o sangue...?

– Será que estamos afundando? – ele sussurra e sente uma fisgada no estômago.

Lo sacode a cabeça.

– Acho que não – ela responde. – É alguma outra coisa.

Mas ele não está convencido. Quase consegue sentir como o navio está inclinado. Suas mãos buscam onde se segurar. Ele olha para o céu, para os pingos de chuva que formam o símbolo da eternidade contra um fundo negro, e pensa na mãe. Ela não será capaz de conduzir a sua cadeira de rodas se houver água nos corredores. É fácil demais ficar imaginando coisas e ele preferia não ter assistido àquele filme antigo.

Eu sou o rei do mundo!

Você sabe que o Titanic afundou, né?

Lo aperta a sua mão com tanta força que os nós dos dedos chegam a doer quando eles avistam um homem só de cuecas e camiseta. Andando curvado, ele passa pela escadaria em que eles estão escondidos. Os braços dele estão cruzados sobre o estômago como se estivesse carregando algo pesado. Os longos cabelos escondem o rosto.

Há alguma coisa com aquele homem. Ele não deve descobri-los ali. Albin gostaria de recuar um pouco mais, mas atrás deles há apenas aço frio.

O homem para e se debruça junto à balaustrada. Respira pesadamente e funga. Olha para a escuridão, como se estivesse procurando algo por lá. O vento apanha seus cabelos, descobrindo o seu rosto.

Mas o rosto do homem praticamente não existe. Há um buraco imenso onde sua bochecha deveria estar. Eles conseguem ver sua língua se movimentar lá dentro enquanto o homem conversa consigo mesmo.

Albin leva suas mãos à boca. Lo pressiona seu corpo para mais perto dele. Os cabelos do homem voltam a encobrir o rosto e Albin não se importa com o que vai acontecer agora, desde que não precise ver aquilo novamente.

Ele tenta não gritar. Realmente faz com que o grito retorne ao seu corpo, mas um ruído baixo e estranho se desprende de sua garganta.

O homem vira a cabeça para o lado deles.

Ergue uma mão ensanguentada.

Levanta o indicador.

Coloca-o sobre os lábios.

Shhhh.

Em seguida, pousa a mão sobre o estômago novamente.

O tempo parece ter parado.

Gritos irrompem de algum outro lugar do convés, mas Albin não consegue parar de olhar para o homem, que está completamente imóvel, tentando ficar tão quieto quanto eles. Ele não tem mais medo do homem. Ele teme *por* ele.

Uma mulher de idade, vestindo apenas uma camisola, vem andando na direção deles. Ela mal levanta os pés no chão. Suas meias finas se desenrolaram, se emaranhando ao redor dos seus tornozelos. A boca dela faz ruídos terríveis, como uma tesoura, e o homem grita por socorro. Mas ele não dirige o olhar para o esconderijo de Albin e Lo. Não os denuncia.

A mulher o sacode e arrasta, fazendo com que ele deixe cair o que estava segurando. Um grande fardo se desenrola de sua camiseta. Cobras vermelhas caem fazendo um ruído encharcado no chão verde. Ele escorrega e se enrola naquilo. A mulher o leva dali, em direção às escadas do convés de passeio. As cobras vermelhas vão se arrastando, penduradas nele e deixando marcas viscosas pelo caminho.

Outros sons tentam sair de Albin. Ele sente que irá explodir se continuar a sufocá-los daquela maneira.

Mas precisa se controlar. Tem de se mostrar forte para Lo.

E afinal, o seu choro para, abruptamente, como se alguém tivesse ligado um interruptor e sua mente ficasse completamente vazia. Como se ele não estivesse mais ali. As únicas coisas que parecem fazer parte da realidade agora são as gotas frias da chuva que ocasionalmente caem sobre o seu rosto.

Os rastros vermelhos deixados pelas entranhas do homem já estão sendo lavados pela chuva.

FILIP

Filip está observando o que acontece pelo monitor interno, que mostra a pista de dança do Club Charisma. Não consegue compreender que aquilo está realmente acontecendo agora, no andar de cima. Foi a mesma sensação que teve quando viu as torres gêmeas desabarem em uma transmissão ao vivo. Tão parecido com milhões de filmes que já tinha visto, tão diferente de algo que já tivesse visto na realidade.

– Você tem que me deixar sair – diz uma mulher. – Os meus filhos estão sozinhos na cabine. O que vai acontecer se eles acordarem? – Ela fala muito rápido, respirando ofegante.

– Os nossos filhos também estão sozinhos – diz o pai de uma família que Filip já tinha visto mais cedo, e ele se lembra da menina de óculos que pulava sobre os sofás.

Olha em direção à grade. Ouve os gritos que se espalham pelas escadarias do lado de fora do bar. Olha para Marisol. Seu rosto está pálido e fantasmagórico à luz da televisão. Seus lábios se movem em silêncio, rapidamente, seus dedos segurando com firmeza o crucifixo de ouro que ela carrega no pescoço.

– Não iremos abrir até que recebamos mais informações – ele diz. – Eles devem telefonar a qualquer momento e...

– Você não tem filhos, não é? – diz o homem em tom de acusação. – Se você tivesse, entenderia melhor.

– Vocês estão mais seguros aqui – Filip tenta convencer as pessoas.

– Seguros? – retruca um homem velho de barba branca. – Que puta piada de mau gosto!

Gritos e murmúrios de aprovação.

Filip gostaria de saber com certeza o que era certo e o que era errado. A cada duas semanas, pelo menos, os funcionários tinham treinamento de segurança e definiam quem era o responsável por cada área. Ele sempre se perguntava como as pessoas que trabalhavam a bordo do navio iriam lidar com uma catástrofe. Ninguém sabe como vai reagir até que aconteça. Ele temia o que poderia acontecer em caso de incêndio ou se o navio estivesse a ponto de naufragar, mas isso não passava de uma banalidade comparado ao que estava acontecendo agora.

– Aqui, pelo menos, eles não conseguem entrar – ele diz. – E vocês serão de maior serventia aos seus filhos se sobreviverem.

– Mas imagine se os meus filhos sairem pelo navio, procurando por mim? – pergunta a mulher de respiração ofegante. Ela parece estar a ponto de hiperventilar.

– Vocês que têm filhos podem telefonar para eles daqui – diz Jenny, olhando para Filip, que sacode a cabeça, agradecendo a ela. Obviamente deveria ter pensado nisso sozinho. Surpreendentemente, não há nenhum conflito sobre quem irá telefonar primeiro. Jenny vai para trás do balcão do bar, levando a mulher até o telefone preso à parede.

– Temos que sair daqui – diz um homem. – Temos que ir para os botes salva-vidas.

– Não é possível baixá-los para o mar enquanto o navio estiver em movimento – declara Marisol.

– E por que não param o navio, então? Não tem ninguém no comando?

Por um instante, se faz um silêncio geral. A vibração no chão e o leve tremor dos vidros, uns contra os outros, fica evidente.

– O socorro está para chegar a qualquer momento – diz Filip, tentando parecer convincente. – Já avisaram, com certeza, a terra firme a essa altura.

– Tenho que sair daqui do navio – murmura o baterista da banda, se sentando sobre uma mesa com a cabeça entre as mãos. – Tenho que sair daqui, prefiro morrer afogado, tenho que sair, tenho que...

— Como alguém vai poder nos ajudar? – diz o homem de barba branca. – Se não conseguimos nem colocar os botes salva-vidas na água, como eles irão chegar até aqui?

— De helicóptero – diz Marisol, com convicção. – O melhor que temos a fazer é manter a calma e não entrar em pânico.

O homem sacode a cabeça, mas pelo menos não protesta dessa vez.

O rapaz de dreadlocks se levanta de uma das poltronas e vai para o lado de trás do bar. Ele é tão magro que as suas pernas, cobertas pelas calças jeans justas e pretas, parecem pertencer a algum inseto. Marisol o segue com o olhar.

— Com licença, posso lhe ajudar em alguma coisa? – diz ela.

— Não, obrigado. Eu me viro sozinho – ele responde, retirando uma garrafa de uísque Famous Grouse da prateleira. – Eu pretendo me embebedar e deixar a companhia de navegação pagar a conta.

Alguns dão risada e Filip se surpreende por ser um deles. A mulher que está falando no telefone com seus filhos os manda ficar quietos, muito irritada.

De repente se ouve um enorme estrondo, vindo do teto. As gargalhadas se silenciam abruptamente e, quando Filip olha para a tela do monitor, vê que uma grande quantidade de cadeiras havia sido jogada sobre o chão da pista de dança do Club Charisma.

O rapaz dos dreads retira a rolha da garrafa e começa a beber.

— Ela está viva! – grita uma mulher perto de Filip. – Olhe!

Confuso, ele se vira e olha para a mulher deitada no chão. Seus olhos estão bem abertos. Sua boca se abre e se fecha.

— Ajude-a a levantar, então! – alguém grita.

Filip vai até a mulher. Ela pisca algumas vezes e o encara.

— Não, não toque nela – alguém diz. – Se ela machucou a cabeça...

— Ela não bateu a cabeça, idiota!

— Como se soubéssemos o que houve com ela antes de chegar aqui!

Filip deixa as queixas deles de lado e se abaixa ao lado da mulher.

– Como você está? – ele pergunta.

A mulher pisca diversas vezes.

– Tenha cuidado – diz Jenny. – Ela talvez seja um deles agora.

Filip olha para ela. Seu estômago se revira de pavor.

– Não podemos simplesmente deixar de ajudá-la – diz Marisol, se ajoelhando ao lado de Filip. – Somos responsáveis por ela.

Marisol pega a mão da mulher, sentindo o pulso com a ponta de seus dedos. Enruga a testa. Apalpa com cuidado a garganta da mulher.

Os lábios dela se separam, deixando à mostra uma fileira de dentes muito brancos.

Eles eram assim tão brancos antes?

– Jenny tem razão – Filip diz. – Tenha cuidado.

Para sua surpresa, Marisol se afasta um pouco.

– Não consigo encontrar o pulso dela – diz ela em tom baixo. – Você poderia telefonar para Raili novamente? E pedir para alguém trazer um copo d'água.

Filip concorda com um aceno de cabeça e se levanta tão rápido, que chega a sentir tontura. Pressiona a testa com a mão, esperando que passe.

– Será que alguém poderia trazer um pouco de água? – diz ele para ninguém em especial.

Algumas pessoas perto do bar trocam olhares entre si, e no final é o rapaz de dreads quem acaba indo até a pia e servindo água. O copo está cheio e a água se derrama sobre o balcão do bar.

– Eu não vou chegar mais perto do que isso – diz ele.

Subitamente, alguém grita atrás de Filip, que se torna apenas um em meio aos muitos que se seguem, um coro caótico do inferno.

Marisol.

Ele se vira e vê como os dedos da mulher estão contorcidos em uma espécie de garra e entrelaçados nos cabelos de Marisol, tentando puxá-la para si.

A mulher abre a boca e
está exatamente igual às pessoas da pista de dança do andar de cima.
Ela foi mordida e agora tinha se transformado em um deles.
– Socorro! – grita Marisol. – Socorro, *me ajude!*
Exatamente como a mulher estava gritando quando chegou aqui.
Depois de ter sido mordida...
Os dentes da mulher batem uns contra os outros, fazendo um ruído de tesoura. Ela luta para manter a cabeça erguida e um tendão na parte lateral do pescoço se salienta como uma corda.

Filip corre até o balcão do bar e apanha apressadamente uma garrafa gigante de espumante da vitrine.

Ele vê algumas mulheres se virarem para o outro lado. Elas já tinham entendido o que ele pretendia fazer.

– Cuidado! – diz ele para Marisol.

Ele se aproxima delas. Segura a garrafa pelo gargalo, com as duas mãos. O olhar vazio da mulher se fixa nele agora. Ele fecha os olhos, ouve o barulho que ela faz batendo os dentes, e empurra a garrafa para baixo, com o fundo grosso primeiro.

O choque se propaga através do seu braço e alguma coisa quente respinga no seu rosto.

– Meu Deus! Meu Deus! Meu Deus! – alguém murmura.

Uma gota escorre sobre os lábios de Filip. Se ele colocasse a língua para fora agora, sentiria o gosto de sangue. Do sangue dela.

Contaminação, contaminação.

Ele abre os olhos.

A boca da mulher é como um imenso buraco vermelho. Sua mandíbula inferior está solta, repousando contra o peito. A língua se move ali, por alguns segundos, antes de ficar parada. No fundo de sua garganta há algo parecido com pedras brancas. Seu lábio superior está partido em duas partes, até a altura do nariz, mas seus dentes parecem estar completamente ilesos no meio daquela desolação sangrenta.

Filip deixa a garrafa de lado. Arranca uns pedaços de tecido de seu avental, limpa a boca e o resto do rosto, freneticamente.

O pano fica completamente vermelho. Tem a sensação de que o sangue dela penetra em seus poros, em seu corpo.

Marisol respira rápido e superficialmente. Luta contra os dedos flácidos da mulher, tentando desembaraçá-los dos cabelos. Filip estremece ao pegar a mão da mulher, que parece mais um animal morto, preso num matagal. Ele abre os dedos da mulher, tentando soltar dos cabelos da amiga.

– Corte fora – sussurra Marisol. – Não me importo se for tudo embora, só não posso ficar presa aqui.

Filip vislumbra o rosto da mulher e sente seu estômago se revirar. Ele se concentra nos cabelos de Marisol, até que ambas as mãos tenham soltado tudo.

– Vamos – ele diz, pegando Marisol por baixo do braço.

Eles se levantam juntos e só agora ele percebe como todos estão calados.

– Eu também preciso de um puta drinque gigante agora – murmura Marisol, fungando.

Filip vai até a parte de trás do bar, esfrega o rosto e as mãos com detergente e com o lado áspero de uma esponja. Marisol aceita a garrafa de Famous Grouse que o rapaz de dreads lhe oferece e toma um gole considerável. Ela não tem marca de mordida, até onde Filip consegue ver, pelo menos. Ela coloca a garrafa sobre o balcão. Seca a boca. Prende os cabelos num rabo de cavalo novamente. Jenny se senta no banquinho ao lado dela, passando a mão nas suas costas.

Filip sente seus lábios e pele arderem depois de tê-los esfregado. Ele embebe uma esponja nova com vodca e passa sobre a pele, sentindo como se tivesse mil agulhas lhe queimando.

Bebe um gole generoso de bebida.

– Há mais alguém aqui que tenha sido mordido essa noite? – ele pergunta e tem o silêncio como resposta.

As pessoas estão preocupadas e inquietas. Olham desconfiadas para os outros a sua volta.

– Você acha que alguém ia confessar? – pergunta o rapaz de dreads. – Para terminar como ela lá no chão?

— Sou obrigado a perguntar — responde Filip. — Vocês me entendem, não é? Fui obrigado. Vocês mesmos viram o que acontece...

Ele engole em seco, fazendo um gesto largo em direção à tela da televisão, que ainda está mostrando os horrores sob a luz piscante da pista de dança do Club Charisma.

Como pode soar convincente se ele mesmo não sabe merda nenhuma do que está acontecendo? Como poderá olhar para o rosto desfigurado da mulher e saber se fez o que era certo?

Jenny lhe dá um olhar de aprovação quase imperceptível e ele respira um pouco mais aliviado.

— Se houver alguém que tenha sido mordido, vamos tentar ajudar — diz Marisol. — Se isso é uma doença, talvez tenha uma cura...

— Não no caso dela — diz o rapaz de dreads, rindo.

—... mas temos que deixá-los trancados, para garantir a segurança de todos. Há uma sala para os funcionários, atrás do bar...

— Vamos trancá-lo lá, então? — diz o rapaz de dreadlocks, apontando para Filip. — Ele teve sangue respingado sobre si. Como vamos saber se ele não foi contaminado?

O calor no rosto de Filip se transforma no frio mais gélido. Ele se obriga a não olhar ao seu redor, para não perceber se há algum sinal de apoio por parte das outras pessoas.

— Não fui contaminado — ele afirma.

— Como você sabe?

— É, como você sabe? — diz a mulher que estava telefonando atrás do balcão do bar. — Qualquer um de nós pode estar contaminado, não é? Qualquer um. Ai, meu Deus, o que vamos fazer? — A respiração dela começa a ficar ofegante novamente.

Com o canto dos olhos, Filip vê alguma coisa se mexer, e seu olhar se dirige imediatamente para lá.

A mulher deitada no chão tinha se virado e ficado de quatro. Coisas pontiagudas e brancas, parecendo pedras, saem de sua garganta. Suas costas se encurvam. Um de seus sapatos rosa tinha se soltado do seu pé. Ela fareja ao redor. A sua língua se movimenta sobre a mandíbula deslocada, como se experimentasse o ar para descobrir o que está procurando.

As pessoas começam a correr para a saída. A grade é sacudida com força, quando tentam abri-la.

A mulher vai engatinhando pelo chão, sacudindo a cabeça, fazendo com que a sua mandíbula solta balance de um lado para o outro. Seu lábio superior partido se retrai, se dividindo como se fosse uma cortina vermelha, e mostrando seus dentes.

Da grade vem ruídos maiores, quando esta fica trancada no mesmo lugar de sempre e a mulher vira a cabeça para lá, seguindo o som.

Filip automaticamente tenta alcançar o botão do alarme, mas logo percebe como o ato não faz o menor sentido, pois quem viria ajudá-los?

Não Pia. Pia se foi.

Mais gritos se ouvem à medida que a mulher vai engatinhando pelo chão. O grupo de garotas que tinha cantado todas as músicas tenta escapar correndo, mas a mão da mulher as alcança. Consegue agarrar um tornozelo e uma das garotas cai de cara no chão. A mulher a puxa para si. Seus dentes penetram na carne da panturrilha da garota, em sulcos profundos e sangrentos. Filip acha que consegue ver a língua da mulher trabalhando.

Jenny salta de seu banco e corre até lá. Dá um chute na cabeça da mulher, acertando-a logo abaixo da têmpora. A mulher cai de lado, sem soltar o tornozelo da garota. Pressiona seu rosto na ferida novamente. Ruídos e lambidas molhadas que soam quase como um ato sexual. Um barulho de clique oco vem de sua mandíbula inferior. Seus dentes raspam contra o osso e os gritos da garota aumentam.

A barreira protetora que Filip havia construído ao seu redor se desfaz. Essa mesma barreira havia lhe dado o luxo de não acreditar realmente no que estava acontecendo. Agora a raiva acaba tomando conta de todo o seu ser, lhe dando força.

Ele apanha uma faca da tábua de cortar e corre ao redor do bar. Seu coração bate tão forte que poderia se soltar a qualquer momento.

Quando ele chega, Marisol já havia golpeado a mulher na cabeça com a garrafa de espumante. A mulher olha para eles e um filete de sangue pegajoso escorre de sua língua.

Marisol bate com a garrafa de novo, de novo, de novo, de novo. Os ruídos de trituração vão ficando mais esparsos a cada golpe. Uma cratera maior havia sido aberta no crânio da mulher.

A garota que foi mordida chora ainda mais histericamente, clamando por suas amigas, que se afastam.

Marisol solta a garrafa no chão, fazendo um ruído surdo.

Filip percebe que o rapaz de dreads havia ficado estranhamente imóvel. Até que ele abre a boca e sangue escorre dela.

Uma nova onda de pânico se espalha pelo lugar.

– Vamos – diz Filip para Marisol e Jenny. – Temos que tirar as pessoas daqui e depois vamos pro refeitório.

ALBIN

Lo aperta a sua mão e silenciosamente aponta com a cabeça para um grupo de pessoas que tinha se juntado próximo à balaustrada. Eles tinham aberto um dos contêineres redondos. Um bote salva-vidas está pendurado em um dos guindastes. Parece uma barraca laranja de fundo negro, sacudindo ao vento.

O homem que lidera o grupo veste o uniforme dos seguranças.

– Vamos lá com eles? – cochicha Lo.

– Eu não sei.

Mas ele sabe. Sabe que não quer sair do esconderijo, mesmo que seja um mau esconderijo. Ele está assustado demais.

– Tem um guarda junto com eles – diz ela. – Eles devem ter um plano.

Ele começa a pensar na mãe, no pai e onde devem estar agora.

– Será que não é melhor esperarmos?

– Mas por quanto tempo? Temos que sair do navio, Abbe.

Ele vê que ela já havia se decidido e nada é mais assustador que ser deixado ali sozinho.

– A minha mãe, Cilla e Mårten também serão socorridos – diz Lo. – Eles gostariam que nós escapássemos daqui.

Lo lhe dá um puxão e ele não tem mais energia para reagir. Sabe que ela está certa. Ele se levanta. Suas pernas estão dormentes e ele precisa se apoiar na parede para não cair.

Lo vai na frente, se expondo à luz da lâmpada.

MADDE

Atordoada, Madde se senta em sua cama, sem saber o que a tinha despertado. Se estava sonhando, já não se lembra mais o que foi. Sua cabeça está latejando e a boca tão seca que arde até para respirar. Ela olha em volta de sua cabine iluminada. As roupas, as sacolas do duty free e o alto-falante rosa de Zandra estão jogados no chão. As garrafas de cerveja e os catálogos se encontram sobre a escrivaninha. Ela tem uma leve lembrança de um barulho alto e pesado. Talvez tenha sonhado com isso. O sono vai puxando-a novamente...

Algo bate na porta, com muita força.

Madde se arrasta para fora da coberta, tropeçando em seus próprios sapatos quando levanta da cama. Ela ainda está usando o mesmo vestido e o tecido fino está encharcado de suor.

A maçaneta da porta é puxada para baixo pelo lado de fora enquanto ela olha para lá e, em seguida, volta para o seu lugar fazendo um ruído metálico.

Uma nova batida à porta. Madde para em frente dela, olhando sem entender, até que as nuvens em seu cérebro se desfaçam um pouco.

– Oi? – ela grita. – Zandra, é você?

A voz dela ricocheteia dentro da cabine, soando encapsulada. Parece impossível que sua voz pudesse ser ouvida do lado de fora. Ela aproxima a boca da fenda que há entre a porta e a soleira.

– Zandra?

A batida que segue a faz dar um pulo de susto.

Um vento frio acaricia a camada fina de suor em suas costas, mas naquela cabine que mais se parece com uma caixa apertada sem janelas, não tem como o vento penetrar.

Ela escuta um longo e gutural gemido. Dá uma risadinha, reconhecendo aquele som. Zandra deve ter perdido a chave ou está bêbada demais para abrir a porta sozinha.

Madde leva a mão à maçaneta, ao mesmo tempo em que a porta se abre com um estrondo e Zandra tropeça para dentro da cabine.

– Ooo sua vaca loka! – grita Madde. – Que merda você está fazendo?

Zandra oscila com o corpo todo, como se apenas os saltos de seus sapatos, profundamente encravados no carpete, a mantivessem de pé. Seu olhar está parado, tem a boca meio aberta e solta. Seu cabelo está solto e todo desgrenhado.

Madde vê que a soleira da porta foi quebrada, na altura da fechadura. Olha para Zandra novamente e suspira. Zandra está louca demais para reprimendas agora.

Ela vai para o lado, deixando a sua melhor amiga passar. Estende o braço, quando vê que ela está prestes a cair.

– Você já está de volta? – ela pergunta. – Você nem deve ter tido tempo de dar uma limpada no meio das pernas, não é?

As sobrancelhas de Zandra se aproximam uma da outra, enquanto ela olha sem entender para Madde.

– Tudo bem com você? Quer vomitar?

Ela fecha a porta da cabine, mas esta insiste em se abrir novamente. Caralho, a tranca está totalmente fudida.

Zandra pisca, murmura algo incompreensível, mas o hálito dela não deixa dúvidas. Ela já havia vomitado. Madde resolve assumir o risco, levando-a para cama em vez de acompanhá-la até o banheiro.

– Você está com um bafo de dragão – diz Madde, chutando do caminho uma garrafa de spray para cabelo.

As duas se sentam, lado a lado, sobre a cama. Madde se abaixa e tira os sapatos de Zandra. Uma pena rosa está presa debaixo de um dos saltos, mas não há nem sinal da echarpe.

Madde se endireita e olha para a amiga mais uma vez, para seus olhos vazios.

– Sério, está tudo bem com você? Você não parece bem.

Zandra coloca a cabeça para o lado. Um filete de saliva escorre pelo canto da boca, levemente rosado à luz do lustre da cabine.

Madde sente novamente aquele vento arrepiante.

– Você tomou alguma coisa? – pergunta Madde, estalando os dedos na frente dos olhos da amiga. – Aquele imbecil colocou alguma coisa no seu drinque? *Alô*?

Ela coloca um dos braços sobre Zandra, mas o retira imediatamente ao sentir que o braço tinha ficado pegajoso.

Pegajoso e vibrantemente vermelho.

Um vendaval toma conta do corpo de Madde agora.

– Me deixe ver as suas costas – diz ela.

Zandra não reage, mas se inclina para frente obedientemente, quando Madde lhe empurra com cuidado. As roupas de Zandra estão em frangalhos, as costas marcadas pelo sangue que tinha feito o tecido aderir e colar a sua pele.

– O que aconteceu? O que eles fizeram com você? Você precisa me dizer!

Zandra continua sentada e inclinada para frente. Ela vira a cabeça e os músculos do rosto tinham se contraído de tal maneira, que lhe deram uma expressão que Madde nunca tinha visto Zandra fazer anteriormente, ou melhor, nunca tinha visto ninguém fazer.

Madde tateia entre os lençóis e encontra o seu celular. Seus dedos estão tão suados, que a tela não lhe obedece. Seca as mãos na coberta e consegue, finalmente, desbloquear o telefone. Não há sinal de rede.

Ela relutantemente sai do lado de Zandra, vai até a escrivaninha e apanha o telefone.

– Vou chamar alguém para lhe ajudar.

Ela revira entre os folhetos de propaganda e catálogos do freeshop espalhados sobre a escrivaninha, parando quando acha que ouviu gritos em algum lugar lá fora. Madde escolhe o catálogo mais grosso, começando a folheá-lo de trás para frente. Deve estar escrito em algum lugar o número que ela deve ligar para falar com o balcão de informações ou diretamente com a enfermaria, pois é óbvio que há uma enfermaria a bordo, ela tinha visto aquelas placas verdes com uma cruz branca no meio, não tinha?

Mas não encontra telefone nenhum, somente propaganda para os restaurantes e anúncios de perfumes com estrelas de cinema.

– Vamos dar um jeito nisso – diz ela e começa a digitar números ao acaso, zero, nove, zero de novo. – Vamos conseguir ajuda, eu só vou ter que buscar alguém que...

Ela se cala quando escuta um gemido molhado atrás de si. Se vira e dá de cara com Zandra, que tinha ficado de pé e estava dando alguns passos em sua direção, fazendo caretas de dor.

Madde se apressa em chegar perto da amiga, apesar de todas as coisas espalhadas pelo chão. Coloca os braços ao redor do corpo de Zandra, para lhe dar um apoio.

Eu nunca deveria ter brigado com ela quando estava bêbada, aí isso nunca teria acontecido.

– Se foram eles que fizeram isso com você, eu juro que vou matá-los! – diz ela.

As mãos de Zandra, desconcertantemente flácidas, apalpam o corpo de Madde. Ela fareja por baixo da orelha da amiga, fazendo-lhe cócegas.

– Eu juro – diz Madde. – Você está me ouvindo?

Ela dá um passo para trás e olha para Zandra. Sente o ar saindo de seu corpo

Os olhos de Zandra retomaram o foco. Ela olha fixo para as suas mãos, que estão subindo pelos braços de Madde. Seus lábios se abrem, deixando os dentes à mostra.

Mas não são os dentes dela.

Um dos dentes incisivos deveria estar torto, encobrindo o outro. Eu conheço esses dentes desde que estávamos no quarto ano do fundamental e eu sei, sei exatamente como eles são e esses aí não são os mesmos dentes.

As mãos de Zandra sobem até os ombros de Madde. As pontas dos dedos sobem sobre o rosto, como as pernas enormes de uma aranha.

– Pare com isso! – diz Madde, empurrando os braços de Zandra.

Zandra nem pisca.

– O que fizeram com você? – pergunta Madde mais uma vez, com uma voz que falha a cada sílaba.

Zandra levanta as mãos novamente. Seus dedos ficam em forma de garras e penetram nos ombros de Madde.

– Ai! – ela grita. – Você está me machucando!

Zandra vira a cabeça para o lado. Toca na argola dourada e grande que Madde tem na orelha. Olha fascinada para esta. Apanha a argola com o seu dedo em forma de garra. Madde sente o lóbulo de sua orelha sendo esticado.

– Pare com isso! – diz ela, tentando segurar o pulso de Zandra. – Não puxa, não puxa...

A sua orelha repentinamente parece estar pegando fogo.

– Filha da puta! – ela urra.

Zandra retira a mão. O brinco escorrega de seus dedos e cai no chão, sem fazer o menor ruído.

A orelha de Madde está queimando. Sangue quente escorre pelo lado do seu pescoço.

Zandra abre a boca.

MARIANNE

Marianne é empurrada de um lado para o outro pela multidão apressada e apavorada no estreito corredor. Ela e Vincent tinham a esperança de que o fluxo de pessoas logo iria diminuir, mas este só aumentava. As pessoas estavam cada vez mais desesperadas. Corriam, tropeçavam e se machucavam.

Depois que eles escutaram o estrondo da grade de metal do Club Charisma, uma nova onda de pessoas se juntou a eles.

Marianne segura a mão de Vincent com mais força à medida que estranhos lhe dão encontrões. Com o canto dos olhos, ela vislumbra rostos apavorados. Por todos os lados, as pessoas chamam por seus entes queridos.

Quanto será que ainda falta para chegarem? Em algum lugar lá na frente, há as grandes escadarias junto ao restaurante do buffet. De lá, precisam ir para o nono deque, onde Vincent e seu amigo têm a suíte. Marianne é empurrada para o lado por uma mulher com os cabelos respingados de sangue, e é pressionada contra as costas de um homem alto. O paletó dele cheira a cigarro e a cerveja derramada. Alguém lhe empurra para passar na sua frente e, de repente, a mão de Vincent não está mais lá.

Ela olha em volta, mas ele desapareceu.

Mais gritos e a tensão está aumentando. Pessoas a empurram, vindas de todos os lados, apertando o seu peito e fazendo com que ela tenha dificuldade de respirar. No meio do caos, enquanto é arrastada para fora do corredor estreito, ela entrevê uma das placas do restaurante. Agora ela consegue ver as escadarias, mas, apesar de ter mais espaço ali, a confusão é ainda maior, com pessoas indo para lados diferentes e colidindo umas com as outras. Ela ouve um tilintar, que se repete várias e várias vezes, como uma campainha de porta que alguém toca sem parar. Vê as portas do elevador se abrindo e se fechando até a metade, diversas vezes.

Novos gritos atrás de Marianne. O pânico se espalha entre as pessoas, se alastrando através do corpo dela, como se dividisse a adrenalina com os outros. Ela está surpresa com a sua vontade de sobreviver, como é forte o sentimento em busca de mais vida. Alguém cai sobre um dos lados do seu corpo pesadamente, fazendo com que ela perca o equilíbrio e caia. Subitamente no chão, coloca as mãos sobre a cabeça e se enrola como uma bola. Pés pisoteiam o carpete ao seu redor, um joelho acerta o seu ombro, alguém tropeça nela, o salto de uma bota raspa em sua orelha. Ela tenta se levantar, mas algo a golpeia com força na nuca.

Um corpo desaba no chão, bem ao seu lado. Um homem da idade dela, com uma vasta barba branca e sobrancelhas muito grossas de fios espessos como cabos de aço. Seus olhos arregalados olham para ela sem nada entender. Um homem jovem de dreadlocks loiros se joga sobre as costas do homem, pressionando seu rosto contra o carpete e arrancando um grande pedaço de carne de sua nuca. Entao ele cospe fora e suga a ferida com voracidade. O ataque não leva mais que meio segundo.

Alguém a levanta por baixo dos braços.

Vincent.

Marianne sente seus pés aterrissarem sobre o chão e ele a arrasta através do caos, segurando-a junto dele.

Chegam às escadas. O tilintar continua atrás deles. Uma mulher de cabelos ruivos vem descendo as escadas e tropeçando, com um lençol sangrento enrolado no corpo. Ela o segura convulsivamente sobre o peito e o ventre. Olha para Marianne quando passam uns pelos outros e grita algo em finlandês.

– Só temos que subir mais um andar – diz Vincent, a empurrando adiante e para cima.

As pessoas que estão descendo as escadas a empurram, mas *ding* Vincent mantém as mãos nos *ding* ombros dela. Ela se vira. Olha para o *ding* elevador.

No chão entre as portas do elevador há um amontoado de cores vivas. Algo parecido com o braço de uma criança, mas não pode ser um braço. Não naquele ângulo.

Ela olha para o outro lado. Percebe a grande quantidade de gente aglomerada à janela na entrada. Eles estão imóveis, estátuas de carne e ossos. Alguns deles olham em volta, parecendo esperar que alguém vá até eles e lhes diga o que fazer.

Mas ninguém está indo.

Eles chegam ao vão entre o oitavo e o nono deques. Vincent vai logo atrás dela. Eles andam contra a corrente que parece estar fugindo de alguma coisa lá em cima. Ela se lembra da mulher finlandesa com o lençol ensanguentado. E se ela estivesse tentando avisá-los de algo?

– Para onde todos estão indo? – pergunta Marianne.

– No nono deque não há muitas cabines – diz Vincent. – A maioria das pessoas tem as suas cabines nos andares de baixo do navio.

Ela pensa na sua própria cabine minúscula, debaixo do nível do mar com o seu corredor fétido. Suas pernas ganham novas forças à medida que eles chegam ao nono deque. Ela escuta portas de vidro abrindo e fechando no andar de cima e compreende que as pessoas que estão fugindo para os andares de baixo se encontravam no convés de passeio.

Vincent a leva ao redor da escada, passando por uma parede de vidro, com uma sala de conferências vazia e escura do outro lado.

– A nossa suíte fica lá – diz Vincent apontando para o labirinto de corredores à frente deles. – Em frente e ao fundo. Você está vendo?

Ela faz que sim com a cabeça. Não é um corredor muito comprido. Não há ninguém ali. No fundo do corredor há uma porta que se parece com todas as outras.

Uma porta que eles podem trancar atrás deles.

MADDE

Zandra dá uma fungada alta e tem o olhar fixo no lóbulo rasgado da outra. Madde junta as suas últimas forças e empurra Zandra o mais forte que pode.

Zandra cambaleia para trás. Seus pés não a sustentam e tropeçam um sobre o outro. Ela bate na ponta da cama e vai parar no chão.

– Me desculpe – diz Madde. – Me desculpe, eu não sabia o que fazer.

O amontoado no chão tenta se levantar. A sua melhor amiga.

– Zandra, por favor. Eu não sei o que tem de errado com você, mas vou buscar ajuda, está bem? Tudo vai ficar bem novamente.

Ela tenta falar com uma voz calma e tranquila. Está imitando Zandra, que soa assim quando fala com a filha.

Ela está engatinhando na direção de Madde e estendendo uma das mãos. Madde observa os vincos sangrentos nas costas dela.

Mas que merda que deram para ela?

Zandra fica ofegante, encurvando as costas. Uma cascata vermelha jorra de sua boca, sobre o carpete e sobre as roupas espalhadas, respingando sobre os pés descalços e pernas de Madde.

Então suas costas se endireitam.

Ela passa os dedos naquela substância pegajosa e coloca na boca.

Madde recua na direção da porta. Pisa na lata de spray, que rola para debaixo de seu pé, fazendo com que perca o equilíbrio, e não há nada em que ela possa se segurar para não cair. Zandra olha em sua direção quando ela cai no chão. Sua boca continua lambendo os dedos com ferocidade.

– Zandra, por favor – implora Madde. – *Por favor*!

Zandra tira os dedos da boca, que estão brilhando de saliva e sangue, enquanto engatinha na direção de Madde.

Madde tateia ao seu redor. Dá um chute, acertando seu pé no ombro de Zandra, sem impedir o seu progresso. Os dedos grudentos deslizam sobre a panturrilha brilhante de Madde, fazendo cócegas em seu joelho.

A mão de Madde se fecha ao redor da lata de spray. Ela respira pesadamente e com dificuldades e, em algum lugar do seu inconsciente, há a certeza de que a sua respiração é a única existente naquela cabine. Ela aponta a abertura para o rosto de Zandra, que está na altura da sua cintura agora.

– Eu sinto muito – cochicha Madde.

A nuvem que vem a seguir tem um forte cheiro floral.

Zandra solta um lamento estridente e alto, esfregando os olhos com força. Ela soa como uma criança atormentada.

– Eu sinto muito – diz Madde mais uma vez, recuando sem se levantar, andando lentamente como um caranguejo sobre as roupas espalhadas pelo chão.

Zandra abaixa as mãos, lágrimas escorrendo por seus olhos. Seu rosto está tão desfigurado que é quase irreconhecível. Seus lábios se abrem, deixando os dentes à mostra, aqueles novos dentes...

Essa não é a Zandra. Essa não é mais a Zandra.

Madde faz uso do spray novamente, mas dessa vez a outra estava preparada. Ela vira o rosto para o lado, fechando bem os olhos. O cheiro se espalha pela cabine, fazendo Madde tossir.

Ela recua mais um pouco, finalmente sentindo a porta contra as costas, com a maçaneta logo acima dela. Tenta se levantar, mas Zandra a agarra pelo pé, puxando-a para si.

Madde consegue agarrar o secador de cabelos, golpeando Zandra no rosto e causando um pequeno ferimento em sua testa. Ela bate mais uma vez com o secador, que se quebra, fazendo um ruído de plástico rachado. Zandra chia. Madde se levanta, apanha a caixa de som rosa e joga contra a outra mulher.

Zandra também se levanta, ela claramente não vai parar. Seja o que for que tenha acontecido, o que ela tenha se tornado, não irá desistir até que o mesmo ocorra com Madde.

– Por favor, por favor... – diz Madde baixinho, mas o pânico emudece sua garganta.

Ela consegue abrir a porta e, finalmente, sai da cabine. Fecha a porta atrás de si. A porta que já não fecha direito.

MARIANNE

Eles estão muito próximos do final do corredor. Faltam só dez metros de carpete.

Mas Marianne fica paralisada de medo quando escuta uma porta batendo. Há passos apressados em algum lugar nas proximidades. O ruído ecoa pelas paredes dos corredores, tornando impossível de se saber de onde vem. Os músculos atrás das orelhas de Marianne estão tão tensos que chegam a doer.

Vincent tinha parado ao seu lado.

Mais passos apressados. Alguém que está claramente com falta de ar.

Ela se vira, automaticamente, quando os passos se aproximam dela no corredor. Vê uma mulher loira e gorda, usando apenas um pedaço de tecido transparente, que mal esconde suas partes íntimas. Ela olha para eles com os olhos arregalados.

– Me ajudem – ela sussurra e corre até eles com os pés todos sujos de sangue.

Um de seus lóbulos está dividido em duas partes e ainda sangra. Quando Marianne repara na grande argola de ouro na outra orelha e entende o que aconteceu, um calafrio passa através de seu corpo. Ela tinha visto coisas piores nos últimos minutos. Muito piores. Inimagináveis, mas a dor naquele lóbulo de orelha é algo que ela consegue entender. Aquilo parece real e, por essa razão, parece ser o pior de tudo. Ela sacode a cabeça.

– Me desculpem, o meu nome é Madde, eu... Vocês têm que me ajudar a encontrar alguém... – cochicha a mulher, puxando a blusa de Marianne. – A minha melhor amiga precisa de ajuda, ela deve ter sido drogada ou...

– Ninguém pode ajudá-la – diz Vincent baixinho. – Não agora. Venha conosco.

Marianne olha para ele. Será que ele não entende que essa Madde pode ser um *deles*?

– Não! Eu preciso encontrar alguém que possa ajudar Zandra! – choraminga Madde.

Passos pesados soam em algum dos corredores adjacentes. O estômago de Marianne se revira de pavor.

– O navio está cheio de pessoas como ela – resmunga Marianne. – Ou você vem conosco agora ou tira suas mãos de mim.

Zandra aparece no mesmo corredor lateral e olha para eles com os olhos vermelhos.

Vincent puxa Marianne pelo braço. A criatura atrás deles solta um grito estridente que parece ressoar em todos os seus ossos. Marianne começa a correr, ignorando a dor em seus quadris e joelhos. Madde ainda se segura em sua blusa. O tempo parece parar e o corredor se estica à sua frente, como num pesadelo.

O que é que anda, anda e nunca consegue chegar até a porta?

Agora Marianne escuta mais passos atrás deles, outros *deles* que tinham sido atraídos até ali. Vincent está em frente à porta, atrapalhado com o cartão. Introduz, frustrado, o cartão no leitor da porta, até que finalmente consegue acertar o lugar, mas nada acontece. Ele sacode a maçaneta. Ainda trancada.

Madde arranca o cartão da mão dele, virando-o de lado. Consegue introduzi-lo na primeira tentativa e a porta se abre. Eles entram na cabine.

Marianne ouve a porta se fechar atrás deles e tudo fica na mais completa escuridão.

ALBIN

O bote salva-vidas havia sido içado e afastado da borda do navio. Ninguém percebe a presença dele e de Lo quando eles se aproximam do meio círculo de pessoas que tinha se reunido junto à balaustrada. O guarda puxa uma corda e grita instruções para os passageiros que seguram do outro lado. Albin tenta imaginar quantas pessoas cabem no bote. A maioria já está de colete salva-vidas, mas não todos. Eles falam sobre sangue e morte, que não conseguem acreditar no que está acontecendo. Mencionam doenças mentais, drogas e monstros.

Ele não quer mais escutar. Só quer sair do navio agora, *imeditamente*. Lo tinha razão, eles precisam se apressar. A água forma espuma logo abaixo deles. Em algum lugar nos andares abaixo estão sua mãe e pai, mas ele não deve pensar neles agora, nem onde estão ou se podem morrer.

Lo está com ele.

– Não há nenhuma faixa para prender no meio das pernas – diz um homem, que tinha colocado o colete salva-vidas pela cabeça. – Isso aqui vai escorregar assim que eu estiver na água, preciso de outro!

– Suba agora, se você pretende ir junto! – diz o guarda, zangado. – O máximo é de vinte e cinco pessoas.

Lo agarra Albin pelo braço. Eles vão empurrando as outras pessoas para chegarem até o bote. Alguém entrega um colete a cada um deles. Uma mulher se acomoda sob o tecido laranja e brilhante, o bote sacode e ela desaparece.

– De que porra de faixa vocês estão falando? – alguém grita.
– Vocês têm que me ajudar com essa merda!
Ninguém responde. Albin coloca os braços no colete salva-vidas, tentando entender como aquilo funciona. O segurança ajuda outros passageiros a se acomodarem sob a cobertura do bote e, a cada vez que alguém embarca, o bote balança. Como um casulo cheio de larvas, pronto para se partir. Albin enxuga as gotas de chuva dos cílios. As vibrações no chão se multiplicam em seu corpo, fazendo ele sentir arrepios até a espinha.

Lo tinha furado a fila e está abanando impacientemente para que ele a siga.

– Faça com que essas crianças embarquem também! – grita um homem atrás de Albin.

Alguns até o deixam passar, voluntariamente, quando o homem pega Albin pelos ombros e o leva para a frente da fila.

Lo lhe mostra como ele deve prender a faixa entre as pernas e ele fica curioso em saber onde ela tinha aprendido isso. Estão quase chegando no bote agora. O guarda mostra como as pessoas devem se sentar nele, um para o lado direito e o outro para o lado esquerdo. Albin conta os passageiros à sua frente. Ele e Lo vão conseguir lugar, mas ele quer sentar ao lado dela. Ele olha para o segurança quando chega a vez deles. No seu crachá está escrito "HENRIK".

– Podemos ser considerados como um só? – pergunta Albin, segurando o braço de Lo. – Para nos sentarmos juntos?

Henrik olha fixamente para ele. Em seus olhos se percebe que ele está tão assustado quanto Albin.

– Só vamos logo – diz ele.

– Ei! – alguém chama. – Ei, você não pode descer o bote!

O guarda olha na direção da voz, fechando os olhos devido à chuva e à iluminação.

– E por que caralhos não? – ele diz.

– Eu já trabalhei aqui. Se eu sei, você também deve saber. O bote vai virar assim que chegar na água.

Albin se vira e analisa o rapaz que se juntou a eles. Ele tem a cabeça raspada e uma barba escura.

– Eu não pretendo permanecer aqui – diz o guarda. – De jeito nenhum!
– Você não entendeu que irão morrer? – contrapõe o rapaz.
Albin olha para Lo. O guarda tira uma manivela de dentro do guindaste. Ela tem um brilho prateado à luz das lâmpadas.
– Então que assim seja – diz ele. – Melhor assim.
O rapaz prageja e olha para o bote. As pessoas, que estão aguardando se sentam mais próximas umas das outras para se aquecerem.
– Saiam do bote! – ele vocifera, por causa do barulho do vento. – Agora mesmo! Vocês devem retornar para as suas cabines e ficarem por lá!
Ninguém responde.
– Lo – diz Albin. – Vamos ficar.
Ela sacode a cabeça.
– É para a sua própria segurança! – exclama o rapaz.
– Cuidado! – grita Lo, de repente.
Albin vê um arco brilhante e prateado ser lançado no ar. O rapaz mal tem tempo de se esquivar, até que a pesada manivela atinja o seu rosto, com um estrondo que faz com que Albin cubra seus ouvidos.
Mas já é tarde demais. Ele já tinha escutado tudo e nunca mais vai se esquecer. O sangue jorra do nariz do rapaz. Ele perde o equilíbrio, cai e tenta se levantar novamente.
O segurança vai até ele. Albin vê apenas as suas costas largas e uniformizadas passando. Ele levanta a manivela. Golpea mais uma vez. Quando ele se afasta, o rapaz está no chão, com o rosto todo ensanguentado, parecendo morto.
– Puta merda, fantástico, seu idiota! – grita Lo.
O homem se vira para ela e Albin para de respirar. Ele não levanta a manivela dessa vez.
– Vocês vão junto? – ele pergunta.
Albin e Lo sacodem as cabeças, dizendo que não. O segurança acena para os últimos passageiros embarcarem no bote, antes que ele mesmo tome o seu lugar. O bote sacode em suas cordas e começa a descer, lentamente, até o mar.

Lo corre até o rapaz, mas Albin não consegue deixar de olhar para aquele grande casulo. Ele vai até a balaustrada. Se segura com força ali, quando sente uma tontura. Fica pensando se as pessoas lá no bote estão conversando umas com as outras ou se estão caladas, esperando. Quantas delas tinham ouvido o que o rapaz disse? Tem alguém que se arrependeu, que quer descer? Agora já é tarde demais.

As amarras começam a ranger.

O bote vai descendo, descendo. Começa a saltar sobre a espuma que jorra ao redor do navio e se ouve um estrondo quando as amarras são cortadas. O bote bate no casco do navio, dando cambalhotas para trás, como se não pesasse nada. Albin acha que está ouvindo gritos lá de baixo, mas deve ser sua imaginação. Ele se debruça para fora, o máximo que a sua coragem permite. Quer ver como aquilo vai terminar. Ao longe, ele vislumbra o fundo negro do bote através da espuma. E então ele desaparece.

Ele e Lo poderiam estar dentro dele.

Ele se segura com mais força na balaustrada e vomita.

MADDE

Algo pesado bate contra a porta pelo lado de fora. Zandra. Zandra que não é mais Zandra. Ela quer entrar ali.
Ela não vai desistir.
Uma nova batida. Madde coloca as mãos cobrindo os ouvidos. Começa a chorar.
– Mas que merda que está acontecendo aqui?
A senhora lhe dá um tapinha desajeitado sobre o braço e Madde tira as mãos dos ouvidos. Sente a batida seguinte na porta em todo o seu ser.
As luzes se acendem e tudo que Madde consegue ver através de suas lágrimas é glitter.
– Vamos – diz o rapaz, adentrando mais fundo na cabine e acendendo mais luzes.
Madde enxuga os olhos e pisca. As pontas dos seus dedos estão sujas de rímel preto.
Ela os segue até um quarto grande. A primeira coisa que vê é uma enorme quantidade de fitas rosas penduradas no corrimão da escada. A cabine tem dois andares. Era assim que ela imaginava que a suíte de Dan Appelgren fosse, mas esta aqui é ainda mais bonita do que havia imaginado. Fica a poucos metros de distância da cabine dela e de Zandra, mas é algo completamente diferente do *Charisma* que ela conhece tão bem.
Pétalas de rosa tinham sido pisoteadas no tapete debaixo de seus pés.
Ela vai até a janela. Observa a balaustrada com sua leve

curva iluminada contra a escuridão compacta ao fundo. Pessoas correm lá embaixo. Duas garotas tinham se jogado sobre um idoso, o rosto dele está virado para cima, de boca aberta e olhos arregalados. A alguns metros dali, uma mulher mais velha tinha subido na balaustrada. Ela sacode a cabeça, parecendo estar chorando. O vento forte arranca a sua blusa quando ela se instala na parte externa do convés. Alguns rapazes se aproximam, formando um semicírculo ao redor dela e Madde acha que os reconhece do Club Charisma. De repente, a mulher se solta, colocando as mãos sobre o rosto e se inclinando para trás. No instante seguinte, a noite já a havia engolido.

Ela tinha pulado por vontade própria, mesmo sabendo que iria morrer.

Uma nova onda de lágrimas fazem os olhos de Madde arderem, mas ela não consegue parar de olhar. Uma mulher anda cambaleante sozinha, no meio do caos. Ela se vira e Madde a reconhece imediatamente. Em vez de estar usando o seu uniforme habitual, ela está com um vestido molhado grudado em seu corpo magro e seus cabelos tinham ficado crespos por causa da chuva. A sua maquiagem, normalmente tão perfeita, tinha escorrido e ficado borrada. Madde sabe o seu nome, porque já o tinha visto muitas vezes em seu crachá. É a mulher que trabalha no duty free, Sophia.

Uma menina que não deve ter mais que dez anos de idade passa correndo. Sophia a agarra, levanta o seu pequeno corpo agitado e afunda o rosto no pescoço dela. A menina fica toda mole, como um brinquedo cujas baterias foram retiradas.

Eles são muitos, eles são como Zandra.

– Venha se sentar aqui no sofá, que é melhor – diz a senhora, tirando-a da janela.

– O que está acontecendo? – Madde cria forças para perguntar novamente.

– Não sabemos – responde o rapaz. – Eles mordem as pessoas... Parece que é assim que se espalha.

Madde olha para uma tigela cheia de balas em formato de

coração sobre a mesinha de centro. Sente com cuidado o seu lóbulo destroçado. Só de tocá-lo, arde muito.

– Os dentes – ela diz. – Zandra tinha dentes novos.

Ela percebe como o rapaz e sua mãe trocam um olhar entre si, enquanto ela se senta no sofá.

– Como você está se sentindo, querida? – a senhora pergunta, se sentando ao lado dela. – Ela lhe machucou?

A senhora parece boazinha. Quantos anos ela teria? O cabelo dela é liso e pintado de vermelho. Quando desapareceram aqueles penteados de senhora, com cabelos crespos e brancos?

– Ela te mordeu?

– Não – responde Madde.

Uma nova batida pelo lado de fora da porta. Madde olha para a escada que leva ao andar superior. Para onde ela deveria fugir se Zandra conseguir entrar?

– Desculpe, mas precisamos perguntar – diz o rapaz. – Você tem um ferimento na orelha que...

– Ela arrancou o meu brinco – diz Madde. – Eu não fui mordida. – Ela, de repente, percebe algo. – E vocês? Como eu vou saber que você e sua mãe não vão se transformar num deles a qualquer momento?

Eles trocam um novo olhar.

– Nós também não fomos mordidos – responde a senhora. – E eu não sou a mãe dele.

Madde a analisa bem e decide confiar neles. Afinal, que escolha ela tem?

– Quero ir embora daqui – diz ela. – Quero ir para casa. Não quero ficar aqui.

– Eu sei – diz Vincent. – Mas pelo menos aqui estamos seguros.

Ela não lhe pergunta como ele sabe disso, ou como seria possível algum deles saber alguma coisa sobre aquilo.

CALLE

Ele toca sua testa e quando encosta a mão na ferida, junto ao couro cabeludo, a dor se espalha até a sola dos seus pés.

As duas crianças se encontram à sua frente. Elas parecem ter uns doze anos de idade. Ambos têm olhos infantis, ambos estão assustados, mas a menina já aprendeu a esconder o medo. Ou pelo menos tentar.

Calle se senta com dificuldade. Não consegue respirar pelo nariz, que está dormente e pesado como um tijolo no meio do seu rosto. Tem gosto de sangue na boca. Ele olha para o guindaste e o bote já não está lá.

– O que aconteceu? – ele pergunta. Sua voz soa grossa e pegajosa. Ele pigarreia e cospe.

– Eles desapareceram – diz o menino. – Eles... Todos desapareceram. Debaixo d'água.

Calle tenta se levantar, mas a tontura faz todo o navio se inclinar. Ele contempla a escuridão além da balaustrada. O mar tem mais de quatrocentos e cinquenta metros de profundidade em alguns lugares e a temperatura da água não deve estar muito acima de zero.

Ele fica pensando nas pessoas que embarcaram no bote salva-vidas e no que deve ter sobrado delas agora, se foram esmagadas contra o casco, arremessadas umas contra as outras. A única coisa que sabe com certeza é que estão todas mortas.

Se ele tivesse chegado mais cedo, se houvesse se abaixado para não ser atingido, se tivesse conseguido impedir o segurança de agir daquela maneira, talvez todos ainda estivessem vivos.

Por um pouco mais de tempo, pelo menos. Será que alguém a bordo realmente tem alguma chance de sobreviver?

Ele afasta o medo e tenta manter a compostura enquanto se vira para as crianças.

– Você sabe o que está acontecendo? – pergunta a menina.

Calle observa algumas figuras cambaleantes mais adiante no convés. Estariam feridas? Contaminadas? Ele gostaria de poder dizer algo tranquilizador, algo em que eles pudessem acreditar. O menino precisa disso. Mas ele olha para a menina e sabe que ela iria ver além e nunca mais confiaria nele.

– Não – ele responde. – Não sei o que está acontecendo. Estão dizendo que há algum tipo de doença a bordo, que faz com que as pessoas fiquem... estranhas.

Gritos ecoam de algum lugar, como se confirmassem o que tinha acabado de dizer.

– O que vocês estão fazendo aqui? – diz Calle. – Onde estão os seus pais? Vocês sabem?

O garoto sacode a cabeça.

– Onde fica a sua cabine?

– No sexto deque – diz o garoto. – O meu pai deve estar lá, mas as nossas mães devem estar nos procurando. Nós estávamos meio que... nos escondendo delas.

Sexto deque. Foi de lá que Pia tinha lhe telefonado. Calle não faz a menor ideia de como estão as coisas por lá agora.

– A minha mãe é cadeirante. Ela não tem como fazer algumas coisas sem ajuda. – O menino tenta parecer corajoso.

Calle precisa olhar para o outro lado para não começar a chorar. Ele se obriga a levantar, tentando esquecer a dor. Irá encontrar Vincent, precisa se concentrar nisso. Ele conhece bem a estatística. As pessoas que sobrevivem a uma catástrofe são aquelas que, literalmente, passam por cima dos cadáveres. As pessoas que param para ajudar não sobrevivem.

A garota abre a boca para dizer alguma coisa, quando ouvem gritos vindos de uma das escadas do convés de passeio. Um bando de contaminados tinha cercado um casal de meia-idade junto ao corrimão. Os homens desaparecem de vista. Os gritos se calam abruptamente.

– Não olhem – diz Calle.

O garoto desvia o olhar imediatamente, mas a garota continua a olhar.

A vergonha se apodera dele. Ele não pode, simplesmente, deixar as crianças sozinhas aqui, mas ele tampouco pode ajudar alguém se não pensar com clareza. E para conseguir fazer isso, precisa deixar todas as emoções de lado.

Precisa fazer uma coisa de cada vez, tudo ao seu tempo. Não pode se preocupar com a coisa como um todo, ou não vai aguentar.

– Vamos – diz Calle. – Temos que sair daqui.

– Para onde vamos? – pergunta a garota. – Eles estão em todos os lugares.

A cabeça de Calle lateja o tempo todo, mas parece que as pontadas ficam cada vez mais lentas, começando a diminuir de intensidade. Ele sabe o que tem de fazer. Depois pode sair à procura de Vincent novamente.

– Não em todos os lugares – diz ele. – Vou levá-los para a ala dos funcionários. Eles não têm como entrar lá. – Ele espera que esteja dizendo a verdade. De todo modo, é o melhor que ele tem para oferecer no momento.

A garota lhe olha com desconfiança.

– Como vamos saber que você não é um deles? Você talvez só esteja planejando nos levar para algum lugar onde possa nos devorar em paz.

O menino olha para ela e depois para ele.

É obvio que é a menina quem deve ser convencida por Calle.

– Eles não parecem muito bons em planejar, não é?

Ela olha para Calle, hesitante.

– Está bem – diz ela.

– Ótimo.

Calle olha para as escadas do outro lado do convés superior. Nenhum contaminado por lá, mas eles devem se apressar.

Ele segura as crianças pelas mãos, tão pequenas, e percebe que agora é responsável por elas.

FILIP

Os últimos clientes tinham saído do Charisma Starlight e Filip abre a porta para a pequena sala dos funcionários, atrás do bar. Tudo ainda parece na mais perfeita ordem ali, com as cadeiras duras de madeira e a toalha de plástico na mesa. O copo de vidro no qual ele tinha tomado café antes de deixarem Estocolmo está no escorredor. Marisol e os rapazes da banda vão na frente, abrindo a porta para o outro lado da sala, que leva para a ala dos funcionários do *Charisma*.

Jenny está desaparecida. Os outros tampouco a tinham visto. Ele não se lembra quando a vira pela última vez. Será que ela já tinha ido para lá, antes dos outros?

Por favor, ele pensa, *que ela já tenha chegado ao refeitório*.

Por um instante ele sente inveja da fé de Marisol. Ela tem a quem recorrer em suas orações.

Ele fica parado na soleira da porta. Se vira para o local vazio. Tem a sensação de que está vendo o Starlight pela última vez.

– Com licença – diz alguém no momento em que ele estava prestes a fechar a porta.

Filip estremece e olha para o local novamente.

Um homem bem penteado, usando uma camisa azul havia entrado no bar. Grande parte de sua pele havia sido arrancada do rosto, ficando pendurada em tiras sangrentas sobre um dos olhos, pendendo por cima da bochecha. Mas ele parece completamente tranquilo, como se nada percebesse.

Filip engole em seco.

— Sim? — diz ele, chocado com a sua própria calma.

— Você sabe me dizer se vamos nos atrasar? — pergunta o homem.

Filip o olha surpreso com a pergunta.

— Eu tenho uma reunião importante em Åbo amanhã de manhã. Já estava com a agenda meio apertada, então espero que isso tudo não cause mais atrasos.

Filip sacode a cabeça.

— Eu não sei — ele diz. — Sinto muito, eu... tenho que ir agora, mas...

Ele observa o rosto do homem. Ele não tem mais salvação. Filip nada pode fazer por ele, por mais que quisesse.

E quando ele fecha a porta atrás de si, seguindo os outros, não consegue deixar de se sentir culpado por tudo o que irá acontecer com o homem de agora em diante. Como se ele mesmo houvesse assinado a sua sentença de morte.

BALTIC CHARISMA

O homem que havia trabalhado ali há muitos anos atravessa o convés acompanhado por duas crianças. A escada que leva para o convés de passeio é estreita demais para que eles possam descer todos juntos, então ele solta as mãos das crianças. Vai descendo na frente, inspecionando o caos. Tenta identificar os contaminados, mas isso é impossível. De repente, um tumulto tem início logo atrás deles. Ele se vira e vê corpos batendo uns contra os outros no topo da escada. Pega as crianças pela mão e eles saltam sobre os últimos degraus. Ele os puxa para perto de si, e começa a ir em direção à porta que leva para dentro do navio.

– Se segurem bem em mim – ele diz.

Os corredores do *Charisma* estão lotados de pessoas correndo. Há corpos espalhados por todos os lados. Mortos, morrendo, no processo de despertar novamente. Grande parte dos recém-nascidos tinha comido demais. Eles ficam deitados estáticos, esperando que seus corpos processem todo o sangue que consumiram.

Centenas e centenas de pessoas tinham se trancado em suas cabines, de onde ficam escutando os ruídos que vêm dos corredores. Um deles é o homem chamado Mårten. Sozinho em sua cabine, ele está sentado na ponta da cama. Os gritos de sua esposa suplicando por ajuda ainda ecoam em sua cabeça. As cortinas permanecem fechadas. De tempos em tempos ele vai até o telefone e liga para a cabine ao lado. Escuta, através da parede, os longos toques, mas ninguém atende.

CALLE

Só faltam alguns metros até chegarem à porta de vidro. Depois que chegarem lá, são apenas mais alguns passos para as portas que levam para a ala dos funcionários. Calle tem a cabeça abaixada e segura as crianças pela mão novamente. Ele se mantém atento à procura de Vincent, mas toma o cuidado de não encarar ninguém.

No convés superior, acima deles, alguém grita muito alto. Ele vislumbra alguma coisa esvoaçando do outro lado da balaustrada e conclui que deve ser mais uma pessoa que pulou. Mais gritos atrás dele e das crianças.

– Não olhem – ele sussurra para eles e para si mesmo.

Ele não aguentaria encarar os que gritam. Não quer sequer pensar neles como pessoas. Isso faria tudo ser real demais, óbvio demais, que poderia estar acontecendo o mesmo com ele ou com as crianças. Talvez seja a vez deles daqui a pouco. Talvez seja tarde demais para Vincent.

Calle se concentra na luz vinda de dentro do navio. Faltam cinco metros agora. Três.

Quando chegam em frente à porta de vidro, eles adentram o brilho quente do local. Calle nota vários corpos logo abaixo na escada, alguns ainda se mexendo. Ele relutantemente solta a mão da menina e do menino, apanha o cartão de Filip e o passa no leitor. Abre a porta e faz as crianças entrarem primeiro, com medo de que a qualquer momento alguém irá atacá-lo por trás. Entra e fecha a porta atrás de si. Quando ouve o clique da fechadura, uma sensação de alívio toma conta dele.

A garota olha ao redor do corredor de paredes cinzentas. Aqui está tudo muito calmo. Difícil de se imaginar o caos do outro lado da porta.

Calle fica se questionando se deveria ter trazido mais pessoas até ali, se poderia ter salvo mais alguém. Mas ele não tem como saber com certeza quem está contaminado.

Não há por que ficar cogitando isso agora. Pelo menos é o que ele tenta dizer a si mesmo.

Ele se agacha, olhando sério para as crianças.

– Tem pessoas aqui que podem cuidar de vocês. Pessoas que trabalham a bordo.

– Como aquele guarda que bateu em você? – pergunta a garota. – Aposto que aqueles que ele *ajudou* devem estar agradecidos para caralho agora.

– Você não pode ficar conosco? – pergunta o garoto.

Calle respira fundo, tentando assumir o papel de adulto maduro. Ele sacode a cabeça, decidido.

– Eu preciso procurar por uma pessoa.

– Quem? – pergunta a menina.

– Pelo meu namorado.

Se ele ainda for o meu namorado.

– Mas nós podemos ir com você – diz o menino. – Podemos lhe ajudar e você pode nos ajudar a encontrar os nossos pais.

– É melhor que vocês esperem aqui. Não posso levá-los comigo. Vocês mesmo viram como as coisas estão lá fora. Podemos telefonar para as suas cabines, eles talvez já estejam por lá.

– Mas e se eles não estiverem? – pergunta o garoto desesperado.

– Então eu prometo procurar por eles também.

Eles olham um para o outro.

– Vamos fazer uma coisa de cada vez – acrescenta Calle.

DAN

Ele está no convés da popa, observando um oceano da mais negra tinta, sob um abismal céu de piche. Há milhares de nuances da cor negra, gradações que Dan nunca conseguira visualizar antes.

Há uma ardência em suas veias, nos pequenos vasos sanguíneos nas pontas de seus dedos, os músculos de seu coração começando a travar. *Sangue demais.* Não consegue se controlar. Todo aquele tecido líquido está deixando seu corpo pesado e lento, encharcando seu cérebro, inundando seu coração contraído e inflando seu pau, que formigava com mil agulhadas.

Atrás dele se ouvem suspiros e gemidos vindos do Club Charisma. Alguém que continua repetindo "eu vou morrer, por favor me ajude, eu vou morrer..."

Há outros ruídos também. Os primeiros passos cambaleantes dos recém-nascidos, seus gritos de sofrimento, famintos e assustados.

Ele se vira.

O convés está coberto de corpos. Uma das portas de vidro, que dá para o andar inferior da boate, está estilhaçada. Uma mulher está deitada de bruços, com o rosto no chão. Os cacos de vidro se tingiram com o vermelho de seu sangue. Ela ainda está respirando. Dan passa por cima de alguns corpos. Para ao lado da mulher. Com o bico de um dos seus sapatos, ele levanta o queixo dela do chão, examinando o seu perfil. Ela tem cicatrizes deixadas pela acne sob a grossa camada de maquiagem. Um de seus olhos está semicerrado e o observa com dificuldade através da chuva, à medida que sua respiração se torna cada vez mais rasa e rápida.

E então, ela morre. Para de respirar completamente. A vida simplemesmente se apaga dentro dela, sem o menor ruído. O olho que o encara já não mais vê, e pingos de chuva pousam em seu globo ocular.

É chegada a hora de partir. Dan passa por cima de outros corpos. Uma mão tenta agarrar a barra de sua calça e, quando ele olha para baixo, vê um homem com o mesmo penteado chanel que ele usava nos anos noventa. A boca do homem se escancara quando olha para Dan. Vários de seus dentes já caíram. Seus dedos seguram com força a calça de Dan, que dá chutes para se soltar.

Por um breve momento, uma intensa inquietude percorre o corpo de Dan. Os corpos amontoados são apenas uma pequena amostra do que está reservado para o mundo desprevenido. Toda essa carne morta, besuntada de loções, pintada de cores berrantes, perfumada, vestida em tecidos baratos, em breve irá se levantar novamente.

Não há mais volta. Ele finalmente compreende isso totalmente pela primeira vez, e é como quando seu carro sofre uma aquaplanagem ou quando você enfrenta uma forte turbulência dentro de um avião. Como uma queda livre, sabendo que não há nada que se possa fazer.

E tão rápido quanto veio, a sensação termina, deixando apenas a maçante dor em seu peito e as veias ardendo debaixo de sua pele, mas tudo isso vai passar.

Dan amaldiçoa a sua própria covardia. Ele havia sido intimidado pela vida por tanto tempo, que tinha receio dos seus novos poderes, mas agora ele é um outro Dan. Ele é quase imortal. Será o único que permanecerá forte enquanto o mundo desaba, e vai aproveitar cada segundo.

O vento para abruptamente quando ele sai para o convés de passeio a bombordo. O cheiro de sangue é mais intenso quando não dispersado pelo vento. Mais corpos espalhados ali, por todo o caminho até as escadas que levam ao andar superior, onde o convés de passeio continua até a proa. Uma mulher está debruçada, com a parte superior do corpo, sobre a balaustrada. Suas costas foram fraturadas para trás, dando ao corpo o formato da letra "L". Ela tinha acabado de acordar. Os bicos de seus sapatos escorregam para frente e para trás sobre o piso liso do convés, enquanto ela tenta se equilibrar, ficar de pé, apesar da forma anormal que seu corpo tinha tomado.

Um homem bronzeado, vestindo uma regata amarelo neon, está sendo perseguido pelas escadas por um par de recém-nascidos. Ele grita por socorro, correndo diretamente para Dan, como se ele fosse a sua salvação. Seus gritos se transformam em palavras desconexas quando os recém-nascidos conseguem agarrá-lo. Eles puxam seus braços, disputando a presa. O homem consegue se soltar e olha para Dan, como se ainda esperasse por sua ajuda, mas dali não virá nenhum socorro.

De repente, o homem pula sobre a balaustrada do navio, desaparecendo na escuridão. Um dos recém-nascidos sobe ali, desajeitadamente, se atirando nas águas atrás dele. O outro permanece onde está, observando Dan enquanto ele se afasta.

As portas de vidro que levam ao navio estão escancaradas. Dan consegue ouvir os recém-nascidos o seguindo. Lá dentro, o ar é espesso, quase vibrando com os corpos ainda quentes espalhados em frente à entrada do Club Charisma.

Ele desce as escadas. Um dos recém-nascidos, um velhote que Dan reconhece do karaokê, está de quatro. O corpo sobre o qual ele está debruçado ainda respira, as pernas tremendo dentro da calça cáqui apertada, mas irá morrer a qualquer momento. O recém-nascido olha para cima, sangue escorrendo pelo canto dos seus lábios. Ele vira a cabeça lentamente, enquanto Dan passa por ele.

Dan chega na entrada do oitavo deque. Mais corpos esparramados pelo corredor em frente ao Starlight. Quando ele se vira, o velhote e o recém-nascido do convés de passeio estão parados ali, o observando cautelosamente.

A euforia toma conta de seu ser novamente. É exatamente como Adam tinha lhe contado. Ele só precisa *existir* para que seja seguido pelos outros. Ele e Adam são, incontestavelmente, os machos alfas para os recém-nascidos. O *Charisma* é sua Hamelin e eles são os flautistas.

Ele ouve o ruído de pessoas tentando não fazer barulho. Duas pessoas respirando como uma lá no cassino. Cada vez mais rápido e mais superficial. Sente o cheiro de gente velha, de carne velha. Suor azedo e urina.

Reconhece o odor de uma delas, de umas horas atrás. Ele não consegue resistir à oportunidade.

Olha para dentro do breu e vislumbra um par de pernas grossas e sapatos baixos arredondados saindo sob a mesa de carteado.

Dan vai até lá, se agacha e afasta o banco do crupiê.

As roupas apertadas da velha estão encharcadas de suor. O velhote não está mais de colete e sua camisa está solta sobre o seu corpo magro. A mão reumática deplorável contra as patas gordas dela. Com certeza ela deve ter quebrado todos os ossinhos.

Eles forçam os olhos apavorados, tentando enxergá-lo em meio à escuridão, mas ele os pode ver perfeitamente bem.

– Ora, ora, se não é Birgitta de Grycksbo? – diz Dan com um grande sorriso. – Essa provavelmente não era a noite de bodas de rubi que vocês estavam esperando, não é mesmo?

Ele interpreta uma brilhante paródia daquele Dan Appelgren que havia estado no palco algumas horas atrás. Ele quase pode sentir o alívio dos outros dois.

– Ai, meu Deus nosso senhor, Jesus do céu – murmura Birgitta, com seu sotaque peculiar e soluçando. – Pensamos que você fosse um deles.

– Shhh – diz Dan, estendendo a mão. – Venham aqui, que vou lhes ajudar a voltarem para a cabine.

Os recém-nascidos aguardam ansiosos lá fora. Birgitta sacode a cabeça.

– Eles estão em todos os lugares – diz ela baixinho.

– Não se preocupe – responde Dan. – Está tudo sob controle.

Birgitta olha para o marido e o velhote balança a cabeça para ela.

– Vai dar tudo certo – diz Dan. – O socorro está a caminho e nós trancamos todos os doentes.

– Mas nós ouvimos alguns... – Birgitta começa a dizer.
– Está tudo terminado. Venham. Vocês não podem só ficar sentados aqui.
– Você tem mesmo certeza? – pergunta o senhor, que tem um sotaque mais carregado que a esposa. – Terminou mesmo?
– Nós vimos coisas que você não iria acreditar – diz Birgitta, estremecendo.
– Eu também – diz Dan. – Eu também vi, mas vocês estão seguros agora.

É tudo que ele consegue dizer sem cair na gargalhada. Um dos recém-nascidos está batendo os dentes. Eles estão se movimentando entre as pilhas de carne perto do Starlight. Ruídos de sucção e mastigação empapada, mas claramente Birgitta não os escuta. Ela tomou a decisão de confiar nele.

Ele acena para que eles saiam do esconderijo, dando um sorriso tão largo, que suas bochechas inchadas quase ocultam os seu olhos. Birgitta pega a sua mão.

Ele a ajuda a se levantar. Coloca os braços ao redor do corpo rechonchudo e Birgitta começa a chorar. Cobre o rosto com as mãos, se apoiando nele, soluçando por trás dos dedos.

O senhor se arrasta arduamente, saindo de debaixo da mesa. Seu corpo mirrado estala muito enquanto ele se levanta, apoiando uma das mãos sobre a mesa.

– Não entendo o que aconteceu – diz Birgitta. – Uma hora estávamos nos divertindo para valer e, de repente, vira tudo um pesadelo... Tivemos tanto medo...

– Eu compreendo – diz Dan, com a voz mais falsa do mundo.
– Deve ter sido terrível, mas pelo menos vocês tinham um ao outro.

Birgitta concorda com a cabeça, seus soluços sacudindo todo o seu corpo agora.

– Se algo acontecesse com Birgitta, não sei o que eu faria – diz o marido, enxugando os próprios olhos.

– Eu entendo – diz Dan. – Mesmo que eu não tenha tido o privilégio de experimentar esse fantástico e inesgotável tipo de amor. Não são todos que têm essa sorte hoje em dia.

Dan aperta com mais força o corpo atarracado em seus braços. Birgitta esmorece no meio do seu choro.

– Imagino que você faria qualquer coisa por Birgitta, não é? – pergunta Dan, mantendo o olhar fixo no marido dela.

– Sim, é claro.

Birgitta se contorce entre os braços de Dan. Ela havia ficado mais quente em meio a seu abraço, fazendo seu corpo exalar uma nova onda de um pungente suor.

– Sim, pessoas como você sempre dizem isso. Mas você *realmente* se sacrificaria por ela?

– Me solte, por favor – Birgitta resmunga.

– Vou lhe oferecer uma chance de provar o que disse – continua Dan para o velhote. – Se você realmente a ama de verdade, eu a deixo ir e lhe mato no lugar dela.

– Você... está... me machucando...

Ele a aperta cada vez com mais força e o resto de ar que ela tinha sai de seus pulmões, com um gemido gutural. Ela não vai a lugar algum.

– O que você me diz? Como vai ser, então?

– Deixe-a em paz – diz o senhor, com lágrimas escorrendo pelo rosto.

– Já não tenho mais fome – diz Dan, enquanto Birgitta tenta se livrar de seus braços. – Será lenta e dolorosa. Mais dor do que você pode imaginar, mas estou te dando uma chance. É só você dizer, que eu pego a sua querida Birgitta no seu lugar.

O senhor parece hesitar.

Diga, pensa Dan, *diga seu velho do inferno, e faça com que esta seja a última coisa que Birgitta irá ouvir nessa vida.*

O velhote sacode a cabeça.

– Então venha me pegar – diz ele. – Seu diabo maldito!

Dan o odeia. Odeia que ele minta para si mesmo, até neste momento.

Está na hora de acabar com isso, mas ele não quer Birgitta. Não quer sequer sentir o seu gosto nos lábios.

Ele coloca as mãos ao redor do pescoço dela. Pressiona o

máximo que pode. O pescoço é quente e massudo, com olhos tão grandes e redondos, quase saltando para fora. O rosto dele vai ser a última coisa que ela vai ver.

As mãos frágeis do velhote golpeiam Dan na cabeça, uma chuva de golpes que mal consegue sentir, como se fosse um bando de passarinhos.

Dan ignora os golpes. Isso é entre ele e Birgitta. Ele a deita sobre a toalha verde da mesa. É agora. O momento em que ela irá perceber que tudo acabou, que vai morrer e que será por causa dele. Ele se concentra em guardar as mudanças no rosto dela na memória. Sabe que irá se deliciar muitas vezes ainda, ao lembrar esse momento.

Ele deixa que os recém-nascidos lá do convés de passeio se encarreguem do marido de Birgitta. Tudo acaba rápido.

Quando sai dali, outros recém-nascidos se levantam e começam a lhe seguir. Seu exército faminto. Seus filhos fáceis de liderar. Seus vassalos.

Adam está esperando por ele em frente ao Buffet Charisma. Ele faz um gesto para todos os recém-nascidos que o haviam seguido, parecendo insuportavelmente convencido, e uma irritação dolorosa percorre o corpo de Dan.

Tudo pode ter começado com Adam, mas ele nunca teria tanto sucesso se não fosse por Dan. Isso ele mesmo havia reconhecido. Adam não saberia como cortar o contato do *Charisma* com o resto do mundo, para que nada os atrapalhasse. Ele não saberia qual seria o próximo passo.

– Você comeu demais – diz Adam. – Eu lhe avisei. Você vai ficar doente.

Dan consegue sentir os dois grupos de recém-nascidos os observando. Ele imagina o quanto eles conseguem realmente compreender do que está acontecendo.

Será que ele precisa de Adam? Tem mais a aprender? Não parece. Parece que ele nunca mais irá precisar de alguém novamente.

– Você não precisa se preocupar comigo – ele diz. – Mas obrigado por se importar.

– Eu me importo com o plano. Você vai conseguir executá-lo sozinho?
– Por que eu não conseguiria?
– Está bem – diz Adam. – Vou tentar localizar a Mãe enquanto você age.
– Faça isso.
Seu filhinho da mamãe. Não é tão fácil largar a chupeta como você achava, não é?
Ele pega o seu cartão, mas a mão fica parada sobre o leitor da porta da ala dos funcionários. Uma fragrância tinha chegado até ele e é incrível como ele a reconhece de imediato. É óbvio que ela tem esse cheiro, ele só não o conseguia sentir anteriormente.
Uma contração em seu peito espalha mais sangue pelo seu corpo, fazendo a pele arder. Ele olha para Adam mais uma vez.
– Só tem mais uma coisa que eu preciso resolver primeiro.
A testa lisa do garoto se enruga.
– O quê?
Não é da porra da sua conta.
Ele não precisa se explicar para aquele pirralho. Se eles vão trabalhar juntos, Dan não pretende assumir o papel de submisso desde o início. Se você concordar em ser fodido uma vez, vai ter de se acostumar com que isso aconteça toda hora.
– Vá procurar a sua mamãe – diz ele, guardando o cartão de volta no bolso.
Ele vai até o banheiro masculino, empurrando a porta com calma. Os odores sintéticos quase o dominam, produtos de limpeza, sabonete barato e aqueles sachês de cheiros cítricos no mictório. Mas o cheiro *dela* também é intenso.
As solas dos seus sapatos fazem um ruído seco no chão de cerâmica e sabe que ela consegue ouvi-lo.
Os recém-nascidos se enfileiram atrás dele, farejando com ferocidade o ar. Muitos deles ainda não tinham se alimentado. Está começando a faltar comida nas áreas públicas. A maioria dos passageiros que ainda não havia sido mordida tinha conse-

guido escapar para dentro das cabines. Mas Dan vai levá-los até a comida e, aqui dentro, há um pequeno aperitivo.

Ele vislumbra a sua própria imagem no espelho, junto às pias. Os inchados vasos sanguíneos dos seus olhos acabaram transbordando com a quantidade excessiva de sangue, deixando-os tão vermelhos que mais parecem dois ferimentos em seu rosto.

Dan se vira em direção à porta de madeira fina de um dos banheiros. Escuta como ela tenta prender a respiração. Sabe que está presa lá dentro, sem escapatória. A cada batida de seu coração, o cheiro dela vai se tornando mais como o de um animal sendo caçado.

Ele para em frente à porta do banheiro. Perto o suficiente para que ela possa ver os seus sapatos por debaixo da porta. Há um som abafado. Uma engasgada. Ele desfruta do momento.

Isto é justiça divina. E ele é o seu próprio deus.

ALBIN

Eles tinham acabado de chegar em frente à porta de aço no final do corredor, quando ouvem um rangido estridente vindo das escadarias. Albin não consegue evitar de olhar para baixo.

Um homem está algemado ao corrimão da escada, no lance logo abaixo deles. Albin avista a careca brilhante de um homem de costas largas.

– Vamos – diz Calle, puxando-o pela mão.

– Ele é um deles?

– Não. Eu falei com ele agora há pouco.

– Aqueles lá fora também eram normais antes – rebate Lo, parando ao lado de Albin. – E por que alguém o deixou algemado ali, se ele não é perigoso?

– Eles fazem assim, às vezes, quando não tem mais vaga nas celas.

– Mas é realmente permitido fazer isso? – pergunta Lo. – Isso é meio fodido.

– É para o próprio bem deles – diz Calle, mas Albin percebe que Calle também não concorda muito com a medida.

– Se eles entrarem aqui, ele não terá a mínima chance de se defender – diz Lo. – Eu não ia querer ficar presa ali, só esperando.

Albin olha para baixo novamente, o homem vira o pescoço para trás e olha diretamente para eles.

– Aí está você! – grita o homem. As algemas sacodem e rangem ao rasparem no corrimão. – Você já encontrou uma chave para abrir as algemas ou algo assim?

– Não, não encontrei – responde Calle.
O homem fica parado de repente, encolhendo os ombros.
– Vai tomar no cu! – diz ele. – Vá, mesmo! Você acha que eu tenho que ficar preso aqui enquanto o navio afunda, é? Todos os jornais vão ficar sabendo como vocês tratam os passageiros. Ou deve ser porque vocês querem que as pessoas se afoguem, né? Assim ninguém ficará sabendo que...
– Vou tentar encontrar alguém que tenha as chaves – grita Calle. – Mas nós não estamos afundando.
– Tem alguma coisa acontecendo, eu ouvi dizerem nos alto-falantes que vocês terão uma reunião de emergência lá em cima.
– Você não precisa se preocupar – diz Calle.
Lo olha para Albin, pois eles sabem que o que Calle disse não passa de uma grande mentira.
– Venham – diz Calle, colocando as mãos sobre os ombros das crianças. Mas Albin não consegue sair dali.
O homem lá embaixo tinha começado a chorar.
– Lillemor disse que eu não deveria vir – diz ele tão baixinho que Albin mal o escuta. – Ela sempre odiou o mar. Ela nunca andou de navio em toda a sua vida, mas agora eu gostaria que ela estivesse aqui comigo... Não é muito egoísmo da minha parte?
Albin vira o rosto para o outro lado. Tem a sensação de que todo o *Charisma* está se encolhendo ao redor deles e que logo os esmagará.
– Não iremos naufragar – diz Calle novamente. – Não se preocupe.
Dessa vez, Albin e Lo acompanham Calle para longe do corrimão da escada. Ele abre a porta de aço e eles escutam vozes altas lá dentro.

DAN

– Eu tenho algo que gostaria de lhe mostrar – diz Dan.

Jenny tinha tentado fugir quando ele abriu a porta do banheiro com um chute. Havia sido uma tentativa um tanto patética, pois ele ocupava toda a saída com o corpo. Mesmo assim ela tinha tentado passar, então ele bateu a cabeça dela na parede atrás do vaso sanitário, até que os olhos se revirassem em suas órbitas.

Ele aguardou, lhe deu mais alguns tapas. Agora, os olhos dela começavam a se clarear novamente.

Ela tem que ver. Ela tem que *entender*. Esse é o ponto.

Os recém-nascidos que o tinham seguido até ali estão se agrupando atrás deles. Silenciosos. Aguardando.

Dan levanta a própria mão e crava os dentes nela, mordendo até que o ruído de ossos finos se quebrando ecoem contra os azulejos da parede. Sua boca se enche de sangue, que logo escorre pelo queixo. Ele suga a mão, com força, sem desviar o seu olhar de Jenny por um momento sequer. Está lhe oferecendo um show.

– Espere, que você vai ver – diz ele, limpando o queixo.

Jenny tinha começado a chorar baixinho e cada lágrima que ela derramava era uma prova de que ele era o vencedor naquela situação.

– Eu poderia te tornar imortal – diz ele. – Mas não é o que vou fazer.

Ele a segura pelo queixo, e a força a olhar para a mão dele, onde a ferida já está se fechando. Leves estalos se ouvem dos ossos finos, que estão se juntando sob a carne, voltando para os seus devidos lugares.

Ela não está compreendendo. *Ela nunca entende nada. Vaca imbecil.*
– Você está vendo? – Dan pergunta. – Poderia se transformar em uma outra coisa, em algo melhor, assim como eu. Se ao menos tivesse sido um pouco mais boazinha.
Quem é um "já-era" agora? Quem tem o poder de dizer não agora?
Ele irá matá-la de verdade, fazer com que nunca mais acorde. Adam havia lhe mostrado como.

FILIP

O Comissário-chefe está lá na frente do refeitório falando tão rápido que suas palavras parecem tropeçar umas nas outras. Filip sente pena dele. A maioria ali dentro conhece Andreas muito bem. Ele é o responsável por todos os que trabalham com atendimento a bordo, mas ninguém nunca o havia visto como um líder, e, claramente, nem mesmo Andreas. E agora ele repentinamente tinha se tornado o oficial com a mais alta hierarquia no navio.

E ninguém sabe o que realmente aconteceu na ponte de comando ou lá embaixo na sala das máquinas.

O amplificador de sinais de celular foi desativado, o rádio está destruído, os satélites estão fora de contato, a chamada seletiva digital e VHF tinham sido sabotadas, até mesmo nos barcos e botes salva-vidas. Eles não têm nenhuma chance de contatar alguém. Estão completamente isolados do resto do mundo.

No Mar Báltico, ninguém pode ouvir você gritar, pensa Filip e quase dá uma risada, uma risada de desespero, algo que não pode se dar ao luxo no momento. Não aqui e nem agora.

Enquanto o *Charisma* continuar a ser conduzido pelo piloto automático ao longo de sua rota programada, ninguém de fora irá desconfiar que algo esteja acontecendo. Havendo combustível suficiente nos tanques, pode levá-los diretamente até Åbo. Chegando lá, o piloto automático continuará levando-os pela rota programada e o *Charisma* acabará, provavelmente, colidindo contra o cais do porto ou afundando.

– Quando chegarmos perto o suficiente da Finlândia, poderemos utilizar a rede normal de celulares – diz Andreas. – Poderemos telefonar pedindo ajuda à polícia finlandesa ou ao exército...
– Mas ainda são *muitas horas* até chegarmos – alguém diz.
– O que faremos até lá?
Filip olha à sua volta. Todos os rostos, tão familiares, parecem ter se modificado agora. O pavor do momento os deixa despidos, mas ele sente uma calma insólita tomar conta de seu ser. O que está acontecendo é ainda pior do que ele achava, muito pior, mas agora ele pelo menos sabe com o que está lidando.

Está quente e úmido no refeitório, devido ao calor de todos os corpos que se aglomeram lá dentro. Filip tenta não pensar em quem está faltando, no que pode ter acontecido com eles, mas não consegue se esquecer de Pia, ou do fato de que nem ela ou Jarno se encontram ali. Raili está pálida e tem os olhos vermelhos de tanto chorar. Marisol a abraça, mas a outra nem parece perceber e fica mexendo em sua aliança de casamento.

Jenny ainda não havia aparecido.

Calle também tinha desaparecido. A garrafa de vodca já estava quase vazia, mas fora isso, nenhum sinal de que ele sequer tinha estado lá. Ele deve estar pelo navio, procurando o namorado. É uma decisão bastante idiota, mas Filip o compreende perfeitamente.

Ele passa o olhar pelo local. Mika tinha se sentado numa cadeira junto à mesa da frente. Ele está pálido e seus cabelos finos estão grudados à cabeça.

Há um punhado de estranhos ali também. Parceiros sexuais da noite anterior ou parentes. Ele percebe que uma das pessoas é a mulher que ele tinha visto na pista de dança do Starlight. Ela tem as mãos dentro dos bolsos do seu casaco largo. Parece mais jovem e mais saudável. Devem ter sido as luzes piscantes da pista de dança que tinham formado sombras e causado miragens, envelhecendo-a. Ela é a única pessoa ali dentro que não parece estar suando, apesar do casaco. Seu olhar é desperto e alerta, e ela não parece ter perdido a cabeça.

Lizette se levanta da cadeira no meio da sala. Ela é a nova governanta do navio, chefe dos funcionários da limpeza, e Filip nunca a tinha visto sem o uniforme antes. Ela agora passa a mãos nos cabelos, ajeitando-os e olha a sua volta.

– Estamos seguros aqui – diz ela. – Eu e vários outros estamos planejando ficar, até que o socorro venha. Vocês não podem nos obrigar a...

– Mas e os passageiros? – diz um dos cozinheiros. – Vamos apenas abandoná-los nessa situação?

– Exatamente – diz a jovem crupiê do cassino. – É o nosso trabalho fazer tudo que...

– Não há mais nada que possamos fazer por eles agora – diz Lizette, gesticulando com as mãos como se fosse um maestro ordenando que a orquestra tocasse mais baixo. – Nós nem sabemos o que realmente aconteceu com todas aquelas pessoas.

As pessoas olham inseguras umas para os outras. Ninguém quer ser o primeiro a concordar.

– Se você quer sair e ir para lá, fique a vontade – diz Lizette para a crupiê. – Mas ninguém pode exigir que nos arrisquemos numa espécie de missão suicida. Ou estou errada, hein, estou?

Ela se vira para Andreas, erguendo a sobrancelha de forma dramática e, dessa vez, se ouve um murmúrio aprovador.

Eles não haviam entendido, pois muitos deles não tinham ido lá fora ainda.

– Mas não há nenhuma garantia de que estejamos seguros aqui também – diz Filip, trocando um olhar com Marisol. – Alguém aqui dentro já pode ter sido contaminado e talvez nem saiba disso ainda.

Novos olhares percorrem o local, de um lado para o outro, contendo um medo inteiramente novo neles.

Filip fica consciente de suas próprias palavras também. O suor escorre por suas costas e axilas, dentro da camisa de poliéster. Ele está com a boca seca e fica pensando se esse poderia ser um dos sintomas da doença. Estuda a feição dos colegas. Ele tinha vivido a bordo com muitos deles e por muitos anos.

Se eu fui contaminado, será que irei atacá-los?
Por um momento, o silêncio é total. Ele tem consciência de que está sendo observado pela mulher do Starlight. Será que ela sabe de algo? Será que só de olhar, ela consegue notar que ele foi infectado?
Ele não tem nem coragem de encará-la.
– Tem uma coisa que eu realmente gostaria de saber – alguém diz. – Que doença é essa que transforma as pessoas em psicopatas?
– Pia mencionou Dan Appelgren – diz Mika. – Ela achava que ele estava contaminado... E ele tem acesso a todas as áreas a bordo, sabe como tudo funciona...
– Vocês ainda não entenderam? – pergunta o segurança Pär. – Isso aqui não é nenhum festival de música. É *terrorismo*. É obra do desgraçado do Estado Islâmico. Eles nos isolaram do resto do mundo e contaminaram a nossa água com algum antrax super poderoso, ou algo do gênero. São eles quem estão por trás de tudo isso.
– Vamos nos acalmar – diz Andreas, secando o suor da testa com a manga da camisa. – Não vai ajudar em nada colocarmos todos em estado de pânico.
– Acho que já é tarde demais para isso – diz Lizette.
Alguém coloca a mão sobre o ombro de Filip e, quando ele se vira, dá de cara com Calle, que tem um grande corte no meio da testa e está com o nariz inchado, mas vivo apesar de tudo.
Filip lhe dá um abraço.
– Nossa, como estou feliz em lhe ver. Estava precisando de uma notícia boa.
– Eu também – diz Calle.
Filip repara que Calle está acompanhado por duas crianças. Ele reconhece imediatamente a menina e o menino que havia visto mais cedo no Starlight. Os cabelos da garota estavam algumas nuances mais escuros por causa da umidade. Eles o observam em silêncio, reconhecendo-o também, mas estão mudados. Em apenas algumas horas parecem ter ficado muito mais velhos.

E é isso que faz com que Filip finalmente desabe. Ele não consegue mais reprimir o choro e esconde o rosto atrás de Calle, dando-lhe fortes tapas nas costas e pensando no que os três devem ter vivenciado lá fora na chuva.

– As boas notícias andam em falta por aqui – diz Filip, baixando o tom de voz, na esperança de não ser ouvido pelas crianças. – Não conseguimos entrar em contato com a terra firme.

Eles se soltam e Calle olha para ele, concordando com a cabeça.

– Preciso sair do navio – diz uma mulher com um sotaque finlandês. – Não pretendo morrer em um navio sueco.

Quando um dos garçons do Poseidon tenta pegar a mão dela, a mulher a afasta imediatamente.

– Não podemos utilizar os barcos salva-vidas enquanto o *Charisma* estiver em movimento – diz Andreas. – Precisamos baixar para dez ou doze nós, para podermos colocar um FRB na água e agora estamos em dezoito ou dezenove, no mínimo...

– Do que você está falando? – pergunta a mulher. – Mas que merda é um FRB?

– É um "Fast Rescue Boat", ou um barco de resgate rápido – responde Andreas. – Eles...

– Eu não entraria num bote com alguns dos passageiros mesmo – Lizette o interrompe. – Imagine se eles se transformam quando estamos lá sentados balançando em alto-mar.

– Tem que dar certo! – fala a finlandesa. – Você não consegue colocar os botes bem devagar e...

– Não é possível – interrompe Calle. – Alguns já tentaram baixar um dos botes, lotado de pessoas. Um dos nossos seguranças estava junto.

Toda a atenção das pessoas do local se muda para ele agora. Filip olha para Pär, o único guarda ali no refeitório. Calle deve estar se referindo a Henke.

– Calle tentou impedi-los – diz a menina. – Mas o guarda disse que preferia morrer a ficar aqui, e depois ainda bateu nele.

Os olhos de Filip se dirigem imediatamente para a testa de Calle. É quase impossível acreditar no que ele havia acabado de contar, mas muito do que havia ocorrido ali naquela noite também era praticamente impossível de se imaginar.

– Temos que ir para a ponte de comando – diz Pär, esfregando os olhos. – Precisamos livrar o navio daqueles monstros malditos.

– Eles não são monstros – diz Raili. – São pessoas e estão doentes.

– Como você ainda pode falar assim, depois que eles mataram o seu marido? – pergunta Pär.

Ele parece se arrepender de seu comentário imediatamente, consciente de que havia ido longe demais, mas Raili só o olha com firmeza.

– Eu concordo – diz Antti da loja do duty free. – Vamos limpar o *Charisma* desses putos, fazer picadinho deles e entrar na ponte de comando de um jeito ou de outro.

Filip os encara.

Fica pensando se eles também estão tendo aquela sensação, que ele tinha tido no Starlight, de que tudo o que está acontecendo parece ter sido tirado de um filme. Pessoas como Antti e Pär devem ter passado a vida inteira sonhando em serem os heróis de algum filme de ação. Mas o que eles ainda não haviam entendido é que não fazem o papel principal nesse filme. Ninguém aqui dentro o faz. Tudo gira em torno do *Charisma*.

ALBIN

As vozes aumentam de volume, se multiplicam à medida que mais e mais pessoas se juntam a eles. O local vai ficando ainda mais quente. Ele olha para Calle, que está sussurando algo para o amigo bartender.

Albin não quer que Calle os deixe. Entende que ele quer ir em busca de seu namorado, mas simplesmente gostaria que as coisas não fossem dessa maneira.

– Devíamos afundar o navio todo – diz uma mulher. – *Assim*, pelo menos ele ficaria parado e poderíamos sair desta merda.

Calle e seu amigo se viram para ela.

– E deixar uma grande quantidade de pessoas se afogar? – pergunta o amigo de Calle.

– Antes isso do que não ter nenhum sobrevivente.

Albin vê com o canto dos olhos como algumas pessoas balançam as cabeças, aprovando o comentário da mulher. Fica pensando na mãe em sua cadeira de rodas, naqueles corredores cheios de água e sente muito ódio de cada uma delas.

Em algum lugar lá fora, uma porta de aço se bate, soando exatamente como aquela pela qual ele, Lo e Calle tinham entrado há alguns momentos atrás.

– E quem irá escolher quais pessoas iremos salvar? – diz uma tripulante.

– Mulheres e crianças primeiro e...

– Ahh, muito conveniente, não está mais tão interessada em todo aquele papo sobre igualdade agora, né? – diz o velhote uniformizado de guarda.

As vozes continuam ficando ainda mais altas, todos falando ao mesmo tempo.

– Não podemos descarregar o combustível para fazer o navio parar?

– Muito arriscado. É difícil e demora.

– Podíamos desligar todas as luzes ou tentar fazê-las piscar... Se todas as luzes forem apagadas, um outro navio poderia ver e perceber que há algo de errado...

– Você quer ficar tateando no escuro com aquelas coisas lá?

– Mas podíamos ir até a casa das máquinas e derramar água no painel elétrico, para termos um apagão.

– Não sei nem por que estamos falando disso. Precisamos ir até a ponte de comando, entrar lá de alguma maneira e, no caminho, fazer picadinho de cada um dos putos que estiver por lá mordendo e...

– Cale a boca, Antti! – diz o amigo de Calle, jogando as mãos para cima. – Você está com tanta sede de sangue quanto eles!

Albin repara que a camisa e o colete dele têm manchas enormes de suor debaixo dos braços.

– Não temos a menor ideia do que aconteceu com eles – ele continua. – Mas são seres humanos que estão doentes e precisam de ajuda.

– Você realmente acredita nisso? – alguém pergunta. – Porque eu acho que são vocês quem precisam de ajuda.

Muitos se viram e alguém solta um grito. Apesar de não querer ver, Albin acaba olhando para a porta mesmo assim.

Dan Appelgren está parado na soleira da porta, praticamente irreconhecível. Está inchado, seus olhos estão completamente vermelhos, brilhantes e arregalados.

Muitos doentes se juntam a ele na entrada. Eles farejam, rangem os dentes, mas estão parados atrás de Dan, como se estivessem aguardando por alguma coisa.

Albin olha para Lo.

É exatamente como eles costumavam se assustar à noite lá em Grisslehamn. Mas agora tinham visto o que estava por trás de tudo aquilo, algo que eles mal podiam conceber naquela época. Agora ele sabe que monstros se escondiam por trás de cada uma daquelas histórias. Eles estão aqui agora.

Cadeiras estalam contra o chão, que vibra debaixo dos pés de Albin quando as pessoas que estavam mais perto da porta correm para o outro lado da sala.

Alguém tinha começado a rezar o Pai Nosso, falando muito rapidamente, como se quisesse terminar a oração antes que fosse tarde demais.

MARIANNE

Seu coração bate rápido e forte, apesar de estar sentada bem quieta no sofá. Uma bomba relógio em seu peito pronta para ser detonada a qualquer momento.

Pelo menos, não há mais ninguém se jogando contra a porta.

– E se afundarmos? – pergunta Madde, que voltou a ficar junto à janela.

– Nós não vamos – responde Vincent, mandando um gole de uísque para dentro.

– Como você pode saber? – pergunta Madde, com a voz embargada. – Talvez nem tenha mais ninguém conduzindo o navio.

Marianne tenta afastar a vertigem que repentinamente toma conta dela. Aqui, nessa suíte que é maior que o seu próprio apartamento, quase tinha conseguido se esquecer que eles não estão em terra firme. Um terror absolutamente irracional a apanha de surpresa. Como se Madde pudesse criar uma nova catástrofe somente ao falar nela.

– Fique quieta – ela se ouve dizer. – Simplesmente cale a boca!

Madde a ignora. Suas costas continuam cobertas de purpurina.

– E se já estivermos mortos? – diz ela. – Talvez tenhamos ido parar no inferno.

– Por favor – diz Marianne.

– Isso tudo certamente parece o inferno.

– Venha se sentar aqui – diz Vincent. – Você vai ficar louca se ficar aí parada olhando tudo.

– Acho que vou ficar louca de qualquer jeito.

Vincent concorda com a cabeça, apesar de Madde não poder vê-lo.

– Talvez fosse melhor você sair daí mesmo assim, pois se um deles lhe ver, pode atrair os outros para cá também.

As mangas da blusa de Marianne parecem encolher, apertando os seus braços, não permitindo que seu sangue circule. Seus cabelos da nuca ficam muito arrepiados.

– Eu não acho – diz Madde. – Diria que eles já estão se mantendo bastante ocupados.

– Mas saia daí mesmo assim – diz Marianne zangada.

Vincent se levanta do sofá e vai até a janela. Olha para o caos lá fora, procurando por seu amigo.

O que ele faria se o visse lá? Ele deixaria as duas ali? Sim, é claro.

– Você acha que… eles têm alguma noção do que estão fazendo? – pergunta Madde, olhando para ele. – Porque Zandra, ela estava como… Era como se não houvesse mais ninguém… dentro dela.

– Eles devem estar agindo por algum tipo de instinto – responde Vincent.

Madde sacode a cabeça lentamente, quase chorando.

– Queria só saber por que Zandra voltou para a nossa cabine – diz ela. – Por que ela *me* queria? Se foi porque ela gosta de mim… ou porque me odeia.

– Por que ela iria lhe odiar? Achei que vocês eram amigas.

– Mas nós brigamos. A culpa foi minha, fui tão idiota…

E então começa a chorar. A purpurina nas costas dela pisca como estrelas por baixo do tecido negro e transparente do vestido, enquanto os soluços sacodem todo o seu corpo.

Marianne está quase chorando também. Ela pode ver neles como é doloroso perder um amigo querido, ficar preocupado com aqueles que se ama. E apesar de tudo ela sente inveja do sofrimento deles.

Essa é uma espécie de perda também, ser forçada a perceber quão solitária realmente está. Quaisquer fantasias que tinha imaginado ao lado de Göran, eram só fantasias.

Ela passa as palmas úmidas das mãos em sua saia. Fica pensando se deveria escrever uma carta para os filhos e deixá-la ali na suíte. Algo que encontrem mais tarde, no caso de não sobreviver a tudo isso. Mas ela desiste da ideia, pois seria o mesmo que assumir a derrota e, além disso, não saberia o que escrever na carta de qualquer jeito.

Marianne se levanta do sofá. Vai até Madde e lhe dá um abraço, que é recebido sem protestos. Madde chora e seu nariz escorre sobre a blusa suada da outra.

– Tudo bem – diz Marianne, puxando-a para mais perto de si, tentando evitar de olhar pela janela. – Está tudo bem agora.

– Só quero voltar para casa – resmunga Madde.

– Eu também – diz ela. – E olha que eu odeio o meu apartamento.

Vincent bufa e ela não sabe se ele está rindo ou chorando, ou se isso importa.

DAN

Ele se apoia à soleira da porta. Não está se sentindo bem. Nada bem. Há uma espécie de vibração em suas artérias. O sangue de Jenny tinha se revirado em seu estômago, assim que conseguiu engoli-lo. Se houvesse mais tempo, ele a teria preservado para mais tarde e se deliciaria com a expectativa.

Mas os recém-nascidos atrás dele ainda estão famintos. Desesperados, agora que sentiram de perto o cheiro de sangue.

Ele observa o refeitório, esse desprezível lugar cheio das pessoas desprezíveis que trabalham ali. Elas se agarram umas às outras. Gritam. Tentam se colocar junto à parede no fundo da sala, como se *isso* fosse salvá-las. O lugar está fumegando com os odores delas. Isso é ainda melhor que qualquer aplauso, melhor que qualquer droga que ele já tenha experimentado. Ele gostaria de poder matar todos ali, um por um, pessoalmente, mas ficar olhando também é muito prazeroso.

Se ao menos ele não estivesse se sentindo tão mal.

Seu olhar se detém em alguns daqueles idiotas integrantes da banda de Jenny. Eles tinham rido dele naquela vez, apesar de já ter tido muito mais e melhores bocetas do que eles jamais teriam. Além daquele pomposo do Filip do Starlight, agindo como se fosse o salvador da porra toda. Ele provavelmente tinha suas próprias intenções de fodê-la.

Fique à vontade, é só ir buscá-la. Raspe os restos que tiverem sobrado no chão do banheiro.

Ao lado de Filip, há um cara barbudo acompanhado por

duas crianças. Dan reconhece o garoto asiático, que tinha tirado fotos suas com o celular. A garota talvez seja alguns anos mais velha, mas é difícil dizer com certeza.

Ele fareja, percebendo que foi o cheiro dela que ele tinha seguido pelos corredores, depois de ter saído da cabine de Alexandra. O primeiro cheiro absorvido com os seus novos sentidos.

Ela ficaria realmente sexy se tivesse a oportunidade de virar adulta. Já dava para notar através de toda a maquiagem naquele rosto infantil. Ele espera que ela acorde depois da morte. Manteria aquele corpo perfeito, mas com o tempo também envelheceria, assim como Adam. Isso seria permitido.

– Não faça isso. Eu lhe imploro.

A voz que lhe fala é suave e melodiosa, tão antiquada que é quase fantasmagórica. Um eco de tempos passados. Ela fala exatamente como Adam e ele compreende imediatamente quem é.

– As consequências disso serão muito maiores do que você possa imaginar – diz ela, dando um passo à frente.

Ela é parecida com Adam também, apesar dos cabelos escuros. Dan deixa a soleira da porta para trás. Se endireita para não mostrar a dor que sente.

– Eu entendo perfeitamente – diz ele. – Por isso que estou fazendo.

Ela sacode a cabeça.

– Poupe, ao menos, as pessoas aqui presentes. Vocês já obtiveram o que queriam.

Dan é obrigado a rir. Ele ainda *não* tinha conseguido o que queria. Tinha guardado o melhor para o fim, a cereja do bolo.

– É muito nobre da sua parte tentar salvá-los – diz ele. – Mas você realmente acha que algum deles iria *lhe* salvar, se soubessem o que você é?

A mãe de Adam olha à sua volta; ele percebe que a tinha deixado insegura. *É tão simples.* Ele dá um passo na direção dela, farejando exageradamente, teatralmente, para que o público, de olhos arregalados, entenda e acompanhe tudo muito bem.

– Você se alimentou desde que veio a bordo. O que você acha que eles vão dizer sobre isso?

– E o que você acha que o meu filho vai fazer quando não tiver mais utilidade para ele? – diz ela rispidamente.

– Nós temos planos a longo prazo, querida – diz Dan.

– Ele vem almejando por sua liberdade há muito tempo. Você realmente acha que ele irá se submeter à outra pessoa novamente, assim que conseguir conquistá-la?

– Por que você resiste? – pergunta Dan. – Por que você se tortura?

– Eu consigo resisitir. Eu não sou um animal.

Dan olha para ela. Não deseja outra coisa senão silenciá-la para sempre. Adam nunca ficaria sabendo, mas ele está fraco demais agora.

Isso não tem a menor importância, tenta se convencer. Ela também não pode detê-lo. É apenas uma e ele tem um exército inteiro ao seu dispor.

Ele vai para trás, parando junto à soleira da porta, deixando os recém-nascidos invadirem o refeitório.

O primeiro a entrar é um rapaz magro e loiro, de dreadlocks. Dan consegue sentir o cheiro de seu couro cabeludo oleoso e de algo forte e azedo como queijo, quando ele corre no local e agarra a garota que trabalha no cassino. Ela tenta se livrar dele, golpeando-o com seus pequenos punhos. O primeiro jato de sangue que sai do pescoço dela respinga no chão, e o resto vai direto para a boca do rapaz de dreads quando ele coloca os lábios ao redor do ferimento.

ALBIN

O tempo parece ter parado, cada minuto é como uma eternidade. Albin não tem coragem de levantar o olhar e somente observa os pés correndo no local. Pés em meias grossas, barulhentos sapatos de salto alto, pés descalços com unhas pintadas de rosa choque, um par de botas. Um tênis escorrega numa poça de sangue. A mulher que está debaixo do rapaz de dreads ganhou um tom amarelo pálido na pele. Seu sangue está chegando ao fim.

Monstros existem e estão aqui agora. Não há para onde escapar.

Um fedor pestilento e adocicado toma conta do local. Tantos gritos. Tantos sons de tesouras cortando, como se fossem tesouras cortando carne. Cadeiras sendo arrastadas, mesas viradas ou jogadas para cima, ossos sendo quebrados, sangue respingando sobre o chão, paredes e até no teto, tingindo o local todo de vermelho. O velho segurança, que tinha falado antes, se arrasta pelo chão, deixando um rastro pegajoso atrás de si. No meio do salão, se encontra a mulher que tinha acabado de falar com Dan Appelgren.

Dan está mais afastado, junto à porta, olhando para tudo com seus olhos vermelhos e com um sorriso insano no rosto inchado.

Lo está puxando Albin. Sua boca se mexe lhe dizendo algo, que eles precisam sair dali. Será que ela não entende?

– Não há sentido – diz ele. – Não temos como escapar daqui.

Ela se surpreende e reage.

– Pare com isso, Abbe! Você não pode desistir agora!

Ele já ia responder quando percebe que alguém o está levantando do chão e logo ele está dando chutes no ar. Dedos rígidos apertam suas costelas, como se fossem uma corrente. Ele sente o cheiro de sangue e de batom. Vislumbra lábios brilhantes e pintados de rosa. Dentes brancos e cintilantes, como pedaços de ossos em fileiras desordenadas. Um lenço colorido na cabeça da mulher. Ela pressiona sua boca contra o pescoço dele. Ele sente a língua dela tocando em sua pele e grita desesperado.

O rapaz de dreads se joga sobre Calle, justo quando ele tentava salvar Albin das garras da mulher.

Os berros de Lo encobrem todos os outros, *mesoltemesolteeuprecisoajudá-lo*!

CALLE

Dentes, é só o que ele vê. Batendo uns contra os outros bem em frente ao seu rosto. Uma cortina de dreads ensanguentados no seu campo de visão. O corpo em cima do seu é tão esquálido que Calle consegue sentir todos os ossos através do casaco, enquanto tenta manter o homem longe de si.

Calle consegue mudar de posição, subindo em cima do homem. Agarra sua garganta com uma das mãos e pressiona, mas o homem não reage. Seus dentes continuam a morder. Os músculos do pescoço trabalham como se fossem um bando de cobras por baixo da pele. O pânico faz com que Calle apanhe um amontoado de dreads e bata com a cabeça do outro no chão diversas vezes, até perder a conta. Não consegue parar. O homem nem pisca, apesar do sangue que escorre sob a sua nuca.

Quando Calle levanta a cabeça dele mais uma vez, uma massa cinzenta e pegajosa escorre pelo chão e os olhos do outro se reviram nas órbitas. Os dentes batem uns nos outros pela última vez e ele fica imóvel. Calle retira a mão e fica observando aqueles restos ensanguentados que contiveram pensamentos, memórias, opiniões.

Tremendo e nauseado, ele consegue se erguer, enquanto seu estômago se contrai dolorosamente, mas ele não vomita. Olha à procura de Albin. Os gritos no local aumentam e diminuem. Ele avista Filip ocupado tentando segurar Lo, que chama desesperada por Albin, e ele segue o olhar dela.

A mulher com o lenço na cabeça está deitada no chão. A faca de pão, de cabo amarelo, está enfiada em seu pescoço. Sangue verte dela, uma quantidade maior do que deveria ter em um corpo.
Como quando se mata um mosquito que acabou de comer.
Sua boca se abre e se fecha, talvez tentando gritar. Ela tenta retirar a faca, mas sua mão apenas escorrega sobre o cabo ensanguentado, que havia ficado preso
Entre as vértebras? Meu Deus, entre as vértebras?
Há uma mulher atrás dela agora, a mulher de roupas negras que tinha falado com Dan Appelgren há pouco. Ela está carregando Albin sob um dos braços. Dois dedos lhe faltam na mão. Ela vem até eles e Calle percebe que os outros contaminados não se aproximam dela, apenas a olham de uma maneira que se assemelha à veneração.
– Sejam rápidos – ela diz. – Antes que ela venha atrás do menino novamente.
Calle dá uma olhada para o chão atrás dela e vê que a mulher do lenço tinha se sentado novamente e olha fixamente para Albin.
Isso é impossível.
Mas Calle não hesita.
– Venham – diz ele, olhando para Filip.
Lo sacode a cabeça.
– Ela é um deles – ela protesta.
– Eu acabei de salvar a vida dele – diz a mulher, colocando Albin no chão em frente a Calle. – Vocês precisam se armar, se quiserem proteger as crianças. O coração ou o cérebro dos contaminados deve ser destruído.
Ele concorda com a cabeça, sem nada dizer. Se conscientiza, de repente, que o caos no refeitório começava a se desfazer. Cadáveres por todos os lados.
A faca ensanguentada ainda está alojada no pescoço da mulher, mas ela conseguiu agarrar o cabo agora. Há um ruído seco quando a lâmina sai de sua carne.

Vocês precisam se armar.
– Precisamos ir para a cozinha – diz ele, olhando para Filip.
A mulher vai em direção à porta, onde não há mais sinal de Dan Appelgren. Calle pega Albin pela mão, e depois de se assegurar que Filip e Lo estão com eles, vai atrás dela. Alguns contaminados se aproximam, mas hesitam devido à presença da mulher.
Eles a temem. Eles acham que nós pertencemos a ela. Talvez eles tenham razão.
Calle puxa Albin para mais perto de si enquanto ouve Filip chamando por Marisol.
– Esperem por nós! – grita a familiar voz de Mika, de algum lugar atrás deles.
Eles saem para o corredor e Dan Appelgren tampouco se encontra lá. Mais corpos espalhados na sala dos funcionários. Calle tenta não olhar quando pisa em um deles, não quer saber se há algum conhecido entre eles.
A mulher empurra a porta de aço que leva para as escadas. Calle ouve gritos vindos do andar de baixo.
– Andem rápido – urge a mulher.
Ela parece triste, como se quisesse pedir desculpas, apesar de ter acabado de lhes salvar as vidas. Ele gostaria de entender por que os está ajudando, seja lá quem ela for, mas não há tempo para perguntas. Ele dá uma olhada no corredor, pela última vez. Antti e Mika correm em direção a eles. Atrás deles vêm alguns dos contaminados.
– Vamos pegar o elevador – diz Filip perto da orelha de Calle. – Ele vai direto para a cozinha.
Calle vê as portas amarelas de aço a alguns metros de distância dali e balança a cabeça, concordando.
Calle aperta a mão de Albin com mais força e começa a correr. Tropeça junto à escada, mas consegue evitar a queda e pega impulso novamente. Escutando que Marisol, Filip e Lo vêm logo atrás, ele se joga contra o elevador, e começa a apertar freneticamente o botão. Ele se acende e a pesada maquinaria, por trás das portas de aço, começa a entrar em ação. As crianças

gritam e se agarram uma na outra. Ele aperta o botão novamente, mesmo sabendo que isso não faz a menor diferença, simplesmente porque ele precisa fazer *alguma coisa*.

Antti se coloca na frente da mulher dos cabelos negros, quase a derrubando, e Mika vem logo atrás.

– Corram! – grita Filip. – Puta que pariu, corram!

Calle percebe de repente que os gritos lá embaixo tinham cessado. Agora ouve passos, lentos, mas próximos demais. Subindo.

Ele olha para a mulher novamente, que está parada na soleira da porta, bloqueando o caminho para os contaminados que aparecem atrás dela. Seus lábios se abrem e Calle sente como se tivessem lhe dado um banho de água fria quando repara nos dentes amarelados dela, que não parecem combinar com o seu rosto jovem.

A porta do elevador se abre com um rangido e Calle se vira rapidamente, com medo de que mais contaminados estejam ali dentro, prontos para atacar. Mas o elevador está vazio.

Ele para na porta, evitando que esta se feche. Marisol e Filip empurram as crianças para o fundo do elevador.

Alguns contaminados sobem as escadas. Três deles. Cinco agora. Antti pega impulso novamente e entra desmoronando, estendendo os braços para frente, para não bater com a cabeça na parede no fundo do elevador.

Mika ainda tem alguns metros a percorrer. Por que ele está tão lento? Parece tão devagar quanto os contaminados subindo as escadas.

– Rápido! – grita Calle, esmurrando o botão do oitavo andar. Lo está pulando ali dentro, fazendo o elevador sacudir.

– O que você acha que estou tentando fazer? – pergunta Mika, com falta de ar.

– Vão! – grita a mulher. – Vão sem ele!

Mas Mika entra finalmente no elevador e Calle se afasta para dar lugar. As portas ficam paradas por um segundo, dois segundos e ele grita de pura frustração, antes que comecem a se fechar lentamente.

Ele vai para o fundo do elevador junto dos outros.

As portas já estão quase inteiramente fechadas quando um braço sardento, com grossas pulseiras douradas, se enfia através da pequena fenda. Os dedos estão curvados como garras e arranham o ar, tentando alcançá-los. Um rosto com a boca escancarada se pressiona contra a abertura. As portas se sacodem e começam a se abrir novamente. As crianças gritam de pavor.

Há um movimento rápido do lado de fora. Um mero vislumbre do casaco preto e largo. O rosto desaparece da abertura da porta. Ruídos de dor ao lado de fora, e Filip estende o braço, acionando novamente o botão do elevador.

O pulso de Calle vibra em seus ouvidos, enquanto ele observa as portas do elevador fecharem a última fresta.

Somente quando as portas se fecham completamente e o elevador começa a descer é que ele percebe que estava prendendo a respiração por todo esse tempo.

MADDE

Madde finalmente sai da janela. Não suporta mais ver o que está acontecendo lá embaixo, junto à proa.

Na verdade, ela mal está aguentando se manter acordada. Tinha chorado tanto que se sentia mais do que exausta. Destroçada. Ela se joga pesadamente no sofá. Gostaria de se deitar ali naquelas almofadas macias e nunca mais se levantar.

E se a Zandra me contaminou de alguma forma? Será que é por isso que estou tão cansada?

Ela tem vontade de sumir só de pensar nisso.

Marianne olha para ela, como se pudesse ler sua mente.

O que eles fariam comigo se pensassem que eu estou doente? Me jogariam no corredor, para os outros.

Ela encara fixamente a tigela de balas. Se ela morrer nessa merda de navio, o que realmente tinha realizado na vida? O que tinha feito de significativo para alguém? Seus pais sentiriam saudades, é claro. Seu irmão também. Mas eles não a conhecem. Não conhecem o seu verdadeiro eu.

Ninguém a conhecia melhor que Zandra e agora não havia mais Zandra.

Sente uma ardência no olhos, mas as lágrimas não vêm. Talvez não tenha mais nenhuma. Madde funga, passa o indicador na parte inferior do nariz. Olha para a mesa de jantar e vê que há espelhos no teto bem acima dela. Fica com a sensação de que as pessoas mais transaram ali do que se sentaram para comer.

Observa as serpentinas penduradas no corrimão da escada, as pétalas de rosa espalhadas nos degraus. Lá no andar de cima, vislumbra um cartaz enorme acima da cama onde se lê "PARABÉNS".

Compreende agora o tipo de relação entre os dois e não sabe se deve ficar repugnada ou impressionada. Olha para a senhora novamente. Ela deve ser muito rica e Vincent deve estar realmente desesperado.

Dá uma olhada para o espelho no teto outra vez.

– Vocês vão se casar ou algo do tipo? – ela pergunta.

– Não – responde Marianne. – Não, de jeito nenhum.

– Mas o que estão comemorando, então? – pergunta Madde.

– É uma longa história – diz o rapaz, se virando para elas.

Os olhos dele parecem mais escuros à distância. A verdade é que ele é bem bonito. Zandra o teria adorado.

Zandra.

– Bom, não é como se tivéssemos algum outro lugar para ir. – diz Madde. – E eu não me incomodaria de pensar em alguma outra coisa.

Vincent se senta na poltrona à frente dela.

– Eu fui pedido em casamento – ele diz. – Pelo meu namorado.

Madde sacode a cabeça, aliviada por não ter mais que imaginar cenas de sexo entre Marianne e Vincent.

– Onde ele está?

– Eu não sei – diz Vincent, com sua voz desaparecendo em um sussurro. – Ele sumiu antes de tudo começar... Não sei onde ele está.

Vincent parece estar tão devastado, que ela se arrepende de ter perguntado. Gostaria de fazer com que ele se sentisse melhor, mas ele também já tinha olhado pela janela.

– Parabéns – diz ela. – Pelo casamento, eu quero dizer.

Ele sorri, mas é o sorriso mais infeliz que ela já tinha visto em sua vida.

– Eu não aceitei – ele diz.

– Mas por que não? – ela deixa escapar. – Me desculpe – ela diz rapidamente. – Eu não tenho nada com isso. É só que...

Dessa vez ela consegue se controlar e não dizer o que pensa: *É só que eu consigo ver só de olhar o quanto você o ama.*

– Não tem problema, mas é, eu não sei, queria mais tempo para pensar... – ele dá uma risada. – Achei que haveria mais tempo.

– Você não tinha como saber que as pessoas iam começar a arrancar pedaços umas das outras com os dentes.

– Pare, por favor – interrompe Marianne.

– Não, é verdade – diz Vincent, rindo novamente e apoiando a testa nas mãos. – Eu deveria ir atrás dele. Ele está em algum lugar lá fora.

– Não vá – diz Marianne. – Ele virá para cá, se puder.

– Exato, *se puder*. E se ele precisar de ajuda? – diz Vincent.

– Mas imagine se vocês se desencontrarem – diz Marianne. – Ele gostaria que você permanecesse aqui.

Ela olha para Madde para pedir apoio, como se a outra tivesse a mínima ideia do que o namorado do Vincent poderia querer.

– É, ele gostaria que você ficasse aqui – diz Madde. – Eu gostaria, se estivesse no lugar dele.

Se ela amasse alguém, ela gostaria que essa pessoa ficasse no lugar mais seguro possível, num lugar onde ela pudesse encontrá-lo ou encontrá-la.

Além disso, ela realmente não queria que Vincent as deixasse ali sozinhas.

CALLE

Eles olham em silêncio para a porta, que começa a se abrir. Fora do retângulo de luz que sai do elevador, as sombras espreitam nas profundezas. Aqui e ali brilham pontos de luz esverdeados e alaranjados, pequenas lâmpadas nas imensas máquinas da cozinha.

Calle tenta escutar em meio à escuridão, mas não ouve nada além do murmúrio dos tubos de ventilação. Ele dirige um rápido olhar para Filip.

Antti solta um suspiro irritado e sai do elevador. Anda com as costas exageradamente eretas e tem os braços estendidos ao longo do corpo. Ele se parece com um pequeno cão querendo se mostrar grande e ameaçador, mas o efeito é exatamente o inverso.

Calle e as crianças acompanham Marisol e Filip até a cozinha. Mika é o último a sair do elevador.

Há um ruído no teto e as luzes fluorescentes se acendem. Antti está próximo ao interruptor de luz. Sob a forte iluminação, se vê claramente que o rosto dele está muito vermelho, quase púrpura. Os enormes balcões de aço da cozinha reluzem, os imensos fornos, as grelhas, os armários aquecidos, as fritadeiras, tudo está cuidadosamente limpo e sem manchas. Se esse fosse um cruzeiro normal, logo o café da manhã começaria a ser preparado. Na parede, junto às máquinas de lavar louça, há um quadro com o planejamento das atividades e alguns cartões postais mostrando garotas de biquíni, em praias ensolaradas. Ao lado do quadro, há um telefone cinzento grudado na parede.

Vincent.

Se ele não ligar, pode continuar imaginando que Vincent se encontra seguro em sua suíte, mas se ligar e ele não atender...

– Precisamos de armas – diz Antti, abrindo e fechando algumas das gavetas do local.

Calle larga a mão de Albin com cuidado e vai até a zona fria da cozinha, onde há quatro balcões compridos, rodeados por geladeiras gigantescas. Ele puxa uma das gavetas debaixo de um dos balcões e vê as diversas facas para trinchar cuidadosamente alinhadas.

– Há várias aqui – diz ele.

Marisol vai até o balcão ao lado. Apanha dois cutelos e um martelo para carne. Seus olhares se cruzam e Calle sente, instintivamente, que gosta dela. Ele alinha várias facas à sua frente, testando as suas pontas com cuidado. Estão bem afiadas e claramente bem cuidadas. Ele fica pensando se aquelas maiores seriam realmente melhores, ou se as menores seriam mais fáceis de manusear. Será que as crianças também devem se armar com facas?

– Você consegue acreditar que estamos fazendo uma coisa dessas? – ele pergunta.

Marisol sacode a cabeça, dizendo que não. Se encosta no balcão e enxuga a testa.

– Eu bati numa mulher até a morte lá no Starlight – diz ela. – Ela era um deles, mas eu... – Ela engole em seco. – Não sei se seria capaz de fazer isso novamente.

– Eu sei. Quero dizer, também não sei se conseguiria.

Ele tenta afastar as lembranças que tem do homem de dreads, querendo limpar a consciência do que havia feito.

Calle observa as facas que separou. De repente, lhe vem o pensamento de que seria ridículo fazer uso daquelas armas. Ele olha em volta, procurando as crianças.

Lo vem até ele e lhe entrega uma tesoura grande de cozinha, de lâminas de aço inoxidável. Albin está um passo atrás dela e tem o olhar assustadoramente vazio e translúcido.

– Isso deve servir para alguma coisa – diz Lo.

Ela parece tão infantil e tão adulta ao mesmo tempo.

Calle concorda com a cabeça, mas desvia o olhar ao receber a tesoura das mãos dela. Lo e Albin não deveriam estar ali. Deveriam estar em casa, dormindo em segurança nas suas camas.

Ele percorre o local com o olhar, observando as máquinas de lavar louça, as bacias empilhadas. As mangueiras penduradas parecem cobras descansando sobre as pias. Olha para o telefone na parede novamente. Vai telefonar, em breve. Só precisa colocar seus pensamentos em ordem.

Escuta um barulho terrível atrás de si. Se vira. Antti tinha puxado duas gavetas e as virado para baixo. Batedores manuais, conchas e espremedores de batatas tinham se espalhado pelo chão.

– Será que você poderia fazer algo menos estridente do que esse puta barulho? – diz Filip.

Antti olha para ele. Puxa uma outra gaveta e vira todo o seu conteúdo no chão, deliberadamente.

– Só estou tentando ser eficiente – diz ele. – Você talvez devesse experimentar fazer o mesmo.

– Assim você vai atraí-los até aqui – diz Calle. – O quão difícil é entender isso?

Antti o olha com desprezo.

– Cala a boca, seu viado!

– Puta, cara, fantástico esse daí – Lo sussurra para Albin. – Será que eles não podem vir aqui agora e acabar com ele, por favor?

Calle mal os ouve. O ódio percorre o seu corpo quando olha para Antti. O sentimento é tão intenso que ele mal se reconhece.

Mas em seguida, percebe que está enganado. Ele conhece muito bem esse sentimento de ódio. Ele tinha sido covarde demais para dizer alguma coisa para Antti quando trabalhavam juntos, mas agora quer acabar com ele. Golpear aquela cara vermelha e chutá-lo com suas botas.

O ódio é bom, o fogo queima seu medo, extinguindo temporariamente toda a preocupação com a doença a bordo, com Vincent, com Pia e com as crianças.

– Vai se foder, Antti! – diz Filip. – Você pode pegar esse machismo babaca e enfiar no rabo.

– Enfie no seu amiguinho – diz Antti. – Aposto que ele vai gostar. E vai se foder você também. Tomar no cu estar aqui com esses dois pirralhos, mulheres e com a máfia dos politicamente corretos.

– Eu não aguento mais – diz Mika.

Calle quase tinha se esquecido dele. Olha em volta e o encontra encolhido, encostado a um dos armários aquecidos.

– E tem aquele ali também – diz Antti dando uma risada debochada.

– Não quero ficar aqui – diz Mika. – Por que isso tinha que acontecer justamente comigo?

– Com você? – pergunta Calle. – Você pelo menos está vivo e não como todos os outros lá em cima, como Pia e Jarno. Ou como os passageiros que...

– Não entendo o que fiz para merecer isso.

– Ninguém merece isso! – Filip está quase gritando. – Quem você acha que merecia isso no seu lugar?

Mika olha contrariado para ele, como se fosse muita injustiça lhe negarem este momento de autopiedade.

– Agora vamos nos acalmar – diz Marisol. – Não temos a menor ideia do que está acontecendo e com o que estamos lidando.

– Eu sei – diz Lo. – Eu sei o que eles são, mas vocês não vão acreditar em mim.

Calle se vira para ela.

– Eles são vampiros – ela declara.

– Lo...

– São, sim. Vocês ainda não entenderam?

– Mulheres e pirralhos – murmura Antti.

– Primeiro eu achei que eles eram zumbis – Lo continua. – Mas zumbis não conseguem nem pensar e nem falar. Vocês o viram também, o tal Dan Appelgren. Ele pensava e falava, apesar de ser um deles, e aquela mulher que nos ajudou também.

– Vocês podem fazer essa menina calar a boca? – diz Antti. – Não tenho a menor vontade de escutar as bobagens de uma porra de uma criança que viu filmes de terror demais.

Lo olha para ele zangada.
– Por que você não nos dá uma explicação *natural* então? – diz ela. – Tenho certeza que a sua explicação deve ser muito mais divertida que a minha.

Vampiros.

Talvez seja um sinal de que ele esteja ficando louco, mas é uma palavra que explica muito bem o que está acontecendo ali. Por mais insano que pareça, ainda é a explicação mais lógica para o que está ocorrendo no *Charisma*.

Os dentes. As mordidas. Todo o sangue, a carnificina no navio. O caos no refeitório. A mulher com a faca enfiada no pescoço, que movia o cabo enquanto sangrava. O homem de dreads, que só parou de atacar quando sua cabeça foi totalmente massacrada.

As imagens do que havia ocorrido no refeitório passam rapidamente em sua cabeça, fazendo seu cérebro ficar confuso e ele quase perder o contato com a realidade. Como se tivesse andado até a beira da insanidade, mas brecado no último momento. O abismo o chama, mas ele não cai. Ainda não.

Mas agora sabe que está lá, aguardando por ele.

– Pia disse que Dan estava acompanhado de um garotinho – diz Mika. – Ela achava que o garoto também era um deles.

– Aquela mulher disse algo a Dan sobre o seu filho – diz Lo, olhando ansiosa para Calle.

– Ah, então está bem – diz Antti, dando uma risada teatral. – Tudo resolvido. Simples assim. Bom, deve haver alho por aí. Ou melhor nos sentarmos e começarmos a talhar estacas de madeira?

– Talvez devêssemos – diz Lo. – Precisamos acabar com os corações e os cérebros deles.

– São terroristas – diz Antti olhando ao redor. – Ou eu sou o único aqui que não acredita em contos de fada?

Calle coloca as mãos sobre o rosto e acidentalmente encosta no corte na testa e o suor de seus dedos faz a ferida arder.

– Eu não sei no que acreditar – diz Filip. – Mas não importa como os chamamos. A questão agora é o que devemos fazer.

Antti dá um chute em uma das gavetas no chão.

– Temos que parar o navio, para podermos colocar os botes na água – diz Marisol.

– Henke e Pär já tentaram chegar à ponte de comando uma vez e eles... – começa Antti.

– Está bem. Então vamos tentar a sala das máquinas. Tem alguém aqui que sabe como fazer um desligamento geral?

Antti suspira.

– É muito fácil – diz ele, soando como se estivesse contrariado. – É só jogar alguns baldes com água no painel principal de distribuição elétrica. As bombas param e as máquinas ficam sem combustível e privadas de resfriamento.

Eles olham uns para os outros.

– Ótimo – diz Marisol. – Então temos um plano.

Calle olha para o telefone junto ao quadro na parede. Se eles vão fazer isso, precisa ligar agora.

Talvez eu não tenha outra chance.

Não quer pensar nessa possibilidade e se obriga a colocar o mau pensamento de lado. Tem que manter a cabeça fria. Vai até o telefone, com o coração batendo descompassado. Levanta o fone e aperta os botões engordurados. 9, 3, 1, 8.

O telefone começa a chamar. Um sinal toca, mais um e mais um.

– Alô? – atende Vincent, do outro lado da linha, sem fôlego.

O telefone faz ruídos de plástico seco quando Calle o segura com força.

– Sou eu – ele diz.

Ele precisa respirar fundo e devagar para não começar a chorar. Se ele fizer isso, acabará caindo no abismo e nunca mais conseguirá sair de lá.

– Onde você está? – pergunta Vincent com a voz embargada.

– Estou na cozinha – responde Calle e, quando Vincent não responde, ele repete. – Na cozinha.

– Você está bem?

– Sim – diz Calle. – Estou bem.

A linha telefônica está com vários barulhos de interferência, como se para lembrá-los de que a ligação pode ser interrompida a qualquer momento.
– E você? – pergunta Calle. – Você está bem? Não foi mordido?
– Não – responde Vincent.
Aquela pequena palavra que faz tanta diferença. Calle sente um grande alívio. As lágrimas ameaçam a saltar dos seus olhos.
– Gostaria que você estivesse aqui – diz Vincent.
Calle engole de novo e de novo, para fazer descer o nó que tem na garganta. Os zumbidos na linha são como o vento na copa das árvores, como murmúrios distantes.
– Eu também – ele consegue dizer.
– O que está acontendo com as pessoas? Você sabe de algo?
Vampiros.
– Não.
– É seguro onde você está?
Lágrimas quentes escapam, escorrendo pelo rosto de Calle.
– Vamos tentar chegar à casa das máquinas e parar o navio. Então poderemos colocar os botes na água... E alguém de fora irá acabar percebendo que há algo de errado, mais cedo ou mais tarde...
Ele se cala. Percebe de repente que, se as pessoas vierem lhes salvar, também correrão risco de vida.
Ele se encosta à parede, tentando se acalmar. Não quer se deixar levar pelo pessimismo. Irá se concentrar em uma coisa de cada vez. É a única maneira que tem de não enlouquecer e ser engolido pela gravidade da situação.
– Você não pode ficar aí onde está? – pergunta Vincent. – Por favor, faça isso por mim.
– Nós precisamos tentar.
Vincent não responde. Calle só deseja que o outro diga alguma coisa, qualquer coisa, só para que possa ficar ouvindo a voz dele por mais uns instantes. Mas Vincent nada mais diz.
– Fique na suíte. Me prometa que não irá sair daí – diz

Calle. – Se não conseguirmos parar o navio, irei diretamente ao seu encontro o mais rápido possível.
– Vou lhe esperar aqui – diz Vincent.
Faça isso. Eu te amo. Não deixe que nada lhe aconteça.
– Nos vemos em breve – ele diz.
– Sim, nos vemos em breve.
Parece que Vincent tinha começado a chorar. Calle não quer desligar, mas ele murmura um adeus e se força a colocar o fone de volta no gancho.
– Albin? Lo? – ele chama e sua voz está surpreendentemente estável. – Venham, vamos tentar ligar para os seus pais.
Ele enxuga as últimas lágrimas dos olhos e se vira para os outros.
Filip tinha encontrado alguns baldes cinzentos de plástico. Ele corta um pedaço de fita adesiva. Tinha amarrado uma faca de trinchar a um cabo comprido, que parecia ter vindo de um rodo de limpeza.
– Conseguiu encontrá-lo? – ele pergunta olhando para Calle.
Calle faz que sim com a cabeça.
– Ótimo – diz Filip, segurando a lança improvisada à sua frente.
Ele parece tão satisfeito que Calle se sente obrigado a sorrir.
Vincent está em segurança. Só agora, quando ele tem conhecimento disso, percebe o quão perto esteve de desistir de tudo.

DAN

Adam está esperando por ele junto aos jogos eletrônicos no oitavo deque. Dan passa por cima dos corpos amontoados em frente à entrada do Poseidon, olhando bem por onde pisa. Consegue ouvir o barulho dos corpos se movendo lentamente uns sobre os outros. Alguns levantam a cabeça e o seguem com o olhar quando ele passa.

Ele está cansado.

Se ao menos pudesse ter aproveitado tudo o que havia acontecido no refeitório.

Pelo menos todos o viram. Todos sabiam que era ele quem estava por trás de tudo o que aconteceu. Quando acordarem novamente irão segui-lo e, quando recuperarem a consciência, saberão que foi Dan quem lhes deu sua nova vida.

Dan para ao lado de Adam e olha pela janela junto com ele. É possível vislumbrar uma luz onde o mar se encontra com o céu. Fica pensando se os seus olhos humanos perceberiam essa tênue diferença.

Um novo amanhecer. Um novo mundo. E ninguém de fora do *Charisma* sabe disso ainda.

– Foi tudo bem? – pergunta Adam.

– Sim.

O reflexo dos dois na janela é transparente. O rosto de Dan está inchado. A camisa está esticada sobre o seu corpo estufado de sangue. Ele vira para o outro lado e encontra o olhar de Adam refletido no vidro da janela. Fica pensando no que a mãe do garoto tinha falado, que Adam não irá se subjugar a mais ninguém.

Dan tampouco pretende fazê-lo. Ele talvez devesse matar Adam, aqui e agora. Ir ao encontro do novo mundo sem ele. Comandaria um exército de recém-nascidos só seu.

– Não encontrei a minha mãe – diz Adam. – Não consegui sequer localizar o seu aroma.

– Ela estava lá – diz Dan.

Adam se vira para ele, mas Dan continua a olhar pela janela. A luz fraca lá fora transforma a água em mercúrio.

– Ela ajudou alguns a escapar – diz ele.

– E você a deixou fazer isso? – pergunta Adam.

Dan range os seus dentes e se volta para Adam. Aquele pescoço pequeno parece tão fácil de quebrar. Mas se deixar enganar pela aparência frágil do garoto seria um grave erro. Precisa aguardar até que esteja plenamente recuperado.

– Quem ela ajudou? – pergunta Adam.

– Só um punhado de perdedores, ninguém importante. E umas crianças.

O sangue se movimenta mais rápido dentro de Dan, quando ele pensa naquela garotinha loira. Tão jovem, tão fresca.

– Crianças são um dos pontos fracos dela – diz Adam e seus pequenos lábios bem delineados ficam tensos. – Essas pessoas que escaparam podem se tornar um problema para nós?

Dan sacode a cabeça negativamente. O que um imbecil da loja do duty free poderia fazer? Borrifar perfume neles até a morte?

Adam se senta no parapeito interno da janela. Suas pernas balançam no ar, enquanto ele bate a sola de seus pequenos sapatos na parede. Os olhos azuis penetrantes focam em Dan.

– Você tem certeza? – ele diz.

– Eles não conseguirão escapar. Um deles está prestes a se transformar, ele não tinha muito tempo. Ele vai se encarregar dos outros.

Dan imagina aquele rosto odioso à sua frente, agora com novos dentes. O pavor e a fome nos olhos, mas ele nada sente perante essa visão.

Atrás de Dan, um dos recém-nascidos solta grunhidos.

– Você talvez devesse se concentrar em todos aqueles que não escaparam – diz Dan. Ele deixa de acrescentar *graças a mim*, pois percebe que está soando choroso, na defensiva. – Faltam poucas horas agora. Não há nada que a sua mãe possa fazer.

– Ela vai tentar – diz Adam, como se estivesse pensando em voz alta.

– Então, você vai ter que dar um jeito nela – diz Dan.

Dan não quer mais tocar no assunto por enquanto. Quando conheceu a mãe de Adam no refeitório, teve a absoluta certeza de que ela queria matá-lo. Não pode ter chegado tão longe apenas para acabar perdendo tudo. Ele tem *muito* mais vida a perder agora. Mais anos pela frente, anos *melhores*.

– Aja como um homem – Dan continua. – Mesmo que você não pareça um.

Eles se encaram. Adam é o primeiro a desviar o olhar.

– Não se preocupe com a minha mãe – diz ele. – Eu vou cuidar de tudo. Você tem razão. Aproveite tudo o que conquistamos. Você fez um bom trabalho.

Dan concorda com a cabeça. Ele não precisa da aprovação de Adam, mas não quer mais se incomodar com essa discussão.

– Você deve estar exausto – diz Adam.

Dan concorda novamente. Está mesmo, até o último fio de cabelo.

– Eu acho que você deve descansar até chegarmos lá – diz Adam. – Vai precisar de todas as suas forças. Pense em tudo o que temos pela frente. Isso é só o começo.

Sim. Descansar. É isso o que ele precisa.

E ele sabe exatamente para onde ir. Para o lugar que sempre deveria ter sido seu. Ele irá assistir a tudo de camarote quando chegarem à Finlândia, quando o mundo despertar para um dia diferente de todos os outros de sua longa história.

ALBIN

– Abbe – diz o pai. – Abbe, onde você está?

Ele não é nem o pai zangado ou o pai choroso agora, é um pai que Albin nunca tinha ouvido antes. Ele soa como uma criança pequena, como se ele e o filho houvessem trocado de lugar e Albin fosse o adulto agora.

O seu pai tinha bebido tanto que Albin mal conseguia ouvir o que ele dizia.

Albin não sabe por que está decepcionado. Havia esperado outra coisa? Que o pai se transformaria naquele das histórias que ele inventava quando era pequeno? O pai que era corajoso e lutava contra monstros, salvando a todos?

– Eu e Lo estamos com outras pessoas na cozinha do navio – diz Albin. – Lá onde eles fazem toda a comida.

Será que só tinham se passado mesmo algumas poucas horas desde que jantaram juntos no restaurante?

– Onde está Cilla? – pergunta o pai. – E Linda?

– Eu não sei – diz Albin, olhando para Lo. – Elas não estão com você?

Lo compreende tudo instantaneamente. Tenta não demonstrar, mas se encolhe toda, como se o cordão imaginário que a manteve em pé todo esse tempo houvesse sido cortado.

– Estou completamente sozinho aqui – diz o pai. – Por que vocês simplesmente desapareceram?

Albin mexe no fio do telefone, enrolando seu dedo indicador na espiral cinza de plástico macio.

– Eu tinha que falar com a mãe sobre uma coisa – diz ele.
– Por que você não veio até mim? Eu estava bem do lado!
O fio aperta tanto que a ponta do dedo começa a ficar azulada.
– Eu não sei.
– É, eu também não sei – diz o pai.
Ele começa a chorar, um choro molhado e grosseiro do outro lado da linha. Agora Albin o reconhece.
– Eu iria se pudesse – diz Albin. – Mas não posso.
Assim que ele diz isso, sabe que não irá sequer tentar. Ele não pretende ir para aquela cabine, ficar trancado com o pai. Prefere ficar com Calle e com os outros.
– Então me diga como chegar até você – choraminga o pai.
Albin retira o dedo do túnel de fio de plástico. Ele está escorregadio com todo o suor.
– Você não pode.
– Eu vou enlouquecer aqui.
Você já é louco e eu não quero te encontrar. Não quero que Calle e os outros lhe conheçam. Você estragaria tudo.
– Tenho que ir agora. Se o navio parar, vá para a parte de cima se você puder. Há botes salva-vidas lá.
– Abbe, Abbe, não desligue! Você sabe que eu te amo mais que tudo nesse mundo, eu tenho que...
– Desculpe, pai. Eu te amo também.
Albin precisa ficar na ponta dos pés para desligar o telefone. Ele se vira e Lo o está encarando com olhos úmidos.
– Elas não estão lá – diz ele, mesmo sabendo que não precisava. – E eu não quero voltar para lá.
Ela concorda em silêncio com a cabeça.
– Você os encontrou? – pergunta Calle.
Albin olha para ele. Subitamente lhe ocorre que Calle e os outros talvez não estejam muito animados com a ideia de terem de cuidar dele e de Lo. Aquele Antti definitivamente não está, mas pelo menos ninguém lhe dá ouvidos. Mas Calle... Calle tinha dito que não podia... Mas antes era tudo diferente, não era?

– Só o meu pai está lá – diz ele. – Nós preferimos ficar aqui com vocês até encontrarmos nossas mães.
– Vocês não deveriam... – começa Calle.
Mas ele parece compreender o que está acontecendo, pois se cala e simplesmente concorda com a cabeça.
Marisol chega ao lado deles com uma das lanças improvisadas por Filip. Ela sorri amigavelmente para Albin.
– É claro que vamos ficar todos juntos – diz ela.
– Onde vocês viram as suas mães pela última vez? – pergunta Filip, que está mais afastado, perto de uma das bancadas.
– No café – diz Lo. – Depois elas devem ter ido ao balcão de informações, porque anunciaram nos alto-falantes...
– Então você deve ter falado com elas, Mika – diz Filip. – Você se lembra delas?
Albin se xinga mentalmente. Por que não tinha pensado nisso antes? Ele tinha reconhecido Mika, afinal. É claro que foi com ele que a sua mãe e Linda falaram.
– A minha mãe é cadeirante – diz ele, indo em direção ao homem sentado no chão. – E a tia Linda tem os cabelos loiros e compridos.
Mas Mika não responde.
– Ei – diz Calle. – Você não está ouvindo?
Nenhuma resposta. Albin repara agora que os olhos de Mika estão abertos, como se ele estivesse olhando para o nada.
– Mika? – diz Calle, se aproximando e abaixando ao lado do outro.
Ele coloca a mão sobre o pescoço de Mika.
– Caralho, Calle! – grita Filip e vem correndo com uma das lanças sobre o ombro. – Tenha cuidado!
– Não estou sentindo o pulso – diz Calle em voz baixa e olhando para Filip.
– Fantástico – diz Lo para si mesma. – Fantástico para caralho.
– Saia daí, Calle – diz Albin. – Por favor.
Calle desabotoa o casaco de Mika, fazendo os botões dourados brilharem. A camisa está rasgada no peito. Tem uma man-

cha grande de sangue. Calle fecha o casaco e limpa as mãos nas calças jeans.

– Esse idiota. Por que ele não disse nada?

Marisol pega o ombro de Calle com gentileza e, finalmente, ele se afasta o suficiente para que as mãos de Mika não consigam lhe alcançar. Ele vai até uma das pias e abre o armário debaixo dela.

– O que nós vamos fazer? – pergunta Antti. – Ele é um deles?

– Vai ser – diz Lo.

– Ela tem razão – diz Filip. – A mulher lá no Starlight também parecia estar morta a princípio.

Calle volta usando umas luvas amarelas de lavar louça. Se abaixa ao lado de Mika novamente.

Parece que tudo no estômago de Albin vai se enrijecendo aos poucos, cada vez mais forte e mais forte, se contraindo em uma bola de cobras vermelhas como aquelas que caíram do homem de cabelos compridos lá na parte de cima do navio.

Não importa que cor temos no exterior, pois por dentro somos todos iguais. Sua mãe sempre dizia isso quando ele era pequeno, e havia começado a perguntar por que eles eram tão diferentes um do outro, mas ele nunca tinha entendido a importância disso.

Mãe. Onde ela estará agora? A boca de Albin se enche de saliva e, quando ele engole, fica com um gosto frio e metálico na boca.

Calle aperta o queixo de Mika com cuidado. Sangue escorre para fora quando a boca se abre.

Filip se posiciona atrás de Calle, segurando o cabo do rodo com a faca apontada diretamente para o rosto de Mika. Albin se aproxima, não consegue resisitir.

– Puta merda – diz Calle. – Olha isso aqui.

Os dentes de Mika caem com os mais leves toques.

– Agora, chega – diz Filip. – Saia daí!

– Espere.

Calle puxa a cabeça de Mika para trás, para que a iluminação do teto chegue até a boca. Pequenos pontos brancos podem ser vistos lá, se movimentando através da gengiva ensanguentada.

– É assim que acontece – diz Calle, se levantando.

– Ele pode acordar a qualquer momento – diz Marisol. – Temos que sair daqui.

Uma lembrança volta à mente de Albin, de uma fotografia do livro de biologia, que ele não tinha conseguido se esquecer por muitos dias. Era a radiografia da cabeça de uma criança. Os dentes permanentes estavam muito bem alinhados abaixo da gengiva, prontos e aguardando para saírem assim que a criança perdesse os de leite.

Calle tira as luvas e as deixa sobre a pia.

– Vamos encher os baldes! Sejam rápidos! – ele diz.

– Ele está se mexendo! – exclama Lo.

O homem deitado no chão pisca os olhos, estremecendo. Suas mãos tremem tanto que batem no próprio quadril. Sua boca se abre como se estivesse perplexo.

Albin se vira para o outro lado. Tenta dizer alguma coisa, mas nenhum som sai de sua boca. Quer correr, mas não sabe como. Lo o sacode pelos ombros, o chama pelo nome, mas não consegue chegar até ele. Ninguém consegue. Seu verdadeiro eu está escondido em algum lugar no interior de seu corpo, protegido por uma fortaleza de carne e de sangue.

Os outros gritam entre si, gesticulando freneticamente. O rosto de Lo está muito perto do seu, mas mesmo assim, ela parece distante. Está tentando lhe dizer para se mexer? Mas *como*?

Sua bochecha, que de tão distante nem parece mais ser sua, começa a arder, e ele percebe que Lo tinha lhe dado um tapa.

– Abbe – ela grita. – O *que* você tem?

Ele não sabe explicar. Se explicasse, estragaria tudo. Só quer permanecer onde está. Escondido dentro de si mesmo.

– Abbe, eu não consigo fazer isso sem você – ela diz. – Você tem que voltar.

Ele olha para ela.

– Você consegue me ouvir? – diz Lo. – Por favor, não fique assim agora. Podemos ter um ataque depois que isso tudo terminar.

Ele sente a sua cabeça acenar silenciosamente para ela, porque parece estar precisando disso. Mas o que quer dizer com *terminar*? Essa noite nunca irá terminar.

FILIP

Filip está tremendo tanto, que quase derruba o cabo do rodo. Está encarando Mika, que tenta se levantar apoiando as costas contra um armário. Seu rosto se contrai de dor, parecendo uma máscara assustadora.

– Mata ele! – incita Antti.

Filip sacode a cabeça. Como poderia fazer uma coisa dessa? Não importa o que ele realmente pensa sobre Mika. Eles tinham trabalhado juntos por mais de quinze anos.

– Senão ele vai acabar nos matando – diz Lo.

– Eu sei! – diz ele, erguendo o cabo e fazendo com que a faca fique em frente aos olhos de Mika – Eu sei...

Ele olha para Marisol. Todo o corpo dela está tenso, como se fosse composto por apenas um músculo, pronto para agir.

Mika fica em pé. Leva as mãos à boca e começa a arrancar seus dentes, um por um. Funga como se estivesse chorando, mas os olhos estão secos.

– Ah, foda-se isso tudo – Filip se ouve dizer. – Vamos simplesmente embora.

– Precisamos levar água conosco – diz Antti. – Faça o que tem que fazer.

– Por que você não faz então? – diz Filip zangado. – Era você quem queria fazer picadinho de todo mundo! Agora é sua chance!

Antti não responde, *aquele covarde imbecil*.

Filip dá uma olhada nas crianças. A menina está assustada, mas o menino nem parece estar mais ali. Filip aperta o cabo com força, dá uma longa respirada e tenta mirar o alvo com a ponta da faca, que é longa e estreita.

Um gorgolejo se ouve da garganta de Mika e Filip impulsiona o cabo para frente.

A faca penetra no olho do outro, fundo, até que a ponta chegue à parte interna do crânio. Mika ruge de dor, emitindo o som de uma única vogal, longa, aguda e desafinada. Filip movimenta o cabo do rodo. A faca entra mais ainda, raspando contra o canto do globo ocular, estraçalhando os tecidos. Quando ele a retira, está pegajosa de sangue e com pedaços de pele penduradas. Mika cai no chão, como uma pilha de roupas sujas.

Como se mata um monstro sem se tornar um monstro também?

O pensamento chega até ele através de seu inconsciente. Fica se questionando se havia lido ou ouvido isso em algum lugar.

Como conseguirá viver com o que tinha acabado de ver? Com o que tinha acabado de fazer?

BALTIC CHARISMA

Os espaços públicos do navio foram praticamente esvaziados de corpos com vida. Somente alguns poucos permanecem, tendo encontrado um esconderijo no convés exterior, em corredores mais remotos ou nos restaurantes fechados que tinham invadido. Os recém-nascidos estão cada vez mais desesperados. Alguns deles estão recuperando a memória. Não chegam a ser racionais de verdade, mas são o suficiente para que seus instintos os levem aos corredores de suas cabines. Eles se jogam contra as portas trancadas. Sacodem as maçanetas. Alguns conseguem entrar com a permissão das pessoas que os amam, o que atrai outros recém-nascidos que vêm brigar por sua presa. Outras cabines são preenchidas por gritos de pessoas desafortunadas que se trancaram com contaminados mais cedo na noite.

* * *

A mulher de cabelos escuros luta para resistir às tentações. Os odores que a atraem. Ainda está abalada com o que tinha acontecido no refeitório, mas não há mais volta agora. Ela não procura mais por seu filho. Agora faz o melhor que pode para se manter longe dele.

Está se assegurando que os recém-nascidos percebam a sua presença e comecem a segui-la através dos corredores.

No refeitório, alguns corpos já tinham começado a se levantar do chão. Eles farejam o ar, mas não há mais nada ali que possa saciar a sua fome. Eles precisam dos vivos, de sangue circulando, que é a única coisa que aplaca a dor.

* * *

Nas escadarias, não muito longe longe dali, há um homem de joelhos no chão. Ele tem uma esposa chamada Lillemor, mas não se lembra dela no momento. Puxa com força o braço que está preso ao corrimão. Precisa se soltar. Precisa comer. Morde o próprio pulso com seus dentes novos, arrancando grandes pedaços de carne, e os cospe fora. Rói o osso até que o braço fique pendurado apenas por finos tendões e restos de pele. Ele sacode e puxa, fazendo o metal ranger. Quase solto agora. Em breve, poderá sair à caça. O sangue do seu braço escorre pelo chão, respingando no homem do andar de baixo. Ele ainda não havia acordado, mas seus novos dentes já estavam despontando.

* * *

A mulher tinha atraído um bando de recém-nascidos para as escadarias estreitas do quinto deque. Ela abre a porta para o convés de veículos com um cartão que havia apanhado de um dos mortos no refeitório. O cheiro forte de gasolina é um alívio, ofuscando todos os outros odores que ela precisa suportar. As vibrações do navio são muito mais fortes ali. Há uma leve sacudida nas correntes que seguram os carros. Ela olha para seu trailer, mexe no medalhão que traz no pescoço e pensa em tudo que fizeram juntos. Todos aqueles anos, todo o tempo roubado. O pequeno menino, que ela amava mais do que tudo, não existe mais. Ainda não havia entendido como tudo tinha acontecido, como ele tinha encontrado aquele homem que trabalhava ali. Imagina que eles devem ter planejado tudo por muito tempo.

Ele havia trabalhado com determinação e muita habilidade, mas ela percebe que toda essa determinação também pode ser uma benção. Isto lhe dá a chance de evitar uma catástrofe, sem que alguém de fora do navio fique sabendo o que aconteceu. Se seu filho e seu colaborador não tivessem sido tão eficientes em cortar a comunicação com o resto da terra, vídeos e fotografias de centenas e centenas de telefones celulares já teriam se espalhado caoticamente pelo mundo. Ela não tem mais esperança de que irá conseguir salvar seu filho ou a si mesma, mas ela ainda tem uma chance de salvar todos fora do *Baltic Charisma*.

Ela sai e fecha a porta, trancando os recém-nascidos, e vai em busca de outros.

MADDE

Madde está sentada em uma das cadeiras forradas da sala de jantar, batendo com as unhas sobre a mesa e olhando pela janela. O céu havia clareado lá fora, passando do cinza de tom mais escuro para um azul mais profundo. Dentro de poucos minutos, o sol nascerá no mar. Ela quer gritar para ele se apressar. A escuridão impenetrável e sufocante parece ser eterna, como se tudo houvesse parado no tempo.

Em algum lugar à frente deles fica a cidade de Åbo. Ela já tinha ido até lá com o *Charisma* tantas vezes, mas nunca vira o porto do lugar. Estava sempre dormindo quando o navio chegava lá.

– Você pode parar com isso, por favor? – pede Marianne.

Madde deixa as unhas baterem mais algumas vezes contra a mesa e depois fica com a mão parada. Sente fracas vibrações na tampa da mesa. São os motores que o namorado de Vincent irá tentar parar.

O que vai acontecer se eles não conseguirem?

– Me desculpe – diz ela olhando para Marianne. – Eu só...

Ela não sabe o que dizer e Marianne apenas concorda com a cabeça.

– Eu sei – diz ela.

Vincent está sentado na escada que leva ao andar superior, com a cabeça entre as mãos. Ele também está olhando pela janela.

– Não há quase mais ninguém lá junto à proa – diz ele. – Ninguém se mexendo, eu quero dizer.

Ele está imóvel, claramente tenso. Ela o compreende, pois se os motores pararem, ele pelo menos vai ficar sabendo que seu namorado conseguiu chegar.

Madde apoia as mãos no canto da cadeira. Seus dedos suados tinham deixado marcas sobre a mesa, que vão desaparecendo diante dos seus olhos.

Será que ela realmente quer que o resgate venha? O que vai acontecer com a doença? Vai se espalhar até que o mundo todo fique igual ao *Charisma*?

Sente, de repente, uma vontade de se levantar e ir embora dali, deixar que lhe matem de uma vez. Assim não precisará mais esperar ou sentir medo. Tudo estaria acabado.

Madde se levanta e olha para a porta, que a atrai, como se tivesse a sua própria gravidade. Ela se obriga a ir até o sofá e se senta ao lado de Marianne, cruzando os braços. Sente um calafrio percorrer o seu corpo.

Marianne acha que a outra está com frio, se levanta e apanha um cobertor cor de vinho, a mesma cor do carpete. Coloca o cobertor sobre os ombros de Madde, que se enrola nele, puxando as pernas para cima e ficando toda coberta.

E pensa que uma coisa tão simples pode ser tão agradável. A porta acaba perdendo um pouco da sua atração.

– Você não disse se tem alguém lá fora – diz ela, olhando para Marianne.

– Eu vim sozinha – responde Marianne, em voz baixa.

– Você estava curtindo a noite pelo menos, antes de tudo acontecer?

Marianne não responde, mas Madde começa a perceber o sono se apoderando de seu corpo.

– Foi uma noite cheia de acontecimentos, pelo menos – Marianne acaba comentando.

Madde não consegue reprimir um sorriso. Suas pálpebras estão tão pesadas, seria muito bom adormecer, deixar tudo de lado, por um momento.

– Fico feliz que nos encontramos – ela murmura.

Madde abre os olhos quando Marianne não responde e vê a outra secar algumas lágrimas do rosto e dar uma leve sacudida com a cabeça.

Algo eletrônico apita na suíte. Um ruído muito conhecido. O coração de Madde bate forte no peito e ela se endireita, ouvindo a porta se abrir.

– Calle? – chama Vincent enquanto desce as escadas correndo, em uma curva tão fechada, que teria caído se não estivesse se segurando no corrimão.

– Não – uma voz cansada responde e a porta se fecha.

Vincent para no meio do quarto.

Madde se levanta do sofá, ainda enrolada no cobertor. Olha para o homem, tentando entender o que está acontecendo.

Será que ele veio até aqui por minha causa?

Não, é claro que não. Como ele poderia saber que eu estava aqui?

– Como você está? – diz ela, afastando o cabelo do rosto. – Você está bem?

O homem que tinha ficado ao lado dela no palco do karaokê e rido das suas piadas está coberto de sangue coagulado dos pés à cabeça. Seu rosto atraente está muito inchado, quase irreconhecível.

Ele olha para ela.

E ela compreende tudo.

CALLE

Calle olha o nível da água subindo no cinzento balde de limpeza. Migalhas, poeira e um band-aid usado boiam na superfície. Ele tinha trabalhado anos no *Charisma* e mal tinha ideia de onde vinha a água da torneira. Devem haver tanques em algum lugar, e estes devem ser enormes, para conseguirem prover água suficiente para centenas de pessoas beberem, tomarem banho e cozinharem.

Água sendo transportada de um lado para o outro através da água.

Ele pendura a mangueira de volta no lugar sobre a pia e fica parado, olhando para o lixo que se movimenta vagarosamente sobre a superfície. Vê o homem de dreads à sua frente.

Ele tinha matado alguém. *Ele havia tirado a vida de uma pessoa.*

– Vamos acabar logo com isso – diz Filip.

Calle olha para cima, desnorteado.

Filip está conversando com as crianças, que tinham subido em um dos balcões e estavam sentados uma ao lado da outra, com as pernas cruzadas.

– Depois vamos até os botes salva-vidas, levando conosco o máximo possível de pessoas não contaminadas, e vamos sair desse navio – ele continua. – Tranquilo. Vai estar claro daqui a pouco e não estamos muito longe da Finlândia. Alguém vai acabar nos vendo.

– Claro – diz Lo. – Tranquilo.

Albin não fala nada. Seu olhar é vazio e não parece ver nada à sua frente.

– O que você acha, garoto? – pergunta Filip.

Nenhuma resposta.

Ele dá uma sacudida no cabelo de Albin e sai dali. Calle consegue notar claramente o quão assustado e cansado ele está. Fica pensando em como era possível ter se esquecido do quanto gostava de Filip e se lembra da fotografia dos dois juntos na cabine do amigo.

Filip vem até ele, segura o balde de limpeza pela alça e os dois o levantam da pia até o chão. Derramam um pouco da água, molhando as botas de Calle.

Marisol para ao lado deles também. Ela tinha encontrado um machado de incêndio em algum lugar e, agora, o deixa sobre a pia, enquanto enche um novo balde.

– Estou contente que você conseguiu falar com Vincent – diz Filip. – Eu não sei o que aconteceu entre vocês dois, mas ele parece ser um cara legal.

– Ele é.

Calle subitamente constata que não sabe quase nada sobre a vida de Filip atualmente. Filip tinha sido jogado para dentro de seu próprio inferno pessoal ontem à noite. Tem tanta coisa que ele gostaria de lhe perguntar. *Depois*.

– Se vocês acabarem se casando, pelo menos terão uma boa história para contar sobre o pedido de casamento – diz Filip, e Calle começa a rir.

– Quem sabe as duas moçoilas poderiam deixar para tricotar em outra ocasião – grita Antti. – Vamos logo com essa porra!

Calle olha para o elevador. Ele os levará até as profundezas do coração do *Charisma*.

E eles vão fazê-lo parar de bater.

MADDE

É exatamente como ela sempre imaginou, mas visto através de um espelho de um parque de diversões. Dan Appelgren está andando em sua direção naquela suíte luxuosa, e a *quer*.

Os dentes dele batem lentamente uns nos outros no meio de seu rosto inchado.

– Aí está você – ele diz. – Foi você quem cantou a música do *Grease*, junto com aquela outra vadia.

As palavras dele penetram em seu corpo, perfurando os seus ossos, e então ela percebe que ele tinha falado. Ele é como os outros contaminados, *mas consegue falar*. Os outros não parecem sequer conseguir pensar.

Ela se afasta até Vincent, que a puxa até a escada que dá para o andar superior. Com o canto dos olhos, vê que Marianne tinha saído do sofá e se encostado junto à parede, ficando com a mesa de jantar entre ela e Dan.

Madde e Vincent sobem as escadas correndo.

As serpentinas farfalham suavemente quando Dan estende um dos braços entre as grades da escada, tentando alcançá-los. Ele consegue agarrar o tornozelo de Madde, que cai com um estrondo e bate o cotovelo na ponta de um dos degraus da escada. Ela é tomada por uma onda de dor muito forte e berra muito alto, mas consegue se levantar. Ela escuta Dan bem atrás de si agora, ao pé da escada.

Vincent grita para ela se abaixar e uma garrafa de champanhe passa zunindo sobre a cabeça dela. Ela ouve o barulho da batida com satisfação quando Dan é atingido pela garrafa. Madde chega ao andar superior, se vira e vê que ele ainda está subindo as escadas, impassível.

– Vai para o inferno! – ela grita.

Os lábios dele se abrem. Seus dentes são brancos demais, claramente uma parte do seu esqueleto.

Completamente novos.

– São vocês que não pertencem a esse lugar – diz ele, finalmente colocando seus pés no andar superior.

Vincent atira o balde de gelo feito de acrílico, mas erra o alvo e o balde bate na parede atrás de Dan, com um estrondo. Vincent apanha uma taça de champanhe, quebra-a contra o corrimão da escada e a segura à sua frente, uma haste afiada, com pétalas de flor cintilantes. Quando Dan se aproxima, Vincent tenta rasgar o seu rosto, mas Dan o agarra pelo pulso, prendendo a camiseta com a outra mão, e olha diretamente nos seus olhos.

– Deixe-o em paz! – grita Madde.

Seus dentes, seus contagiosos dentes, estão muito próximos do rosto de Vincent.

Em seguida, Dan pega impulso com todo o corpo e empurra Vincent sobre a grade da escada.

Um ruído seco lá embaixo. Madde acha que ouviu algo se quebrar.

Marianne começa a soltar um grito penetrante.

O que ela está vendo lá embaixo? O que houve?

Madde vai andando para trás, até sentir a ponta da cama contra suas pernas. Dan se vira para ela e o pior de tudo é a expressão facial dele. Ele está tão entediado. Está pouco se importando com o que tinha acabado de fazer com Vincent ou com o que irá fazer com ela agora. Ela não passa de uma obrigação que deve ser feita. Chata, mas necessária.

– Nos deixe ir – ela suplica, subindo na cama e indo para a cabeceira. – Por favor, nós não vamos fazer nada.

– Não vão *fazer nada*? – diz Dan, se aproximando. – Mas que puta oferta generosa da sua parte. Vocês *não podem* fazer nada. Você ainda não entendeu?

– Sim, entendi – ela murmura.
Ela sabe que ele tem razão. Ela está sendo patética nessa tentativa de fingir que pode fazer alguma coisa. Ela não tem nada a lhe oferecer e nada com que ameaçá-lo. Não há outra saída que não seja se entregar.
Ele estica o braço na direção dela, agarrando o seu vestido fino, e Madde cai de joelhos sobre a cama. Ele lhe dá um tapa tão forte que ela ouve um zumbido em sua cabeça. A roupa de cama, toda engomada, farfalha levemente enquanto Dan sobe em cima dela.
– Já estava passando da hora dessa vaca ser abatida – diz ele. Ela sente o hálito doce e bolorento dele sobre o seu rosto.
Madde fecha os olhos quando ele pressiona os braços dela sobre o colchão, se sentando sobre sua barriga. Ela sente os músculos dele e a parte interna das coxas a mantém presa no lugar. Ele é tão pesado, que seus órgãos parecem sair do lugar, e dói muito, e ela mal consegue respirar e escuta os dentes dele batendo uns nos outros, assim como os de Zandra.
Ela começa a perder os sentidos, e vai ao encontro dessa sensação, se entregando à escuridão. Não quer estar consciente quando ele lhe morder.
É assim que eu vou morrer? É assim que tudo termina?
Ela mal percebe quando a pressão sobre o seu corpo é aliviada e as mãos ao redor de seus braços desaparecem, mas seu corpo fica ávido por oxigênio, lutando para respirar.
Dan está parado no chão, aos pés da cama. Ele se sacode como um cachorro.
– Eu não aguento mais.
Isso é um truque? Ele está brincando com ela?
Ela se empurra para cima até estar sentada na cama novamente. Sua barriga dói a cada respiração. Tem medo dele, quase tanto quanto da esperança que tinha brotado dentro de si.
– Estou cansado – diz ele. – Só quero ficar sozinho. Alguém vai se encarregar de vocês, de qualquer jeito.
Dan se debruça sobre a grade da escada, olhando para o andar de baixo.

– Vocês ouviram? – ele berra. – Só quero que me deixem sozinho!

Ele fica parado lá, com as costas para ela. Madde se levanta da cama. Seu rosto está ardendo e sua barriga dolorida. Ela vai se movendo bem devagar até a escada, sem tirar os olhos de Dan, preparada para que ele se vire a qualquer momento, venha até ela e ria da sua cara. "Você realmente acreditou em tudo assim tão fácil?"

Mas ele nem parece perceber mais a sua presença, fica somente olhando para a janela do andar de baixo.

Ela anda até as escadas e para, analisando-o. Seu queixo está torto e sua mandíbula não existe mais.

– Fechem a porta quando saírem – diz ele, sem ânimo.

Vincent está deitado de lado, junto à mesinha da sala. Está muito pálido. Marianne está agachada ao seu lado. Ele parece ter acabado de recobrar a consciência. Sangue escorre de um dos seus pulsos. Madde vislumbra uma lasca de osso aparecendo através da pele e imediatamente vira o rosto para o outro lado.

– Vamos – diz ela. – Vamos logo.

O som de passos no andar superior. Quando ela olha para cima, Dan já não se encontra mais junto à grade da escada.

Ela sabia. Ele só estava brincando com eles, um mero jogo de gato e rato. Tinha-os deixado acreditar que eles poderiam escapar, somente para poder... Ela o ouve se sentando, pesadamente, na cama.

Com a ajuda de Marianne, Vincent consegue se erguer e Madde vai à frente deles até o hall de entrada. Ela encosta o ouvido na porta. Nada se ouve do corredor.

Os botes salva-vidas não estão longe dali, mas quem sabe o que os espera no caminho até lá?

Ela abre uma fresta da porta e olha para fora. Não há ninguém à vista. Abre a porta completamente e observa o corredor lateral onde fica a cabine que dividia com Zandra.

Marianne e Vincent saem logo atrás dela. Marianne tinha apanhado um cachecol xadrez de tecido fino, que devia ter encontrado ali na entrada da suíte. Assim que ela fecha a porta, pega com cuidado no pulso machucado de Vincent, murmura algo silenciosamente e aperta. Há um ruído seco e Vincent dá um gemido em voz alta. Suor escorre da testa dele enquanto Marianne vai enrolando o cachecol no seu braço.

– Eu trabalhava como secretária em um consultório médico – diz Marianne, quando percebe Madde a encarando. – E antes disso, trabalhei como enfermeira.

Madde olha para o corredor. E para onde diabos eles irão agora?

– Calle – diz Vincent. – Se Calle aparecer aqui...

Marianne começa a revirar a sua bolsa, e puxa um batom. Ele é de uma marca antiga da qual Madde tem uma vaga lembrança de quando era criança. Fica imaginando se a mulher pirou. Será que ela pretende se maquiar justamente agora? Mas Marianne pega o batom e escreve na porta, com movimentos muito decididos:

KALLE! NÃO ABRA!

Ela sublinha a palavra "não" tão forte que acaba quebrando o batom, descartando o resto no chão. Vincent lhe dá um olhar de gratidão.

– Podemos ir para a sua cabine? – pergunta Marianne olhando para Madde.

Ela sacode a cabeça negativamente.

– A porta está quebrada.

Eles escutam gritos vindos de algum lugar e vidros se quebrando ao longe, e cada fio de cabelo do corpo de Madde fica arrepiado.

– Vamos para os botes salva-vidas agora – diz ela. – Não parece ter muita gente no convés externo.

– Na proa imagino que não – diz Marianne. – Mas não temos como saber como estão as coisas lá em cima e, além disso, lá é muito frio. Vocês dois mal estão vestidos.

– Onde fica a sua cabine, então? – pergunta Madde.

– No andar mais baixo.

– No segundo?

Ela achava que Marianne fosse uma pessoa mais fina. Madde e Zandra tinham viajado naquelas cabines mais baratas na primeira vez que fizeram um cruzeiro sem os pais. Ela sabia exatamente como era lá embaixo. E como cheirava.

– Eu não posso voltar lá para baixo – diz Marianne.

Madde concorda. Se eles ficarem presos lá embaixo, não vão ter para onde fugir.

– Vocês duas deveriam ir para o telhado – diz Vincent. – Mas eu vou até o convés de veículos.

Marianne e Madde se viram para ele ao mesmo tempo.

– A casa das máquinas fica lá. Calle deve estar lá também. Ou pelo menos é nisso que eu tenho de acreditar. E se houver algo que eu possa fazer para ajudá-lo...

– Com o pulso quebrado? – pergunta Madde, soando muito mais agressiva do que havia pretendido.

Vincent só concorda com a cabeça.

– Só quero... só quero encontrá-lo.

– Eu vou com você – diz Marianne. – Não tenho nenhum outro lugar para ir.

– Vocês estão loucos? – pergunta Madde. – Vocês querem descer mais ainda quando estamos tão perto dos botes salva-vidas?

Mas ela já sabe que irá com eles. É sua melhor opção. Sabe que a pior coisa que eles podem fazer é justamente ficar ali debatendo por mais um segundo que seja.

MARIANNE

Duas mulheres estão esparramadas no chão do topo da escada. Marianne imagina quem elas são, se eram conhecidas uma da outra, qual tinha morrido primeiro e se a outra tinha sido obrigada a assistir. Vira o rosto para o outro lado, com lágrimas enchendo os seus olhos, e nada faz para reprimi-las. Caem rápidas e silenciosamente, como se algo dentro dela tivesse estourado.

Há mais corpos jogados nas escadas.

Marianne não sabe se conseguirá fazer isso. Ir descendo pelo navio vai contra todos os seus instintos, e parece que eles estão descendo diretamente para os níveis mais profundos do inferno, mas ela segue Vincent e Madde mesmo assim. Tenta não olhar para os corpos. Não aguenta mais morte. O carpete está ensopado de sangue e Madde choraminga silenciosamente enquanto pisa nele com seus pés descalços.

Oitavo deque. Corpos abarrotam o longo corredor, onde ela quase foi pisoteada. E teria sido, se não fosse por Vincent. As portas do elevador estão fechadas agora.

Escuta gritos vindos do andar de baixo, vidro quebrando, pés correndo. Gritos de comemoração. Talvez esse seja o som mais aterrorizador de todos. O que poderia haver para ser comemorado?

Eles chegam no sétimo deque. Os vidros da loja do duty free foram quebrados. Sombras se movimentam lá dentro, e Marianne simplesmente congela.

É lá que *eles* estão enfurnados.

Mas então um grupo de homens sai correndo da loja com os braços carregados de garrafas de bebida e pacotes de cigarro. Marianne reconhece um deles como o amigo de Göran. Tem quase certeza de que ele se chama Sonny.

– Marianne, doce como um caramelo! – ele a chama, enrolando a língua. – Onde está Göran?

Ela sente seu rosto queimar quando percebe que Vincent e Madde estão olhando para ela. Outras pessoas vêm correndo, carregadas de mercadorias furtadas da loja. Alguns têm as cestas de compras lotadas de balas e perfumes. E bebida alcoólica. Sempre a bebida.

– Eu não sei. Achei que ele estivesse com vocês.

– Mas ele nos abandonou para voltar para você!

Marianne olha para ele, sem entender.

– Ele voltou?

Sonny dá um sorriso meio maluco. Ele tem sangue respingado sobre a camisa, ela repara agora. Será que foi mordido? Será que algum dos outros ali foi?

– Venham conosco – diz ele, apontando para um amigo que Marianne não tinha visto antes. – Nós vamos para a cabine dele beber até que essa loucura acabe!

– Não – diz o homem decidido, olhando para Marianne com culpa. – Não é nada pessoal, mas não sei quem vocês são. Esses senhores aqui eu pelo menos conheci antes de tudo começar...

– Eu compreendo – diz Marianne.

Ela olha para Sonny, quer perguntar sobre Göran, mas não sabe como.

Alguns homens começam a brigar do lado de fora da loja por causa de um estoque de tabaco sueco, e tropeçam em alguns dos corpos mortos, rolando pelo chão. Marianne se lembra daquela citação de Sartre, de que o inferno são os outros. E ela nota que alguns dos corpos no chão começaram a se mover. Estão acordando.

Precisam ir embora dali. Vincent também percebeu.

– Vocês se importariam em nos dar uma garrafa? – ele pergunta. – Quanto mais forte a bebida, melhor.

– Vá buscar você mesmo! – diz um dos estranhos.
Mas Sonny lhe entrega uma garrafa de vodca com limão.
– Obrigado – diz Vincent, pegando a garrafa com a mão intacta.
– Então, caramelo, pelo jeito vamos brindar cada um na sua cabine – diz Sonny.
– Nós não vamos beber isso – diz Vincent. – Vamos fazer um coquetel Molotov.
– Esperto – diz alguém do outro grupo com certa admiração.
– Esperto para caralho.
– Você vai colocar fogo na bebida? – pergunta Sonny, e seu sorriso maluco fica maior ainda. – É isso o que eu chamo de abusar do álcool.
Ocorre a Marianne enquanto olha para Sonny que Göran provavelmente teria gargalhado com aquela piada sem graça.
– Boa sorte – ela diz.
– Para você também. Se você encontrar com Göran... tome conta dele.
Sonny hesita e Marianne olha nervosa à sua volta. A briga continua. Uma mulher deixa cair uma caixa de cervejas do lado de fora da loja. As latas saem rolando pelo chão, para todos os lados. O barulho vai atrair mais *deles* para cá.
– Vou tomar – responde Marianne.
– Göran é um bom homem – diz Sonny.
Ela concorda com a cabeça e continua a descer as escadas.

BALTIC CHARISMA

Dan Appelgren está debaixo do chuveiro. A água quente faz com que o sangue fique fumegante de novo. As manchas vermelhas que descem pelo ralo vão se tornando cada vez mais escassas. Ele lava o corpo cuidadosamente. Tinha vomitado e não está mais tão inchado como antes, mas seus pensamentos se recusam a ficar sossegados em sua cabeça. Correm de um lado ao outro, caçando seu próprio rabo, dando inúmeras cambalhotas. Ele pressiona os dedos ensaboados contra o crânio, pois parece ser a única coisa a fazer para evitar que sua cabeça exploda. Dan já havia passado por isso muitas vezes antes, quando cheirava grandes doses de cocaína.

Vai passar, é só esperar. Fique tranquilo e se mantenha firme.

* * *

A mulher de cabelos escuros se encontra dentro do seu trailer, olhando para as fotografias que traz em seu medalhão. Depois de todos esses anos, elas estão gravadas em suas retinas, impressas em seu coração. Ela só precisa cerrar os olhos para enxergá-las, mas mesmo assim não consegue fechá-lo. Uma sequência de lembranças e sentimentos a invade e, pelo menos dessa vez, ela nem tenta resistir, pois sabe que é a última vez. Seu filho. Seu marido. Os tempos remotos, antes de o menino ficar doente. Antes de ela usar seus contatos dentro do espiritismo e encontrar os apóstatas da Sociedade Teosófica que a introduziram a dois dos Anciões, aqueles que já não podiam mais se passar por humanos e que dependiam de assistentes. Naquela época, ela era tão rica que acreditava que o dinheiro podia comprar tudo, e tinha razão. Os Anciões acabaram por ceder, a despeito de todas as suas ressalvas, quando ela lhes ofereceu todo o dinheiro que tinha.

Mais tarde, ela e o marido tinham levado o filho para o apartamento de luxo em que moravam em Estocolmo. Achavam que tinham tomado todas as medidas de segurança possíveis. Eles se revezavam, drenando o seu próprio sangue com uma lâmina de barbear. Aqueles dias, que se transformaram em semanas, desapareceram como uma névoa. Ela estava sempre tonta devido à anemia, à tristeza, ao medo, ao pavor e à esperança. Seu filho sempre queria mais, e cresceu forte e saudável. Vivia do corpo dela, assim como quando ela o tinha amamentado alguns anos atrás. Parecia ter ocorrido um milagre quando ele pareceu voltar a ser a mesma criança de antes. O pai finalmente cedeu e afrouxou as tiras de couro que o prendiam à cama.

A mulher se convenceu de que tudo que havia acontecido depois não tinha sido culpa do filho. Ela o perdoava. Sempre o perdoava desde então, e se culpava no lugar. Ele nunca havia pedido para ser transformado. Ela tinha feito a escolha por ele, e ele nunca a perdoaria. Sente saudades do homem da fotografia. Tinha escondido seu amado rosto embaixo de uma toalha antes de separar a cabeça de seu corpo.

Uma noite, quando o odor dentro do apartamento havia se tornado insuportável e impossível de disfarçar, ela tinha levado o corpo sem sangue até a banheira. Primeiro tinha sido obrigada a dividir o corpo na altura da cintura. Cortou pernas e braços, deixando os membros em pedaços menores. Naquela época ainda acreditava em Deus e temia o que poderia acontecer com a alma do marido depois de tudo que eles tinham feito, mas tinha sido ali no banheiro que passou a compreender que o inferno não era um lugar separado da Terra e nem da vida.

Passou as próximas noites levando sacos de carne e pedra até o Cais de Nybrokajen e os jogando na água. E é claro que, eventualmente, ela pegou a infecção do filho.

Foi um descuido ou ela deixou aquilo acontecer? Ela não sabe. O filho havia cuidado dela durante a sua transformação, tinha lhe alimentado. Homens e mulheres vinham bater à porta deles, segurando firmemente a mão do menino, convencidos de que haviam ajudado a pobre criança perdida a voltar para casa. O filho lhes trazia mais pessoas do que realmente precisavam. Ele gostava muito de tudo aquilo, mesmo naquela época. Era só um jogo para ele, um que ele nunca se cansava de brincar, como os Anciões já haviam lhe prevenido que iria acontecer. Ela teve de apreender a controlar os seus instintos rapidamente para poder tomar conta dele.

A mulher fecha o medalhão e vai até a mesa onde fazem as refeições. Levanta uma das tampas do sofá e apanha uma picareta. Sente seu peso nas mãos. Ela e o filho já tinham enganado a morte por mais de um século, mas agora basta.

Ela pensa em todas as coisas que costumava acreditar sobre vampiros há muito tempo, todos os mitos que se mostraram meras mentiras e superstições. Tudo seria muito mais simples se ela pudesse simplesmente contar com o sol que estava por nascer. Mas eles podem ser mortos com fogo; o fogo purifica, o fogo devora. E depois água, profunda o bastante para esconder as evidências.

É assim que deve ocorrer.

Ela não olha para trás ao sair do trailer, não é ali que suas lembranças se encontram. Os recém-nascidos estão de olho nela. Centenas de pares de olhos a seguem em silêncio quando passa pelos carros estacionados.

Enquanto ela inspira o cheiro de gasolina, repara nos rastros de vida por trás das janelas fechadas dos automóveis. Garrafas de plástico com restos de refrigerante, cobertores, papéis de bala. Ela para junto a um Nissan azul, com adesivos de flores colados pelo lado de dentro das janelas traseiras. Aperta a picareta entre as mãos. Vê como um dos recém-nascidos tinha parado ao lado de um carro prateado, olhando fixamente para uma cadeira de criança no banco de passageiros. Talvez esteja se recordando de algo de sua vida passada. Talvez seja o carro dele. Seu filho.

A mulher pensa no garoto e na garota que tinha tentado salvar lá no refeitório. Talvez tenha sido a última boa ação de sua vida, e foi em vão. Ela agora precisa causar uma catástrofe para evitar outra ainda maior. O que ela tem de fazer também é incomensurável, mas pelo menos não precisará viver com a culpa depois. Se seu plano funcionar, tudo estará terminado no mesmo instante em que colocar tudo em ação. Irá levar o máximo possível de recém-nascidos consigo, aqueles que, por instinto, confiam cegamente nela. A mulher direciona sua picareta para o tanque de plástico debaixo do carro, golpeando-o até perfurá-lo. A gasolina jorra pelo chão e se pode ouvir um ruído nas entranhas do carro. Ela se move até o próximo.

* * *

Um andar acima, nas estreitas escadarias do lado de fora do convés de veículos, Vincent desenrola um pouco o cachecol ao redor de seu pulso. Rasga uma faixa com os dentes e entrega à Madde, que toma um gole de vodca antes de dobrar o pano em dois e molhá-lo na bebida.

– É assim que se faz? – ela pergunta.

– Acho que sim – responde Vincent, lhe entregando um isqueiro, enquanto Marianne o ajuda a enfaixar o pulso novamente.

* * *

Dan Appelgren desliga a água e sai do chuveiro. Limpa o vapor do espelho e já se sente instantaneamente melhor quando vê os músculos e seus traços faciais reaparecerem sob a pele.

Eu logo vou voltar a ter a minha antiga aparência e por muito tempo. Sem mais horas na academia. Essa é a forma que sempre terei, assim como Adam nunca vai passar de uma criancinha com complexo de Napoleão.

Dan veste as roupas que tinha encontrado numa sacola ali na suíte. Calças jeans e um blusão azul marinho com cheiro forte de amaciante de roupas. Arruma os cabelos. Sai do banheiro e vai até a janela. Lá longe, no horizonte, ele vislumbra um outro navio saindo de Åbo.

O *Baltic Charisma* se encontra a menos de uma hora de distância do arquipélago finlandês.

ALBIN

O corpo inteiro de Albin está tremendo. Ele tinha colocado a língua entre os dentes, para evitar que batessem uns nos outros. As vibrações dos motores são muito fortes ali dentro da sala de controle e ele já não sabe mais quais os tremores são seus e quais pertencem ao navio.

Na parede, há o pôster de uma mulher nua. Ela tem uma das mãos entre as pernas, se abrindo com os dedos de forma que você consiga vê-la toda, quase como se quisesse se virar do avesso. Mas são os homens no chão que estão do avesso. O que havia dentro deles está agora espalhado ao seu redor. Albin consegue ver a sala das máquinas do outro lado da enorme janela de vidro. Alguns homens, com roupas de trabalhadores, olham para ele também. Batem as cabeças contra o vidro, querendo ir para o outro lado, onde eles estão. A vontade deles é tão grande que suas testas vão sendo esmigalhadas, deixando marcas pegajosas nos vidros.

Albin olha para o outro lado. Tenta ver se as vibrações podem ser percebidas na superfície da água do balde mais próximo, mas Calle o levanta antes que Albin tenha certeza.

Calle para em frente ao armário de metal alaranjado repleto de botões luminosos e pequenas tampas fechadas de visualizadores diversos.

– Você está preparado? – Calle pergunta a Filip, que também está segurando um balde.

Lo está disfarçadamente olhando para Albin. Ele sabe que ela está preocupada com ele. Gostaria de poder acalmá-la, mas está fechado em si mesmo. E quanto mais ela olha assim para ele, mais difícil fica de sair. Cada olhar é uma lembrança de quão estranho ele está.

Filip sacode o balde para frente e para trás algumas vezes, e então um arco brilhante de água encobre os armário de metal. Ele atira o balde para longe de si, que rola pelo chão fazendo um ruído de plástico. Albin olha, automaticamente, para os corpos no chão. Eles não se mexem. Antti levanta o seu balde, enquanto Calle e Marisol esvaziam os seus. A água se espalha pelo chão, e a poça está quase encostando nos tênis de Albin.

E então, a sala cai na escuridão. As batidas contra a janela para a sala das máquinas ficam mais rápidas, como se as criaturas do outro lado houvessem ficado repentinamente mais ansiosas ou talvez preocupadas.

As vibrações se transformam no escuro.

– Abbe – murmura Lo, com voz de choro. – Abbe?

Ele não consegue responder.

– Vocês estão bem, crianças? – pergunta Filip. – A iluminação de emergência já vai ser acionada. Não tenham medo.

Ele mesmo soa bastante assustado ao pronunciar essas palavras. Acha que consegue enganá-los só porque são crianças, mas não consegue sequer enganar a si mesmo.

MADDE

Eles estão completamente imóveis na estreita passagem para as escadas, aguardando seus olhos se adaptarem à escuridão. A luz pálida e fraca das placas das saídas de emergência banham tudo com um brilho esverdeado. Através da porta de aço, que fica um andar e meio acima deles, Madde consegue ouvir o barulho de passos apressados andando pelo navio. Ela tenta ficar completamente quieta, mas a sua respiração soa muito alta em meio à escuridão. Antes de as luzes se apagarem, ela teve tempo de ver a porta para o estacionamento logo abaixo de onde eles se encontram. Além disso, as escadas continuam, parecendo não ter fim, até os andares mais abaixo.

Ela fica ouvindo os ruídos dos motores do *Charisma*.

Teriam ficado diferentes? Mudaram, não mudaram? Não estão mais lentos?

– Vocês também estão ouvindo? – diz ela baixinho.

– Calle – Vincent murmura. – Eles conseguiram.

Sem nenhum aviso, as luzes se acendem novamente. Mais fracas que antes, vacilantes. Uma porta se abre em algum andar mais abaixo e o coração de Madde quase para. Ela acha que está ouvindo o barulho de pés se arrastando sobre o carpete de plástico.

Quão fundo eles estão?

– Podemos ir para o convés externo agora? – Madde pergunta. – Eu não suporto ficar aqui, simplesmente não consigo.

Ela só quer sair dali, tomar um pouco de ar puro. Qualquer lugar é melhor que aquilo ali.

Um novo ruído de pés se arrastando lá embaixo. Parece mais próximo agora.

– Tenho certeza de que deve estar trancada, de qualquer jeito – diz ela, apontando para a porta do convés de veículos.

– Preciso tentar – diz Vincent. – Calle deve estar lá agora, mas eu compreendo perfeitamente se vocês quiserem ir embora.

Ela olha para o pulso ferido de Vincent e para Marianne.

– Vamos ficar juntos – diz ela. – Mas seja rápido.

Eles continuam a descer, iluminados pela luz oscilante. Madde mexe no isqueiro e quase o deixa cair ao perceber uma sombra na parede ao pé da escada. Alguém está a caminho deles. Ela começa a xingar.

A figura lá embaixo funga enquanto chega na curva da escada. Ele tem os longos cabelos presos num rabo de cavalo. O seu rosto está estraçalhado, com grandes pedaços faltando. Os buracos feitos em seu rosto estão cobertos por uma camada fina de pele que já havia começado a cicatrizar. O nariz já não mais existe e, no seu lugar, tinham restado apenas dois orifícios escavados diretamente no crânio. Madde consegue sentir Marianne ficar paralisada.

– Vamos embora daqui – diz Madde. – Por favor, ok, vamos embora. Temos que ir.

Os olhos do homem reluzem sob aquela luz que se acende e se apaga, como se as escadas estivessem *respirando...*

– Sim – diz Vincent, puxando Marianne com a sua mão ilesa. – Vamos.

Mas Marianne não se move, fica apenas olhando fixamente para o homem.

A mãe de Madde era uma caçadora e elas passavam muito tempo na floresta acompanhadas pelos cães. Com ela, tinha aprendido quais eram os cogumelos comestíveis, como deveria observar a luz do sol nos troncos das árvores para não andar em círculos, o que deveria fazer se encontrasse um urso à sua frente.

Você deve ficar absoluta e completamente quieta. Ande para trás, muito devagar e sem virar de costas. Não demonstre fraqueza, não o encare e não corra.

Mas agora Madde começa a fazer exatamente o contrário do que a mãe tinha lhe ensinado. Ela grita a plenos pulmões. Vira-se de costas na escada e começa a subir correndo.

MARIANNE

Marianne não consegue desviar o olhar da criatura que um dia foi Göran. Ele está parado em frente à porta do estacionamento, olhando para ela, com angústia em seus olhos. Uma parte dela, uma parte muito perigosa, deseja correr até ele e consolá-lo, mesmo que saiba muito bem que aquilo ali não é mais Göran, e que aquilo lhe mataria se tivesse a oportunidade. Mas ele está sofrendo. Ela não quer que ele sofra.

– Eu sinto muito – ela murmura.

É culpa dela que ele é um *deles* agora. Tinha voltado lá para baixo por causa dela.

– Marianne – diz Vincent. – Temos que sair daqui.

Uma mulher de blusão de moletom com capuz sujo de sangue aparece por trás de Göran. As palavras "SEXY BITCH" reluzem em *strass* sobre o seu peito. Seus dentes batem quando avista Marianne e Vincent.

Göran coloca seu pé no primeiro degrau. Seus belos olhos estão mortos agora, uma pálida imitação dos olhos que tinham lhe cobiçado na pista de dança. Ao olhar para eles, todas as suas forças evaporam.

– Vamos – insiste Vincent.

– Corra você – diz ela. – Eu só lhe atrasaria. Faça isso por mim.

Ela realmente está sendo sincera. Madde tinha feito a coisa certa. Vincent não deveria arriscar a sua vida por ela mais uma vez. Ele deveria ir à procura do seu namorado.

Gostaria de lhe agradecer por tudo o que tinha feito por ela até agora e dizer que há tempos que não se sentia tão viva, tão útil. Mas agora chega.

Ela começa a descer as escadas em direção a Göran.

– Marianne, o que você está fazendo? – diz ele, pegando-a pelo braço novamente, mas ela se solta.

– Corra – diz ela entre os dentes. – Eu vou distraí-los.

É assim que ela irá morrer. Pela primeira vez será forte e corajosa. E Vincent irá sobreviver. Uma pessoa irá se recordar dela dessa maneira, como "a forte e corajosa Marianne". Assim tudo não terá sido em vão.

Mas Vincent coloca o braço ao redor de sua cintura, segurando-a com força. Ela sente dor nos joelhos e nos quadris quando é obrigada a correr de costas.

Eles chegam ao próximo lance de escadas. Falta ainda uma escada para chegarem até a porta de aço do quinto deque. Parece impossivelmente longe, mas Vincent a empurra à sua frente, obrigando-a a subir.

– Por que você está fazendo isso? – ela pergunta. – O melhor a fazer é deixar que eles me peguem, você não entende?

– Cale a boca e corra! – Vincent grita logo atrás e ela percebe o pânico na voz dele.

Ele não vai deixar que ela se vá assim, tão facilmente. Está arriscando a vida dele tentando salvá-la, então Marianne se obriga a encontrar uma força escondida nos músculos das pernas e vai subindo e subindo. Dá uma olhada para trás. Göran tinha chegado até onde eles estavam há pouco. A mulher de blusão de moletom está no encalço dele. Atrás dela, mais dois *deles*. Homens vestindo suéteres esportivos.

Eles vem chegando cada vez mais perto.

– Me solte! – ela choraminga. – Corra, Vincent!

A porta de aço se abre acima deles e Marianne sabe que agora tudo está realmente acabado. Mais *deles* devem ter vindo e eles estão encurralados ali na escada. A silhueta de uma mulher aparece na porta.

– Se abaixem!

A voz de Madde. Uma chama passa voando sobre a cabeça de Marianne, desaparecendo atrás de Vincent. Um segundo depois, as escadarias ficam iluminadas pelo fogo. Ela o vê se espalhar ao longo da parede onde Göran e os outros se encontram. O calor do fogo a atinge como um muro. Sente cheiro de bebida, limão e plástico queimado.

– Me desculpem! – grita Madde. – Me desculpem por ter me mandado!

Göran e os outros pararam de subir. Olham para as chamas. O capuz da mulher começa a queimar e ela grita guturalmente quando as chamas se espalham pelos seus cabelos.

Começa a chover.

Chuva? Mas estamos dentro do navio.

Água. A água começa a vazar do teto e vai acabar por afogá-los lá embaixo.

O medo finca suas garras nela. Morrer afogada ali, como um rato em um bueiro, é muito diferente do que ser despedaçada por *eles*.

Seu cérebro superaquecido registra todo o barulho e consegue formular um pensamento lógico. A água vem do sistema de segurança contra incêndio no teto, o fogo já está se apagando. E Göran volta sua atenção para Marianne e Vincent novamente.

A adrenalina lhe injetou novas forças nas pernas. Ela começa a correr. Vincent vem logo atrás dela. Madde, que os espera impacientemente, pulando no mesmo lugar lá em cima, tem uma das mãos na porta, pronta para fechá-la assim que eles passarem. Só mais alguns degraus...

Um rugido terrível toma conta do mundo. E vem do próprio navio, que soa como um animal ferido.

Marianne chega até Madde, e Vincent está um passo atrás. No seu encalço, vem Göran com seus olhos selvagens, suas necessidades insanas e seus dentes rangendo.

De repente, ela não avista mais Göran. O estrondo do alarme de incêndio está de volta e dessa vez se mistura aos gritos de

Vincent. Sua boca se abre. Seus olhos se arregalam, olhando assombrado para Marianne e Madde, como se ele não entendesse o que está acontecendo. Exatamente como Marianne não entende. Ela *não quer* entender.

Em seguida, Vincent cai de bruços e é arrastado por trás, pelas escadas. Seu corpo bate nas pontas dos degraus. Suas mãos procuram algo nas paredes, para se segurar.

Göran tinha enterrado seus dentes no calcanhar de Vincent, logo acima do sapato. Sua mandíbula trabalha, enquanto os dentes atravessam meia e carne, arrebentando o tendão de Aquiles. Vincent vai gritando por todo o caminho, até onde está a mulher de moletom que se atira sobre ele. Eles desaparecem de vista e o alarme continua a tocar, de forma ensurdecedora. O fogo tinha se apagado completamente agora, deixando apenas uma fumaça ocre que sobe em tons azulados, vinda do carpete de plástico molhado.

– Vincent! – grita Marianne.

Os dois homens de suéteres esportivos olham para ela e começam a subir as escadas, surpreendentemente rápidos.

Madde a puxa da soleira e empurra a porta com força. Um dos homens enfia o braço pela fresta, tentando alcançá-las.

Madde joga todo o seu peso contra a porta. Ouvem o barulho de algo se quebrando, um urro desumano e o braço fica flácido. Ela abre a porta uns poucos centímetros e o braço desaparece. Há um ruído pesado quando o homem desaba pelas escadas no outro lado e, em seguida, a porta se fecha com uma batida.

O alarme perfura os ouvidos de Marianne novamente. Estão de volta ao chão acarpetado do quinto deque e ela consegue ver mais *deles* descendo as largas escadarias.

BALTIC CHARISMA

O navio vai se locomovendo cada vez mais devagar pelas águas do Mar Báltico. O monótono som do alarme de incêndio acompanha um homem moribundo em direção ao grande vazio. Seu corpo tinha sido arrastado pelos estreitos corredores abaixo do andar de estacionamento. Ele não consegue mais sentir os recém-nascidos atacando o seu corpo, não vê como brigam uns com os outros pelo seu sangue. Só consegue ouvir os ruídos úmidos e o alarme, que toca de novo e de novo, mas cada vez mais fraco.

* * *

Os recém-nascidos que se encontram no convés de veículos ficam perturbados com o som do alarme. A mulher de cabelos escuros tinha sentido as vibrações no chão mudarem, e sabe que o tempo é curto agora. Era sobre isso que os funcionários estavam discutindo em sua reunião. Quando o navio parar, eles podem lançar os botes salva-vidas na água. Então o mundo lá fora irá perceber que alguma coisa havia acontecido. Ela precisa terminar isso antes que mais pessoas cheguem e antes que os contaminados possam sair dali.

* * *

O alarme ecoa sobre a pista de dança, através dos corredores, onde as luzes de emergência tremulam. Corta o vento no convés externo, impregnando as cabines onde as pessoas tinham se refugiado. Algumas delas abrem as portas e espiam o lado de fora, tentando entender o que está acontecendo, o que devem fazer. Outras ficam onde estão, olhando o amanhecer lá fora e procurando sinais de que o navio está afundando.

* * *

O recém-nascido que tinha sido o capitão do navio arranha a porta pelo lado de dentro na ponte de comando.

* * *

O alarme penetra diretamente nas mentes dos recém-nascidos no refeitório, despertando os instintos de suas vidas a bordo, pensamentos que eles não conseguem formular em suas atuais condições. A enfermeira Raili tinha apanhado a faca de pão de cabo de plástico amarelo. Ela introduz a ponta em um dos ouvidos, perfurando e torcendo até que não possa mais ouvir o estrondo. Ela mal está ciente da dor, pois nada se compara à sua fome voraz.

* * *

O alarme desperta uma das recém-nascidas que se encontra no spa. Ela está na banheira de hidromassagem, com o rosto virado para baixo. Seus olhos estão abertos debaixo d'água. Sente dor, mas já está acostumada. Com dificuldade, consegue erguer a cabeça acima da superfície e olha ao seu redor, procurando a origem daquele ruído odioso.

* * *

Adam está parado um pouco mais além, no mesmo andar. Observa a planta do navio. Tinha colocado uma das mãos contra a parede de imitação de mogno do *Charisma*, sentindo o silêncio dos motores. Se lembra que a casa das máquinas fica perto do convés de veículos, o único lugar onde ainda não havia procurado por sua mãe. Deve ter sido ela quem fez os motores pararem. Passa seu pequeno dedo sobre a planta ao longo do caminho que leva até o convés de veículos. Vai fazer com que ela compreenda o porquê de ter feito o que fez, que isso é para o bem dela também. *Ela só precisa se livrar daqueles conceitos antigos.* Ele tira o cartão de acesso do bolso e começa a ir em direção às escadas.

* * *

A primeira pessoa a ser contaminada a bordo, ainda está sentada no chão da sua cela. Ele tinha colocado as mãos sobre os ouvidos e grita para abafar o som do alarme. Nas celas ao lado, as pessoas detidas lá também acordaram. Elas pedem socorro, batem nas portas pelo lado de dentro, mas ninguém está vindo para lhes libertar.

* * *

Na suíte, a antiga estrela musical está andando de um lado para o outro e quebrando as lâmpadas que encontra em seu caminho. Aquela luz fraca e oscilante lhe machuca os olhos. O rugido do alarme lhe perfura os tímpanos. O chão não está mais vibrando sob os seus pés. O *Charisma* não vai conseguir chegar em Åbo, o que é uma injustiça. Ele está convencido de que os culpados pelo o que está acontecendo são aqueles que fugiram do refeitório. *Não era para ser assim.* Deveria ter matado a mãe de Adam. Deveria ter matado a todos. O alarme aumenta de volume, destruindo seus pensamentos.

* * *

O ar no convés de veículos cintila com gases. A mulher de cabelos escuros trabalha cada vez mais rápido com a picareta, cada vez mais determinada. A gasolina respinga no seu vestido, escorrendo pelo chão. Diesel esguicha quando ela faz um buraco no tanque lateral de um caminhão. Outro sinal de alarme dispara. O som ensurdecedor dos alarmes é mais do que ela pode aguentar, mas agora falta pouco. Logo tudo estará terminado.

MARIANNE

– Não consigo respirar – diz Marianne arquejante. – Não consigo respirar!
Ela está ofegante e se segura no braço de Madde, tonta com a falta de oxigênio. Por mais que tente encher os seus pulmões de ar, não consegue aspirar o suficiente e não sabe se é a luz do corredor que está se apagando ou se é ela quem está perdendo os sentidos.
– Já estamos quase chegando – avisa Madde.
– Ar, preciso de ar!
Tudo está tão diferente, tão silencioso entre as pausas do alarme. Sem mais tremores do motor sob os seus pés. Isso é tão insólito como se a terra houvesse parado de girar, pois o *Baltic Charisma* é todo o seu mundo agora.
Ao seu lado, Madde está chorando, grandes lágrimas escorrendo pelo seu rosto redondo, mas Marianne não consegue chorar. Ela olha para trás e parece que não há ninguém as perseguindo. Os corpos mutilados no caminho ainda não começaram a se mexer.
De tempos em tempos, uma porta se abre e pessoas espiam para fora, perguntando se elas sabem o que está acontecendo, se estão naufragando, se há um incêndio. Ela vê o medo das pessoas, mas é incapaz de acalmá-las. A qualquer momento pode ser uma outra coisa abrindo a porta ou aparecendo de um corredor lateral, pronto para matá-las, assim como tinham feito com Vincent. Como mataram Göran, antes de se tornar um *deles*.

Elas finalmente chegam em frente à porta de vidro no final do corredor. Madde a empurra e a primeira rajada de ar frio e puro atinge Marianne. Ela tenta não olhar para os corpos no chão sobre os quais elas têm de passar, enquanto Madde a leva até a balaustrada. Tenta ignorar que o chão do convés externo está pegajoso com sangue seco.

Elas vão até a proa e Marianne tenta se concentrar na água. As ondas em movimentos eternos na sua direção, somente um esguicho tranquilo contra o casco do navio em comparação com os jorros e movimentos bruscos do mar mais cedo naquela noite. Nuvens se movem rapidamente no céu, mais cinzentas agora, em contraste com a claridade. Parece um filme fora de foco. Finalmente consegue sentir o ar penetrando em seu corpo, ficando quase tonta, deixando o oxigênio limpar os seus pulmões enquanto o alarme toca mais uma vez.

Madde treme de frio em seu vestido leve e transparente. Marianne a envolve em seus braços e sente o corpo macio da outra junto ao seu. Madde recosta a cabeça nela e chora descontroladamente.

Ela está ainda mais assustada que Marianne e isso faz com que a mais velha das duas reaja, simplesmente porque não tem outra alternativa. Elas não podem entrar em colapso ao mesmo tempo.

– Tenho certeza de que logo eles devem estar chegando com socorro – diz ela. – Alguém virá nos buscar. Estaremos em casa em breve.

– Me desculpe – diz Madde. – Me desculpe por eu ter saído correndo. Estava com tanto medo que...

É impossível ouvir o que ela diz em seguida. Marianne só murmura suavemente, lhe fazendo um carinho nas costas.

– ...é minha culpa que Vincent morreu! – diz Madde chorando.

– Não – responde Marianne.

Ela fecha os olhos, mas isso só faz com que ela enxergue, com mais nitidez, o rosto de Vincent nas escadas. Então ela os abre novamente, mas não por completo, devido ao vento.

– Não, a culpa é minha – diz ela. – Ele tentou me fazer sair de lá mais cedo, mas eu... não consegui.

Ela tinha esperança de que se sentiria melhor dizendo essas palavras em voz alta, mas o efeito foi exatamente o contrário. Está ficando difícil respirar novamente.

– Mas se eu não tivesse saído dali... – soluça Madde, com a cabeça apoiada na outra. – Ou se eu tivesse voltado um pouco mais cedo...

– Não ia fazer diferença. E você, pelo menos, voltou – Marianne fala gritando agora, por causa de um novo sinal de alarme. – Eu não sei se conseguiria ser tão corajosa.

– Não fui corajosa. Era pior ficar sozinha.

– Me escute. *Não foi sua culpa.*

Madde se solta dos braços de Marianne, enxuga os olhos e respira fundo.

– E tampouco foi sua – diz ela, se virando para o navio novamente, levantando o olhar.

Ela é quase bela sob a hesitante luz das lanternas.

Marianne também se vira e compreende o que Madde está procurando. Olha imediatamente para a janela da suíte, quatro andares acima. Acha que nota uma movimentação lá dentro, mas está tudo escuro e a luz fraca dali se reflete nas janelas.

– A culpa é dele – diz Madde. – Se ainda estivéssemos lá, estaríamos seguros. *Mais* seguros, pelo menos.

Marianne concorda com a cabeça.

– E nós vamos sair dessa merda de navio – continua Madde, se virando para Marianne. – Só temos que chegar até os botes salva-vidas.

– Sim.

Marianne acha que ouviu um grito abafado vindo de dentro do navio. O alarme dispara novamente, distorcendo tudo. Ela olha para Madde, que está apontando.

– Eles estão aqui – diz ela.

Marianne olha através da porta de vidro, por onde elas tinham acabado de vir. Alguns *deles* se aproximam pelo corredor. Não há como não reconhecer aquela caminhada lenta e determinada.

Ela e Madde correm para o outro lado do convés e olham para a outra idêntica porta de vidro. Há mais *deles* no corredor nesse lado também e estão a caminho dali.

– Caralho – diz Madde. – Caralho, não temos para onde ir!

Marianne olha em volta no convés. Pela primeira vez, observa bem os corpos espalhados pelo chão. Há um amontoado deles junto à balaustrada.

A ideia que lhe vem à cabeça é tão repugnante, que a rejeita de imediato. Mas olha para Madde e sabe que precisa tentar.

O alarme dispara mais uma vez, mas para abruptamente.

FILIP

Ele e Marisol tinham, finalmente, conseguido desligar o alarme. Eles se encontram no escritório do Comissário-chefe olhando para o microfone à sua frente. Filip pensa em Mika e em quantas vezes o outro tinha segurado aquele microfone.

– Você quer fazer isso? – ele pergunta.

Ela sacode a cabeça, dizendo que não.

– Eu não saberia o que dizer – ela responde.

– Nem eu.

Na verdade, ele está com medo de que sua voz revele o que sente. Está exausto. Estão tão perto, mas mesmo assim parece algo impossível de se realizar.

Eles querem ir para os botes salva-vidas e aguardar pelo socorro, mas e depois?

Eu não entraria num bote com alguns dos passageiros, de qualquer jeito. Imagine se algum deles se transforma quando estamos lá, sendo sacudidos pelo mar?

Ele sequer pode ter certeza de que não foi contaminado. Leva a mão esquerda, automaticamente, aos lábios, sentindo uma ardência ao tocar. Ele tinha lavado muito bem, mas...

– O que foi? – pergunta Marisol.

Ele sacode a cabeça.

– Eu simplesmente não sei como vou fazer isso soar como... como se eu mesmo tivesse absoluta fé no que estou dizendo.

Ela coloca um braço em volta dele.

– Sabe de uma coisa? – diz ela. – Eu pedi demissão uns dias atrás.

Filip percebe que não está surpreso. Ele mesmo não tinha pensado nisso ontem à noite? Que mais cedo ou mais tarde, ela deixaria o *Charisma*?
– Eu tinha planejado te contar em algum momento desse expediente – ela acrescenta parecendo um tanto melancólica.
Ele tenta dar um sorriso.
– Depois dessa noite, eu talvez queira pedir demissão também – diz ele.
– Já era hora – diz ela rindo. – Em seguida fica séria novamente e segura a mão dele. – Estou grávida, é por isso. Vou começar a trabalhar na cafeteria da minha tia.
Filip sorri com vontade. Um sorriso de verdade dessa vez.
– Eu já devia ter percebido, não é mesmo? – ele pergunta.
– Provavelmente.
– É por isso que você nunca mais saiu conosco depois do trabalho.
Marisol encolhe os ombros e dá uma risadinha.
– Você vai ser uma mãe fantástica – diz ele. – Quem consegue lidar com os clientes do Starlight às três da manhã, consegue tomar conta de uma criança sem problema nenhum.
– Agora você entende por que temos que sair dessa? Nós dois? Eu estava pensando que você poderia o ser padrinho, na verdade. – Ela fala meio brincando, mas parece quase envergonhada. – Se alguma coisa acontecer comigo...
– Nada vai acontecer com você – diz ele, a interrompendo.
Ela solta a mão dele, parecendo que tem mais a dizer, mas apenas solta um suspiro e apanha o microfone.
– Ok – diz ela. – Vamos acabar com isso.

CALLE

Tinha sido ideia sua irem até ali procurar por sinais de incêndio a bordo. Ele havia se arrependido assim que abriram a porta, mas Albin e Lo mal reagiram. Ele não pode deixar de imaginar como tudo isso irá afetar as vidas daquelas crianças.

Bosse está jogado em sua cadeira. Alguém, provavelmente Pär ou Henke, havia jogado um cobertor de lã cinza por cima dele. Seus braços estão caídos ao lado, com seus dedos dobrados quase encostando no chão.

Calle toca com cuidado no encosto da cadeira, por trás. Tenta não tocar no corpo, enquanto empurra a cadeira para o lado. A cadeira bate num fio no chão, fazendo com que a cabeça de Bosse role para frente, mas o cobertor permanece no lugar. Ainda bem.

Antti vai até a escrivaninha e começa a apertar os botões aleatoriamente. Calle dá uma olhada geral no escritório e encontra o telefone caído numa poça de sangue no chão. O aparelho está destruído e ele xinga muito irritado.

As diferentes perspectivas da câmera mudam rapidamente nas telas. No corredor acima deles, no sétimo deque, alguns passageiros estão espiando para fora das cabines. Seus rostos parecem fantasmagóricos sob a fraca iluminação de emergência. Quantos deles já teriam sido contaminados? Quantos estão como Mika e tentam esconder a sua condição? Quantos ainda não entenderam o que lhes aconteceu?

Antti aperta outros botões e a loja do duty free aparece nas telas. Suas portas de vidro foram quebradas, garrafas espatifadas e embalagens descartadas emporcalham o chão e corpos estão espalhados ao longo do carpete do lado de fora.

Vamos, pensa Calle quando avistam o balcão de informações, a porta fechada do escritório do Comissário-chefe, onde Filip e Marisol deveriam estar. Falem alguma coisa. Preciso saber *que vocês estão bem.*

Novos corredores aparecem nos monitores. Aqui e ali, portas escancaradas. Sangue nas paredes em volta delas. No quinto deque, perto do escritório de Bosse, alguns contaminados se dirigem para a proa. No corredor do oitavo deque, outros vagam, aparentemente sem destino. Na cafeteria, há um pequeno grupo de pessoas escondidas atrás de umas mesas viradas, parecendo consolar um homem ferido. Outros estão sendo perseguidos no labirinto de corredores pequenos perto da popa, no sétimo deque. Há sangue respingado nas janelas ao redor da piscina de bolinhas. Há ainda mais sangue nas paredes e no chão do karaokê.

Mas há menos contaminados do que ele esperava. O que não ajuda em nada sua tensão.

Onde eles estão?

A parede, no lance de escadas do lado de fora do convés de veículos, está chamuscada. Há uma garrafa de vodca quebrada no chão. Calle respira aliviado. Se foi aquele fogo que acionou o alarme de incêndio, não há mais motivo para preocupação, pois já tinha sido apagado há bastante tempo.

Antti aperta outros botões, mais imagens do navio passam à frente deles.

– Nada mais de fogo, pelo que eu posso ver – diz ele. – Puta que pariu, né, essa seria simplesmente a gota d'água nessa merda toda.

Calle concorda com um aceno de cabeça.

– Você consegue achar o corredor do lado de fora da suíte?

Antti aperta alguns botões e Calle tenta acompanhar através das telas. Vislumbra o nono andar, pelo lado de estibordo. Porta de número 9318.

– Ali! – diz ele. – Pare aí!
Ele se aproxima tanto da tela que consegue sentir a eletricidade estática no rosto.
"KALLE! NÃO ABRA!"
A palavra "não" está sublinhada várias vezes. Calle olha para as outras palavras e para o seu nome, que tinha sido escrito errado.
Não pode ter sido Vincent que escreveu assim.
Um sinal suave vem dos alto-falantes e ele ouve Marisol pigarrear. Finalmente.
– Caros passageiros – diz ela. – Conseguimos parar o navio e isso significa que, mais cedo ou mais tarde, alguém irá descobrir que há algo de errado acontecendo a bordo. Não deve demorar. Estamos a uma hora de distância da Finlândia e essa é uma rota muito utilizada.
Calle olha para as pessoas que começaram a se juntar no corredor do sexto deque. Elas escutam atentamente. Algumas delas gravam com seus celulares, segurando-os em direção aos alto-falantes ou aos seus próprios rostos. Nenhuma delas é Vincent. *Onde está Vincent?*
– Não sabemos dizer o que houve aqui hoje à noite – continua Marisol. – Sabemos que as pessoas ficam doentes quando são mordidas, mas não sabemos qual é a doença e nem por que a temos a bordo. Alguns de nós vão tentar ir para o convés externo, na parte superior do navio. Agora que estamos parados, podemos descer os botes salva-vidas e aguardar neles até a ajuda chegar. Vistam roupas quentes e se juntem a nós, se acham que é possível. Se não for, permaneçam em suas cabines ou em algum outro lugar onde possam se trancar.
Ela se cala. Calle quase pode ouvir sua hesitação. Antti ofega pesadamente ao seu lado.
– Lembrem-se de que essa doença pode atingir *qualquer um*. Se tiverem amigos ou familiares que foram mordidos... Não tentem ajudá-los! Nem sequer se aproximem deles. Eu sei que é terrível, mas... só assim vocês se protegem da doença e podem ter certeza de que não irão contaminar mais ninguém.

Há uma pausa. Ele observa como o pequeno grupo no sexto deque hesita por um instante, antes que a maioria volte para as suas cabines novamente.

– Boa sorte, independentemente do que vocês decidirem fazer – conclui Marisol, desligando.

Lo puxa a sua camisa gentilmente.

– O que houve? – ele pergunta.

Ela não responde, só olha para ele em silêncio e depois para o monitor, que mostra a parede de vidro que dá para o spa. Uma espécie de aparelho, de tamanho grande, está jogado no chão logo na entrada. Ele vê alguém se movendo lá dentro, bruscamente, cambaleando.

– O que é tão... – diz ele.

Lo lhe pede para fazer silêncio, olhando significantemente para Albin, que tem o olhar fixo no chão. Calle se cala e olha para a tela novamente, com mais atenção agora.

O aparelho é uma grande cadeira de rodas virada de lado.

Ele engole em seco e entende, imediatamente, quem é a figura vacilante. Fica observando a silhueta da mãe de Albin até ela parecer um conjunto de pixels em tons de cinza. Ele se aproxima mais, apertando alguns botões, até que a figura desapareça da tela. Antti lhe dá um olhar de quem tinha entendido tudo.

– Vamos – diz Calle. – Temos que ir para os botes agora e ajudar todo mundo que quiser sair daqui.

Albin olha para ele. Não há sinais em seu olhar de que tenha entendido que estão escondendo algo dele.

Observam a tela que mostra o corredor do lado de fora do escritório de Bosse. Nenhum dos contaminados parece estar por perto agora.

Antti abre a porta um pouco. Calle se posiciona atrás das crianças, apanha o rodo de limpeza com a faca na ponta e olha para a câmera, onde é possível ver um Antti em preto e branco colocando sua cabeça para fora da porta. O olhar de Calle passa pela figura coberta na cadeira do escritório. Será que Bosse tinha se movido? A cabeça estava caída para esse lado antes?

– Se apressem! – diz ele e Antti lhe manda um olhar irritado antes de sair para o corredor. Calle coloca as mãos sobre os ombros das crianças. Lo olha para ele e murmura um "obrigada".

– Vai dar tudo certo – diz ele. Antti os manda fazer silêncio. Ele estava parado no corredor, com o rosto mais vermelho que nunca. Parece estar ouvindo alguma coisa. A faca treme em sua mão.

Calle sente o pânico se apoderar de seu corpo, quando ouve passos vindos de um corredor lateral.

Alguém vem correndo.

MADDE

Ela se obriga a não tremer, ignorando o frio, o vento e o medo que sente. Tenta se concentrar na ondulação das águas ao redor do casco do navio, em seu balanço suave.

As criaturas, que se movem desajeitadamente pelo convés, não são nada para ela, nada com que ela precise se preocupar. Ela tampouco precisa pensar que há um cotovelo pressionando o seu quadril, ou nos cabelos de uma desconhecida caídos sobre o seu rosto, fazendo cócegas no seu nariz. Há um salto apertando o seu tornozelo. Ela não deve pensar sobre o fato de que este salto é parte de um sapato, ou que dentro deste sapato tem um pé, um pé que pertence a um cadáver.

Não. Ela não deve pensar em Zandra ou em sua filha, ou nos pais de Zandra, ou ainda em Vincent. Ela não deve pensar em nada. Só deve se preocupar em ficar muito quieta.

Se fingir de morta.

Ela e Marianne estão deitadas próximas à balaustrada num amontoado de corpos. Tinha sido ideia de Marianne, que havia puxado o corpo da mulher de cabelos compridos sobre elas. Madde está com o rosto virado para baixo, com o nariz junto a um blusão tricotado com cheiro de cigarro e cesto de roupa suja. Marianne está ao seu lado. Seu corpo é quente, apesar do vento, cheirando a várias camadas de suor, ansiedade, perfume velho e tintura de cabelo. Madde imagina que não deve estar exatamente cheirando como um buquê de rosas também. Ela só pode torcer para que o vento ali na proa disperse os odores delas, ou que ele seja abafado pelo intenso cheiro dos vários cadáveres ao redor.

Ela acha que consegue ouvir passos se aproximando, o terrível som de dentes rangendo, apesar do ruído forte do vento. Ela fecha bem os olhos e tenta deixar até de respirar. Seu coração bate com intensidade e cada batida é como uma dor latejante no seu lóbulo de orelha rasgado. Ela preferia não ter ficado na janela da suíte e assistido ao que acontecia aqui embaixo. Sabe muito bem como essas pessoas morreram. É fácil demais imaginar o vai acontecer com elas quando *eles* as encontrarem.

Não pense nisso, não pense nisso.

Alguém fareja o ar. A alguns metros de distância, mas ainda perto demais.

Aquela sensação toma conta dela de novo. Tem vontade de se levantar, gritar, brigar. Pular nas águas congelantes e esperar pelo melhor. Até mesmo se deixar ser mordida. Qualquer coisa, desde que tudo isso termine logo.

Mas ela não consegue, por mais tentador que pareça ser. Ela estaria arriscando a vida de Marianne também. E elas não chegaram até aqui só para morrer quando a ajuda está a caminho.

Nem fodendo! Elas vão conseguir escapar dessa. Vão sair dali e chegar até a porra dos botes salva-vidas no convés externo. Elas vão aguardar pelo socorro, que vai chegar mais cedo ou mais tarde. A moça disse isso nos alto-falantes.

Elas vão sobreviver. Elas vão sair desse navio filho da puta. Senão, a morte de Vincent terá sido em vão.

Os passos atrás delas vão se afastando. Ela ainda segura a respiração, sem coragem de acreditar.

Mas sim, os passos estão desaparecendo.

Madde solta o ar devagar e abre os olhos. Ela estava fechando-os com tanta força, que os músculos ao redor ficaram doloridos. A luz cinzenta e suave do amanhecer se infiltra através de seus cílios.

Seus ouvidos estão atentos. Ela não pode ter certeza de que não há mais *deles* ali fora.

Marianne se mexe ao seu lado e Madde vira a cabeça um pouco e olha para a outra.

Marianne lhe encara de volta, com os olhos arregalados.
– Fique parada – diz Marianne com os lábios, mas sem emitir sons.
– Eu estou – responde Madde.
Algo está cutucando suavemente a sua barriga. O corpo embaixo delas está se movendo. O homem do blusão sujo solta grunhidos, que ecoam através do seu peito, onde o nariz de Madde está. Ele começou a despertar.

CALLE

– Venham – sussurra Calle, empurrando as crianças à sua frente. Ele sobe os primeiros degraus da larga escada.
Algo passa por eles, no limite do seu campo de visão.
Alguém dá um grito.
Tudo acontece tão rápido que já está terminado quando Calle se vira para olhar.
Um homem de olhos arregalados e vestindo um roupão havia trombado com Antti. Os dois estão muito próximos um do outro. O homem tosse e pequenas gotas de sangue enevoam o rosto de Antti, que tropeça enojado, limpando o rosto com a manga da camisa.
As mãos do homem vão até o seu estômago. O cabo da faca de Antti está aparecendo na abertura do roupão.
– Mas... mas por quê? – pergunta o homem ofegante, caindo de joelhos e olhando para seus dedos ensanguentados.
Ele traz algo enrolado em volta dos dedos. Contas de plástico colorido, alinhadas em um cordão resistente. Era um colar, feito por uma criança. Calle sente uma grande ânsia subindo por sua garganta.
– Ele consegue falar – diz Lo. – Não é um deles.
– Perdão – diz Antti. – Me desculpe, cacete, eu sinto muito...
O homem olha para cima novamente. Segura no cabo da faca, tentando arrancá-la, e todo o seu rosto se contorce de dor. Ele solta da faca e começa a soluçar silenciosamente.
Calle consegue notar que cada movimento faz com que a dor em seu ventre fique pior.

– O que você fez, Antti? – diz ele. – Que merda foi essa que você fez?

Ele se agacha ao lado do homem, vagamente consciente de que algumas pessoas tinham emergido dos corredores próximos, de que os estão encarando. Alguns estão vestindo casacos quentes, outros estão enrolados em cobertores.

– Ele veio correndo e bateu em mim. Você viu também – diz Antti. – Achei que ele fosse um deles.

– Stella – balbucia o homem, olhando para Calle, como se para ter certeza de que ele havia ouvido bem o nome. – Stella...

– Quem é Stella?

O olhar do homem se fixa em Calle.

– Nós os vimos no jantar – diz Lo. – Stella é a sua filha, não é? Ela achou que a minha tia estava sentada em um carrinho de bebê.

O homem concorda com a cabeça, se contorcendo de dor novamente. Seu rosto fica pálido, tão rápido que Calle consegue perceber a mudança de cor.

– Ela saiu correndo da nossa cabine na minha frente quando... minha esposa...

A boca do homem se abre e se fecha, mas ele já não emite mais nenhum som. Ele tem dificuldade de se manter de pé e Calle o ajuda a se deitar.

– O que houve com a sua esposa? – pergunta Calle.

O homem arregaça as mangas do roupão, mostrando uma grande marca de mordida, logo abaixo do cotovelo.

– Caralho! – grita Antti. – Caralho! Ele está contaminado e eu tenho o sangue dele em cima de mim! Idiota filho da puta!

Calle o encara praticamente sem palavras, até que vocifera.

– Cale a porra da sua boca! – ele grita.

– A culpa não é minha – diz Antti. – Ele ia morrer de qualquer jeito!

– Mas você não sabia disso!

Quando Calle se volta para o homem novamente, vê que ele tinha parado de respirar. Calle sente que está à beira daquele precipício de novo. Balançando à beira da insanidade, se aproximando da queda. Ele olha para o abismo e o abismo o encara de volta.

– Eu estou te dizendo, a culpa não foi minha – choraminga Antti.

Ele se vira para o outro lado e sai correndo pelo corredor, para longe deles.

Calle fecha os olhos. Precisa tentar se controlar por mais um tempo. Não deve mostrar para Lo e Albin todo o pânico que está sentindo.

MADDE

O homem começa a se movimentar debaixo dela, causando uma espécie de efeito dominó em todo o amontoado de corpos. O salto do sapato penetra mais profundamente na sua panturrilha, alcançando um nervo. Madde levanta a cabeça cuidadosamente. Ela quase urina em si mesma. O homem olha fixamente para ela. Ele tem os olhos azuis claros, mas o seu olhar é o de um animal selvagem, assim como o de Zandra. Vazio, mas determinado. Ele se esforça para aproximar seu rosto dela. Os dentes batem uns nos outros.

Madde coloca as mãos sobre o peito dele e se empurra para cima, ficando de quatro. O corpo da mulher de cabelos compridos, que estava sobre ela e Marianne, sai rolando pelo convés. Madde engatinha para trás, sente seu joelho encostar na coxa de alguém, encontra o chão gelado sob os seus dedos e consegue ficar de pé.

Marianne continua deitada, olhando em pânico para o homem. Estão muito perto um do outro. O homem vira a cabeça vagarosamente, até ficar cara a cara com ela. Ele fareja.

Aquela merda nojenta da porra de ranger os dentes e farejar. Madde já está cheia de sentir tanto medo daquilo. Ela os odeia tanto, os odeia para caralho.

Ela fica apalpando com a mão, até conseguir encontrar o cotovelo de Marianne e puxá-la dali. Olha para trás, enquanto Marianne tenta se equilibrar. Um pequeno grupo *deles* tinha se reunido junto a uma das portas de vidro. Os outros parecem ter desaparecido do outro lado do convés externo.

O homem se senta e tenta pegá-las, esticando seus braços na direção delas e batendo os dentes. Os cantos de seus lábios estão caídos. Ele parece uma criança mimada diante da vitrine da loja de balas, amuado por não ter tudo que quer.

Marianne solta um gemido, mas Madde a manda se calar, apontando para o grupo que pode descobri-las ali a qualquer momento.

As duas têm a outra porta de vidro como objetivo. Madde passa sobre a mulher, escorregando quando pisa nos cabelos dela.

Madde mal consegue controlar um grito quando sente alguém dando um puxão forte no seu vestido.

O homem a está encarando quando ela se vira. A mão dele segura com firmeza na barra do vestido, puxando e sacudindo. Seus nós dos dedos, muito peludos, encostam nas coxas dela. O rosto redondo dele é como uma máscara de inabalável cobiça.

Agora chega. Essa porra já passou dos limites.

O ódio toma conta dela, como se houvesse vindo junto com o vento incessante, cheio de rugidos e redemoinhos.

Ela tenta se soltar, mas ele continua a segurá-la. Ela quase cai, mas consegue se agarrar na balaustrada.

– Vá chupar um pau, seu desgraçado! – diz ela entre os dentes, suas palavras espalhadas pelo vento.

O grupo as descobriu agora. Olhos vazios e fulgurantes se viram para elas.

De repente, Marianne aparece ao seu lado. Ela dá um pontapé na cabeça do homem, com o bico fino de seu sapato. Chuta mais uma vez e, agora, acerta o seu braço, o que faz com que ele acabe soltando o vestido de Madde.

Marianne lhe dá mais um pontapé, tão forte que ele cai de costas, rolando em cima de um corpo que estava abaixo dele, e acaba de bruços. Ele agita os braços, tentando se levantar.

Madde passa por cima dele, agarra seus cabelos da nuca, puxando-os com tanta força, que é uma surpresa que não se soltaram. Bate com o rosto dele na barra de metal da balaustrada com tanta força que o metal reverbera todo. Grita com todas as suas forças, não consegue mais se controlar. Que diferença faz agora? Já foram descobertas mesmo. Isso é por Zandra, por Vincent, pela conversa que vai precisar ter com os pais de Zandra. Isso é pela filha da amiga, que nunca mais vai encontrar com a mãe e nem conhecê-la direito, nem saber o quão fantástica ela era.

– Temos que sair daqui – diz Marianne, mas Madde não a escuta. Continua a bater com o rosto do homem contra a balaustrada, sem parar, até o metal ficar pegajoso de sangue e de algo mais, que escorre sobre o convés e para as águas do mar. Ela bate mais uma vez, o mais forte que pode e, só quando o corpo dele parece estar todo flácido solta a sua cabeça, que cai para o lado. Vê a massa disforme no lugar onde era o seu rosto, o perfil dele é agora côncavo e ela finalmente se afasta.

O vento a descabela e ela afasta os cabelos do rosto, olhando para Marianne. O triunfo é um brado de vitória dentro dela.

– Vamos, agora – diz Marianne e a seriedade na sua voz penetra em Madde.

Ela se vira e fica em choque. A mulher à frente do bando está a pouco mais de um passo delas, mas Madde não sente medo, pois ainda está entorpecida com o que tinha acabado de fazer. Ela sente que poderia matá-los todos, um por um ou vários de uma só vez. Ela tem de se obrigar a reconhecer que a coisa mais perigosa que ela pode fazer é se deixar acreditar que não há nenhum perigo.

Ela pega Marianne pela mão e as duas se apressam para chegar até a porta de vidro. Ouvindo passos logo atrás, ela empurra Marianne para dentro do corredor.

Sem o vento zumbindo nos ouvidos, o silêncio dentro do navio é arrepiante. O ar é quente contra a pele gelada de Madde. Ela olha para o corredor lateral à direita, logo na entrada. Alguns *deles* estão parados ali. Abrem as bocas ao avistarem as duas e vêm vindo em direção a elas.

Que começam a correr novamente. No próximo corredor lateral, há uma escada menor para subir, mas Madde não se lembra para onde a escada leva e ela é muito estreita também, não quer correr o risco de ficar presa entre dois bandos de contaminados.

Quando passam pelo corredor, ela avista um jovem com os cabelos espetados para cima. Ele já as tinha descoberto, então ela aumenta o passo, tendo a esperança de que o caminho estará livre nas escadarias maiores. Vai praticamente arrastando Marianne consigo agora. Fica pensando por que não há mais pessoas no caminho para o convés superior. Talvez tenham preferido ficar escondidas em suas cabines. Ela, provavelmente, teria feito o mesmo.

Chegam no corredor principal e Madde para no meio do passo ao ver um homem deitado e usando um roupão ensanguentado, bem em frente às escadarias. Uma criança muito loira, só de shorts, está ajoelhada ao seu lado. Ela consegue contar cada vértebra em suas pequenas costas.

Marianne está ofegante devido ao esforço.

– Oi? – diz Madde, estendendo uma mão para a criança, mas se arrepende, retirando-a em seguida.

Não pode ser que uma criança seja um *deles*. Ela não suportaria isso. Não conseguiria ferir aquele pequeno corpo mesmo se fosse necessário.

A criança se vira. É apenas uma garotinha, olhando para elas com os olhos vermelhos de tanto chorar.

– O papai não acorda – diz ela. – Ele tem que acordar, para nos escondermos da mamãe.

ALBIN

Ele dá uma olhada para Lo, enquanto atravessam o navio pela última vez. Ela parece estar escondendo alguma coisa. Antes, ela o encarava o tempo todo; agora, nem o olha.

Calle segura a lança à sua frente. Eles chegam ao sexto deque, onde alguns grupos de pessoas assustadas que vagavam pelos corredores entram na escada, acenando para eles. Uma delas é uma mulher de cabelos curtos, que murmura para si mesma em finlandês. Ele reconhece duas outras mulheres da noite anterior, quando ele estava a caminho da cabine para ir buscar Lo. "Hoje vai ser incrível, mãe. Incrível pra caralho!"

Agora elas parecem pessoas de fotografias de zonas de guerra. Albin pergunta-se se ele também está assim. Olha para o corredor, onde fica a sua cabine. O pai também deve ter ouvido o anúncio dos alto-falantes. Que sentimentos ele teria pelo pai agora, se conseguisse sentir alguma coisa?

– Queria saber onde está a minha mãe – diz Lo, enquanto eles sobem para o sétimo deque. – Ela talvez estivesse com... com Cilla.

A voz de Lo está fina e quase some no final da frase. Ele a observa. De repente ela parece muito pequena.

– Nós íamos fazer massagens amanhã – diz Lo. – Aliás, agora já é amanhã.

Será que ela está tão preocupada com Linda quanto ele estava com sua mãe, antes de ter ficado apático e esquisito? Deve estar. Por que ela não tinha dito nada? Ele provavelmente devia ter percebido, mas Lo nunca demonstrava precisar da mãe ou até que gostava dela. Ela nunca demonstrou. Nem quando eram pequenos Lo queria ser consolada por Linda quando alguma coisa acontecia.

Um dos corpos na escada se estica em direção a eles e Albin vê Calle segurar a lança com mais firmeza. Eles continuam até o oitavo deque.

– Pelo menos Linda tem mais chances que a minha mãe – diz ele.

– Não necessariamente, só porque consegue caminhar – diz Lo, parecendo prestes a chorar. – *Opa, tem alguém roendo...*

Então Lo para de repente na escada e começa a chorar desesperada. Ela puxa as mangas sobre as mãos, cobrindo o rosto. Encolhe-se toda, enquanto soluços sacodem seu corpo.

Albin coloca uma mão nas costas dela, sem saber o que fazer.

– Vamos – diz Calle com uma voz que soa grossa. – Faltam poucos andares agora. – A voz dele está embargada.

Lo abaixa as mãos. Seu rosto está muito vermelho, seus olhos estão inchados, mas ela já não chora mais.

Albin se permite voltar para aquele mundo novamente, em que não pode ser atingido por nada.

FILIP

Filip segura bem sua lança improvisada, apoiando-a sobre o ombro quando ele e Marisol chegam ao décimo deque. Dá uma olhada para um casal que se intromete no caminho deles. Todo o seu corpo está tenso, preparado. De tempos em tempos ele e Marisol trocam olhares, verificando se perceberam mais algum contaminado por perto.

Uma fileira inteira de dentes presa por um aparelho cintilante está jogada no chão em frente à porta de saída para o convés de passeio. Ele olha para trás. Calle e as crianças ainda não tinham aparecido. Duas mulheres sobem as escadas, tão parecidas que devem ser irmãs, seguidas por um homem de terno. Ele reconhece uma mulher loira de cabelos curtos do grupo finlandês em conferência que esteve no Starlight mais cedo. A mulher havia rejeitado as investidas de um colega várias vezes, o homem careca com cara de bebê tão embriagado que Filip fora obrigado a chamar os seguranças. O rímel tinha escorrido pelo rosto dela, mas ele não avista ninguém que pareça ter sido mordido.

– Onde eles estão? – pergunta Marisol.

Filip sabe bem a quem ela está se referindo. Essa gente toda não devia atrair os contaminados até ali?

Ele e Marisol saem para o convés de passeio por estibordo. As temperaturas devem ter baixado muito durante a noite. O vento esfria o tecido molhado de sua camisa de nylon, colando-a no seu corpo. O mar está insolitamente parado, indiferente a tudo que estava acontecendo a bordo.

Eles haviam quase chegado na escada para o convés externo quando ouvem gritos atrás de si. Filip segura firme o cabo e dá meia-volta.

– Você! – grita Dan Appelgren, empurrando as pessoas que estão em seu caminho.

Ele está menos inchado agora e tinha trocado de roupa. Olha para Filip com seus olhos vermelhos, correndo diretamente ao seu encontro e gritando:

– Seu canalha esnobe, eu te odeio pra caralho!

DAN

Ele tinha ouvido a informação pelos alto-falantes e entendido imediatamente que era a señorita do Starlight que estava fazendo o anúncio. Foi até ali para se certificar de que nenhum imbecil iria conseguir embarcar na porra dos botes salva-vidas. Percebeu que havia pouquíssimos recém-nascidos lá no convés externo do navio. *Alguma coisa está errada.* Agora vê Filip lá parado, sacudindo uma lança de brinquedo ridícula à sua frente.

– Marisol, corra – diz ele, se fazendo de herói até o último minuto.

Mas Marisol não o escuta e vai de encontro a Dan com um machado de incêndio nas mãos. Seu pulso palpita com intensidade no pescoço, fazendo a fina corrente de ouro com o crucifixo brilhar a cada batida à luz pálida do amanhecer. Dan se desvia facilmente da lâmina do machado, que passa rente ao seu rosto. Ela o levanta novamente, mas ele é mais rápido e lhe dá um soco forte na cara. Sente como o osso do nariz se parte. Arranca o machado das mãos dela e o atira longe. Ouve a multidão atrás dele gritar.

– Você pode esquecer, ninguém vai sair desse navio – diz ele, sentindo imediatamente o cheiro do sangue que escorre do nariz dela.

Em seguida, sente uma dor ardente o atingir acima da cintura. Ele se vira e vê Filip parado ali, segurando o rodo de limpeza entre as mãos. A lâmina tinha penetrado inteira, parando em algum lugar nas costelas inferiores.

A dor é muito intensa, mas ele não sente medo – muito pelo contrário. A dor faz seus sentidos ficarem mais aguçados, deixando cada detalhe mais definido. Nada naquele ataque pode feri-lo. O machucado irá cicatrizar.

Filip retira a lâmina do corpo de Dan e tentando atingi-lo novamente, no peito dessa vez. Erra o alvo em vários palmos. O pavor de Filip o desconcentra. Ele olha para Marisol.

– Caralho, corra! – ele grita, apunhalando Dan novamente.

Dan levanta uma das mãos e a lâmina a atravessa. Ele fecha os dedos sobre ela e o gume penetra em sua pele. Está na hora de acabar com isso. Ele consegue pegar o cabo do rodo, arranca aquela lança ridícula de Filip e a atira ao mar.

Filip tinha se colocado entre Dan e Marisol, que é burra demais para correr. É muito fácil derrubá-lo. Filip tenta escapar, mas logo percebe que não irá conseguir. As pessoas atrás deles gritam muito.

O cheiro do medo de Filip fica cada vez mais azedo.

Finalmente ele reconhece o seu devido lugar.

– Fico feliz que você tenha escapado lá no refeitório – diz Dan. – Eu estava muito cansado para cuidar de você, agora não estou.

Filip grita quando Dan arranca um pedaço grande de carne do seu pescoço. O sangue está quente, tentador. Dan cospe; não vai repetir o erro de comer demais.

– Corra! – grita Filip, tentando olhar para Marisol. – Estou perdido, mas você precisa ajudar os outros, você... – Os gritos saem desarticulados quando Dan enfia os dentes em seu pescoço novamente, encontrando a resistência da dura cartilagem do pomo-de-adão.

Ele rompe e depedaça até que os gritos de Filip são abruptamente interrompidos. O sangue jorra como uma fonte doce diretamente na boca de Dan. Ele ouve Marisol chorar e a multidão gritar de pavor.

Olha no fundo dos olhos arregalados de Filip. Ele sabe que está prestes a morrer.

Dan puxa a camisa dele e arranca um pedaço da carne do peito. Afunda em direção ao coração. Ele vai acabar de vez com Filip. Apagá-lo.

CALLE

Alguma coisa havia acontecido no convés de passeio. As pessoas tinham se reunido do lado de fora das portas de vidro. Muitas choravam, em pânico. Outras tentavam voltar para a parte de dentro do navio. Um homem gritava "Temos que voltar para a cabine, vamos logo, Kerstin". Algumas pessoas continuavam lá, esticando os pescoços para ver melhor o que estava acontecendo.

Uma rajada de vento leva o ar frio para dentro. Calle sente mais medo agora do que sentiu nesse longo cruzeiro. Tudo o que ele tentara afastar de si o estava alcançando: tudo o que tinha acontecido e tudo que ainda podia acontecer. Se eles conseguirem chegar aos botes salva-vidas e Vincent não estiver lá...

Duas mulheres descem correndo as escadas, quase o derrubando. Uma dela diz "Você viu? Era o cara que trabalhava no bar, não era?".

O vento frio atinge seus ossos.

Os olhos de Albin perderam a vida novamente. O brilho que surgiu na escada havia se apagado, mas ele segura a mão de Calle com uma firmeza surpreendente.

– Só vou dar uma olhada no que aconteceu – diz Calle. – Está bem? Eu já volto.

Os dedos finos de Albin se fecham com mais força ao redor da mão de Calle, que dá uma olhada para Lo.

– Vocês podem me esperar aqui? – ele pergunta. – Só uns segundos.

Ela acena afirmativamente com a cabeça.

– Eu já volto – diz ele, soltando a mão de Albin. – Tenham cuidado.

Ele sobe os últimos degraus da escada, saindo para o convés de passeio. Reconhece a mulher do grupo finlandês em conferência no Poseidon. Muitas das pessoas estão com roupas leves demais para o frio: rostos pálidos, lábios ficando azulados. Ele contorna um grupo de pessoas amontoadas se abraçando.

Albin segurou sua mão com tanta força que ele ainda sente o aperto, quase como o de um fantasma.

O número de pessoas ali vai diminuindo. Ele avista Marisol subir correndo as escadas de aço para o convés externo. Sozinha. Calle *entende*. Ele força a passagem e vê primeiro Dan Appelgren. Ele está usando o casaco que Calle comprou para Vincent no inverno passado.

O machado de incêndio que Marisol tinha encontrado está largado no chão aos pés de Calle. Nada parece estar certo. Nada mesmo.

Dan Appelgren está no chão, curvado sobre o corpo esparramado no convés. Calle acha que Filip deve estar passando muito frio naquela camisa fina. O chão deve estar congelante.

Então o cérebro de Calle alcança o seu próprio raciocínio. Filip não pode sentir frio. Não pode sentir mais nada.

Não é Filip quem está deitado lá. É o seu corpo que Dan está estraçalhando. Sua cabeça balança, rolando de um lado para o outro, como uma flor de haste quebrada. É o sangue dele. Mas não é Filip.

Naquele instante tudo fica claro para Calle. Ele fica subitamente calmo, por dentro e por fora. Se existe mesmo alma, a de Filip não está mais ali. Aquilo que Filip foi é algo que Dan Appelgreen não pode afetar.

Então esse momento passa. Calle cambaleia e cai de joelhos.

Dan Appelgren levanta a cabeça. O sangue cobre o seu rosto, pingando pelo queixo. Ele vê algo atrás de Calle e mostra os

dentes. Mas esse não é o mesmo Dan do refeitório. Esse Dan está assustado. Calle se vira e a avista atrás da multidão. A blusa dela está rasgada e ensanguentada. Os cabelos se soltaram do coque apertado. As mechas opacas de raiz branca voam ao vento.
Se você me vir, corra o mais rápido possível para longe de mim. Eu te amo, Calle. Me prometa.
Mas ele não consegue. Não consegue se mexer de jeito nenhum.

BALTIC CHARISMA

A maioria das pessoas permanece em suas cabines, aguardando pelo socorro que lhes fora prometido. Há aproximadamente cem pessoas ilesas que tiveram coragem de sair pelos corredores em direção à parte mais alta do navio.

* * *

Antti havia baixado o bote rápido de resgate para a água. Olha para trás mais uma vez. O *Charisma* se ergue sobre ele. Gritos vêm do convés de passeio. Ele dá a partida, deixando o pequeno motor e o vento engolirem os outros sons. Tenta não pensar nas crianças e nos outros que ficaram a bordo. Tenta se convencer de que está fazendo um favor a todos. Ele irá até a Finlândia e chegará perto o bastante da costa para conseguir sinal no celular e pedir ajuda. *Mas você podia ter trazido as crianças*, diz uma voz dentro de si.
Ele aumenta a velocidade.

* * *

O pai de Albin saiu de sua cabine e está correndo pelo longo corredor do sexto deque. Tropeça em um corpo e está prestes a virar para as escadas quando ouve gritos vindos de lá. Ele para e respira, ofegante. Avista a parede de vidro estilhaçada no final do corredor. Reconhece imediatamente a cadeira de rodas que está derrubada depois dela. As luzes do controle piscam no escuro, avisando que a bateria está quase no fim. Não há sinal da sua esposa.

* * *

O cheiro de gasolina no convés de veículos é tão forte que Adam sente tonturas. Sobrepõe-se aos outros cheiros, escondendo o odor dela. Mas ele consegue escutar seus passos, baques e pancadas, quebras e gorgolejos. Ele a encontra a estibordo, próxima à proa. Centenas de recém-nascidos estão reunidos naquele breu. Viram-se ansiosos, olhando alternadamente para ele e sua mãe. O vestido e as mangas do casaco estão molhados. As mãos, segurando a picareta, estão brilhantes de gasolina. Ele entende o que ela planeja fazer.

– Mãe – ele diz. – Você não pode fazer isso. Vai acabar matando a todos. Inclusive as pessoas, as crianças.

Ela olha para ele. Naquela luz fraca, as sombras caem pesadamente sobre o rosto dela.

– Assim é melhor – diz ela. – Sei disso agora.

Ele balança a cabeça.

– Você vai *me* matar – diz ele, correndo para ela. Ele apoia a cabeça contra o ventre dela, os braços a envolvem com firmeza pelos quadris. – Você não me ama mais? – Ele tenta soar como a criança pequena que ela tanto ama.

Os recém-nascidos os observam em silêncio. Aguardando. Esperando para ver quem vai liderá-los. Ele vai tirá-los dali, quer conduzi-los para o convés externo.

– Você não entende? – diz ele, dando um passo para trás.

– Podemos, finalmente, ser livres. Os Anciões não irão entender nada até que seja tarde demais. Eles já não terão poder nenhum sobre nós.

Ela apenas olha para ele em silêncio. Mas ele vê dúvida nos olhos dela. Já não segura mais a picareta com a mesma firmeza. Sob eles, o chão balança quase imperceptivelmente. Ele busca as palavras certas para dizer à mãe.

– Você não precisa ter medo. Isso é o começo de algo novo. Algo muito melhor. As pessoas estão destruindo umas às outras, de qualquer maneira. Se não as dizimarmos, logo será o fim do mundo. Do meu jeito talvez haja uma chance, tanto para nós quanto para eles.

O rosto dela fica um pouco mais relaxado. Agora que tudo tinha sido posto à prova, ele talvez consiga convencê-la.

– Você não compreende que quero vivenciar tudo isso com você? – ele insiste.

Ela começa a chorar e isso o deixa chocado. Ele não a via chorar em muito tempo.

– Sim – diz ela. – Eu compreendo.

Ele assente vigorosamente com a cabeça. Estende os braços, para que ela lhe pegue no colo.

Os recém-nascidos são uma multidão silenciosa.

A mulher olha para seu amado filho. Levanta a picareta e esmaga a cabeça dele com um único golpe.

PIA

Dan, o nome dele é Dan. Ela o conhece. Ele é como ela. Ela não gosta dele.
    Ela sabe o nome dele, mas não sabe o seu próprio.
    Frio. Está frio aqui. Ela reconhece tudo. Casa. Está em casa, mas está tudo errado. Muito parado. Silencioso sob seus pés. O mar está tão cinzento. Tudo está cinzento. Ela tenta organizar seus pensamentos, mas eles se espalham ao vento. Mas ela está melhor agora. Não está como antes, quando estava faminta. Suas entranhas não queimam agora. Os ferimentos estão curados.
    Provavelmente está despertando. Tinha sonhado por muito tempo. Tempo que havia desaparecido.
    Ela chuta a cabeça dele, que cai de lado. Ela o encara. Esse Dan. Tenta dissipar a névoa que esconde seus pensamentos. Ele se coloca de quatro. Olha a mão ferida dele. Esteve ferida anteriormente. Em outro momento. Há algo de importante com a mão. Há uma criança também. Dan tem um filho? Não. A criança é pai dele. Não está certo. Tudo tinha começado com ele e com a criança. Ela vai pôr um fim nisso tudo.
    Vai impedi-lo. É o seu trabalho. É por isso que ela está aqui. Ela sabe disso.
    Ela foca no corpo atrás de Dan. Ele havia matado, mas não comido. Coisas haviam sido arrancadas. Um desperdício. Sangue sobre todo o piso. Frio e morte. Ela reconhece o cheiro do corpo. A memória retorna em fluxos. Não consegue mantê-los.

Somente "Filip". O nome permanece. Sabe que ele é importante. Ela se importava com ele.

Chuta a cabeça de Dan de novo. Ele cai de costas, pesadamente. Levanta-se mais uma vez. Ele está maior que ela, agora que está em pé.

Ele a assusta. Ele também a odeia. Ele também sente medo. Um deles precisa morrer.

Ele tenta agarrá-la. Ela se desvia das mãos dele. Sabe o que está fazendo. Na outra vida, ela sabia. É suficiente. O corpo dela lembra.

Seu joelho se ergue, atingindo algo macio no meio das pernas dele. Ele se curva para frente. O outro joelho acerta o rosto dele. Algo se quebra. Ela se joga contra ele, usando todo o seu peso. Vai deixá-lo no chão.

Mas ele é mais forte e resiste. Então tenta mordê-lo. Seus dentes envolvem a orelha dele, fria em sua boca. Ela a arranca e cospe.

Ele a derruba. Agora está deitada no chão, ele por cima. Pesado. Ela tenta se soltar, mas não consegue.

– Sua puta, sua puta maldita!

Ele bate a cabeça dela contra o chão. Ela sente dor. Ele a odeia. Odeia a todos. A cabeça dela é batida no chão novamente. Seu crânio estala.

Algo se move no ar, zumbindo acima dela. Uma pancada molhada. Dan pisca. Não há mais força nos dedos dele. Sangue. Frio. Morte. Pingando no rosto dela. Ele continua piscando.

Ela o empurra para o lado e seca os olhos.

Há um homem parado ali. Sem cabelos na cabeça, mas com cabelos no rosto. Ela o reconhece. Ele é um amigo, mas olha para ela com medo. Um machado de incêndio na mão. Sangue escorre dali.

Ela olha para Dan. Uma nova boca escorrendo em seu pescoço. Logo acima do ombro. Ferido, mas ainda forte. *Seja rápida.*

Ela se joga sobre ele. Afunda os dedos na boca que não estava ali antes. Dan grita. Seus dentes abrem e fecham. Ela

encontra a coluna dura e escorregadia e agarra com firmeza. Ele a olha fixamente, tentando dizer algo. Mas ela não quer ouvir. Apoia um dos joelhos no pescoço dele e o puxa até que a coluna se parta. Dan fica mole. Ela retira as mãos. Olha para o homem com cabelo no rosto. Ele está com um machucado na testa. Está chorando. Isso a deixa triste. Eles são amigos. Ele não é como ela, mas mesmo assim, são amigos. Ela o ama.
– Pia? – ele diz.
Sim, esse é seu nome: *Pia*. Ela se chama Pia. Ela tinha sido uma pessoa. Alguém lhe deu um nome. Agora sabe o nome dele. Ela tentar dizê-lo. Quer mostrar que sabe, mas seus lábios não a obedecem. A língua dela está grossa e estranha.
– Call...eeeehhh.
Ele concorda com a cabeça e chora mais ainda. Ela apalpa a nuca. Nenhum buraco, mas a parte dura tinha se rompido. As pontas estão se batendo sob a pele. A dor faz com que ela enxergue faíscas.
Duas crianças vêm correndo: um menino e uma menina. Já os viu antes. Ela tenta se lembrar. A menina estava com medo, mas fingindo estar zangada. Era muito fácil de perceber, de se reconhecer nela.
Havia uma mulher também. Aquela cujo sangue corre nela agora. O sangue fez a dor desaparecer, mas a fome permanece e as crianças têm um cheiro muito tentador.
Ela precisa ir embora dali. Para longe deles. Não quer feri-los. Precisa ajudar os outros.
Olha para Calle. Ele irá ajudar as crianças. Ela aponta para a escada. Não se recorda do que há lá em cima. Mas é para lá que devem ir. Eles e todos os outros.
– Sim – diz ele. – Vamos sair daqui.
Sair daqui. Ela experimenta as palavras. Ele se refere a algo além da luz verde e da água cinzenta. Ela não vai sair

daqui. Precisa ajudar os outros. É o trabalho dela. É por isso que está ali.
Ela levanta a mão em direção ao rosto de Calle. Ele estremece, ainda com medo dela. Faz carinho na bochecha dele. O cabelo é macio entre os seus dedos.
Ela espera que ele encontre o que está procurando. É alguém importante para ele. Pensa em tiras de papel rosa. Consegue escutar ruído das tiras em suas mãos. Um corrimão de escada. Calle não estava lá, mas mesmo assim estava com eles.
Ela deixa a mão cair ao lado do corpo. Precisa sair dali. Para longe das crianças.
Gritos lá dentro, perto das escadas. É para lá que ela deve ir. As pessoas saem do seu caminho quando ela passa.
Precisa ajudar todos a sair. Deve matar os que tentarem impedi-los.

CALLE

Não há onde se abrigar do vento no convés externo. As pessoas reunidas perto dos botes salva-vidas estão tremendo de frio. Calle observa os rostos enquanto passa. Talvez haja uma centena de pessoas ali, e mais vinte ou trinta no grupo que o segue.

Ele não vê Vincent em lugar nenhum. Albin está no seu colo e Lo corre ao seu lado. A voz de Pia ecoava em sua cabeça.

Call...eeeehhh.

Ele tinha lutado muito para manter o controle. Se não fosse pelas crianças, ele já teria enlouquecido e sabe que precisa continuar firme por causa delas. Talvez elas que o estejam salvando e não o contrário.

Marisol está parada mais à frente, gritando instruções para os passageiros que puxam as cordas para colocar um bote na água. Ela corre até o próximo. Está pálida e muito séria. Tem sangue seco sobre o lábio. Duas garotas, ainda em uniformes de limpeza, distribuem cobertores para quem precisar. Um garçom do Poseidon ajuda as pessoas a vestirem os coletes salva-vidas.

Calle se vira sentindo o vento e observa as águas além do *Charisma*. Nenhuma terra à vista, mas pelo menos o Báltico está calmo e o céu está clareando agora. Depois de tudo o que tinha acontecido naquela noite, o universo parecia estar colaborando.

Ele solta Albin no convés. Apanha cobertores para ele e para as crianças, grato por estarem com roupas relativamente quentes.

Se conseguirem sobreviver, pelo menos ele será bem-sucedido em algo. Eles têm que sobreviver.

Uma briga começou por causa dos coletes salva-vidas. O garçom do Poseidon tenta apartar a briga, dizendo nervoso que há coletes suficientes para todos. Mas eles o ignoram. Calle não consegue evitar pensar que Pia resolveria tudo em poucos segundos. *Call...eeeehhh.*

Ele viu a essência de Pia na criatura *no vampiro* em que ela se transformou. E Dan Appelgren: ele conseguia falar e pensar. Ele era um monstro, mas talvez já fosse antes de ser contaminado. *Eles são vampiros. Mas ainda são eles. Você não entende?* Fica pensando se eles fizeram o melhor não contando para Albin sobre a mãe dele. É possível ajudar os contaminados? Eles podem voltar a ser o que eram antes?

E o homem que ele tinha matado no refeitório, voltaria ao normal?

– Vou ajudar com os botes – diz ele, apertando o cobertor em volta de Albin. – Quero que você e Lo embarquem no primeiro que virem.

O menino mal reage.

– Mãe! – grita Lo. – Estou vendo a minha mãe!

Albin levanta o olhar pela primeira vez. Lo corre em direção a um grupo de pessoas que tinha chegado ao convés. O cobertor dela escorrega dos ombros e é carregado pelo vento. Uma mulher de cabelos loiros abre os braços e começa a correr para Lo, gritando muito alto.

Calle segura a mão de Albin. Eles caminham até Lo, que se afundava no abraço da mãe. Calle não consegue ver os seus rostos, mas ouve através do vento que ambas estão chorando.

MÅRTEN

Ele toma um gole da garrafa, mas mal sente o gosto da bebida. Os vidros estilhaçados estalam sob os seus sapatos no spa. Sente um leve odor de cloro, além do cheiro de óleos quentes. O silêncio é absoluto. Na sua frente está a recepção e, atrás dela, uma parede de tijolos de vidro. Através deles se percebe uma leve claridade que passa por eles, o que leva Mårten a crer que há grandes janelas atrás. Uma porta está entreaberta. Ele se dirige até lá. Passa por um sofá e poltronas, uma jarra de água na mesa de café com flores de plástico cor-de-rosa flutuando. Revistas brilhantes em uma estante na parede com mulheres mordendo maçãs e jogando a cabeça para trás em risadas com seus dentes muito brancos. Parecem acompanhá-lo com os olhos, quando ele passa pela cadeira de rodas.

Um ruído molhado se ouve mais adiante.

Ele espia pela porta. Um tapete verde antiderrapante leva num corredor largo até a piscina. As bordas são feitas de quatro camadas dele. Imensas janelas, do chão ao teto. As luzes externas iluminam suavemente o céu cinzento. As nuvens passam muito rapidamente lá fora. Quando olha para elas, parece que o navio está voando, embora sequer se mova no momento.

– Cilla? – ele chama, tomando mais um gole. – Você está aí?

Ele entra. As solas dos seus sapatos rangem levemente sobre o tapete antiderrapante. Ele atravessa as portas que dão para o vestiário, a sauna, as salas envidraçadas com mesas de massagem.

Agora ele avista a ponta da proa pela janela. Pilhas de corpos. Um homem de jaqueta azul se arrasta usando os cotovelos. Mårten toma mais um gole.

– Cilla – ele chama. – Onde você está?

A voz embriagada dele ecoa de volta. Ele nunca se sentiu tão sozinho.

Um pouco de água sai da banheira e ele repara que ela tem um leve tom rosado. Obriga-se a dar um passo adiante, para poder olhar para dentro da água. Vê rastros vermelhos, mas não há ninguém ali.

– Cilla?

Ele escuta algo molhado se movimentar, arrastando-se pelo chão.

Mamãe. Ela está aqui agora.

Uma mão sai da água, do outro lado da banheira, agarra-se à borda e o perfil de Cilla aparece, refletido e distorcido pela água. Ela vira a cabeça e o encara diretamente, com olhos vazios. O pescoço dela estala estrondosamente. A água pinga de seus cabelos curtos direto no rosto.

Ela se alça para fora com as mãos na borda da banheira. Ele fica em pé em frente à janela. Seu casaco molhado gruda no corpo magro. Ele não consegue parar de olhar para as pernas, bem visíveis sob a saia encharcada. Estão magras demais, depois de tanto tempo sem uso. As coxas não se tocam. Os joelhos parecem inchados.

A saia faz ruídos úmidos quando Cilla começa a andar em sua direção. Ela cambaleia, mas não cai. Dá mais um passo.

Como?

O rosto dela estava repuxado numa máscara de dor, que ele logo reconhece porque já tinha visto antes. Ela sempre tenta esconder a dor, sempre querendo se mostrar corajosa. Mas dessa vez nem parece consciente disso. Não parece consciente de nada, além da presença dele.

O que está acontecendo por trás daqueles olhos vazios?

– Cilla? – ele diz.

Mais um passo. Os dentes dela batem uns nos outros, fazendo um som de tesouras.

A garrafa escapa das mãos de Mårten, quicando no tapete antiderrapante, tilintando alto ao rolar em direção ao piso de cerâmica. Cilla coloca a cabeça para o lado, olhando para a garrafa sem vê-la de fato.

Eles tinham dito nos alto-falantes que a mordida contamina. Ela foi contaminada – então está doente –, mas consegue caminhar. Como isso é possível? Nada está como deveria, mas parece que toda a sua vida o havia encaminhado para esse momento.

Cilla se aproxima. Ele a pega pelos braços magros, sacudindo-a. A cabeça dela balança para frente e para trás. A nuca estala e range. Ele se ouve gritar muito alto quando a empurra com toda a força. Cilla cambaleia para trás, caindo e quase atingindo a borda da piscina com a cabeça.

Mårten se sente leve em todo o corpo, como se tivesse se livrado de um peso que carregou durante toda a vida. Ele vai conseguir sair daqui. Vai encontrar Abbe perto dos botes salva-vidas.

Vai ficar com Abbe só para si.

Mårten corre de volta até a parede de tijolos de vidro. Escuta *flop, flop* atrás de si enquanto Cilla se levanta. Empurra a porta com força, voltando à recepção.

A sala escura está lotada daquelas criaturas. O vidro quebrado estala quando elas caminham em sua direção. Ouve os dentes batendo. Mais deles ocupam o corredor. Ele não tem para onde ir.

Flop, flop. As luzes tinham se apagado de vez na cadeira de que Cilla não precisa mais.

Ela coloca os braços ao redor do seu pescoço e pressiona o corpo nele. Sua camiseta fica fria e molhada. Os lábios dela encostam na pele da nuca dele. Sente os dentes por baixo.

ALBIN

O mar está cinzento e agitado. Parece feito de pedra. Os primeiros botes salva-vidas foram colocados no mar, sacolejando levemente sobre a superfície.

Linda ainda está chorando e abraça as crianças com força. Mesmo assim, eles mal se encostam por causa dos coletes salva-vidas.

– Venha, Abbe – diz Linda, ficando em pé. – Está na hora.

Ele sacode a cabeça. Olha para o bote pendurado no guindaste à sua frente, para as pessoas que já se acomodaram entre as beiradas laranja. Algumas delas tentam fazer telefonemas, mas ninguém tem sinal. Marisol pergunta a todos que embarcam se foram mordidos, mas como ela pode saber se não estão mentindo?

– Abbe – diz Lo. – Temos que ir.

Tudo está muito parecido com a última vez que ela tentou convencê-lo a embarcar num daqueles botes. Ele fica mais decidido e sacode a cabeça, teimoso.

– Não vou sem a minha mãe – ele diz. – Nem sem Calle.

Calle se abaixa ao lado dele e o vira para si.

– Vou esperar aqui para ver se o meu namorado aparece. Só mais um pouco. Você tem que embarcar no bote agora.

– Mas e depois? – pergunta Albin, olhando para a água. – O que vai acontecer depois?

– Se não encontrarem Cilla e Mårten antes do anoitecer, você vem conosco para Eskilstuna – diz Linda. – Depois esperamos juntos até mandarem notícias.

– E se eles não mandarem notícias?

– Então, você fica conosco – responde Linda. – Vamos superar isso. Por favor, Abbe, venha agora.
Albin fica quieto e contrariado. Ele percebe que Linda e Calle trocam um olhar. Em seguida, Calle diz a Marisol para preencher os últimos lugares livres do bote e colocá-lo na água. Eles irão no próximo.
Uma senhora de cabelos ruivos e blusa listrada vem até eles. Albin olha curioso para ela. Ela parece gentil, mas está nervosa.
– Com licença – diz ela. – Você, por acaso, se chama Calle?
– Sim? – diz Calle, levantando-se.
– Vi o seu anel – diz a senhora. – Eu... conclui que era você.
Com o canto dos olhos, Albin vê algo branco se movimentar. É uma gaivota, sacudindo as asas, e abrindo o bico para soltar um grito. Se a gaivota está aqui, não devem estar muito longe da Finlândia. Pelo menos é o que ele acha. Nunca tinha pensado em como elas eram bonitas: o bico curvo, perfeito para a caça; as belas linhas formadas pelas penas mais escuras das asas.
– Sabe... – ele diz para Lo. – Antigamente acreditavam que as gaivotas eram as almas dos marinheiros mortos.
A gaivota pousa na balaustrada, bem ao lado dele. Olha fixamente nos seus olhos, colocando a cabeça para o lado. O vento sacode suas penas. Ela abre o bico novamente.
Calle tinha começado a chorar atrás dele e Albin entende que é por aquele que estava procurando o tempo todo.
– Eu sinto muito – diz a senhora. – Eu sinto muito mesmo.
Albin leva a mão até a gaivota, que grita pela última vez antes de sair voando.
– Vou lhe contar tudo – diz a senhora para Calle –, assim que sairmos daqui.
Albin se vira para Calle. A senhora estava segurando as mãos dele e também chorava.
– Ele te amava muito – diz ela.
Albin gostaria de dizer que sabe quem a gaivota tinha sido, mas Calle não entenderia agora. Ele vai ter que esperar para dizer isso.
Está na hora de sair do navio.

BALTIC CHARISMA

A mulher de cabelos escuros está sentada no chão encharcado de gasolina. Aperta o corpo do filho contra o seu e ele quase desaparece em seus braços. Parece tão pequeno novamente, parece seu filhinho de novo. Se ela fechar os olhos e tentar ignorar os odores, quase consegue imaginar que estão de volta à virada do século passado. Que ele caiu no sono em seus braços. No sono eterno. Ela abre os olhos, contrariada. Observa os recém-nascidos através do vapor da gasolina. Retira o pequeno isqueiro dourado do bolso do casaco. O isqueiro faz um clique alto quando ela levanta a tampa.

Ela tem pressa, mas sente medo do que está para fazer. Com muito mais medo do que havia imaginado. Tenta convencer a si mesma que não importa que algumas pessoas já tenham deixado o navio, desde que não tenham sido contaminadas, que não importa que tenham vídeos ou fotos. A única coisa que o resto do mundo verá é um monte de gente se comportando de maneira estranha e violenta, mas ninguém irá acreditar na verdade, não se os corpos transformados desaparecerem.

Os humanos são muito bons em encontrar explicações que confirmem sua visão de mundo. Já fizeram isso anteriormente e irão fazer de novo se ela cumprir sua missão. Não tem certeza do que irá acontecer quando colocar fogo na gasolina. Só pode torcer.

A mulher abraça o menino com mais força. Aspira fundo na nuca dele, mas ele tem cheiro de morte. Tenta se lembrar dos bons momentos: as noites frias na Rússia, antes da Grande Guerra; os anos 1950 e todos aqueles jovens belos e pobres, que iam para a Riviera em busca de perigosas aventuras; os fogos de artifício na virada do milênio, quando ela se lembra da passagem para um novo século. Beija a bochecha rechonchuda do filho. Será que eles irão se reencontrar após a morte? Os espíritas estavam convencidos de que havia uma vida depois dessa, mas ela e o filho já tinham passado pela fronteira da morte. O que lhes espera quando a cruzarem novamente?

A pequena roda do isqueiro rola sob o seu polegar, faíscas crepitam e a chama começa a queimar, clara e brilhante. Ela fecha os olhos novamente. Joga o isqueiro para longe de si e ouve o fogo murmurar. Sente o seu calor. Os recém-nascidos gritam apavorados, mas ela não pretende soltar o filho. O fogo fará com que os dois derretam juntos. O fogo afaga suas roupas encharcadas de gasolina, consumindo seu cabelo em uma única lufada e se espalha em sua pele. A dor é insuportável, mas logo acabará. O cheiro de carne queimada se espalha. As vozes dos recém-nascidos estão cada vez mais altas, mais desafinadas, mas a sua boca está fechada. Seus olhos também.

O fogo atinge um caminhão com placa finlandesa. O motorista havia sido uma das primeiras vítimas de Adam a bordo. Na carroceria há embalagens vazias de acetileno, que os donos não declararam. Olli não sabia e ninguém checou sua carga no embarque.

A explosão sacode todo o *Baltic Charisma* e é sentida nas paredes e no teto e no chão. Abre um buraco no casco mal cuidado e a rachadura se estende sob a superfície. O mar finalmente pode entrar.

O incêndio se espalha pelo estacionamento, derretendo plásticos, estilhaçando os vidros das janelas dos automóveis. Devora as cortinas dos ônibus de viagem. Queima as bocas bem abertas dos recém-nascidos. A água que esguicha do sistema de segurança é inútil contra esse inferno. As chamas se espalham pelos tanques intactos de gasolina e pelos tubos de gás do trailer da mulher de cabelos escuros. A fumaça que enche o estacionamento é espessa e acre.

A pele da mulher racha com o calor. A carne por dentro borbulha e chia. A sola dos pequenos sapatos do filho tinham derretido.

Por um momento, logo depois da explosão, um silêncio dominou o convés externo. Agora todos gritam em pânico. O navio é inundado por cada vez mais água. Alaga o segundo deque e ergue o corpo de Vincent do chão.

Ao ouvir e sentir a explosão, as pessoas correm de suas cabines, lutando para chegar às escadas e tentando se equilibrar enquanto o piso começa a se inclinar sob eles.

As garrafas do Charisma Starlight escorregam de suas prateleiras. O suporte do microfone cai do palco. Copos desabam das mesas. Dentro do duty free, garrafas e pacotes de balas despencam das prateleiras.

Quanto mais o *Charisma* se inclina, mais água entra nele. Quanto mais água entra nele, mais o navio se inclina.

As pessoas tropeçam pelos corredores tentando se apoiar nas paredes. Corpos rolam sobre os carpetes, rolam sobre os conveses externos e para a água. Nas escadas, pessoas se agarram nos corrimãos de bronze. Alguns caem. Outros são derrubados por passageiros apavorados que querem passar, querem subir, querem sair.

MADDE

— Corra! – grita Marianne, que já está acomodada no último bote desse lado do navio.

Ela segura bem a pequena Stella, que foi enrolada em vários cobertores. O fundo do bote repousa sobre o casco. Eles precisam descer ao longo do *Charisma* e esperam que o bote permaneça na horizontal quando chegar na água.

Madde se agarra com força na beirada do navio. Olha para trás, para as pessoas que conseguiram subir até ali para acabarem amontoadas junto à balaustrada do outro lado do convés. Alguns tentam correr pelo piso escorregadio e inclinado para o lado deles. Outros encontraram coletes salva-vidas e sobem na balaustrada para pular na água. Madde espera que eles não acabem debaixo do *Charisma*, quando o navio tombar para o lado.

Mal há lugar para Madde no bote, mas Calle lhe estende a mão. O anel dele brilha suavemente. É igual ao que Vincent usava na mão esquerda.

Ela estica a perna, colocando o pé no lado de dentro da corda que circunda o bote, para não cair para fora. Ela se segura em Calle com firmeza, acena com a cabeça e a garota que trabalha no bar do Starlight corta as amarras. Eles começam a deslizar. O silêncio no bote é profundo. Madde tenta se concentrar em manter o equilíbrio. Vê o casco correr ao seu lado e as águas cinzentas embaixo. Não sabe dizer o tamanho da queda.

Ela fecha os olhos quando sente que só há ar sob o bote. Seu estômago se revira. O cobertor de seus ombros é levado pelo vento.

O bote bate nas águas e Madde é lançada no ar, causando uma dor terrível em seu tornozelo. De repente ela está na água. O frio causa um choque em todo o seu corpo. Sente um zumbido nos ouvidos. Tudo é tão escuro e tão frio que seu rosto já está dormente. Ela fecha bem a boca e os olhos e tenta nadar, mas já não sabe em que lado fica o fundo ou a superfície.

E então ela *finalmente* encontra a superfície. Ouve gritos vindos de outros botes. Escuta o *Charisma* rangendo atrás de si. Empurra uma mala que vem ao seu encontro e avista o bote se deslocando um pouco distante. Marianne grita alguma coisa para ela, mas Madde não consegue entender.

Ela tenta nadar, lutando apesar da dor no tornozelo. Mas não chega a lugar nenhum naquele mar de ondas paradas. Alguém do bote tinha colocado remos na água. Ela se encolhe. Estavam vindo até ela ou vão abandoná-la?

Quantos minutos ela tem antes de morrer congelada?

Madde olha à sua volta, apavorada. O navio parece estar mais inclinado, mostrando sua imensa barriga para ela. Bate as pernas com mais intensidade, mas sua cabeça acaba sempre debaixo da água, da qual ela toma grandes goles involuntários. Não consegue se afastar do *Charisma*. O navio a puxa para si. Ela se lembra vagamente de ter ouvido sobre redemoinhos que se formam ao redor de naufrágios. Respira com dificuldade. A água fria adormece o seu tornozelo, diminuindo a dor. Parece que seus pulmões estão prestes a explodir, mas o bote está se aproximando.

Calle se debruça e lhe estende seu remo. Os dedos dela escorregam no remo, ela fecha a mão no ar, mas não consegue alcançá-lo de novo.

Algo encosta em seu tornozelo. Dedos frios roçam em sua pele.

Ela chuta como o seu pé ileso, sentindo cabelos macios deslizando entre seus dedos. Um *deles*.

Ela grita com toda a sua força. Não tem coragem de chutar novamente, com medo de entrar em contato com os dentes que devem estar mordendo a água.

Os dedos estão lá de novo, segurando seu calcanhar, puxando-a para o fundo. Sua boca se enche de água quando ela grita. *Eles não respiram, não respiram.* Não faz diferença se estão debaixo d'água.

Ela consegue soltar o pé do aperto escorregadio e colocar a cabeça para fora, mas a qualquer momento podem agarrá-la novamente. Ela tosse, lutando para puxar ar para dentro. *Eles não precisam de ar.*

Dessa vez o pessoal do bote consegue chegar até ela. Mãos fortes a pegam por baixo dos braços e a levantam. Ela impulsiona com as pernas para ajudá-los. A água fria se espalha e gotas lhe batem nas costas. A borda do bote é muito alta, alta para caralho. As mãos sob a água tocam as solas dos seus pés e ela grita muito alto, dobrando os joelhos, tentando apoiar o pé ileso contra a corda. As mãos fortes a puxam para cima e ela cai no bote de joelhos.

– Vocês estão vendo alguma coisa? – ela grita. – Fui mordida? Eu não sinto nada, fui mordida?

O bote começa a se inclinar para o lado quando algumas pessoas recuam para se afastar dela. A garota que trabalha no Starlight dá bronca neles.

Madde tosse, expulsando a água de seu corpo, enquanto Marianne examina a parte de trás de seu pé e de sua perna, garantindo que não há mordidas visíveis.

Madde olha para as águas por cima do ombro. Não vê nenhum *deles*, mas sabe que se encontram debaixo da água. Será que eles são capazes de subir no bote?

– Eles não precisam respirar – diz ela. – Eles não precisam respirar debaixo d'água.

BALTIC CHARISMA

Os recém-nascidos lutam debaixo d'água, batendo as pernas, mas não são rápidos o suficiente para flutuar. Engolem muita água fria com suas bocas abertas, o que os deixa pesados e os puxa ainda mais para o fundo do mar.

O navio se estabilizou de lado. O sol havia aparecido, fazendo as janelas de bombordo cintilarem. Elas estão viradas para o céu agora. A estibordo não há nada além de água pelas janelas que estão a centenas de metros de profundidade. Corpos passam flutuando, alguns de olhos abertos, dispostos a encarar qualquer um que os observe. Paredes tinham se tornado chão, e chão se tornou parede. Tudo tinha sido virado e mesmo assim algumas pessoas ainda lutam para sair de suas cabines e encontrar um caminho para fora do navio.

A mulher de cabelos escuros e o seu filho são apenas cinzas e fragmentos de ossos, dissolvidos pelas correntes de água no estacionamento.

A água sobe rapidamente dentro do navio, enchendo os corredores.

Na cozinha, as portas dos armários tinham se escancarado e despejado todo o seu conteúdo para fora.

No Poseidon, copos, toalhas de mesa e cadeiras se reviram naquele redemoinho.

A enorme mesa do Charisma Buffet está virada contra a entrada do restaurante.

Quando a água chega aos geradores, a iluminação de emergência para de funcionar e o navio fica completamente às escuras.

O roupão ondula suavemente ao redor do homem com uma faca cravada no estômago. Flutua sobre a água que inunda as escadas do quinto deque. Ele abre os olhos.
A mulher que sempre falava que gostaria de morar para sempre no *Charisma* teve sua vontade atendida. Está presa debaixo de uma máquina do fliperama que caiu do oitavo deque. Ela abre e fecha os dentes na água que vai subindo.

* * *

Fora do *Charisma*, aqueles que foram parar nas águas gritam por socorro. Ninguém a bordo do último bote salva-vidas fala nada. Eles sabem que não há lugar para mais ninguém e arriscariam a vida de todos se tentassem salvar mais uma pessoa sequer.
Madde olha para o navio e se pergunta onde Zandra e Vincent poderiam estar. Ouve gritos e ruídos de alguém se debatendo na água vindos de um outro bote. Um *deles* encontrou a superfície e está arranhando a lateral da embarcação. Seus dentes pontiagudos são afiados o suficiente para fazer buracos na borracha. As pessoas a bordo o golpeiam com um remo e Madde se obriga a olhar para o outro lado.
Marianne está tremendo e não só de frio. A tensão estava se dissipando e tremores violentos sacodem seu corpo. Ela tenta manter os tremores sob controle, pelo bem de Stella. A menina tinha se acomodado no seu colo e estava chupando o dedo. Marianne olha para Calle, que está remando do outro lado do bote. Seus olhares se cruzam e ela lembra que Vincent tinha salvado a vida dela. Que ele era um herói.
Calle desvia o olhar e observa o *Charisma*. A proa havia se erguido sobre a água. Quando o navio afundar, levará tudo que há ao redor consigo. Ele e Marisol remam mais intensamente. Os braços doem de cansaço, a ferida na testa lateja, mas é bom trabalhar com o corpo. Um rapaz vomita inesperadamente para fora do bote.
– Eu não estou doente – diz ele rapidamente, limpando a boca. – Só bêbado.

Uma mulher prugueja em russo. Calle olha para o rapaz, com pensamentos acelerados. Eles precisam de um plano, necessitam passar informação de forma rápida para quem puder resgatá-los. Ele observa as pessoas à sua volta: Linda abraça as crianças e beija as suas cabeças, as mulheres que cantam num outro bote, para se manter acordadas no frio. Calle sempre ouvira que são aqueles que pensam em si mesmos os que sobrevivem a uma catástrofe, mas talvez não seja bem assim. Dá uma olhada em Marianne novamente. Está cobrindo Madde com o seu cobertor, apesar de ela mesma estar tremendo. Um gesto tão simples, mas cheio de compaixão. Calle percebe de repente que fica feliz por Vincent ter estado com ela. *Vincent está morto.* Ele experimenta a sensação de pensar nisso. *Vincent não existe mais. Ele se foi.* Não consegue acreditar. É absurdo demais imaginar que Vincent, a pessoa mais cheia de vida que Calle conhece, já não exista mais. Ainda assim, ele espera que Vincent esteja morto. Melhor morto que transformado em um *deles.*

Albin aperta os olhos para o sol fraco. Há menos e menos gritos conforme as pessoas morrem. Albin só quer dormir. Ele percebe que Linda está preocupada com ele. Quanto mais preocupada ela fica, mais fala. Agora está dizendo que os pais dele devem ter sobrevivido, que devem estar muito preocupados com ele, que logo irão se reencontrar. Ele não consegue se concentrar no que a tia diz, porque nada disso é significativo. Seus olhos se fecham e o cansaço se espalha pelo seu corpo, aquecendo-o.

– Não durma agora, Abbe, está ouvindo? – diz Linda e ele a olha contrariado. – Você não pode dormir agora, Abbe. Você vai morrer de frio se adormecer.

Albin sabe que ela tem razão, mas o sono o envolve. O bote balança debaixo dele. O ruído dos remos contra a água é tranquilizador.

Mas de repente ele sente o hálito de Lo muito próximo.

– Eu fiquei pensando sobre os vampiros – diz ela. – Eles não deveriam ficar completamente bêbados bebendo sangue de tantos bebuns?

Albin abre os olhos novamente. O que Lo tinha acabado de dizer despertou sua curiosidade.
– É – diz ele. – É estranho.
De repente, ele fica consciente de um som no ar: um helicóptero. Ainda está longe. Só tem certeza de que realmente ouviu quando os outros começam a olhar para o céu também. Ele fecha os olhos para escutar melhor e sente o cansaço tornar o seu corpo pesado novamente. Pesado e quente. O frio não o atinge mais.
– Não acho que seja estranho, na verdade – diz Madde. – Quando a pessoa está muito bêbada mesmo, fica com a mesma quantidade de álcool no sangue do que a de uma cerveja leve. E isso dificilmente deixa alguém alto.
Albin se lembra dela do terminal. Ela está temendo de frio e tem os lábios azuis, como se tivesse comido mirtilos. A amiga dela que derrubou amendoins entre os seios não está ali.
– Beber sangue é minha melhor dica para as pessoas – diz Albin.
As pessoas mais próximas deles os olham fixamente.
– Você já come chouriço – diz Lo. – É a mesma coisa que uma casca de ferida.
O rapaz que tinha vomitado olha zangado para eles. Isso faz Albin dar uma risadinha.
– Está bem – diz Linda. – Agora chega. – Mas ela olha agradecida para Lo quando Albin não está olhando.
O ruído dos helicópteros está cada vez mais alto. O primeiro deles já pode ser visto no horizonte agora.
O *Charisma* parece uma torre no meio da água. A proa está apontando diretamente para cima. O navio vai afundando, metro por metro, sob a luz pálida da manhã. O pelicano com cachimbo e chapéu de capitão está logo acima da superfície da água.
Marisol relaxa seus braços exaustos. Eles tinham conseguido se afastar o suficiente do navio. Larga o remo no bote. Está com dor de cabeça e gostaria de ter uma garrafa da água consigo.

A dor irradia pelo céu da boca. Ela passa a língua nos lábios, sentindo gosto de sangue coagulado no superior. *Nojento*. Mas ela experimenta novamente, pois parece que a nova vida em seu útero precisa do sangue. Quer mais.

* * *

Os redemoinhos sacodem o navio, fazendo as paredes se curvarem e racharem, além de estilhaçar as janelas. Carrega consigo as malas, roupas e escovas de dente das cabines, arrastando corpos que haviam caído pelas escadas e corredores.

O resto de ar sai do *Charisma* em um suspiro retumbante, uma última expiração assustadora.

Pia não consegue mais resistir e é levada pela correnteza, como em queda livre. Água fria entra em seu nariz e pela sua boca, escorrendo para o estômago. Ela observa a luz do dia batendo obliquamente na água logo acima dela. *Que lindo*. Ela não quer cair na escuridão, não quer desaparecer. O contorno do navio se avulta sobre ela, um gigantesco monstro do mar. Seus pés chutam os corpos abaixo dela. Alguns deles são como ela. Eles afundam, afundam e ela afunda junto para a escuridão.

O primeiro homem a ser contaminado a bordo arranha as paredes de sua cela inundada. A mulher e o homem nas celas próximas já tinham se afogado, mas ele não teve a mesma sorte.

Alguns dos recém-nascidos já estão se arrastando no fundo do mar. Seus olhos estão abertos. Os dentes batem como tesouras. Tudo é muito diferente lá embaixo. Escuro. O som se propaga de outra maneira, assim como os odores. Mas é suficiente para guiá--los. Eles engatinham e se arrastam em direção à terra firme.

Vagarosos, mas determinados.

AGRADECIMENTOS DO AUTOR

Diz-se que uma andorinha só não faz verão. A expressão pode ser aplicada a esse livro também. Quero agradecer aos amigos, conhecidos e desconhecidos que me ajudaram intermediando contatos, respondendo perguntas, lendo o manuscrito e dando opiniões de acordo com as suas respectivas áreas, além de me animarem quando eu duvidei que conseguiria levar esse projeto até o fim. Anna Andersson, Kim W. Andersson, Ludvig Andersson, Åsa Avdic, Helena Dahlgren, Gitte Ekdahl, Måns Elenius, Maria Ernestam, Varg Gyllander, Emma Hanfot, Rickard Henley, Karl Johnsson, Jenny Jägerfeld, Ulf Karlsson, Fredrik Karlström, Åsa Larsson, Patrick Lundberg, Jenny Milewski, Elias Palm, Alexander Rönnberg, Mia Skimmerstrand, Gustav Tegby, Maria Turtschaninoff e Elisabeth Östnäs – um muito obrigado para todos vocês.

Os dezoito meses que eu passei a bordo do *Baltic Charisma* foram, para o bem e para o mal, os mais intensos da minha vida. Por algumas pessoas sinto uma gratidão ainda mais profunda. Levan Arkin, Sara Bergmark Elfgren e Anna Thunman Sköld – vocês foram os meus botes salva-vidas. Eu precisaria de no mínimo mais um livro para agradecer por tudo que vocês fizeram por mim. Isso também vale para Pär Åhlander que foi o primeiro a ler o manuscrito, que fez um cruzeiro comigo (*É você que está cheirando a salsicha?*) e que fez a capa original ficar exatamente como imaginei – só que melhor.

Agradeço também a Kim Petersen, um grande amigo e artista conceitual, que me ajudou a visualizar o corredor sangrento do *Charisma* na capa original.

Obrigado, pai, por me deixar trabalhar no sofá grunhindo com papéis do manuscrito amontoados, sempre com café e comida gostosa ao alcance.

E claro, um muito obrigado para Johan Ehn. Obrigado por ter suportado minha obsessão por corredores e personagens durante esse cruzeiro de dezoito meses. Casar com você foi a melhor decisão que tomei na minha vida.

Em minha pesquisa sobre os bastidores dos cruzeiros, recebi ajuda de várias pessoas maravilhosas. Elas responderam às minhas perguntas estúpidas com paciência e foram atrás das respostas quando não as tinham em mãos. Às vezes deram respostas para questões que eu sequer sabia precisar. Elas até leram meus manuscritos em busca de erros. A maioria desses heróis e heroínas deseja permanecer no anonimato, mas com duas exceções: Matilda Tudor, que me deu muitas dicas sobre as estruturas sociais a bordo, e Sven-Bertil Carlsson, que me ajudou com os detalhes técnicos e, definitivamente, recebeu as minhas perguntas mais idiotas.

Gostaria de destacar que todas as incorreções são culpa minha, sejam intencionais ou não. Também quero deixar bem claro que se eu alguma vez voltar a fazer um cruzeiro, não há lugar onde me sinta mais seguro que nas mãos dessas pessoas incríveis.

Um muito obrigado para a minha *publisher* Susanna Romanus e para o meu editor Fredrik Andersson, que entenderam exatamente o que eu queria com esse livro e me ajudaram a chegar lá. Muito obrigado a todos na Nordstedts também.

Obrigado à Lena Stjernström e aos outros agentes da Grand Agency, meus coletes salva-vidas quando o navio balança.

Esse livro é para a minha mãe, que me ensinou a ler e sempre me encorajou a escrever. Eu te amo e sinto sua falta.

Esta obra foi composta pela Desenho Editorial em
Caslon Pro e impressa em papel Pólen Soft 70g e capa
em Ningbo Fold 250g pela RR Donnelley para
Editora Morro Branco em maio de 2018.